GEEN MUSJE ZAL VALLEN

Voor Ron en Laurel Pentecost,
en de mensen van de Clover Creekgemeente,
die me de Christus van Golgotha hebben laten zien,
de Christus Die nog steeds levens verandert.

Linda Nichols

Geen musje zal vallen

Roman

Tweede druk

UITGEVERIJ  KOK

Tweede druk 2004

© Uitgeverij Kok – Kampen, 2004
Postbus 5018, 8260 GA Kampen
E-mail uitgeverijkok@kok.nl

Oorspronkelijk verschenen als *Not a Sparrow Falls* bij Bethany House
Publishers, 11400 Hampshire Avenue South, Bloomington, Minnesota 55438,
USA
www.bethanyhouse.com
© Linda Nichols, 2002

Vertaling Tineke Yürümez – Kroon
Omslagillustratie Ann Gjeldum
Omslagontwerp Prins en Prins vormgevers
ISBN 90 435 0650 8
NUR 302

Proloog

Hattie wist niet precies voor wie of voor wat ze aan het bidden was. Ze wist alleen dat ze wakker geworden was van dat luide gerommel, alsof een houten lepel haar ingewanden door elkaar roerde. Jaren geleden zou ze het misschien genegeerd hebben en weer zijn gaan slapen. Of gedacht hebben dat iets niet goed was gevallen in haar maag, of dat ze onrustig was door haar dromen. Maar nu wist ze wel beter. Na ruim tachtig jaar luisteren naar de Heilige Geest, was ze eindelijk vertrouwd geraakt met Zijn wegen.

Ze lag onder de dikke laag dekens en voelde de kou van de kamer op haar gezicht. Vroeger was ze misschien naast haar bed neergeknield om in het donker te bidden, zachtjes zodat Alvin er niet wakker van zou worden. Maar Alvin was al weer twintig jaar weg, en ze was zo slecht ter been door de reumatiek dat ze niet eens zelf uit bed kon komen, laat staan neerknielen op de harde houten vloer. God zou dat wel begrijpen.

'Heer Jezus,' fluisterde ze. 'Er zit iemand in moeilijkheden. U weet wie het is. U weet wat ze nodig hebben.' Ze bad maar door en lette niet op de klok, maar toen ze haar geest voelde opklaren, vielen gele stralen van zwak winters zonlicht door de jaloezieën op haar bed. Ze had nauwelijks een oog dicht gedaan, maar dat gaf niet. Op haar leeftijd was er geen onderscheid meer tussen dag en nacht. Zo nu en dan wat slapen; ze vermoedde dat de dood ongeveer op die manier zou komen. Ze hoopte dat ze op een dag in haar stoel zou indutten en in heerlijkheid wakker zou worden.

Ze hoorde gerammel uit de richting van de keuken komen. De achterdeur ging knerpend open en weer dicht.

'Ik ben het, Miss Hattie.'

'Goedemorgen, Martha,' riep ze terug. Haar eigen stem klonk beverig en oud, zelfs in haar eigen oren.

Ze hoorde de houten vloer kraken en in gedachten volgde ze Martha's bewegingen. Er ging nog een deur open en dicht. Martha hing haar mantel op. Metaal tegen metaal – de kacheldeur die openging. Daarna het geluid van een verkreukelde krant en het gebonk van haardhout op het rooster terwijl Martha het vuur aanmaakte. Hattie glimlachte. Het zou makkelijker voor Martha zijn geweest om de verwarming aan te zetten, maar ze wist dat Hattie hield van een vuur in de open haard. Nog een keer metaal tegen metaal toen de kacheldeur weer dichtging. Meer voetstappen, en even later boog Martha zich met haar stralende gezicht over haar heen.

Martha had hoge jukbeenderen, alsof ze uit donkere steen gehouwen waren, en haar ogen waren bijna zwart. Zoals gewoonlijk lag er een glimlach om haar mooi gevormde mond. Martha was aantrekkelijk en slim genoeg om de wereld in te trekken en iets belangrijks te gaan doen, in plaats van voor een oude dame te zorgen. Hattie vroeg zich weleens af of ze tevreden was met haar werk als thuishulp. Maar ze vroeg het nooit aan Martha zelf, uit angst dat ze haar maar op ideeën zou brengen, en er op een goede ochtend een andere hulp zou binnenstappen in plaats van haar vriendin.

Ze deden wat ze elke morgen gewoon waren te doen. Martha hielp haar met aankleden, kamde haar vlecht uit en vlocht deze opnieuw in, draaide hem op een knot en zette die vast met vier haarspelden.

'Ik heb u toch niet geprikt, Miss Hattie?'

'Nee lieverd, maar anders was het ook niet erg. Ik heb niet zo'n gevoelig hoofd,' antwoordde ze en probeerde zoveel mogelijk mee te werken, terwijl Martha haar naar de badkamer hielp en aankleedde. Ze leunde voorover terwijl Martha haar jurk dichtknoopte en tilde haar kromme voeten op terwijl Martha ze in haar schoenen wurmde en de veters strikte. Martha neuriede. Hattie keek naar haar handen, zo vaardig en toch behoedzaam.

Hoe rijk ze zich ook voelde dat ze iemand had om voor haar

te zorgen, toch wenste ze opnieuw dat ze meer zelf kon doen. Ze was eraan gewend dingen voor anderen te doen, maar niet dat anderen dingen voor haar deden. De gezichten van geliefden kwamen haar voor de geest. Voor hen kon ze evenmin iets doen. Ze kon alleen maar bidden. Ze kreeg een zwaar gevoel op haar borst, maar besefte vrijwel meteen wat de waarheid was. Bidden was ook iets doen. Het werkte meer uit dan ze zelf ooit gedaan zou kunnen hebben, ook al waren haar eigen handen vaardig en haar benen sterk geweest.

Martha hielp Hattie in haar stoel, reed haar naar de keuken en zette haar neer bij de tafel. Hattie keek toe terwijl Martha hun ontbijt klaarmaakte. Zoals altijd liep ze te zingen. Vanmorgen was het 'Zelfs vindt de mus een huis'.

'Hebt u vandaag zin in een worstje bij uw eieren, Miss Hattie?'

Hattie zei: 'Ja, graag, dank je.'

Martha legde de worst in de koekenpan, maakte de voorraad-bus met bloem open en schudde een paar kopjes bloem in de afgeschilferde beslagkom. Hattie had ook nooit iets precies afge-wogen, Martha voegde er bakpoeder aan toe, zout, sneed er wat boter door heen en goot er melk bij. Ze kneedde het met haar blote handen, zoals Hattie ook altijd gedaan had. Je moest het deeg kunnen voelen om te weten wanneer het de juiste dikte had. Dat kon je niet zo maar zien. Martha maakte er een bal van, bestoof die met bloem en rolde hem toen uit met een schoon glas.

'Vanochtend hebben we alleen maïskoek in plaats van biscuits, als u het niet erg vindt, Miss Hattie.'

'Dat is best, Martha,' antwoordde Hattie afwezig, want ze werd weer afgeleid. Ze voelde de last terugkomen, dezelfde druk waarvan ze afgelopen nacht wakker was geworden, maar nu sterker, en deze keer kwam de oproep om te bidden samen met een beeld. Ze sloot haar ogen, en op het donkere scherm daar-achter verscheen een schouwspel.

Ze zag een schaap helemaal alleen in de woestijn, liggend op met bloed bevlekt zand. Zijn keel lag open en het dier was te angstig en te zeer verwond om te kunnen blaten. Een wolf liep er omheen, met de tanden bloot, klaar om hem te verslinden.

Hattie voelde een vlaag van woede, woorden rolden luid en heftig uit haar mond. 'Vader, de vijand wil een van Uw kinderen kapotmaken. En dat kind is gewond en heeft niemand om te helpen, behalve U.' Ze had de vorige avond voor het slapengaan uit het boek Daniël gelezen, en plotseling leek dat geen toeval meer. 'Vader, U was de vierde man in de brandende oven, toen de koning Uw drie dienaren daarin gooide, en er werd zelfs geen haar op hun hoofd verschroeid. Vader, toen Daniël in die leeuwenkuil werd gegooid, stuurde U Uw engel om de muilen van de leeuwen dicht te houden, en hij werd bevrijd. Hij had zelfs geen schrammetje.'

'Ja, Vader,' riep Martha uit, die meebad vanaf haar plek naast de kachel. 'Voor U is niets te moeilijk.'

'U bent nog steeds dezelfde die U toen was,' riep Hattie. 'Laat ons Uw kracht zien, Vader. Red dit kind van U.'

'Ja, Vader,' stemde Martha nogmaals in.

Hattie hoorde hoe een ei tegen de rand van de koekenpan brak, en daarna begon te sissen in het hete vet.

'Uw hart is vol liefde, Jezus, en Uw arm is machtig om te redden,' verklaarde Martha.

Hattie's ogen waren nog steeds dicht, maar het beeld op het donkere scherm begon te veranderen. Een schaduw bewoog zich tussen het gewonde schaap en het roofdier. Toen deze figuur duidelijker zichtbaar werd, kon ze zien dat het een jong en sterk iemand was, gekleed in een gewaad dat oogverblindend wit was in de woestijnzon. Zij was het zelf, besefte ze toen het gelaat zichtbaar werd. Ze stak haar hand uit naar een prachtige gouden schede die ze om haar middel droeg, en trok er een helder blinkend zwaard uit. De kling flitste in het felle zonlicht en doorkliefde de lucht, toen ze de wolf ermee bedreigde. Hij ontblootte opnieuw zijn tanden, en zijn gele ogen fonkelden van haat, toen hij afdroop naar de schaduw van de rotsen. Ze bleef nog even kijken, maar het beeld begon te verdwijnen, waarbij het stukje bij beetje oploste in kleur en licht.

Hattie deed haar ogen open. Martha draaide de eieren om, liet ze op een bord glijden, opende de piepende ovendeur, en haalde de goudgele maïskoek eruit. Hattie voelde hoe de spanning uit haar wegvloeide. Ze was uitgeput, alsof ze een zware strijd geleverd had.

Martha haalde het worstje uit de pan, en toen ze allebei aan tafel zaten met een kop dampende koffie en hun ontbijt voor zich, begon Martha te praten, knikkend alsof ze zojuist een besluit genomen had. 'Ik heb het gevoel dat God ons gebed verhoord heeft,' zei ze. 'Hij is aan het werk.'

Hattie knikte ook. Haar geest was opgeklaard. Ze had honger. 'Wil je me die pruimenjam eens aangeven?'

'Alstublieft,' zei Martha, en liet de pot pas los toen Hattie die stevig vast had.

Hattie at totdat ze verzadigd was, dankbaar dat ze nog steeds met een vork overweg kon. Toen ze klaar waren reed Martha de stoel naast de kachel. Het vuur brandde fel, en knapperde toen Martha het deurtje opende om er nog een blok hout op te gooien. Het was warm in de kamer. Hattie voelde zich slaperig worden. Martha begon weer te zingen toen ze ging afwassen. 'Ik denk dat het allemaal wel in orde komt.'

Hattie glimlachte tevreden, sloot haar ogen en zonk in slaap.

Een

'Anders nog iets?' De oude man achter de kassa met zijn dubbelfocusbril en een grijze hangsnor, keek haar vragend aan, maar meer ook niet. Mary Bridget Washburn glimlachte vaag en hoefde zich niet timide voor te doen. Ze keek omlaag naar de uitstalling van middeltjes tegen hoest en verkoudheid op de toonbank voor haar.

'Het is een griepje,' loog ze. 'M'n hele gezin is er door geveld – mijn man en kinderen. En ik zorg ook nog eens voor mijn moeder en vader.' Ze liet haar vingers over het rijbewijs in haar zak glijden, een van de vele die Jonah, de kerel in Charlottesville, tegen betaling voor haar had laten maken. Soms vroegen ze om een legitimatiebewijs als je zoveel van dat spul kocht, ook al betaalde je contant.

'Tja.' Hij schudde zijn hoofd. 'Je ziet er niet oud genoeg uit om getrouwd te zijn, laat staan om kinderen te hebben.'

Mary dacht na over wat ze nu moest zeggen, maar besefte toen dat hij geen antwoord verwachtte. Hij sloeg het bedrag aan en deed de flesjes in een tas.

Ze knikte alleen maar en wist dat haar zijdeachtige blonde haar en blauwe ogen het weer voor elkaar hadden gekregen. 'Als ik weer jarig ben, word ik vijfentwintig,' zei ze en dat was het enige ware in het hele gesprek dat ze met de arme man gevoerd had.

'Tja', zei hij nogmaals. 'Je lijkt geen dag ouder dan zeventien.'

Ze hield haar adem in totdat hij haar het wisselgeld van honderd had teruggegeven.

'Ik dank u vriendelijk,' zei ze en dwong zichzelf om op te kijken. Hij keek haar nu recht aan, alsof hij zich plotseling realiseerde wat ze van plan was. Ze verried zich niet, maar glimlachte alleen nog een keer. Ze voelde de bekende opluchting toen de winkelbel achter haar rinkelde; toen liep ze richting trottoir en keek uit naar de vrachtwagen, die daar voor de verandering eens stond. Meestal moest ze de tijd doden terwijl ze stond te wachten totdat Dwayne terugkwam van zijn ronde langs de winkels voor landbouwbenodigdheden en gereedschap, maar deze keer zat hij op haar te wachten. En dat was prettig, want het was zelfs voor oktober in Virginia behoorlijk koud. Zodra de zon onderging zou het weer gaan vriezen.

Dwayne gooide zijn peuk uit het raam en startte de motor, toen ze de zak met de griepmedicijnen achterin zette, naast de flessen met antivries en afvoerontstopper en de twee grote tanks met watervrije ammonia. Ze had op school ooit eens een plaatje gezien van een man die speed had gebruikt. Het eerste plaatje was normaal. De tweede foto leek zo'n tien jaar later genomen te zijn, de derde toen hij een oude man was.

'Deze foto's,' zo had de voorlichter gezegd, 'zijn met een tussentijd van zes maanden genomen. Dat doet speed nu met je.'

Mary zette die gedachte uit haar hoofd. Tenminste, dat probeerde ze. Ze klom op de plek van de bijrijder en gelukkig zei Dwayne niets, maar bromde slechts en zette de wagen in de juiste versnelling, trok op naar de weg en koerste naar de ringweg, richting thuis. *Thuis*, dacht ze met een rilling. Een roestige oude caravan, waar ze aten en sliepen, en een oude, bouwvallige rokerij ergens daarachter, waar Jonah het spul maakte, zoals Dwayne het noemde. Ze sloot haar ogen en probeerde de stem te negeren, die haar elke dag steeds luider vroeg wat ze hier eigenlijk deed.

Het is niet mijn schuld, zo ging ze er tegenin. *Ik probeer er het beste van te maken.* Het was zeker niet zo dat ze haar diploma had gehaald, haar schooluniform had uitgetrokken en had besloten om haar carrière te beginnen in de productie van speed. Nee. Het had geleken op het koken van een kikker, zoals haar oma altijd zei: de hitte werd geleidelijk aan steeds sterker, totdat het water overal om haar heen kolkte, en nu zat ze hier nog steeds. Ze blikte terug op de stappen die haar hier gebracht hadden. De goede redenen die ze had gehad om met Jonah van huis weg te lopen en in te gaan op zijn aanbod van snel geld verdienen. Maar terwijl ze haar handelwijze probeerde te rechtvaardigen, kon ze de stem van haar moeder horen, die haar – zelfs nu ze niet meer leefde – zacht, maar duidelijk waarschuwde dat er geen enkele goede manier bestond om iets verkeerds te doen.

Als haar moeder hier was zou alles nog steeds in orde zijn. Of tenminste niet zo verschrikkelijk verkeerd als het nu geworden was. Maar moeder was dood en vader was weg, haar broers en zussen her en der terechtgekomen. En zij zat hier.

Voorlopig tenminste. De afgelopen vijf jaar had ze op meer plekken gewoond dan ze nog kon tellen. Ze hadden wel nomaden geleken, want steeds als de politie kwam rondsnuffelen pakten ze hun biezen en trokken verder.

Soms hadden ze de tijd verkeerd ingeschat en werd Jonah of Dwayne opgepakt. Ze zaten dan een poos in de cel, kwamen vrij en gingen er weer mee verder. Zij was nog nooit gepakt. Een kwestie van geluk, vermoedde ze. Ze dacht dat ze best weg had kunnen gaan terwijl zij in de gevangenis zaten. Wat dat betreft, kon ze er nu ook vandoor gaan.

Ze was geen gevangene. Precies. Ze kon er meerdere malen per dag makkelijk tussenuit knijpen, verdwijnen door de achterdeur van een van de apotheken of gereedschapswinkels, terwijl Dwayne aan de voorzijde in de truck zat te wachten. Naar het busstation gaan terwijl hij het spul verkocht. Maar waar moest ze heen? Wat moest ze doen als ze daar was aangekomen? Ze kon niet terug naar huis, en zelfs de gedachte aan thuis – het woord bracht het beeld naar boven van het oude, withouten huis dat in het dal verscholen lag – deed een pijnscheut door haar heen gaan. Ze kon niet naar huis. Het lag niet slechts een uur, maar een heel leven van haar verwijderd. En ze had geen geld om ergens anders opnieuw te beginnen.

De beloofde winst was nooit aan haar afgedragen. Ze vroeg zo nu en dan om geld. Dwayne zei dan: 'Vraag maar aan Jonah,' en Jonah gaf haar telkens niet meer dan twintig dollar. Dan rekende ze de honderd dollar niet mee die Dwayne haar steeds had gegeven als ze een apotheek binnenging om iets tegen verkoudheid of vermageringspillen te kopen. Ze moesten toch wel weten dat ze ervandoor zou gaan als ze ooit meer in handen kreeg.

En wat dan? vroeg ze zich vermoeid af. Ze had geen opleiding. Geen andere vaardigheden dan het kopen van ingrediënten voor speed, en ze was bang voor wat er zou gebeuren als ze op straat leefde. Die druk was nu al begonnen. De mannen die zaken kwamen doen met Dwayne keken naar haar, om over Dwayne zelf maar te zwijgen.

Jonah, met wie ze was weggelopen, merkte haar aanwezigheid echter nog maar nauwelijks op. De aarde kon voor zijn part opensplijten en haar verzwelgen. Hij was altijd in het schuurtje om het spul te maken, en zelfs als hij fysiek aanwezig was, leefde hij in zijn eigen wereld. Maar dat was ook niets nieuws.

Jonah was altijd al anders geweest. Hij was niet zoals de andere jongens bij hen in de buurt, bij wie alles draaide om voetbal en jagen. Hij had nooit geduld gehad voor hun dwaasheid, hun grote auto's, hun onzinnige groepsgedrag, en hij had dat ook eerlijk toegegeven. Wanneer ze aan de Jonah van vroeger dacht, verscheen het beeld van zijn rug die in het bos verdween. Het leek wel of ze het meest op die manier een glimp van hem had opgevangen – mysterieus en zonder veel contact, als iemand die in de verkeerde eeuw geboren was. Jonah, zwijgzaam en gevoelig, zwierf over heuvels en door dalen, kwam terug met zakken vol pijlkruid, ginsengplanten waarvan de wortels netjes in zijn zakdoek waren gewikkeld, een handvol glimmende steentjes die hij zorgvuldig uit de rode modder had opgeraapt. Zijn beste vriend was die oudoom van hem geweest die in het huisje boven op de berg woonde. De handen van die oude man waren zo dik als leer door alle keren dat hij was gestoken in de jaren waarin hij bijen hield, maar hij had de beste honing gemaakt die je ooit kon vinden. Die was zoet en geurig en had een heldere amberkleur. Die teruggetrokken manier van leven had Jonah van hem.

Hij leek ook op hem, alsof het evenbeeld van de oude man weer opdook in de jonge man. Beide hadden ze dezelfde ruwe gelaatstrekken, die haar deden denken aan de bergen waar ze van hielden. Ze hadden allebei een hoog en breed voorhoofd, hoge jukbeenderen en brede kaken met scherpe hoeken. Net als zijn oom had ook Jonah een recht en strak gezicht, net alsof het uit steen gehouwen was. Zelfs zijn ogen leken op het grijze graniet van de bergen, en net als bij die steentjes zaten er kleine witte vlekjes op.

Jonahs bewegingen waren altijd soepel en vloeiend geweest, verbazingwekkend sierlijk voor zo'n lange, slungelachtige man. Hij had zich geruisloos en snel door het bos bewogen. Als hij stilstond bewogen alleen zijn ogen, sloeg hij een bepaald wezen gade, en registreerde wat er was veranderd sinds hij de laatste keer voorbij was gekomen. Hij wist van elke bijenkorf en van ieder eekhoornnest precies waar ze zich bevonden. Op die berg ontsnapte niets aan zijn aandacht.

'Hij is eigenaardig,' zei haar vader altijd droogjes, als hij met toegeknepen ogen Jonah voorbij zag komen. Ze wrong haar mond in een bittere glimlach. Als haar vader toen al had gevonden dat Jonah eigenaardig was, vroeg ze zich af wat hij nu dan wel niet over hem zou zeggen.

Hij zou hem waarschijnlijk niet eens herkennen. Jonah's huid was ziekelijk wit geworden, zijn gezicht uitgemergeld en afgetobd. En niet alleen zijn lichaam was veranderd. Het was alsof zijn persoonlijkheid, dat ondefinieerbare dat Jonah tot Jonah maakte, langzaam weggevreten, stukje bij beetje verdrongen was door zijn bitterheid en het gestaag toenemende gebruik van speed. Opeens zag ze Jonah's ziel voor zich als een stuk Zwitserse kaas, vol gaten. Wie er nu in zijn lichaam huisde was paranoïde en onberekenbaar. Hij kon tekeer gaan over een kleinigheid, typerend voor de doorgewinterde speed-gebruiker die hij geworden was.

Dwayne was er trots op dat hij maar zo nu en dan gebruikte, maar Mary wist dat het met Jonah ook zo begonnen was. Zij gebruikte af en toe iets lichters, maar niets kon echt doordringen tot de leegte die ze binnen in zich voelde. Wanneer ze zich afvroeg waarom ze moeite deed om zich in te houden, was een vlugge blik op Jonah altijd voldoende.

Hij ging keer op keer door dezelfde cyclus heen. High, higher, nog higher worden, steeds iets meer gebruiken, steeds gekker worden. Dan schreeuwde en krijste hij en zag allerlei dingen. Die fase kon wel dagen, zelfs weken duren. Dan kwam hij met een dreun naar beneden, was soms tijdens zijn pijlsnelle val een paar uur bij zijn volle verstand, en sliep vervolgens dagenlang, bijna alsof hij in coma lag. Dan werd hij wakker en wilde meer hebben, en weg was hij weer.

Ze had gehoord van een man in New Mexico die helemaal doorgedraaid was – op het hoogtepunt van het high-zijn. Hij was ervan overtuigd geraakt dat zijn zoon bezeten was en had het hoofd van de jongen afgesneden en uit het raam van zijn vrachtwagen gesmeten. De laatste tijd had Jonah ook zulke vlagen van paranoia, zat te staren naar haar en Dwayne en werd dan plotseling stil, alsof stemmen in zijn hoofd dingen tegen hem zeiden die zelfs hem angst aanjoegen. Ze was bang voor hem en was begonnen de messen en scheermesjes te verstoppen, en wat hij verder ook maar zou kunnen gebruiken om zichzelf of iemand anders te verwonden. Vorige week was hij de woonkamer van de caravan binnengestormd met een jachtgeweer op zijn schouder, en ging tekeer over iemand die zijn hersenen gestolen had.

'Geef me dat ding voordat je iemand doodschiet,' had Dwayne gezegd terwijl hij het geweer uit Jonahs handen loswrikte. Jonah had hem aangestaard, hijgend en met een wilde blik in zijn ogen. Zijn scherpe gelaatstrekken kwamen nog sterker naar voren nu hij zo was afgevallen. 'Hier.' Dwayne had het geweer aan haar gegeven. 'Jij kunt dat maar beter bij je houden. Jonah heeft teveel van het spul geproefd. Een beetje te vaak van het lekkers gesnoept.'

Ze had het geweer aangepakt, en zodra ze het gladde materiaal in haar hand had gevoeld, was het haar opeens beginnen te dagen. Dwayne vertrouwde haar. Maar alsof hij haar gedachten gelezen had, ging hij toen op de kapotte bank naast haar zitten, tilde een van zijn dikke armen vol tatoeages op en legde die om haar schouders. Ze had haar best gedaan om niet ineen te krimpen.

'Verderop in Boone's Mill woonde een ouwe jongen die ons een poosje terug probeerde op te lichten,' zei hij gemoedelijk. 'Weet je wat er met hem gebeurd is?'

Ze schudde haar hoofd en deed alsof het haar niet interesseerde.

'Iemand heeft benzine over hem heen gegoten en hem in brand gestoken, terwijl hij lag te slapen.'

Ze had niet gereageerd. Het was waarschijnlijk het zoveelste staaltje van zijn dwaasheid. Zo was Dwayne nu eenmaal. Altijd opscheppen. Maar Jonah. De laatste tijd kon je moeilijk voorspellen wat Jonah zou kunnen gaan doen. Ze had daarna niets meer gezegd, alleen maar strak naar de televisie gekeken, maar het kleine sprankje hoop was niettemin uitgedoofd.

Na een tijdje was ze naar haar kamer gegaan, toen al het verkeer af en aan begon te rijden, toen de muziek door de muren begon te dreunen. Ze had een poosje in een tijdschrift zitten lezen en was ten slotte in slaap gevallen. Tegen vijven in de ochtend was ze opgestaan om naar het toilet te gaan. Iedereen was eindelijk naar huis gegaan en iemand had de stereo uitgezet. Ze kon horen hoe Dwayne op de bank lag te snurken. Ze wilde teruggaan naar haar kamer, maar Dwayne werd wakker, stond op en volgde haar door de hal. Ze haastte zich naar haar slaapkamer, duwde de deur zachtjes dicht en maakte het armzalige slot vast. Niet dat het veel nut zou hebben als hij besloot om naar binnen te gaan. Hij kwam eraan en ze hoorde hoe hij voor de deur halt hield. Ze had haar adem ingehouden, en na een paar minuten kraakte de vloer en hoorde ze de deur van zijn slaapkamer open en weer dicht gaan. Maar het zou niet lang meer duren. Ze had die nacht met haar voorhoofd tegen de deur van de slaapkamer geleund en geprobeerd te bidden, maar er wilden geen woorden komen.

Nu wendde ze haar gezicht naar het raam van de truck, maar zag nauwelijks iets van de pracht van de bergen of de felrode bladeren aan de bomen. Hoe kon het toch dat haar leven tot zo'n droge, hete woestijn verworden was? Een ravijn van steen en stof, waar elke bocht haar dieper in wegvoerde, in plaats van naar grazige dalen met schaduwrijke bomen en kalme vijvers. Ze voelde zich vermoeid tot op het bot. Ze liet haar hoofd tegen het raampje rusten.

Wie was ze nu werkelijk? Toch zeker niet de persoon die ze geworden was. Ze probeerde zich de laatste keer te herinneren dat ze een glimp van haar ware zelf had opgevangen. Ze concentreerde haar gedachten, speelde niet met het idee maar wilde het zich echt herinneren, en haar geest ging terug naar een plek die ze ijverig had getracht te vermijden. Ze was twaalf jaar oud. Haar kleine meisjesgezicht straalde haar tegemoet vanuit de schuilplaats van haar geheugen. Haar tanden waren iets te groot voor haar gelaatstrekken, haar haar was zijdeachtig wit en golfde over haar schouders. Haar benen waren mager en zaten onder de butsen van het spelen, en in haar heldere ogen glansde een licht dat nog niet was gedoofd. Mary Bridget glimlachte, toen ze terugdacht aan het hoogtepunt van dat jaar. Ze had op de zondagsschool honderd Bijbelverzen uit het hoofd geleerd en een splinternieuwe witlederen Bijbel gewonnen, waarop haar naam met sierlijke gouden letters geschreven was.

Het tafereel veranderde. Er kwam een ander beeld naar voren; ze was met moeder bij oma. Ze zat bonen te breken en repeteerde die verzen. Ze kon haast de geur van oma's keuken ruiken – een mengeling van koffie, koekjes en appels, van de houtrook en van het avondeten dat ze aan het koken was. Ze kon het sissen van de snelkookpan haast horen, het gemompel van hun gesprek, het kraken van hun stoelen, en de flarden van oma's koormuziek op de achtergrond.

Moeder en oma waren allebei naar de kerk gekomen op de avond dat ze haar Bijbel had gewonnen. Ze staarde recht voor zich uit en in plaats van het stoffige dashboard van de wagen zag ze die twee daar gesteven en gestreken op de voorste bank zitten. De trots straalde zo van hen af, dat ze de warmte daarvan haast nog kon voelen. Ze hield het bitterzoete beeld zo lang mogelijk vast, maar na enkele ogenblikken vervaagde het.

Ze staarde somber uit het smoezelige raampje van de wagen. Waar was dat meisje gebleven? Wat had haar zo veranderd? Het was een vraag die ze zichzelf nooit toestond te stellen. En de enige reden waarom ze die nu wel stelde was de knagende, kwellende pijn die haar de laatste tijd parten speelde. Iets binnenin haar, dat ze al die jaren in slaap had weten te houden, was nu wakker aan het worden, kronkelde en worstelde om vrij te komen. En dat deed pijn. Ze had niet zo'n pijn gevoeld sinds de eerste dagen, sinds die eerste ochtend toen ze naast Jonah wakker was geworden en besefte wat ze had gedaan. Schaamte had zich door haar borst en maag verspreid, als iets kouds en giftigs. Het had zo'n vreselijk gevoel gegeven dat ze dacht dat ze er niet mee kon leven. Dus had ze geleerd hoe ze het kon verdrijven.

Je moest er gewoon niet over nadenken, dat was alles. Je bleef gewoon recht voor je uit kijken en dacht niet na, en je voelde niets, en je ging gewoon door met het volgende, en als iets je verdrietig maakte keek je de andere kant op, of deed het boek dicht, of zette de televisie uit, of zocht iets anders om je af te leiden.

Maar ze moest uitgeput aan het raken zijn of de stem was sterker aan het worden, want het werkte niet langer. Steeds vaker, wanneer ze op bed bijna in slaap gevallen was, wanneer ze uit het raam zat te staren en haar geest niet bewaakte, voelde ze die aanwezigheid, sprak die stem. *Wie ben je?* vroeg hij dan. *Van wie ben je?* En wanneer dat gebeurde verscheen het gezicht van dat kleine meisje in haar herinnering, en kon Mary niet zeggen of ze getergd werd, of teruggewenkt naar iets wat nog steeds mogelijk was.

Was het mogelijk? Bestond die persoon nog steeds ergens binnenin haar, of was die voor altijd verdwenen? Terwijl de vraag nog naklonk, kwamen reeds lang vergeten woorden haar in gedachten. Ze leken opeens te kloppen, een volmaakte beschrijving van wat haar leven geworden was. Ze sloot haar ogen en fluisterde ze in zichzelf: 'Angst en beven zijn over mij gekomen, en doodsangst heeft me overvallen...'

Er was nog meer, maar ze kon het zich niet herinneren. De hele weg naar huis herhaalde ze het eerste deel en probeerde zich de rest van het vers te herinneren. Toen Dwayne ten slotte de truck vanaf de snelweg de kronkelende binnenwegen op stuurde, schoot de rest van de passage haar te binnen. 'O, had ik vleugelen als een duif,' fluisterde ze, 'ik zou wegvliegen en een woonplaats zoeken.'

'Wegvliegen en een woonplaats zoeken,' herhaalde ze in zichzelf, toen ze het lange modderige weggetje naar de caravan opreden. 'Wegvliegen en een woonplaats zoeken,' fluisterde ze toen ze staarde naar de bergen afval van de speed in de sloot – stapels lege flacons van antivries en afvoerontstopper, weggegooide blikken van lampolie. Ze mompelde de woorden steeds weer opnieuw, en op de een of andere manier was er iets veranderd toen de truck tot voor de roestige caravan optrok en plotseling tot stilstand kwam. Ze waren meer een plan dan een gebed geworden.

Twee

Ze wist genoeg om haar tijd af te wachten. Er ging een dag voorbij, daarna nog een, toen een week, daarna twee. Toen alle noodzakelijke stukjes ten slotte op hun plaats vielen, had ze een paar minuten nodig om te beseffen dat dit het moment was. De kans waarop ze had gewacht.

Zij en Dwayne brachten een lange dag door met het aflopen van winkels om ingrediënten te kopen. Ze kwamen rond zes uur aan bij de krakkemikkige caravan. Jonah kwam net lang genoeg uit de rokerij om te halen wat hij nodig had en ging vervolgens weer aan het werk. Mary Bridget liep de keuken in. Ze deed de afwas en gooide de lege bierblikjes weg. Toen Dwayne naar de truck liep en terugkwam met twee flessen zelfgemaakt brouwsel, bonkte haar hart. Dit was haar kans.

'Ik heb vandaag wat zaken gedaan in Franklin County.' Dwayne grijnsde en snoof aan de dop van de fles. 'Een milde geur met een vleugje batterijzuur en de flinterdunne nasmaak van een loden pijp.'

Mary Bridget lachte alsof hij een slimme opmerking gemaakt had. Ze haalde de kippen die ze gisteren gekocht had uit de koelkast en zei nog maar eens een dankgebedje dat ze die nog niet gebraden had. Ze kookte een enorme, zware maaltijd – gebraden kip en crackers en jus – het soort maaltijd waarvan Dwayne altijd drie keer zoveel at als hij nodig had om vervolgens in slaap te vallen, terwijl hij op de bank televisie zat te kijken.

Ze maakte de afwas af, ging zelfs naast hem televisie zitten kijken – het ene programma na het andere. Dwayne dronk om de paar minuten met grote teugen uit de fles. Toen ze ten slotte al bijna de hoop om haar plan uit te kunnen voeren had opgegeven, rolde zijn hoofd achterover en begon hij te snurken. Ze bleef even zitten om zeker te weten dat hij onder zeil was, en gleed toen onder zijn arm vandaan en dwong zichzelf zo normaal mogelijk naar de hal te lopen. Hij moest niet wakker worden en haar rond zien sluipen. Ze had ongeveer een uur voordat de auto's aan zouden komen rijden. Avondklanten die kwamen kopen wat ze nodig hadden. Ze ging naar de badkamer en keek uit het raam. Het was donker, maar ze kon een streepje licht zien naast het zwarte plastic over het raam van de rokerij. Ze ging zachtjes terug naar de hal. Dwayne lag nog steeds te ronken.

Jonah's deur was niet op slot. Hij sliep nooit in zijn kamer. Eigenlijk sliep hij gewoon nooit en ze bad dat hij het geld hier bewaarde in plaats van daar in dat provisorische lab. Ze wierp nogmaals een blik in de woonkamer, draaide toen de knop van de slaapkamer om en ging naar binnen.

Het leek wel of er een bom ontploft was. Het bed was niet opgemaakt, en er hing een sterke geur van ongewassen kleren. Jonah was een poos geleden gestopt met douchen en ze had kleine bloederige korstjes op zijn armen gezien, waar hij aan had zitten peuteren. Ze haalde haar neus op en dankte God dat ze snel aan de stank zou wennen. Overal lag geld. Biljetten van tien en twintig lagen verfrommeld boven op de ladekast, proppen van kassabonnen en munten slingerden ertussen. Ze keek eroverheen, wetende dat er ergens een grotere stapel moest liggen. Ze haalden elke dag duizenden dollars binnen en ze wist zeker dat Jonah niet naar de bank was geweest om een rekening te openen. Ze snuffelde een paar laden door, maar vond alleen grijs ondergoed en sokken en een hele bende werkbroeken en T-shirts.

Ze hoorde dat de honden begonnen te blaffen en haar hart bonkte. Ze liep naar het raam en tuurde naar buiten. Het licht in het schuurtje brandde nog steeds, maar ze zag niets en hoorde geen ander geluid dan het hese geblaf. Soms gingen ze zo tekeer, en was het niet duidelijk waarom. Misschien was er een wasbeer of een buidelrat voorbijgekomen. Ze deed de slaapkamerdeur zachtjes open, strekte haar hals uit en keek de hal door. Dwayne zat nog steeds te snurken.

De angst zette haar aan tot meer vaart. Ze begon systematisch te zoeken, opende en sloot elke lade snel en voorzichtig, liep naar de linnenkast en keek onder de stapel vuile kleren en de stinkende laarzen en schoenen. Ten slotte had ze de hele kamer doorzocht. Niets. Het geld was er niet. Ze leunde tegen de muur, liet zich toen op het vuile vloerkleed zakken en had zin om in tranen uit te barsten. Ze bedekte haar gezicht.

'Help me, God,' bad ze, waarbij de ironie haar niet ontging. Maar ze moest hier hoe dan ook weg zien te komen. Daar draaide het om. Het geld moest Jonah daarginds bij zich hebben. Ze opende haar ogen en vroeg zich af hoe ze hem bij de rokerij weg kon krijgen. Ze staarde recht voor zich uit maar zag de rommelige kamer niet eens, en probeerde een antwoord te bedenken, maar terwijl ze voor zich uitkeek werd haar aandacht door iets afgeleid. Er stak een stukje groen papier tussen de vergeelde boxspring en de matras uit. Het was een briefje van honderd dollar. Ze hees de matras omhoog, en ja hoor, daar lag het. De plek waar het geld verborgen was, stapels slordig bijeengebonden bankbiljetten die bijna de hele boxspring bedekten. Ze staarde nog een seconde langer, pakte toen de groene plunjezak en begon alles erin te proppen. Ze stouwde hem vol met de briefjes van honderd en vijftig, totdat de rits helemaal strak stond. Als ze toch moest hangen, dan maar liever voor een flink vergrijp.

Ze tilde de tas met moeite op, en omdat ze niet langs Dwayne wilde om door de voordeur naar buiten te gaan, ging ze de badkamer in. Ze deed het raam open en duwde de plunjezak en haar rugzak naar buiten. Ze klom er zelf ook uit, en liet zich langzaam op de zachte grond onder het raam neerzakken. Ze kroop voorzichtig naar de truck, opende het portier zo zacht mogelijk, en schoof de plunjezak over de versnellingspook naar de plaats van de bijrijder. Ze klom net naar binnen, in de hoop dat de truck door compressie-ontsteking zou starten als ze langs de heuvel omlaag reed en vroeg zich af wat ze zou doen als dat niet gebeurde, toen de honden weer begonnen. Haar hart sloeg een slag over en begon toen in razend tempo te bonzen.

Er viel een streep licht door het duister toen Jonah de deur van de rokerij opengooide. Hij knipperde met zijn ogen, waarin een verwilderde blik lag. Zijn haar zat in de war en hij had het jachtgeweer op zijn schouder. Het licht van zijn zaklamp flitste wild over de binnenplaats, en kwam ten slotte op haar tot stilstand, daar achter het stuur van de truck. Mary haalde diep adem en besloot door te vechten.

'Schijn alsjeblieft ergens anders op met dat vervelende ding, voordat ik blind word.'

Het licht bleef nog even schijnen, en dook toen omlaag naar haar voeten. Ze kon hem, schrikwekkend en angstaanjagend, zien staan tegen het licht van het schuurtje, en ook al maakte het haar heel bang, toch begon ze naar hem toe te lopen, want het laatste wat ze wilde was dat hij naar haar toekwam en de plunjezak op de stoel naast haar zag liggen. Terwijl ze dichterbij kwam kon ze zien dat zijn hoekige gezicht uitgemergeld was. Hij beet op zijn lip en bewoog zijn kaak op die vreemde manier; zoals hij dat deed sinds hij was gaan gebruiken. Ze kwam nog dichterbij en rook de stank al, voordat ze de uitstalling van Masonpotjes, Pyrexglazen, buizen en slangen op de tafels achter hem zag. Ze probeerde geen adem te halen. Het rook naar nagellakremover, maar dan honderd keer zo sterk. Ze ging voor hem staan en begon te praten, nog voordat hij haar een vraag kon stellen.

'Geef me de sleutels van de truck,' beval ze hem, waarbij haar stem rustig en zeker klonk.

'Waarom?' Zijn ogen waren dunne grijze kringen om zwarte schijven.

'Ik moet naar de stad.' Ze liet haar stem met opzet ongeduldig klinken.

Hij staarde haar achterdochtig aan, terwijl zijn kaak steeds heen en weer bewoog. Zijn hand begon aan het korstje op zijn arm te peuteren. Het liet los en het wondje begon te bloeden.

'Nou, komt er nog wat van.' Ze klonk geïrriteerd toen ze zei: 'Ik heb iets nodig, spullen die vrouwen nu eenmaal moeten hebben.'

'O.' Jonah keek verward.

'Geef me de sleutels,' beval ze hem nogmaals.

Hij staarde haar een poosje aan, hield zijn hoofd scheef.

'De sleutels,' zei ze nogmaals, en eindelijk graaide hij in zijn zak en overhandigde ze.

Ze stak haar hand uit, en kreeg opeens een goede inval. 'En wat geld.'

Jonah zette het geweer naast zich neer en haalde zijn portemonnee tevoorschijn. 'Hier.' Hij gaf haar een briefje van twintig en nog voor ze kon antwoorden viel de deur al voor haar neus dicht.

Ze rende meteen weg. Haar hart klopte in haar keel toen ze de truck in klom en die in zijn vrij zette, hopend dat Dwayne nog steeds voor pampus op de bank lag. Ze reed zonder lichten de heuvel af, in de hoop dat ze niet in de greppel zou rijden. Het portier liet ze open en de motor startte ze pas toen de weg vlak werd en ze niet anders meer kon.

Het was net twee uur in de ochtend toen ze de parkeerplaats opreed van de Wal-Mart in Charlottesville, die dag en nacht geopend was. Ze zat even na te denken; toen ze haar plan klaar had ging ze naar binnen en kocht een paar oorbellen, lippenstift en een flacon donkerbruine haarverf.

Ze ging naar de toiletruimte en verfde haar haar, veegde de druppels met papieren handdoekjes uit haar nek en van haar schouders, schonk geen aandacht aan de nieuwsgierige blik van de enige verkoopster die binnenkwam om haar behoefte te doen en zonder een woord weer vertrok. Mary zei niets, bracht alleen de verf aan en negeerde de pijn die door haar heen schoot toen ze het maïsblonde haar modderkleurig zag worden. Ze deed haar best om met haar hoofd de warme lucht uit de kleine handdroger aan de muur op te vangen en het haar zo enigszins droog te maken. Ze stopte ermee voordat het helemaal droog was, maar kamde het strak over haar schouders. Het voelde droog en plakkerig aan, alsof ze het niet goed had uitgespoeld. Ze leunde voorover en bekeek haar gezicht dat haar al wat ongewoon voorkwam.

De bengelende oorbellen deden haar er nog vreemder uit-zien, en toen ze ook haar lippen donker gestift en haar ogen opgemaakt had, keek een heel ander iemand haar vanuit de spiegel aan. Nu was ze klaar. Niemand zou haar zo herkennen, en omdat die kerel al zoveel identiteitspapieren voor studenten had gemaakt, zou hij haar zeker niet herkennen als een oude klant. Hij zou haar zeker niet in verband brengen met Jonah.

Ze stuurde Dwayne's truck naar de school en reed langzaam door de straten. Daar was het. Dat was het flatgebouw. Ze pre-velde een dankgebed, hoewel ze het opnieuw raar vond om voor zoiets te bidden. Ze gaf zichzelf gelijk. Zonder identiteitsbewijs kon ze geen baan krijgen, en als ze onder haar eigen naam of een van haar valse namen werkte, zou ze daarmee als het ware een spoor van broodkruimels achterlaten, dat Jonah naar haar schuilplaats – waar ze die ook mocht vinden – zou leiden.

Ze zette de truck op de handrem en zocht haar weg door de betonnen doolhof van het flatgebouw. Ze vond de rijen brieven-bussen en hoopte dat ze de naam van die gozer zou herkennen wanneer ze die zag staan. Ze was de hele eerste rij langsgelopen, toen ze opeens bedacht dat hij weleens verhuisd kon zijn. Het was tenslotte al twee jaar geleden dat ze voor het laatst van zijn diensten gebruik had gemaakt. Ze voelde een knoop in haar maag komen, maar ontspande zich toen ze het zag: Eric Whitley.

Gerustgesteld liep ze terug naar de wagen om nog wat te sla-pen. Ze probeerde het, maar haar zenuwen leken strakgespan-nen te staan. Ten slotte doezelde ze weg. Toen ze weer wakker werd was het bijna acht uur. Ze zocht haar weg naar Erics flat aan de achterzijde van het gebouw en klopte op de deur. Geen reactie, dus klopte ze nogmaals, nu harder, en dit werd beloond met een schuifelend geluid en het geblaf van een hond.

Ze schraapte haar keel en probeerde zich rustig te herinneren hoe Eric eruit had gezien. Lang en mager, wist ze nog, helemaal niet wat ze zich bij een vervalser had voorgesteld. Hij zag eruit alsof hij een van de professoren op school had kunnen zijn, en gedroeg zich ook zo. Kalm en ijverig, met een onverzorgd rood baardje en dunner wordend haar. Maar juist zij wist heel goed dat je niet kon weten wat voor omstandigheden hem tot dit leven gebracht hadden. Ze ging op haar andere been staan en leunde naar voren toen de deur openging.

Het was een kind, niet ouder dan vier of vijf jaar, een klein meisje met blond haar dat een goede beurt met shampoo en borstel wel kon gebruiken. Ze droeg een te kleine pyjama en zag er koud uit. De hond was er net zo een als die van de Engelse koningin, met korte dikke pootjes. Hij stak zijn kop naar Mary Bridget en duwde het meisje opzij.

'Hallo,' zei Mary Bridget, en stak haar hand uit naar de hond. Hij snuffelde eraan en duwde een koude, natte neus in haar handpalm. 'Is je vader of moeder al wakker?'

Het meisje gaf geen antwoord. Wreef alleen met haar voet langs haar kuit. De hond probeerde te ontsnappen. Mary Bridget greep hem bij zijn halsband en het meisje, dat niet veel interesse meer leek te hebben, liep weg van de deur. Mary wist niets anders te doen dan naar binnen te stappen en de deur achter zich dicht te doen.

De flat was rommelig, maar niet zo erg als wat ze gewend was. De tafels van hardboard lagen bezaaid met blikjes van frisdrank en bier, uitpuilende asbakken en een stel borden van de pizza van gisteravond. Een krant en wat kleren van het meisje slingerden op de vloer. De laatste keer dat ze hier geweest was waren er geen kinderen, dat wist ze zeker.

Het meisje ging terug naar de bank en trok een babydeken over haar blote benen. Op de televisie waren tekenfilms te zien.

'Waar is je moeder?' vroeg Mary haar nogmaals, en had intens te doen met het kleine kind dat hier alleen zat en waarschijnlijk honger had. Maar eigenlijk moest ze toegeven dat het kind er niet bang of verwaarloosd uitzag. Ze had waarschijnlijk verdriet om haar eigen ellende, zo hield ze zichzelf voor.

'Mama ligt te slapen,' zei het kind.

'Hoe heet je?'

'Brittany.'

'Ga je naar school, Brittany?'

'Soms.' Ze haalde een schouder op. 'Als mama op tijd wakker wordt.'

Mary Bridget riep zichzelf tot de orde. Dacht weer aan het doel van haar komst. Ze was geen maatschappelijk werkster. De truck stond voor geparkeerd en iedereen kon hem duidelijk zien. Hoewel Jonah de politie niet zou bellen, zou hij haar ongetwijfeld gaan zoeken zodra hij niet meer high was. Of hij zou Dwayne eropuit sturen. Ze had geen tijd over om voor andermans kinderen te zorgen. 'Waar is je vader?' vroeg ze, de koe bij de horens vattend.

Het meisje haalde weer een schouder op en leek precies te weten wat ze moest zeggen om Mary's lot te bezegelen. 'Ik heb honger,' verklaarde ze, en wachtte toen alsof ze wist wat er zou volgen.

Mary zuchtte diep en stond toen op. Ze tuurde de hal in. Alle deuren zaten dicht. Ze liep naar de keuken. Ze aarzelde even, want het voelde nogal vreemd om in de kasten van een andere vrouw rond te neuzen, maar misschien kon ze een pak cornflakes vinden en melk voor het kind inschenken. Dan zou haar geweten weer zuiver zijn en kon ze teruggaan naar de truck om daar te wachten. Het meisje keek haar stil en ernstig aan. Mary zuchtte nogmaals, deed het licht aan en keek in de kasten. Geen cornflakes. Helemaal geen eten, behalve een paar blikken groente en een kan met vruchtendrank. Ze deed de koelkast open. Er waren een paar eieren, en de broodtrommel bevatte twee droge stukken brood. Ze dacht even na. De scepter zwaaien in iemand anders keuken was niet bepaald netjes, maar alles bij elkaar genomen leek het te dwaas om je daar druk over te maken... Bovendien had het kind honger.

Ze roerbakte de eieren en gebruikte het oude brood om wentelteefjes van te maken die ze opdiende met boter en bruine suiker, omdat er geen stroop was. Ze roerde de vruchtendrank om die de plaats van de melk moest innemen. Andere ochtenden waarop ze de kasten had afgezocht naar iets wat ze haar broertjes en zusjes te eten kon geven en waarop ze van allerlei kleine restjes toch een maaltijd had klaargemaakt, kwamen haar levendig voor de geest. Ze schoof die herinneringen aan de kant en richtte haar aandacht op het kind.

Tussen de happen door praatten ze wat en toen het meisje alles had gegeten wat ze wilde en weer tekenfilms was gaan kijken, maakte Mary Bridget de restjes van het ontbijt op. Ze waste de schaal af en vond dat ze de rest van de borden in de overvolle gootsteen ook wel kon afwassen. Ze dacht terug aan de jaren waarin ze gedwongen was de huishouding te doen. Toen het kind weer verscheen en naar de hal wees, keerde ze terug naar de werkelijkheid. 'Daar is mama,' zei ze.

De vrouw stond in de hal en knipperde even met haar ogen. Ze had kort, bruin haar, zes of zeven oorbellen in één oor en in het andere niet een. De omvang van de buik onder het witte T-shirt duidde op het laatste stadium van zwangerschap. Ze leek niet beledigd of zelfs maar verrast om Mary in de keuken aan te treffen, alsof het niet ongewoon was om onbekenden over de vloer te hebben. 'Wie ben jij?' vroeg ze ten slotte terwijl ze haar ochtendjas dichttrok.

Mary had haar mond al open om naar waarheid te antwoorden, toen haar te binnen schoot waarom ze daar was. Ze kon haar identiteit maar beter niet blootgeven. Ze had er niet over nagedacht welke naam ze zou gebruiken, maar op het moment dat ze begon te praten, rolde die er haast vanzelf uit. En achteraf leek het goed dat haar moeders naam uit haar mond was gerold. Zodoende zou ze er, wanneer ze die naam uitsprak, steeds aan herinnerd worden hoever ze was afgedwaald van de persoon die ze had moeten worden. Het zou haar steeds wreed herinneren aan wie ze werkelijk was – en wie ze niet was. 'Ik heet Bridget,' zei ze. 'Bridget Collins. Maar iedereen noemt me Bridie.'

Eric kwam ten slotte uit de slaapkamer tevoorschijn. Hij maakte het nieuwe rijbewijs, ging het internet op en had haar moeders sofi-nummer met een paar klikken te pakken. Hij deed de kaart er gratis bij.

Mary Bridget ritste de plunjezak open en trok zo onopvallend mogelijk vier briefjes van honderd uit de eerste bundel die ze te pakken kreeg en overhandigde die. Het rijbewijs was nog warm van het plastificeerapparaat, en het gezicht dat erop stond was vreemd. Haar eigen gezicht, maar toch ook weer niet, en de naam gaf hetzelfde gevoel. 'Bridie.' Ze herhaalde het vastberaden en zei tegen zichzelf dat ze er maar aan moest wennen. Dit was degene die ze nu was. 'Bridie Collins.'

Eric stelde geen vragen. De vrouw sprak nauwelijks. 'Je weet je wel te redden in de keuken,' was alles wat ze zei bij wijze van dank.

'Mijn moeder is lang ziek geweest toen ik nog een kind was. Ik deed bijna het hele huishouden.'

'Is ze doodgegaan?' vroeg de vrouw haast achteloos.

Mary antwoordde niet meteen. Waarom dachten vreemden toch dat ze er recht op hadden alles over je te weten? Ten slotte knikte ze, en dacht terug aan de zakelijke manier waarop haar vader haar had opgedragen om haar broertjes en zusjes te vertellen dat hun moeder was overleden. 'Ik moet naar mijn werk,' had hij gezegd. 'En jij zult het trouwens toch beter aanpakken dan ik.'

Toen hun zaken afgehandeld waren, groette Mary het kind, bedankte Eric en bereikte de deur. 'Je zegt het toch tegen niemand, hè?' vroeg ze terwijl ze zich omdraaide.

'Ik zou dit zaakje wel kunnen vergeten als ik dat wel deed,' antwoordde Eric met zijn merkwaardig vriendelijke stem.

Impulsief rommelde Mary nogmaals in de plunjezak, liep toen naar de vrouw en drukte haar een briefje van honderd dollar in de hand. 'Hier, koop maar iets voor de kinderen,' zei ze en liep weg voordat de vrouw kon antwoorden.

Eric zei niets. Het kind zei niets. De vrouw bedankte zelfs niet voor het geld. Mary Bridget keek nog even om toen ze hen verliet. Mager en gelaten keken ze haar na vanaf de bank.

De truck vond zijn laatste standplaats achter een enorme magnolia op de parkeerplaats van Piggly Wiggly. Ze haalde de papieren uit het handschoenenkastje en duwde ze in haar rugzak.

Niet dat het veel zou helpen. Ze konden de truck identificeren via de kentekenplaten, maar ze had de tijd noch het gereedschap om die er vanaf te slopen. Ze liet de sleutels in het contact zitten, in de hoop dat iemand hem zou stelen. Wat er niet was kon ook niet gevonden worden. Ze stak de straat over naar het Greyhound busstation, en had een hekel aan zichzelf omdat ze zich zorgen maakte om Dwayne en Jonah. Het leek wel of ze de hele wereld op haar schouders torste.

'Waarheen, mevrouw?' vroeg de man achter het loket toen ze aan de beurt was. Mary Bridget hees haar rugzak omhoog en hield de plunjezak krampachtig vast. Haar handen beefden van angst en honger en uitputting.

Ze schudde haar hoofd en wilde zeggen dat het niet uitmaakte waarheen, maar dat kon niet. Ze moest kalm en zelfverzekerd blijven, en niets doen of zeggen waardoor hij zich haar zou blijven herinneren. Ze las de bestemming van de volgende bus die zou vertrekken op het bord achter het hoofd van de man. Toen ze sprak klonk haar stem vastberaden en zeker. 'Alexandria,' zei ze.

'Dat is dan 22 dollar,' zei hij, en Mary legde twee briefjes van twintig in zijn uitgestoken hand. Hij gaf haar het kaartje en het wisselgeld, ze boog het hoofd en liep weg naar de vertrekhal. Ze stapte in, en durfde niet eens om zich heen te kijken, totdat de bus vertrok en rammelend richting snelweg koerste. Ze keek ongeveer een uur lang uit het raam, en zag geen bekende voertuigen, en toen de golvende heuvels ten slotte plaats maakten voor vlak groen grasland, gebruikte ze haar rugzak als kussen, sloot haar ogen en zonk weg in een onrustige slaap.

Ze moest wakker zijn geworden door het stoppen van de bus. Ze ging versuft rechtop zitten en keek om zich heen, tuurde uit het raam en las het bord. Culpeper. Alle mensen om haar heen leken in beweging te zijn. Sommigen stapten uit, anderen stapten in. Ze vroeg zich af of ze tijd had om uit te stappen, naar het toilet te gaan en wat eten te kopen. Ze zocht met haar hand bij haar benen om nog vijftig dollar uit de plunjezak te halen, maar ze tastte tevergeefs. Ze kreeg het gevoel alsof iemand haar hard in de buik had gestompt. Ze keek omlaag, knielde toen neer op de vuile vloer van de bus en zocht onder de stoel. Toen onder de stoelen voor en achter haar. Niets. Hij was weg. Ze bleef even zitten met haar armen om haar buik geklemd, en baande zich toen een weg naar voren in de bus.

'Mag ik even wat vragen, meneer?'

De buschauffeur keek haar vriendelijk aan.

'Heeft u iemand zien weglopen met een groene plunjezak?'

Hij antwoordde niet, keek haar alleen ongelovig aan en gebaarde naar de massa's mensen in en rond het busstation, die allemaal wel een of ander soort rugzak of plunjezak bij zich hadden.

Ze knikte en beloofde zichzelf dat ze niet in tranen uit zou barsten. Ze zou niet misselijk worden. Ze ging terug naar haar stoel en bleef daar zitten totdat ze weer rustig kon ademen. Totdat ze bedacht had wat ze nu verder moest doen.

Dit was een onvoorziene complicatie. Ze had erop gerekend dat het geld haar naar een verafgelegen plek zou brengen. Alexandria had een tijdelijke stop moeten zijn waar ze haar plannen kon smeden. Maar nu zag het ernaar uit dat dit voor haar, evenals voor de bus, de laatste halte zou zijn. Ze dacht na over het probleem en het kostte niet veel tijd om tot een oplossing te komen. Als ze er niet voor kon zorgen dat er een continent, of zelfs maar een of twee staten tussen haar en Jonah in kwamen te liggen, dan moest ze ervoor zorgen dat hij haar niet kon volgen. Ze knikte licht als teken van vastberadenheid, en sprak zichzelf moed in. Daarna ritste ze de zak van haar rugtas open en haalde het wisselgeld eruit, dat ze van de honderd dollar had teruggekregen toen ze de haarverf kocht. Dat geld en het wisselgeld van het buskaartje was het enige wat ze nog overhad. Ze duwde het in haar zak en liep weer naar voren door de bus.

'Heb ik nog tijd om even te bellen?'

'Begrepen.' Walter Hinkley schoof het half opgegeten broodje met een zucht opzij en zette de surveillancewagen in de eerste versnelling. Sommige mensen hadden tijd over, anders zouden ze niet zo'n drukte maken over drugsspullen in een achtergelaten wagen. Charlottesville mocht dan een slaperig stadje zijn geweest toen Thomas Jefferson er woonde, maar tegenwoordig was het vinden van een drugsuitrusting nauwelijks meer de moeite waard om er zijn lunchpauze voor te onderbreken.

Hij reed toch maar naar de Piggly Wiggly, en nam bij elk rood stoplicht een hap van zijn broodje met ham en kaas. Hij had de sirene en het zwaailicht aan kunnen zetten, maar het had geen zin om overal opwinding te veroorzaken.

Zo, hij was er. De bedrijfsleider drentelde als een bezorgde kip om de achtergelaten wagen heen. Walter schudde zijn hoofd en legde zijn broodje uit het zicht voordat hij uit de wagen tevoorschijn kwam. Ned Pearson was iemand die graag politieagent had willen worden, een van die mensen die waarschijnlijk nooit een aflevering miste van de bekendste politieseries. Hoewel hij overdag de supermarkt runde, was hij een misdaadbestrijder in hart en nieren, en hij oefende met volle overgave zijn toezicht uit op het terrein van de Piggly Wiggly. Bijna elke dag kreeg Walter een telefoontje over jongelui die alcohol of sigaretten probeerden te kopen. Dit was het grote moment voor Ned.

Walter zette de wagen stil, en veegde over zijn kin om alle kruimels te verwijderen. 'Hé,' riep hij terwijl hij de deur opendeed.

'Kom hier eens kijken.' Ned wees duidelijk opgewonden naar de achterkant van de truck. Zijn keurig gekamde haar waaide op in de straffe wind en Walter onderdrukte een glimlach.

'Wat hebben we hier?' vroeg hij, terwijl hij erop af liep.

'Moet je dat eens zien.'

Ned wees naar de achterzijde van de truck, en Walter tuurde onder de overhuiving. Daar stond een tank van zo'n tweehonderd liter, met blauwe vlekken rond de klep – een aanwijzing dat deze watervrije ammonia bevatte in plaats van propaangas.

'Ik heb daar iets over gelezen in een politietijdschrift en ik denk dat hier sprake is van criminele handelingen. Ik weet het bijna wel zeker.'

'Tja, eens kijken,' zei Walter, zonder stemverheffing en met zijn gezicht in de plooi. Ned had waarschijnlijk gelijk, en dit was een ernstige situatie.

Het was Neds schuld niet dat hij Walter deed denken aan een sukkel uit een politieserie. 'Ga maar terug naar de winkel,' zei hij kalm. 'En bel het team voor gevaarlijke stoffen. Zeg tegen hen dat we mogelijk een speed-laboratorium gevonden hebben.'

Neds korte benen stapten al weg voordat Walter was uitgepraat. Hij glimlachte opnieuw. Eigenlijk deed hij het meer voor de zekerheid. De tank met watervrij spul was natuurlijk gevaarlijk, maar het zag er niet naar uit dat ze daadwerkelijk speed hadden klaargemaakt in de truck. Hij controleerde het toch maar. Hij had genoeg labs in de bagageruimten van auto's gezien om te weten dat alles mogelijk was. Hij opende het portier aan de passagierskant, klapte het handschoenenkastje open en keek rond in de cabine. Niets te zien behalve dat de sleutels nog in het contact staken en heen en weer bengelden. Net wat hij verwacht had, het lab bevond zich ergens anders.

Hij stopte even en fronste zijn wenkbrauwen. Waarom zou iemand vertrekken en een piekfijne truck achterlaten, met de sleutels nog in het contact en belastend bewijsmateriaal achterin? Hij schudde het hoofd. Moeilijk te zeggen. Drugshandelaren waren niet bepaald de meest intelligente soort op aarde, dat stond als een paal boven water.

Hij liep terug naar zijn auto en vroeg het kenteken op. Even later kwam er een bericht terug. De eigenaar was ene Dwayne Heslop, het adres was een klein plattelandsdorp ergens in een aangrenzend district. Hij vroeg om doorverbonden te worden met het politiebureau in Nelson County, en gaf hen het adres door. Hij twijfelde er niet aan dat ze ergens in het bos een volledig uitgeruste installatie zouden vinden.

'We hebben net een tip over dit adres gekregen,' zei de assistent op het politiebureau. 'Ze zijn er waarschijnlijk al.'

'Klopt dat wel?'

'Ja meneer. Een vrouw. Anoniem. Iemand die niet blij was met haar liefje.'

'Allicht niet. Oké, bedankt.' Walter beëindigde het contact. Eén mysterie was alvast opgelost. Zo moeilijk was het allemaal niet, mijmerde hij en spoelde de laatste hap brood weg met een slok koffie, terwijl hij wachtte op het team voor gevaarlijke stoffen.

De Greyhound bus reed rond vijf uur ronkend het station van Alexandria binnen. Mary Bridget nam een stadsbus richting centrum en stapte bij een willekeurige halte uit. King Street. Ze stapte de bus uit, waarmee ze de geur van oude diesel achter zich liet. Ze voelde zich verfomfaaid en plakkerig en uitgeput en verkleumd tot op het bot. Even stond ze alleen maar te staren. Alexandria was niet wat ze ervan verwacht had. Het was een oud stadje, opgetrokken uit rode baksteen en kinderkopjes. En veel rijke mensen. Ze leidde dat af uit de nieuwe, dure auto's die langs de straten stonden en de onberispelijk gerestaureerde gebouwen. Drommen mensen op weg van hun werk naar huis stroomden langs haar heen op het trottoir als een rivier langs een rotsblok. Ze ging wat aan de kant staan onder de dakrand van een restaurant. Ze was uitgeput, en haar hersenen bleven maar piekeren over wat ze nu moest doen. Bij gebrek aan een beter idee begon ze maar te lopen. De lichten in de kantoorgebouwen gingen uit, en haar eigen spiegelbeeld staarde haar aan vanaf de getinte ruiten. Ze liep sneller langs de restaurants, waarvan ze kon zien dat ze duur waren. Haar maag rammelde. Ze schonk er geen aandacht aan en liep door.

Op de hoek was een drogisterij. Ze stapte naar binnen en voelde hoe de warme lucht haar omhulde als een deken. Ze kocht twee pakjes pindacrackers en een mineraalwater. Ze betaalde en duwde het wisselgeld terug in de zak van haar spijkerbroek. Ze overwoog een vraag te stellen, maar wist niet waar ze moest beginnen. Ze had geen plek om naar toe te gaan, geen baan, geen geld genoeg, hoewel ze het niet precies nageteld had. En het grootste probleem was dat ze niet goed kon nadenken om een plan te maken. Ze was zo ontzettend moe. Zo lusteloos. Ze ging weer naar buiten en begon opnieuw te lopen. Er leken geen andere hotels te zijn dan het Hilton en het Sheraton. Niets wat zij kon betalen. De rugzak was zwaar en ze voelde tussen haar schouderbladen een stekende pijn opkomen.

Ze bleef maar lopen, sloeg een paar keer een bocht om en merkte al gauw dat de gebouwen om haar heen woonhuizen waren in plaats van kantoren. Fraaie rijtjeshuizen van baksteen. Het goudkleurige licht viel door de ramen naar buiten en ze stelde zich voor wat de mensen daarbinnen aan het doen waren. Mannen en vrouwen die elkaar begroetten na een werkdag, speelden met de kinderen, gingen eten. Het begon te regenen. Ze versnelde haar pas en maakte de crackers open, at een pakje leeg, daarna het andere en wou dat ze er meer gekocht had. Toen ze alles op had stopte ze het papier in haar zak.

Ze ging langzamer lopen en werd door wanhoop overvallen. De regen was menens geworden en het water drupte van haar hoofd. Ze hoopte dat de haarverf niet uit zou lopen. Ten slotte stond ze stil en stelde zichzelf een voor de hand liggende vraag. Waar dacht ze nu eigenlijk precies heen te gaan? Ze kende niemand. Ze had geen bestemming. Ze veegde haar ogen af – niet dat het veel hielp – en ging zomaar op de stoeprand zitten. Ze legde haar hoofd op haar knieën en probeerde rustig te blijven, zodat ze niet opgepakt zou worden of afgevoerd naar een psychiatrische inrichting, hoewel dat op dit moment zo slecht nog niet leek. Daar zou tenminste eten en een warm bed voor haar zijn. Ze slikte en snikte totdat het er allemaal uit was. Toen ze klaar was voelde ze zich iets beter. Ze hief haar hoofd op en probeerde haar ogen droog te maken met de mouw van haar doorweekte jas. De lichten waren aangegaan in het gebouw aan de overkant van de straat, terwijl zij lekker in zelfmedelijden had zitten zwelgen.

Het was niets bijzonders, gewoon een vierkant gebouw van rode baksteen. Trappen aan beide zijden van de smalle veranda leidden naar twee glimmende donkergroene deuren. De ramen waren ouderwets en rechthoekig, en achter elk brandde een heldere lamp. Het was een kerk. *Presbyteriaanse kerk*, stond er op het bord. Ze stond op en liep erheen. Moeder en oma waren baptist geweest, maar op dit moment had ze zelfs een hindoetempel prima gevonden, zolang de deuren maar niet op slot waren.

De deur ging open toen ze de knop omdraaide. Er leek niemand aanwezig te zijn. Het rook er oud en aangenaam muffig, zoals de linnenkast van haar oma. Toen ze de deur voorzichtig achter zich had gesloten stond ze daar even, en hoorde niets anders dan haar eigen ademhaling en gesnotter. Ze deed een stap. De houten vloer kraakte onder haar voeten en haar natte gymschoenen piepten schril. Ze liep de hal door naar de kerkzaal en gluurde naar binnen. Het was oud. Dat kon zelfs zij nog wel zien. Er stonden banken met kleine deurtjes die zorgvuldig wit geschilderd waren. De vloer was bedekt met een rood tapijt. De lichten die ze van buiten gezien had waren stormlampen die in elk venster stonden te schijnen. Ze zocht een donker hoekje uit en schoof de bank in. Toen ze haar jas had uitgetrokken zodat het kussen niet nat zou worden, ging ze zitten en probeerde haar gedachten op een rijtje te krijgen. Het had geen zin. Haar lijf zou geen meter meer vooruit komen, en ze had zo'n slaap dat ze haar ogen maar nauwelijks open kon houden. Ze ging liggen en gebruikte haar rugzak als kussen, trok het vochtige jack over haar schouders en viel in slaap.

Jonah knipperde een keer met zijn ogen. Twee keer. Zijn ogen deden pijn terwijl ze door de kamer heen en weer schoten, in een poging zijn gedachten in te halen. Die scherpe puntjes kwamen weer uit zijn huid tevoorschijn. Hij kon ze voelen. Kleine stukjes ijs, kleine kristallen die uit zijn poriën omhoogstaken. Hij trok er een uit, toen nog een. Zijn hart ging als een wilde tekeer toen hij onder de matras keek en besefte wat dit betekende – ze was er vandoor gegaan en had zijn hersens meegenomen.

Hij probeerde zijn lippen af te likken, maar zijn mond was te droog. Hij moest iets drinken. Hij peuterde aan een ander pukkeltje. Hij moest wat water drinken; dan kon hij nadenken over wat hij moest doen om Mary te vinden en zijn hersens terug te krijgen. Hij liet de matras vallen, pakte het twaalf kaliber geweer op dat hij tegen de muur had gezet, en deed de deur open. Maar zodra hij die opengegooid had was er geschreeuw en gedraaf, en hij kwam op de grond terecht met iemands knie in zijn rug. Hij probeerde te praten, maar kreeg geen woord over zijn lippen. Iemand sjorde hem hardhandig door de caravan. Ze grepen zijn handen en bonden die achter zijn rug vast. Ze brachten hem naar de rechterstoel van het eeuwige oordeel.

Toen begon hij te schreeuwen. Zijn ondergang was bezegeld. Hij zou zonder zijn hersens naar de hel gaan. De Bijbel was daar heel duidelijk over.

Daarna kwamen er nog meer van hen op hem af, en hij probeerde weg te komen, maar het lukte niet. Een van hen had een arm om zijn keel en duwde deze zo hard dicht, dat hij geen adem meer kreeg.

'Waar lag hij toch over te schreeuwen?' vroeg een stem toen hij weer bijkwam. Hij lag met zijn gezicht op een autostoel, zijn armen waren strak achter zijn rug gebonden, maar de deur was open. Zolang die deur openstond was er hoop, ook al stonden de demonen buiten op wacht.

'Iets over een of andere vrouw die zijn hersens heeft gestolen,' antwoordde een andere stem. 'Hij moet haar vinden, anders gaat hij voor eeuwig naar de hel.'

'Wat een rare,' zei de eerste. 'Ze zullen in de gevangenis wel lol met hem hebben.' Ze lachten allebei.

Jonah wilde om hulp schreeuwen, maar besefte dat het niet zou helpen. Ze hadden hem nu te pakken, en er was niets aan te doen. Hij verzamelde al zijn kracht en werkte zich naar de open deur. Hij gooide zich naar buiten en daarbij ging ook een van zijn overmeesteraars omver. Hij was er bijna vandoor, maar toen liet iemand hem struikelen en lag hij met zijn gezicht in de modder.

'Allemensen, hij is zo sterk als een paard,' hoorde hij. Toen voelde hij de arm weer om zijn keel en werd alles zwart.

Drie

Een jaar later

Alasdair Robert MacPherson stond stil en kaarsrecht, zoals zijn vader hem geleerd had in de kerk te doen. Alleen zijn ogen bewogen toen hij een blik op de ramen wierp. Het was een grauwe dag. Mistig en somber, ondanks de dansende vlammen van de stormlampen in de vensterbanken. Het orgel liet aarzelend het voorspel horen. Hij sloeg zijn blik neer en inspecteerde de omslagen van zijn broek, die precies op het juiste punt zijn glimmende zwarte puntschoenen raakten. Hij sloot zijn ogen en liet zijn handen op zijn benen rusten, die gespannen waren, als het ware klaar voor de start.

Plotseling, en Joost mag weten waarom, moest hij denken aan de legende van de visserskoning, die mythische figuur die door een zwaard geraakt was en achtergelaten met een wond in zijn dij die nooit meer zou genezen. Hij deed zijn ogen open en keek naar zijn eigen been alsof hij daar een steeds groter wordende vlek zou zien. Dat was natuurlijk niet zo. Hij zag alleen zijn handen op zijn knieën rusten, en de enige vlek was die op de middelvinger van zijn rechterhand, achtergelaten door de oude Waterman-vulpen waar hij maar geen afstand van kon doen. Hij hief zijn hoofd op en staarde naar het altaarkleed, maar zelfs daarop was het tafereel ongevraagd geprojecteerd. Hij kon de gewonde ridder bijna zien, te zwaar gewond om in leven te blijven, maar nog niet in staat om te sterven. Hij voelde een steek van pijn in zijn borst, alsof iemand tegen een blauwe plek was gebotst. Hij fronste zijn wenkbrauwen en probeerde zich weer te concentreren.

Er was een geschuifel van lichamen en papier, toen de koorleden in een rij binnenkwamen, hun plaatsen innamen en hun boeken openden. Hun helderrode gewaden brachten een vrolijke sfeer, in tegenstelling tot de muziek die ze gekozen hadden. Het was Bach, vol van kracht en treurnis. Hij sloot zijn ogen weer en probeerde zijn geest bezig te houden, maar buiten zijn wil om spoelde de muziek over hem heen. Hij boog het hoofd, voelde zich opgelucht toen het stuk afgelopen was, en nog meer toen hij de stem van de zangleidster helder en krachtig door de microfoon hoorde. 'De genade van onze Heer Jezus Christus zij met u allen.'

'En ook met u.' Hij keek omhoog en antwoordde automatisch, waarbij zijn stem zich vermengde met die van de mensen om hem heen.

'Dit is de dag die de Heer gemaakt heeft,' verklaarde ze.

'Laten we ons daarover verheugen.'

'Laten we bidden.'

Hij boog zijn hoofd weer.

'Almachtige God, voor wie alle harten openliggen, alle wensen bekend zijn, en voor wie geen geheimen verborgen blijven,' begon ze.

Hij maakte zich los van haar woorden. Zijn ogen gleden open, en haar stem raakte op de achtergrond. Hij staarde om zich heen naar de mensenmassa. Hun hoofden waren gebogen, en bedekt met Angelsaksisch haar van uiteenlopende kleur en lengte. Het gebed was afgelopen en hun hoofden veerden omhoog, de gezichten onverschillig. Blanco. Wachtend totdat er iets op geschreven zou worden.

Daar zat zijn dochter. Ze begon op Anna te lijken. Ze had diezelfde porseleinachtige broosheid. Ze was zich ook net als zij gaan gedragen. Ze zat wat afzijdig, alleen, naast een stel fluisterende meiden. Hij keek naar haar en voelde iets in zich losschieten, naar beneden vallen, hol bonken tegen de binnenkant van zijn borst en buik, terwijl het voorbij stuiterde. Nog een brokstuk. Nog een stukje van wat vroeger stevig en solide was, en hem vulde. Hij bracht zijn lichaam weer in het gareel, alsof hij daardoor ook zijn geest weer onder controle zou krijgen, en kon horen hoe zijn vader hem erop wees dat vragen, hoe begrijpelijk ook, toch zeker niet aan te bevelen zijn.

Het gebed was afgelopen. De zangleidster ging naar beneden, waarbij haar gewaad door de beweging om haar heen golfde. Het koor stond weer op en begon met het lied. 'Ik leg mijn zonden neer bij Jezus.'

De zangleidster stond weer op en ging verder met de schuldbelijdenis, vergeving en vredeverkondiging. Dat was de gangbare volgorde. Eerst de schuldbelijdenis. Daarna vergeving en vredeverkondiging. Hij vroeg zich af wat er zou gebeuren als een klonter van ongeloof zich in de ader van geloof nestelde. Als de beweging langs die plaatsen ophield. Hij wist het antwoord wel. Er zou pijn zijn. Brandende pijn, bijna onvoorstelbaar. Daarna een langzaam opkomende gevoelloosheid – een dodelijk gebrek aan gevoel dat zich door het lichaam verspreidde en waardoor levend vlees verbleekte en afstierf.

Hij fronste opnieuw zijn wenkbrauwen, en kuchte zacht in zijn vuist. Wanneer was zijn geest toch een struikrover geworden, die lag te wachten om hem in een hinderlaag te lokken? Maak iedere gedachte ondergeschikt aan de gehoorzaamheid aan Christus, droeg hij zichzelf op.

De gemeente ging staan. Ze zeiden het Onze Vader op en gingen weer zitten. De voorlezer las het gebed om verlichting voor. De eerste lezing werd gedaan. Daarna de tweede. Nog een lied. De koorleden sloten hun boeken en verlieten het podium geruisloos, zonder dat er zelfs maar een papier op de grond viel. Hij bleef nog even stil zitten, en geleidelijk hield de beweging om hem heen op. Iedereen bereidde zich voor. Liedboeken werden weggelegd, papieren in vakjes aan de banken gelegd, rokken en jassen gladgestreken. Een paar kuchjes, het geluid van een jengelend kind dat tot zwijgen werd gesust; toen waren ze er helemaal klaar voor. Ze waren allemaal vol verwachting om verlichting te ontvangen, enig inzicht, een reden om 's morgens op te staan, de ene voet voor andere te zetten, door te gaan met ademhalen. Het was tijd voor de preek.

Hij stond op van zijn stoel en liep naar de preekstoel.

'Het overwinnen van vernietigende emoties.' Lorna las de titel van Alasdairs preek en voelde een steek van pijn vanwege de ironie. Ze legde het blaadje in de lade naast de telefoon in het huis van haar broer.

'Het is nog geen twee jaar geleden,' hield Fiona met professionele beslistheid vol, terwijl zij het deksel op de plastic bak deed.

'Het is minstens twee jaar geleden, als het niet langer is,' corrigeerde Winifred haar streng. 'Ik ben bang dat je er naast zit.'

Winifred had gelijk, maar Lorna wist dat ze zich er maar beter niet mee kon bemoeien. Ook al was ze vijfendertig, ze was nog steeds de jongste en in hun ogen nog maar nauwelijks volwassen. Haar stem was niet eens voldoende om de doorslag te geven bij een botsing tussen de twee oudsten. Wanneer Fiona en Winifred ruzie hadden, was het alsof Zeus en Apollo in een strijd verwikkeld waren, dacht ze, en wist onmiddellijk dat haar overleden vader die vergelijking niet op prijs gesteld zou hebben. 'Twee heidense godheden die een presbyteriaan nooit in de mond moet nemen,' kon ze hem bijna horen opdreunen en ze veranderde de vergelijking onmiddellijk in Wesley en Calvijn. Haar broer deed haar steeds meer aan hun vader denken sinds Anna was overleden. Al meer dan twee jaar geleden, wat anderen daarover ook beweerden. Ze voelde zich ongemakkelijk en wist niet door welke gedachte dat veroorzaakt was – de herinnering aan haar vader, de veranderde persoonlijkheid van haar broer of de dood van Anna.

'Praat niet zo hard,' waarschuwde Winifred en maakte een einde aan de discussie, waarmee ze mooi het laatste woord had. 'De studeerkamer van Alasdair ligt hierboven, en je weet dat het heel gehorig is door die verwarmingsbuizen.'

Fiona knikte licht, spoelde haar handen af bij het aanrecht, en droogde ze af met een papieren handdoekje. 'Maar niettemin,' zei ze, haar stem nauwelijks luider dan een fluistertoon, 'is het tijd dat er eens wat geregeld wordt voor dit huishouden. Ik weet niet wat hem ervan weerhoudt. Op andere gebieden kan hij zich best goed redden.'

Het was waar, dacht Lorna toen ze de koelkast opentrok en ruimte maakte voor de maaltijden van deze week. In feite leek niemand behalve zijzelf ook maar te denken dat er iets mis was met Alasdair. Zelfs zijn reacties in de dagen na de dood van Anna hadden voorbeeldig geleken, het toonbeeld van hoe een christen met een tragedie behoorde om te gaan. Ze was er niet bij geweest toen de politie was gekomen met het nieuws van het ongeluk. Maar toen zij arriveerde, kwam Alasdair net terug van het identificeren van het lichaam. Zelfs toen had hij zichzelf goed in bedwang. Zij was degene die was ingestort. Zelfs Fiona en Winifred, die nooit een bijzonder hechte band met Anna hadden gehad, waren zo geschokt dat ze wekenlang zwijgend en in tranen rondgelopen hadden. Alleen Alasdair had de juiste mengeling van droefheid en geloof aan de dag gelegd, in tegenstelling tot haar eigen pijn of Samantha's blinde woede.

Ze herinnerde zich hoe ze het had uitgeschreeuwd tot God, toen haar broer het haar had verteld. 'Waarom?' had ze gejammerd. 'Waarom?' Het was eigenlijk een gebed geweest, maar Alasdair had het gewaagd om haar antwoord te geven.

'Zou de Rechter van heel de aarde niet rechtvaardig handelen?' had hij streng gevraagd. De woorden waren onberispelijk, maar de heesheid van zijn stem en het donker worden van zijn ogen hadden de waarheid gesproken.

Alasdair had alle beslissingen genomen in die verschrikkelijke periode, en zijn zusters alleen om hulp gevraagd bij de zorg voor de kinderen. Hij had dingen geregeld zonder overleg, en gekozen voor een begrafenis in besloten kring in plaats van een kerkdienst. Hij had de bloemen laten bezorgen bij plaatselijke verzorgingstehuizen en ziekenhuizen, en had zijn secretaresse de condoleancebezoeken laten afhandelen en bedankbrieven laten versturen voor de steeds aanwezige pannen met eten. Ja, wat Anna's overlijden betreft had Alasdair alles even efficiënt aangepakt als hij altijd al had gedaan op ieder levensterrein. Naar zijn gewoonte had hij de situatie in ogenschouw genomen en gedaan wat er nodig was. Ze vroeg zich alleen af wat die inspanning hem gekost had.

Ze hield op met rommelen aan de plastic spullen, geschokt door wat ze voelde jegens haar broer. Irritatie. Nee, boosheid.

Een golf van schaamte spoelde erover heen. Alasdair had een afgrijselijke beproeving doorstaan – hij had de vrouw die hij liefhad verloren, en geprobeerd het te redden met de pasgeboren tweeling en de elfjarige dochter die ze had achtergelaten. Iedereen ging op zijn of haar eigen manier om met verdriet, herinnerde ze zich de woorden van de hulppastor aan wie ze haar zorgen had toevertrouwd.

Op een dag zou Alasdair weer zichzelf zijn, en even flitste de persoon die hij geweest was over het scherm van haar geheugen. Ze herinnerde zich hem als jongen, mild tegenover gebreken en hartstochtelijk in het verdedigen van de underdog. De ergste straf die hij ooit gekregen had was voor vechten op school, omdat hij haar had verdedigd tegen het voortdurende gepest om haar gewicht, iets wat hij nooit aan vader had onthuld en haar had verboden te verklappen. 'Het geeft niet,' had hij tegen haar gezegd, en bespaarde haar zo de vernedering van het herhalen van de woorden waarmee ze haar hadden uitgescholden.

Ze herinnerde zich zijn intensiteit, zijn vurigheid. Hij had met zijn hele wezen liefgehad en zich voor honderd procent gegeven aan wat hij ook maar deed. Ze herinnerde zich hoe ze hem had zien rennen, en vreemd genoeg werd dat beeld de kern van alles wat hij had verloren. Zijn lichaam had zich zo soepel voortbewogen, de lucht doorklievend alsof het boter was. Voeten en benen leken net boven de oppervlakte te zweven in plaats van erop te stampen, en zijn gezicht weerspiegelde vreugde en uitbundigheid.

Ze dacht aan de man die haar broer geworden was en kende de waarheid, of iemand anders die nu zou erkennen of niet. Er ontbrak iets. Er was iets kostbaars verloren gegaan. Ze voelde een steek van verdriet en hoopte dat deze nieuwe persoon niet voor goed zijn intrek in Alasdairs lichaam had genomen.

'Nou, hoever zijn we?' vroeg Winifred, en Lorna richtte haar aandacht weer op de inhoud van de koelkast.

'De maaltijden van deze week zijn klaar,' antwoordde ze, blij met de afleiding. Ze schoof de laatste plastic bak in de koelkast. 'Voorraadkast en koelkast zijn bijgevuld, en Samantha's lunchgeld zit in de enveloppen,' voegde Fiona eraan toe.

Lorna keek naar het prikbord waar vijf enveloppen, met de dagen van maandag tot vrijdag erop geschreven, waren vastgeprikt met een punaise.

'Heb je er een kwartje ingestopt voor een ijsje?' vroeg ze, terwijl ze het antwoord al wist.

'IJs is niet nodig,' zei Winifred. 'Het bederft haar eetlust. Bovendien,' zei ze met een schuine blik op Lorna, 'zouden we niet willen dat ze dik werd.'

Lorna's gezicht begon te gloeien, maar ze zei niets terug. Zij zou er een kwartje bij gedaan hebben. Maar ja, zij bepaalde dat nu eenmaal niet.

De telefoon ging, en Winifred pakte hem snel op. Fiona droogde haar handen af aan de handdoek en leunde uitgeput tegen het aanrecht. 'Zo, we hebben de maaltijden klaar en de wasmachine staat aan.'

'Ik heb gisteren al wat schoongemaakt,' zei Lorna.

Winifred hing op en draaide zich om met een grimmig gezicht. 'Dat was de oppas.'

'Niet weer!' Lorna sloot haar ogen en schudde haar hoofd.

'Jawel, alweer! Ze zegt dat ze het gevoel heeft dat ze ziek gaat worden.'

'Wat moeten we nu?' Fiona's stem klonk net zo vermoeid als Lorna zich voelde.

'Morgen is Alasdairs vrije dag,' legde Winifred uit. 'Ik denk dat hij zich maar moet zien te redden.'

'Dat is het niet alleen.' Fiona schudde haar hoofd, trok een van de keukenstoelen naar achteren en plofte neer. 'Het is alles bij elkaar. Ik weet niet hoe lang we dit allemaal nog volhouden.' Haar stem klonk verslagen. Niemand van hen was ooit zo dicht in de buurt van een klaagzang gekomen.

'De rest van de gemeente zou best wat meer kunnen doen.' Winifreds gezicht vertrok in rimpels van bitterheid.

'Ik vraag me af of ze wel beseffen dat het nodig is,' zei Lorna. 'De machine blijft wel doordraaien.'

Winifred keek haar fronsend aan, en Lorna bloosde. Ze kon

haar mening maar beter niet laten horen. Haar zussen waren terecht trots op Alasdair. Wie zou dat niet zijn?

Hij had een gemeente van gemiddelde omvang van zijn vader overgenomen en er een op het hele land gerichte organisatie van gemaakt, met dagelijkse radio-uitzendingen, een maandblad, conferenties, seminars, en boeken over elk onderwerp dat met christelijk geloof te maken had. Hij was zelfs bezig zijn eigen studiebijbel uit te geven. Zij was ook trots op hem, zei ze tegen zichzelf, alsof iemand dat betwist had. Toch kwam het zeurende besef weer terug dat er iets niet in orde was, niet zoals het behoorde te zijn.

Zijn preken waren nog steeds goed onderbouwd en interessant, werden op een levendige manier gebracht, hoewel misschien enigszins gespannen. Boos was het woord dat ze wilde gebruiken, maar zij was nu eenmaal altijd al overgevoelig geweest. Ze glimlachte teder, en dacht terug aan de begintijd van Alasdairs bediening. De gemeente, die gewend was geraakt aan haar vaders nogal afstandelijke manier van doen, had Alasdairs persoonlijke aandacht met grote teugen ingedronken. Hij had met passie en mildheid gepreekt, aan menig sterfbed en ziekbed gezeten, troostend, moed insprekend, biddend.

Maar toen had een lid van de kerkenraad het lumineuze idee te berde gebracht om met radio-uitzendingen te beginnen. Van het een kwam het ander, en al snel was Alasdair een veelgevraagd spreker. Ten slotte bracht hij meer dagen door in de studio dan thuis. Toen was Bill Wright bijgesprongen. Ze voelde opeens een diepe genegenheid toen het oprechte, alledaagse gezicht van hun vroegere hulppastor haar voor de geest kwam. Wanneer iemands kind in het ziekenhuis lag, ging Bill erheen om met hen te bidden. Als er een huwelijk op springen stond, was het Bill die hielp om de brokstukken weer aan elkaar te lijmen. Ze herinnerde zich de vele uren waarin ze zelf had zitten huilen tijdens dat proces en waarbij Bills vriendelijke en rustige stem op een reddingslijn had geleken, die over de schuimende golven naar haar uitgestrekte hand geworpen was.

Voor het eerst vroeg ze zich af of de zware last van het predikantschap Bill had doen vertrekken. Hoe langer ze erover nadacht, hoe aannemelijker het leek. De gemeente kon op geen enkele manier een derde pastor aanstellen om de assistent te helpen. In Bills nieuwe gemeente zou hij dezelfde verplichtingen hebben, maar met een collega om hem te helpen.

Ze voelde een steek van ergernis omdat hij zo weinig waardering had ontvangen, en een pijnlijke bezorgdheid over wat er zou kunnen gebeuren nu hij vertrokken was.

'Vanmorgen hoorde ik iemand zeggen dat het genezingsproces van Alasdair volledig zou zijn als hij hertrouwde.' Fiona's stem schudde Lorna wakker uit haar mijmeringen.

Winifred snoof verachtelijk. 'Ik weet zeker dat daar heel wat gegadigden voor zouden zijn.'

'Dat zal best,' zei Fiona met een glimlach. Maar vrijwel meteen betrok haar gezicht. 'Ik heb trouwens een gerucht gehoord dat me verontrustte.'

'Wat dan?' vroeg Winifred dwingend.

'Dat er een ontwikkeling gaande is.'

'Wat voor ontwikkeling dan?' vroeg Winifred, die maar nauwelijks geïnteresseerd leek.

Lorna begreep waarom het noemen van geruchten niet onmiddellijk paniek veroorzaakte. Ze waren alle drie heel wat gewend geraakt tijdens de jaren waarin hun vader dominee was. Deze zogenaamde ontwikkelingen konden worden ingegeven door de geringste verstoring, van ontevredenheid over de kleur van de vloerbedekking in de lokalen voor de zondagsschool, tot gewichtige leerstellige kwesties. Ze konden variëren van een korte bui tot een verwoestende wervelstorm. Ze wachtte totdat Fiona het uitlegde, en de kramp in haar maag was haar enige voorgevoel.

'Een ontwikkeling om Alasdair te laten vervangen.'

Haar maag draaide zich om. Dit was een regelrechte storm.

'Lariekoek,' zei Winifred afwijzend. 'Wie heeft je dat verteld?'

'Ruth Anderson zei dat ze het van Edgar Willis had gehoord.'

Winifred keek bedenkelijk, en terecht. Edgar Willis was een van de leidinggevende ouderlingen, om precies te zijn de voorzitter van de kerkenraad. 'Als het waar is, dan is dat de schuld van Bill Wright. Hij had nooit weg moeten gaan.'

Lorna dacht dat ze misschien dankbaar moesten zijn omdat Bill zo lang was gebleven, en de weg voor Alasdair had geëffend door brokstukken te lijmen.

'Ik ben ervan overtuigd dat er niets aan de hand is,' zei Winifred afwijzend. 'Het gewone geroddel van altijd.'

Fiona antwoordde niet, maar trok alleen een van haar perfect gevormde wenkbrauwen op.

Lorna haalde diep adem en probeerde haar voorgevoel te negeren. Ze deed de koelkast dicht en liep naar de gootsteen om haar laatste ritueel uit te voeren. Geen van haar zusters boende deze ooit, en de voedselresten op het afdruiprek en de gele vlekken op het porselein deden de keuken er nog somberder en verwaarloosder uitzien dan gewoonlijk. Ze leegde het afvoertreefje in de vuilnisbak, schudde de bus met het groene reinigingsmiddel heen en weer en keek toe hoe de korrels langzaam donker werden toen ze in de gootsteen gevallen waren. Ze voelde een frustratie die ze niet goed kon benoemen, en was plotseling boos op Winifred en Fiona. En ze was ook boos op Alasdair, moest ze met een schok bekennen.

'Waar hadden jullie tweeën ruzie over?' Alasdairs stem achter haar deed haar opschrikken. Vreemd genoeg deed de kleine stoot adrenaline die zijn verschijning veroorzaakte haar gedachten eerder sterker worden dan verdwijnen. Haar broer pakte de lege koffiepot en reikte langs haar heen om deze bij de kraan te vullen.

Winifred zag er bedrukt uit, vroeg zich waarschijnlijk af hoe lang hij had staan luisteren en probeerde zich te herinneren wat ze precies gezegd had. Alasdair keek haar niet eens aan. Hij pakte de filterzakjes en de koffie uit de kast.

'Ik weet het niet meer,' zei Fiona lachend. 'Je kent ons toch.'

Plotseling kreeg Lorna het heet, alsof iemand een vuurtje in haar binnenste had aangestoken. Waarom sprak niemand in deze familie ooit eens een keer de waarheid?

'Ze vroegen zich af hoe lang het nu geleden is dat Anna is

overleden,' gooide ze eruit. 'Hoe lang is het geleden, Alasdair? Jij weet het wel.'

Winifreds mond zakte open. Fiona's ogen werden groot. Zelfs Lorna was geschokt, hoewel de woorden uit haar eigen mond gekomen waren. Alasdair stopte met zijn voorbereidingen om koffie te zetten en keek haar aan. Heel even leken zijn ogen iets te verraden en ving ze een glimp op van het kolkende schuim daarachter.

'Ik weet het niet precies.' Hij wendde zich af.

'Hoe durf je, Lorna,' beet Winifred haar verwijtend toe. Fiona zei niets, maar was opeens hevig geïnteresseerd in de inhoud van haar tas. Alasdair ging verder met koffiezetten. Hij keek niet meer op. Lorna begon de gootsteen verhit te boenen en te spoelen, en toen ze klaar was leefde ze haar ergernis uit op de bovenkant van de kastjes, die vol lag met allerlei rommel. Er lagen briefjes met telefoonberichten, een schoolboek van Samantha, een schone lege zuigfles, twee vuile lepels, een geel schrijfblokje, een gebarsten beker vol pennen en potloden, twee brieven gericht aan dominee Alasdair MacPherson, Presbyteriaanse John Knox-kerk, Fairfax Street 922, Alexandria, Virginia. De ene was van B. Henry, Harrison Street 33, Richmond, Virginia en de andere, met het oud-Engelse schuine briefhoofd, was van het hoofdkantoor van de Verenigde Presbyteriaanse Kerk in dezelfde stad. Beide waren netjes langs de vouw opengesneden. Verder lag er nog een klein wantje, dat er verloren uitzag zonder zijn wederhelft.

Het hele huis had een grondige beurt nodig. Ze zou de gordijnen eraf moeten halen en een wasbeurt geven. Ze waren oerlelijk – goudkleurige dingen met een bruin zigzagrandje en een strook kleine oranje balletjes aan de onderkant. Eigenlijk was alles oerlelijk. Het behang was donker – een patroon van oranje en bruine paddestoelen tegen een groene achtergrond. De kasten waren donker en uit de tijd. De schrootjes op het onderste gedeelte van de muren waren donker. Alles bij elkaar riep de kamer een sfeer op van wegschrompelend verval en depressie. En Lorna moest toegeven dat het ook al zo geweest was toen Anna nog leefde.

'Ik ga mijn preek voor vanavond afmaken.' Alasdair drukte de knop van het koffiezetapparaat in en dat begon te sputteren. Hij keek hen beide aan. 'Zoals altijd dank ik jullie hartelijk voor al jullie hulp.' Zijn gezicht was weer helemaal in de plooi en verried niets.

Lorna schudde haar hoofd en voelde een mengeling van frustratie en opkomende droefheid, toen ze dacht aan wat haar schoonzus had achtergelaten: een kleine koperen grafsteen op het kerkhof naast het huis, een blijvende collectie altijd bloeiende potplanten met bruine punten en slappe linten op de oever van de Potomac onder de Woodrow Wilsonbrug, drie kinderen zonder moeder en een echtgenoot die met de dag ongrijpbaarder werd. Haar mond ging open, opnieuw zonder dat ze het bewust van plan was en ze begon te praten, de woorden aangezet door deze ongewone emotie.

'Anna is twee jaar geleden op 15 oktober overleden. Het is nu 24 oktober. Dus is het twee jaar, een week en twee dagen geleden.'

Niemand zei iets. Alasdair draaide zich om en keek haar een ogenblik aan. Ze was enerzijds bang voor zijn woede, anderzijds hoopte ze er op, maar toen hij begon te praten was zijn stem kalm en zijn gezicht uitdrukkingsloos, behalve die intens bedroefde ogen. 'Nou, dan weten jullie het nu. Ruzie weer opgelost.' Hij draaide zich om en verliet de kamer.

Fiona en Winifred keken haar achter zijn rug misprijzend aan. Ze riep hem na, aarzelde, en ging hem toen achterna. Ze bereikte de hal toen hij net de trap op wilde gaan. Ze opende haar mond om iets te zeggen, om haar excuses aan te bieden, maar iets weerhield haar daarvan.

Alasdair was op de onderste tree blijven staan, zijn hand op de trapleuning, het hoofd gebogen. Zijn schouders waren gebogen en ze wist niet precies of hij nu bad, huilde of gewoon moed verzamelde. Ze voelde een diepe schaamte vanwege haar wreedheid. Ze deed haar mond nogmaals open, maar opnieuw hield iets haar tegen.

Nee, corrigeerde een rustige, zachte stem haar. Laat hem maar.

Ze knikte, terwijl ze haar tranen wegpinkte. Alasdair hief zijn hoofd op. Zijn schouders gingen omhoog en weer omlaag toen hij diep ademhaalde. Hij klom de trap op. Ze wachtte totdat hij uit het zicht verdween, en keerde toen terug naar de keuken waar haar zussen op haar wachtten.

'Wat had dat in vredesnaam te betekenen?' vroeg Winifred woedend.

'Echt, Lorna. Ik zou toch denken dat je liever had dat hij het allemaal achter zich kon laten,' voegde Fiona er mild aan toe.

Lorna had geen antwoord. Ze schaamde zich diep voor zichzelf. Haar woede was zachtjes weggeëbd, als een nat vuurwerksterretje. Wat had ze toch gedacht? Wat probeerde ze eigenlijk aan te tonen?

Haar zussen gingen een nader gesprek met haar uit de weg, keerden zich om alsof ze het zo afgesproken hadden, en begonnen hun jassen en tassen te pakken. Een oude methode om haar onder de duim te houden, en nog even doeltreffend als altijd.

'Ik blijf tot de avonddienst,' zei Lorna, die zich ellendig en schuldig voelde.

'Ik moet nog iets regelen voor de crèche,' protesteerde Winifred, alsof Lorna haar beschaamd had. Haar zus had er een hekel aan overtroffen te worden in de wedstrijd van wie het meest kon helpen.

'Dat is prima. Ga maar,' suste Lorna. 'Ik ben hier gewoon als de peuters wakker worden, en ik zal een oogje op Samantha houden.'

'Dat klinkt uitstekend.' Fiona keek nog even op haar horloge, trok haar jas dicht en knoopte deze vast met een ferme hand die geen losglippen toeliet. 'Kom op, Winifred. Ik moet nog huiswerk nakijken.'

Winifred stemde daar onwillig mee in, de twee zussen vertrokken en Lorna voelde de golf van opluchting die ze altijd ervoer als ze weggingen. Alleen hun aanwezigheid al gaf haar het gevoel onwetend en onbeholpen te zijn. Ze schonk Alasdairs koffie in de thermosfles, zette theewater op voor zichzelf en ging toen naar boven om even bij Samantha te kijken.

Haar deur stond op een kier en er viel een dunne straal licht over het donkere tapijt in de hal. Lorna duwde hem zachtjes open om haar nichtje niet bij haar huiswerk te storen, maar Samantha zat niet bij haar bureau. Haar schoolboeken leken onaangeroerd, en lagen nog steeds op een keurige stapel. Ze duwde de deur helemaal open. Samantha was er helemaal niet. Ze moest weer naar buiten geglipt zijn.

Lorna zuchtte en vroeg zich af of ze Alasdair moest waarschuwen. Ze keek de kamer rond voordat ze de deur dichtdeed. Er hingen nieuwe posters aan de muur – van popgroepen – en sommige zagen er ronduit dreigend uit. De kaptafel stond vol met lippenstift en oogmake-up met glitters, het soort dat voor een dollar bij de drogist te koop was. Ze had onlangs Samantha's pogingen in die richting opgemerkt en wilde dat ze haar kon helpen. Het was zo'n mooi kind. Bruin haar, roze wangen, en die fijne gelijkmatige trekken die ze van haar moeder had. Lorna wilde dat ze zich beter in staat voelde om haar nichtje te helpen met de praktische kanten van het vrouwzijn, maar haar eigen puberteit leek al lichtjaren lang geleden. Bovendien leek Samantha de laatste tijd naar niemands goede raad te luisteren. Het was alsof het lieve kind dat haar nichtje geweest was niet meer bestond. Lorna voelde het verlies even scherp als een nieuw sterfgeval. Haar vreemde rol in het leven van deze kinderen overweldigde haar opnieuw. Ze zat in dat grijze gebied tussen moeder en tante. In het eerste levensjaar van de tweeling was zij degene geweest die hen verzorgde. Ze was een tijdlang ook 's nachts gebleven en later 's morgens vroeg gekomen, voordat ze wakker werden. Ze waren haar kostbare schatten, vooral de kleintjes. Het was alsof ze van haarzelf waren. Eigenlijk verbeeldde ze zich vaak dat ze dat ook waren. Ze wiegde hen in slaap, gaf hen te eten, maakte zich bezorgd over hen. De wreedheid van haar situatie sneed haar opnieuw door de ziel. Michaels ontrouw en financiële ondergang hadden haar kleine wereld doen wankelen. Haar kleine aandeel in de schulden, die bij de faillietverklaring niet werden kwijtgescholden, had een einde gemaakt aan haar plaatsvervangende moederschap. Nu had ze een baan voor overdag en een voor 's avonds, zodat ze niet hier kon zijn om voor de kinderen te zorgen, die ze bijna als van zichzelf beschouwde. Ze spande zich in om haar boosheid te laten varen en hem opnieuw te vergeven.

Lorna sloot Samantha's deur, en bleef voor de kamer van de tweeling even stilstaan. Ze hoorde niets. Ze sloop de trap weer af naar beneden, en haalde nauwelijks adem totdat ze de keuken bereikt had, en nog net de ketel kon grijpen voordat deze begon te fluiten.

Ze pakte de theepot, spoelde hem om met heet water, goot hem toen vol en pakte het blik met thee. Ze leegde de pot, deed de thee erin en goot het kokende water over de bladeren. Terwijl ze de thee liet trekken pleegde ze de gebruikelijke telefoontjes. Bij de tweede ontdekte ze waar Samantha uithing – het huis van die arme jongen met al die oorbellen, die nooit iemand aankeek. Wat hadden deze ongelukkige kinderen toch voor voelsprieten dat ze elkaar zo wisten te vinden?

'Kom alsjeblieft naar huis,' zei ze op vriendelijke toon, maar ze werd beloond met een stuurs antwoord. 'Moet ik je vader aan de telefoon halen?' voelde ze zich gedwongen te dreigen. Nu werd de verbinding verbroken. Ze zuchtte, legde de hoorn neer en begon maar weer met het opruimen van de kasten.

Ze pakte de lege fles en wilde die wegzetten, toen ze zich bedacht en er nog een pakte. Ze vulde ze allebei met melk en zette ze in de deur van de koelkast, klaar om opgewarmd te worden zodra de peuters wakker werden. Ze waren twee jaar en moesten nodig van de speen af en beginnen met zindelijkheids- training. Maar er zaten maar vierentwintig uur in een dag, en zij bracht er acht van door als secretaresse op de John Knoxschool en werkte ook nog vier nachten per week bij Kodak, waar ze films ontwikkelde en afdrukte. Er waren rekeningen die ze moest betalen. Ze lachte flauwtjes om de ironie, want dit was nog zwak uitgedrukt. Toen keek ze op haar horloge. Ze werd om drie uur in de ochtend op haar werk verwacht, en kon nu beter naar huis gaan om wat te slapen.

Ze begon weer met opruimen. Ze legde het gele schrijfblok in

de la onder de telefoon en verzamelde de briefjes met telefoonberichten die her en der verspreid lagen. Ze keek snel of er drin-
gende zaken bij waren en of ze allemaal beantwoord waren. Zes
ervan waren van diverse commissies en gemeenteleden, en gingen over lessen waarvoor mensen nodig waren, van gezinnen
waar pastorale hulp gegeven moest worden, van mensen met
vragen waarop alleen Alasdair het antwoord kon geven.

En een van mevrouw Tronsett op de John Knoxschool. Lorna
keek bedenkelijk. Mevrouw Tronsett was de directrice. De
boodschap was afgelopen vrijdag ontvangen. *Bel me alstublieft
over Samantha*, was alles wat erop stond in het zwierige handschrift van de oppas. Dat veroorzaakte een nieuwe huivering van
bezorgdheid, en Lorna dacht even na over Samantha's problemen.

Ze zuchtte en pakte het laatste briefje op – ook een telefoonbericht, afkomstig van ene Bob Henry met een nummer van ver
weg. Ze fronste haar voorhoofd en herinnerde zich waarom die
naam bekend klonk. B. Henry was de naam op de brief die ze al
eerder was tegengekomen.

Lorna zocht die weer op, samen met de brief van het hoofdkantoor van de kerk. Ze draaide ze om en inspecteerde de
achterkant van de enveloppen, waarna ze beide brieven voorzichtig op de kast legde, alsof ze explosieven bevatten die in haar
handen zouden kunnen ontploffen.

Ze pakte het wantje en gooide het bij de stapel vuile kleren in
de wasmachine die ze meteen maar aanzette. Ze bracht
Samantha's schoolboek naar boven en legde het op haar bureau,
ging terug naar de keuken en waste de twee lepels af, droogde ze
af en ruimde ze op, terwijl ze steeds zijdelings naar de twee brieven gluurde. Toen deed ze voor de derde keer die dag iets waarvoor ze geen verklaring had. En wat zeker niet te rechtvaardigen
viel. Ze pakte de eerste – die met het logo van de Verenigde
Presbyteriaanse Kerk. Ze vouwde hem open en begon te lezen.
Ze was nog niet halverwege toen haar verwarring omsloeg in
schrik.

Geachte dominee MacPherson,

Hoewel ik nooit het genoegen heb gehad om u te ontmoeten, groet ik u zoals de apostel Paulus de gemeente in Thyatira in het boek Openbaring, hoofdstuk 2 vers 19, groette. 'Ik weet uw werken en liefde, en geloof en dienstbetoon, en uw volharding.' U hebt, net als zij, uw leven in dienst van het Evangelie gesteld, en uw zuivere reputatie is iedereen bekend.
Het is mij niet ontgaan dat het zo'n twee jaar geleden is dat uw vrouw Anne overleed.

Lorna schudde haar hoofd. Hij had toch minstens Anna's naam goed kunnen schrijven.

Ik ben me ervan bewust dat verdriet van een dergelijke omvang ook zijn schaduw werpt over de diepste lagen van iemands ziel en invloedssfeer. En hoewel we ertoe worden aangespoord de voor ons uitgestippelde wedloop ijverig af te leggen, kunnen er tijden komen dat rust geboden is.

Dit was onheilspellend. Haar maag kromp ineen, maar ze las snel verder.

Hoewel u uw verantwoordelijkheden hebt uitgevoerd met de kracht die alleen Christus kan schenken, kunnen de kosten hiervan niet alleen voor uzelf, maar ook voor uw gezin en gemeente te hoog zijn.

Lorna fronste terwijl ze de omslachtige bewoordingen probeerde te doorzien, en haar hart begon sneller te kloppen naarmate de boodschap duidelijk werd.

Als opzichter van niet alleen de schapen, maar ook van hun herders, zou ik een mogelijkheid om met u in gesprek te gaan wat betreft uw behoeften en die van uw gemeente op prijs stellen. Het is geen schande als men zichzelf een tijdelijke adempauze moet gunnen, en ik moet bekennen dat mijn drijfveren niet geheel onbaatzuchtig zijn. De

diensten van een man met uitzonderlijke talenten zoals de uwe zou-
den door velen hier op het kerkelijk hoofdkantoor begeerd worden.
Hoogachtend, uw medearbeider in het koninkrijk,
Gerald Whiteman, president

Lorna viel neer in een stoel en liet de hand met de brief op tafel neervallen. Haar broer werd op het matje geroepen. Er was geen andere interpretatie mogelijk. Ze had wel geweten dat de situatie ernstig was, maar niet zo ernstig. Ze haalde drie of vier keer diep adem en maande zichzelf tot voldoende kalmte om te kunnen nadenken. Vastbesloten om al het slechte nieuws dan maar in een keer te horen, schudde ze de tweede brief open en las die ook. Deze was gedateerd op dezelfde dag als die van Gerald Whiteman.

Al,
Ik kan maar niet geloven dat je het gesticht door de patiënten hebt laten overnemen. Gerry heeft een brief gekregen van een paar ver-dwaalde schapen uit je kudde, die blaten dat je de kluts kwijt bent. Misschien is het nog niet te laat om hem af te leiden, maar we moeten een plan maken. Bel me.
Bob

De brief was in sierlijke letters ondertekend. Lorna kneep haar ogen halfdicht en keek naar de muur. Eindelijk herinnerde ze zich Bob Henry. Hij had met Alasdair op het seminarie gezeten, maar was er al voor het afstuderen mee gestopt en behoorde nu blijkbaar tot de ingewijden op het hoofdkantoor in Richmond.

Ze deed beide brieven terug in de enveloppen en zette ze zorgvuldig op de plek waar ze ze had aangetroffen. Ze was de thee helemaal vergeten. Die was inmiddels zwart geworden. Ze goot de thee weg en ging weer bij de tafel zitten. Ze probeerde na te denken.

De geruchten waren dus waar. Degenen die niet blij waren met Alasdair probeerden nu van Bills vertrek te profiteren door zich tegen hem te keren, en het was niet zo moeilijk te begrijpen waarom ze dat via een achterdeurtje deden. Als Alasdair een andere aanstelling kreeg in plaats van een verzoek om te vertrekken, was de schade nog te overzien. Er zou geen wrok zijn en geen scheldpartij, er zouden geen boze MacPherson-aanhangers de kerk uitstappen en hun centen meenemen.

Zonder het te willen herinnerde ze zich het geklets dat ze gehoord had. Het werd toch altijd bekend. Ze zeiden dat Alasdair meer geïnteresseerd was in zijn imperium dan in zijn gemeente. Zich drukker maakte om het schrijven van boeken over apologetiek dan over het hoeden van de kudde die aan hem was toevertrouwd. 'Als ik de stem van mijn dominee wil horen, zet ik de radio aan,' had iemand op de laatste gemeente-vergadering geschimpt. 'De deur van zijn kantoor zit altijd op slot.'

'Ik word teveel kanten op getrokken,' had Alasdair haar na de bijeenkomst toevertrouwd. Ze had wel honderd dingen kunnen bedenken om te zeggen. 'Misschien moet je je prioriteiten opnieuw bezien. Misschien hebben ze je nodig, Alasdair. Jij bent tenslotte hun geestelijk leider.' Ze probeerde zich te herinneren wat ze daadwerkelijk had gezegd en bedacht met een grimas dat ze hem een kop thee had aangeboden en op een ander onderwerp was overgegaan.

Dat zou nu niet lukken. Hier zouden ze niet omheen kunnen. Deze keer kon ze niet op een ander onderwerp overschakelen. Ondanks de urgentie was haar hoofd nog helemaal leeg. Het enige wat ze kon bedenken om te doen was bidden. Ze boog het hoofd, meer omdat ze terneergeslagen was dan uit eerbied.

'O Vader,' begon ze, haperde toen en stopte weer.

Haar zussen hadden gelijk. Ze was traag van begrip, niet snel en slim. Ze was tenslotte nooit de wereld ingetrokken, had nooit iets belangrijks gedaan. Fiona en Winifred zouden wel weten wat ze moesten zeggen, hoe ze konden helpen.

'O Vader,' herhaalde ze, 'help mijn broer. Help Samantha. Ik weet niet eens wat ik moet bidden.' Maar ze had dat nog niet gedacht of er kwam een Bijbelvers in haar naar boven dat ze lang geleden had geleerd. *De Geest zelf bidt voor ons met onuitsprekelijke verzuchtingen.'* Ze dacht daar even over na, verzamelde moed en haalde diep adem om daarna verder te gaan.

'U werkt op manieren die wij niet kunnen zien,' kon ze eindelijk uitbrengen. 'Help Alasdair door dit probleem heen. Maak zijn last licht, Vader. Genees zijn hart.'

Ze had het gevoel dat ze God minstens een paar ideeën aan de hand moest doen voor het oplossen van dit probleem. Fiona zou er een hele lijst van hebben, dat wist ze zeker. Ze dacht aan haar – intelligent, docente aan de universiteit, zo slim en snel. Ze zou haar kunnen bellen.

Nee, zei een kalme stem.

Winifred dan. Winifred, die iedereen alles kon laten doen, ook al moest ze hen er aan de haren bijslepen.

Nee. Ze voelde opnieuw de blinde muur van afwijzing.

'O God,' fluisterde ze. 'Iemand moet toch iets doen.'

Jij bent iemand, zei de stem, die haar oren niet nodig had.

Ze voelde een steek van iets. Angst.

'Ik ben niet...' Ze stopte even en een groot aantal bijvoeglijke naamwoorden wedijverde om de lege plaats op te vullen. *Slim genoeg, snel genoeg, dapper genoeg.*

Maar ik wel, antwoordde de stem onverbiddelijk.

'Ja, U wel,' beaamde ze, maar dat leek niet tot haar maag door te dringen, die nog steeds verkrampt was.

Ik kan je gebruiken, hield de stem vol. Mag dat?

'Wanneer en waar U maar wilt,' fluisterde ze terug, terwijl de moed haar in de schoenen zonk. 'Ik wou alleen dat U meer had om mee aan het werk te gaan.' Maar toen herinnerde ze zich een preek die haar broer jaren geleden had gehouden, voordat de duisternis was gevallen. Hij had gezegd dat God gewone mensen gebruikt, feilbaar en onvolmaakt, om zijn doel te bereiken. God kan recht slaan met een kromme stok, zo had hij hen voorgehouden. Ze bedekte haar gezicht met haar handen.

'Als u iedereen kunt gebruiken, Vader, misschien kunt U mij dan ook gebruiken,' zei ze. Plotseling moest ze aan David denken, de herdersjongen die door God werd uitgekozen om koning te worden, degene die de reus Goliath verslagen had. *Deze gehele menigte wete, dat de* HERE *niet verlost door zwaard en speer. Want de strijd is des* HEREN,' wist ze uit het hoofd op te zeggen. Ze knikte. Natuurlijk. Ze zag nu waarom Hij haar gekozen had. Ze legde haar handen open op de tafel.

'Als u iedereen kunt gebruiken, Vader, dan kunt U mij ook gebruiken.'

Ze herhaalde de woorden, deze keer met geloof, maar zelfs toen ze dat zei moest ze denken aan Samantha's problemen, haar broer die wel gewond, maar nog op de been was, de kleintjes zonder moeder. De gedachten voelden als kleine pijltjes die gericht waren op haar wankele voornemen.

'Als U iedereen kunt gebruiken, dan kunt U mij ook gebruiken,' herhaalde ze nogmaals, koppig nu. Hij kon overwinnen, ondanks deze diepe duisternis. Want dat is wat het licht zo graag doet. Door het duister heen dringen en de schaduwen verdrijven.

Ze zag plotseling een verblindend beeld voor zich, een visioen bijna, zo echt was het. Van Alasdair, met een open en glimlachend gezicht. Van Samantha, die weer speelde en lachte als een kind. Van de tweeling, die liefde en zorg kregen.

Toen bracht de stem, als afsluitende zegening, nog een laatste boodschap over. IK GA DIT DOEN, verklaarde de stem. EN JIJ MAG ME HELPEN.

'Dank U, Vader,' riep ze uit, en ze was nog niet uitgesproken of een van de peuters begon te huilen met een hees en verstopt geluid; toen begon de andere ook mee te doen. De voordeur sloeg dicht, Samantha kwam binnen en stampte vervolgens de trap op. Lorna stond op en haastte zich achter haar aan. Ze vroeg zich af hoe het verder zou gaan, vanuit welke richting de versterkingen zouden komen.

Vier

Mary Bridget liep door de bocht in de grindweg en daar was het. Een wit houten huis met een schuin aflopend tinnen dak, een brede veranda aan de voorkant, glimmend bukshout, en enorme roze en rode azalea's die dicht tegen de onderkant aan gekropen waren. Verderop op het grote, koele grasveld stonden twee grote eiken, met kornoelje en judasboompjes eronder, en aan de rand stond een aantal witte pijnbomen. Daarachter lagen de wazige, blauwe bergen. Ze stapte de met grind bestrooide oprijlaan op. De hordeur knarste open, en ze rekte zich uit om het gezicht te onderscheiden van degene die daar stond. Het was vertrouwd en geliefd. Haar aarzelende voetstappen gingen over in rennen.

Ze schrok wakker en staarde in het schemerlicht van haar kamer. Ze had even tijd nodig om zich te oriënteren. Ze was hier in Alexandria in het appartement dat ze met Carmen deelde. Dit was nu haar thuis. Ze ging zitten, keek hoe laat het was en voelde kippenvel op haar armen komen door de kilte. Het was bijna zeven uur. Ze zette de wekker uit, die anders over enkele minuten zou zijn afgegaan, trok haar duster weg van het voeteneinde, stond op en trok hem aan. Zo. Dat was beter. Ze schoot haar slippers aan, deed haar slaapkamerdeur behoedzaam open en stapte de hal in. Carmens deur was dicht. Ze liep naar het raam van de woonkamer en gluurde door de scheur in de gordijnen. Newlee's auto was weg. Ze liet het gordijn weer los en slaakte een zucht van verlichting. Ze werd er nerveus van als hij in de buurt was, ook al wist ze dat geen enkele politieagent in Alexandria iets kon weten over een drugsvangst van meer dan een jaar geleden in een ander deel van de staat. Hij kon onmogelijk iets weten over de persoon die ontkomen was.

In die eerste spannende dagen had ze net zolang gezocht totdat ze een kiosk had gevonden met de *Charlottesville Daily Progress*, die ze vervolgens uiterst nauwgezet had doorgebladerd. Op die eerste dag had er niets in gestaan, en ze had niet geweten of ze zich opgelucht of bang moest voelen. Overal meende ze Jonah te zien. Ze ving soms een glimp op van een hoekige kaak die in de menigte verdween, draaide snel haar hoofd om en merkte vervolgens dat het heel iemand anders was. Of ze ving het geluid op van een vergelijkbare stem, en haar hart stond bijna stil. Zag een lang, slank lichaam met soepele stappen op zich afkomen, en haar tong bleef aan haar verhemelte plakken. Zelfs toen ze de waarheid al te weten was gekomen. Jonah kon niet achter haar aan komen.

Ten slotte was het artikel waarop ze had gewacht eindelijk verschenen. Het had maar drie dagen geduurd, maar het had wel een eeuw geleken. Het was zelfs een vrij groot artikel geweest. 'Inspanningen van drugseenheid hebben resultaat,' had de kop aangekondigd. In het vervolg van het artikel stond dat de politiechef van Nelson County en de politie van de staat Virginia bezig waren met invallen bij speed fabriekjes en zich richtten op de plaatsen waar de dealers hun ingrediënten kochten. Ze was door het twee pagina's lange verhaal gevlogen totdat ze had gevonden wat ze zocht. Daar stonden, naast een bericht over enkele andere invallen, twee prachtige paragrafen over een anonieme tip die had geleid tot het sluiten van een enorm laboratorium, precies op de aangegeven plek. Er stond zelfs een foto bij van de roestige caravan en het bouwvallige schuurtje. Ze had haar adem ingehouden totdat ze het artikel twee keer had gelezen, en zich ervan verzekerd had dat Jonah en Dwayne beiden gearresteerd waren, hoewel Dwayne in de stad was opgepakt terwijl hij probeerde te verkopen aan een geheim agent. Heel kenmerkend.

Ze had dat artikel uitgeknipt en in haar Bijbel gelegd, die de laatste tijd vooral dienst deed als een veilige opbergplaats. Af en toe las ze het nog eens, maar alleen als ze door angst overvallen werd, want op andere momenten vervulde het haar met wroeging.

Je hebt gedaan wat je moest doen, zei ze tegen zichzelf, maar het was een schrale troost. Ze kon zich alleen maar voorstellen wat een kwelling de gevangenis zou zijn voor een man als Jonah – iemand die in de stad niet kon ademhalen, die door de bossen moest dwalen om te voelen dat hij leefde.

Die Jonah bestaat niet meer, hield ze zichzelf voor. *De Jonah die jij kende is niet de man die nu opgesloten zit.* Ze kon zich de oude Jonah nauwelijks voor de geest halen. Ze probeerde nu om zich hem te herinneren, en pelde laag na laag van de voorbije jaren af. Hij was ruw, onbehouwen, ondoorgrondelijk en afstandelijk geweest, maar zijn hartstocht voor het land had als een zuiver en gloeiend vuur gebrand. Hij zou het heerlijk gevonden hebben om een plooi in de tijd te vinden en daar doorheen te stappen naar lang vervlogen dagen. Om te leven zonder auto's en fabrieken en mensen die zijn bergen vervuilden.

Zijn eigenaardigheden waren de brandstof geweest voor haar verliefdheid op hem. Ze was al zo lang ze zich kon herinneren door hem gefascineerd geweest. Toen ze op de middelbare school zat was ze vaak met opzet langs zijn huis gelopen in de hoop een glimp van hem op te vangen. Meestal moest ze het doen met kijken naar de koeien met hun ogen als schoteltjes, die liepen te grazen in de weiden op de hellingen, de velden met bergkool, de boomgaarden vol appelbomen.

Wanneer ze hem wel vond liepen ze samen door de bossen – eigenlijk beende Jonah met grote stappen en probeerde zij hem bij te houden. Hij babbelde niet zoals ieder ander, maar als hij iets zei was het meestal de moeite waard om te horen. Hij wist alles over de planten en bomen en dieren en hun manieren, en hij had een degelijk en gezond verstand. Maar hij deed niet mee met de spelletjes van keurige burgers, dat stond wel vast.

'Die knul is gewoon onvriendelijk. Vast de kant van zijn moeder die naar buiten komt. Ze was er een van Crawford, weet je wel,' zei Mary's tante Brenda dan, waarbij ze haar kin ophief en even kort snoof. 'En bovendien stapelgek.'

Dat had Mary mateloos geïrriteerd. Het was niet goed dat iedereen zo over zijn familie kletste en maar zei dat ze nietsnutten waren die nergens voor deugden. Het was Jonah's schuld niet dat zijn vader geen baan kon houden of dat zijn moeder problemen had, wat die ook precies wezen mochten.

Ze meende dat zij en Jonah twee eenzame zielen waren en daarom kwamen ze uiteindelijk bij elkaar terecht. Hun families hadden veel vergelijkbare narigheid doorgemaakt. Jonah's moeder en vader waren gescheiden, en de bank had beslag gelegd op hun huis. Een van zijn broers ging bij de marine. De andere verhuisde naar Lynchburg en ging bij een meubelzaak werken. Jonah woonde toen al bij zijn oude oom. Hij werkte in de handdoekenfabriek, maar ze moesten mensen ontslaan en hij was als laatste aangenomen. Maar waarschijnlijk had hij dat allemaal wel overleefd, als zijn oom niet was overleden. Joshua Porter was naar buiten gegaan om zijn vogels te voeren, had zijn heup gebroken en longontsteking gekregen. En daarna leek het alsof het Jonah allemaal niets meer kon schelen. In die tijd was hij met de drugs begonnen, en zich zo slecht mogelijk gaan gedragen.

Ze had dat natuurlijk allemaal wel geweten toen ze er met hem vandoor was gegaan, maar kon het zich niet bepaald veroorloven om kieskeurig te zijn. Jonah had haar een uitweg geboden uit wat een onhoudbare situatie was geworden. Ze schudde haar hoofd nu vanwege de bittere ironie. *Van de wal in de sloot.*

Maar nu was ze in elk geval veilig. Hij kon niet achter haar aan komen. Evenmin kon hij de zon boven de bergen zien opkomen, of de regen op de bladeren horen kletteren of die kleiachtige geur ruiken na een stevige plensbui.

Ze vermande zich en bekeek de feiten nog eens een voor een. Jonah had al jarenlang geen zonsopgang gezien. Hij was te druk geweest met het maken van speed. Ze herinnerde zichzelf eraan dat deze Jonah, die kapotging aan de speed en de rauwe werkelijkheid was in plaats van een held uit een mooie meisjesdroom, haar waarschijnlijk wilde vermoorden, en ze voelde de bekende rilling van angst.

Ze deed haar best het van zich af te zetten en liep naar de keuken, zette een pot koffie, stopte wat brood in de broodrooster en ging bij de tafel zitten. Carmen was trots op die tafel, geel formica met een chromen omlijsting. Ze had die voor vijftig dollar op de kop getikt bij een garage-uitverkoop. 'Ik zou hem voor vier keer zoveel kunnen verkopen – elke dag van de week, Bridie.' Ze glimlachte en dacht aan de manier waarop Carmen haar naam uitsprak met een Brooklyn-accent.

Bridie, realiseerde ze zich. Ze was in haar eigen gedachten nu ook Bridie. Ze was eindelijk gewend geraakt aan haar nieuwe persoonlijkheid, hoewel het eerst op een spelletje had geleken. Steeds als ze een beslissing moest nemen vroeg ze zich af: 'Wat zou moeder doen?' en deed dat vervolgens. Als een klant bij de supermarkt vervelend ging doen, vroeg ze aan zichzelf: 'Wat zou moeder zeggen?' en dan kwamen die woorden er altijd weer vriendelijk en geduldig uitrollen. Ze draaide zich zelfs zonder aarzeling om als iemand de naam riep. Ze had iedereen om de tuin geleid. Iedereen dacht dat ze een lief, aardig en onschuldig meisje uit de heuvels van Virginia was.

'Speel je rol maar lang genoeg en ten slotte word je het ook echt,' had haar oma altijd graag gezegd, en even flakkerde er een sprankje hoop in haar op. Maar het doofde alweer uit voordat ze zich eraan had kunnen warmen. Jonah was niet de enige die was veranderd. Ze kende de waarheid. Ze praatte dan wel net als moeder, gedroeg zich net als moeder, en dacht zelfs net als moeder, maar de schaduw van Mary Bridget Washburn achtervolgde haar nog steeds, waar ze ook heen ging.

Er lag een omgekruld stukje papier naast Carmens sigaretten. Ze pakte het. Het was een strook met foto's, die je in zo'n klein hokje kunt laten maken. Ze glimlachte. Daar was Carmen, grote ogen en een donkere bos met haar, brede lach en witte, gelijkmatige tanden. Achter haar stond Newlee op wacht, en leek wel een soldaat met zijn stekeltjeshaar en zijn onverstoorbare ogen. Ze voelde een steek van eenzaamheid, liet de foto's weer op tafel vallen alsof ze zich eraan had gebrand, en stond op om te gaan douchen. Ze stond net in de hal toen ze de klik van de broodrooster hoorde en weer aan haar ontbijt dacht. Ze liet het maar zo, douchte, kleedde zich aan en nam de vroege bus naar haar werk. Ze dronk zelfs geen kop koffie, ondanks de moeite die ze had gedaan om die te zetten.

Vijf

Alasdair probeerde de ijsplekken op het pad, die in het schemerdonker nauwelijks zichtbaar waren, te vermijden en ging wat langzamer lopen. Het zou niet best zijn als hij viel en een bot brak. Wat zou er dan met de kinderen gebeuren? Hij raapte de doorweekte *Washington Post* op van het betegelde pad en haalde de post weg die uit de brievenbus puilde. Hij schonk er weinig aandacht aan. Zijn gedachten waren bij de column voor zijn magazine van deze maand, die hij zojuist had verstuurd, en het onderwerp van zijn volgende serie radio-uitzendingen. Daar moest hij vanavond aan werken, evenals aan het doornemen van de contracten van de uitgever die de studiebijbel ging publiceren. Verder had hij nog een afspraak om ergens in december een lezing te houden. Hij had het gevoel alsof het allemaal ronddraaiende borden waren, en hij de circusartiest. Hij gaf een draai aan de een, werkte zo de hele rij af, kwam weer terug bij het begin, net als de vaart er bijna uit was en het aardewerk begon te wiebelen. Het geheim zat hem in het blijven bewegen, zo hield hij zichzelf voor.

Hij draaide de sleutel om en liet zichzelf binnen. Samantha stond in de donkere hal te wachten, hoewel het even duurde voordat hij haar silhouet kon ontwaren. Nog voordat hij zijn jas kon uittrekken duwde ze Bonnie naar hem toe.

'Ze loopt al een uur te jengelen.' Haar stem klonk boos en opstandig.

Hij tilde Bonnie op en gaf de post aan Samantha, die het meteen op de trap smeet. Een paar enveloppen gleden door het traphek op de vloer. Hij besloot er geen drukte over te maken. 'Waar is Lorna?' vroeg hij.

'Ze is met Cam naar de dokter.'

Alasdair knikte en voelde een steek van bezorgdheid. Cameron had nu al dagenlang koorts. Een warm gevoel van waardering voor Lorna vervulde zijn hart. Wat moest hij zonder haar beginnen? Hij tilde Bonnie wat hoger op tot aan zijn schouder. Haar gezichtje voelde verhit aan tegen het zijne. Ze was ook ziek aan het worden. Hij sloot zijn ogen en haalde diep adem.

'Oké,' suste hij. 'We beginnen maar bij het begin. Alles netjes en ordelijk doen.'

Hij liep moeizaam de trap naar de slaapkamer op, terwijl zijn dochter, nog steeds huilend, uit zijn armen los probeerde te komen. Hij legde haar voorzichtig neer op het bed en trok zijn jas uit. Bonnie schoof op haar buik naar de rand van het bed. Toen ze er bijna vanaf viel, greep hij haar net op tijd vast en draaide haar om. Ten slotte zette hij haar rechtop op de grond. Hij bracht haar naar haar eigen kamer, gaf haar een schone luier en veegde haar neus af, pakte toen haar handje vast en zo liepen ze met kleine stapjes de trap af naar de keuken. Hij zette haar in de box en gaf haar wat speelgoed. Samantha zat op de bank televisie te kijken. Hij ging naast haar zitten, omdat er geen andere meubels waren en sloeg zacht op haar knie. Hij probeerde een gesprek te beginnen.

'Bedankt dat je op Bonnie gepast hebt. Heb je nog huiswerk te doen?'

Ze trok haar been weg en gaf geen antwoord. Zijn schuld. Hij had zijn lof niet moeten combineren met gezanik.

Hij waagde nog een poging. 'Hoe ging het vandaag?'

Samantha gaf geen antwoord, drukte alleen op het knopje van de afstandsbediening voor een ander kanaal en kwam bij een uitzending van Jerry Springer terecht. Hij staarde haar even aan. Wanneer waren ze toch vijanden geworden? Hij zuchtte. 'Zoek maar iets anders om naar te kijken, Samantha, of zet hem maar liever uit. Dit is niet geschikt voor een kind van twaalf.'

Ze negeerde hem en keek recht voor zich uit. Hij keek nadenkend en boog naar haar toe. Ze had make-up op. En nog niet zo weinig ook, vooral klodders rond haar ogen. Hij had daar nooit toestemming voor gegeven. 'Samantha –' begon hij.

'Ik ben dertien.' Ze drukte weer op de afstandsbediening. Nu verscheen het nieuws, een bericht over een fatale botsing tussen een auto en een oplegger.

'Doe hem uit,' zei hij scherp, en zijn stem klonk nu harder.

Ze keek hem koel aan, gooide de afstandsbediening neer en liep statig weg. Hij zette zelf de televisie uit en wilde haar net terugroepen om haar gebrek aan respect aan te pakken, maar Bonnie begon te huilen en de telefoon ging. Hij weifelde even en liep toen naar de telefoon.

De nummermelder gaf 'anoniem' aan. Het kon een advocaat zijn. Het kon iemand zijn die klaagde over zijn liedkeuze van afgelopen zondag. Of het kon iemand in de gemeente zijn die hem nodig had. *En wat zou jij voor hulp kunnen bieden?* fluisterde een bekende, hatelijke stem. Hij klemde zijn tanden op elkaar en nam de hoorn op.

'Man, ik begon me net af te vragen of je nog wel bestond.'

Alasdair voelde ergernis opkomen zodra hij de stem herkende, die vertrouwd klonk door een aantal berichten die hij de afgelopen weken had ingesproken. Hij dwong zichzelf om beleefd te zijn. 'Hoe is het met je, Bob?'

'Goed,' antwoordde Bob Henry snel. 'Beter dan met jou. Waarom reageer je niet op mijn telefoontjes?'

'Ik waardeer je aanbod om te helpen, maar dit is iets waar ik alleen doorheen moet.' *Geen trucs*, dacht hij bij zichzelf, terugdenkend aan het gemanipuleer en de uitvluchten waarin Bob zich al op de universiteit had gespecialiseerd. Achter hem begon Bonnie van ellende zielig en beverig te huilen. Hij draaide zich naar haar om. Ze wreef met haar handje over haar neus en haar voorhoofd. De voordeur ging open en weer dicht. Alasdair keek even om de hoek. Het was Lorna met Cameron op haar heup, die er beroerd uitzag. Ze lachte en zwaaide. Alasdair hield zijn hand omhoog bij wijze van groet, en wees toen met een verontschuldigende blik naar de box.

Lorna knikte en liep naar het huilende kind. 'Het is een griepje en er is niets aan te doen,' fluisterde ze toen ze langs hem liep.

Natuurlijk. Hij sloot even zijn ogen, maar het had geen effect op Bob Henry's krassende stem in zijn oor.

'Ik denk dat je niet begrijpt, Alasdair, hoe de zaken ervoor staan. Het wiel kraakt behoorlijk en Whiteman is net zo ernstig als een hartaanval.'

'De situatie heeft niets te maken met Gerald Whiteman. Ik sta ten dienste van deze gemeente en het kerkbestuur.'

'Of niet,' verklaarde Bob. 'En zij hebben contact opgenomen met Gerry en hem gevraagd zich ermee te bemoeien. Je kunt maar beter blij zijn dat hij de bal niet terugspeelt naar het kerkbestuur. Als hij dat wel doet, kan ik niet veel meer doen. En wat dacht je eigenlijk toen je tegen hem zei dat je niet met hem kon komen praten?'

'Ik heb er gewoon geen tijd voor.'

'Ga toch weg!' viel Bob hem in de rede.

Alasdair zei niets. Hij zette zijn bril af en wreef over de brug van zijn neus.

'Nu moet je eens luisteren,' ging Bob verder. 'Ik weet dat je een kerel bent die recht door zee is, maar deze keer zal zo'n aanpak je niet veel verder helpen. Misschien kan ik je helpen als je me vertelt wat er nu precies aan de hand is.'

De bel ging weer. De peuters jengelden nog steeds. Alasdair zette zijn bril weer terug. 'Bob, ik moet ophangen. Je hebt me net op een druk moment te pakken. Ik zal nadenken over wat je gezegd hebt.'

Bob slaakte een gefrustreerde zucht. 'Dat moet je doen, kerel. Je hebt mijn nummer.'

Ja, dat had hij zeker.

Alasdair hing op zonder zelfs maar gedag te zeggen en liep naar de deur. Het peertje in de hal brandde zwak en gelig, alsof het bang was om het halfduister te verdrijven. Hij maakte een aantekening om er een sterkere lamp in te draaien. Zijn benen voelden zwaar aan, maar hij tilde ze toch maar gewoon op en zette ze weer neer. Samantha kwam de trap weer af, liep hem voorbij zonder iets te zeggen, en even later hoorde hij haar stem en die van Lorna in de keuken. De tweeling was opgehouden met huilen.

Hij stond stil voor de deur en keek door het kijkgaatje. Knipperde met zijn ogen, leunde voorover en keek nog eens. Vier van de negen ouderlingen van de kerk stonden ingeklemd tussen de bloempot met de grove den en het smeedijzeren hekwerk. Alasdair deed een stap achteruit, opende de deur en keek vlug op zijn horloge. 'Ben ik een vergadering vergeten?'

'Nee, dominee.' Edgar Willis, in elke zin van het woord de oudste van het stel, stapte naar voren. Zijn witte haar wapperde in de wind en hij leek fragiel genoeg om weggeblazen te worden, ware het niet dat het driemanschap naast hem stond – *de Grote Drie*, zo noemde Lorna hen. Dit waren de grote machthebbers. Ze zagen er dreigend uit. En vastberaden.

'We hebben iets met u te bespreken. Het is nogal dringend, maar we hadden misschien toch eerst moeten bellen,' gaf Edgar toe.

'Kom maar binnen.' Alasdair deed een stap achteruit om hen binnen te laten. Hij begeleidde hen naar de officiële woonkamer, die alleen voor dergelijke doeleinden gebruikt werd, excuseerde zich en liep even naar de keuken.

De peuters zaten allebei in hun kinderstoel een banaan te eten, waarvan het grootste deel op hun wangen en in hun haar terechtkwam. Lorna stond een blik soep open te draaien. Bonnie had alweer een snotterbel, maar ze was tenminste opgehouden met huilen.

'Het spijt me,' zei hij tegen Lorna, 'ik verwachtte hen helemaal niet.' Niet helemaal waar, maar hij had hen vandaag niet verwacht. In zoverre klopte het wel.

'Het geeft niet, jongen – wat is er gebeurd met de stoofschotel van dinsdag?'

'Ik ben vergeten om die uit de vriezer te halen.'

'Het geeft niet,' zei Lorna nogmaals en klopte hem op de arm. 'Het maakt niet uit. Ga maar naar je bespreking. Weet je waar het om gaat?' Ze keek bezorgd.

Hij voelde genegenheid voor haar in zich opwellen en diepe woede jegens de schurk die haar na vijftien jaar huwelijk in de steek had gelaten. Hij schudde zijn hoofd. 'Het zal wel niets belangrijks zijn.' Hij voelde de druk onder zijn ogen, deed zijn bril nog eens af en masseerde ze. Hij liet haar bezorgd achter en liep terug naar de woonkamer.

WEID MIJN SCHAPEN. De woorden kwamen uit het niets tevoorschijn en belandden in zijn oor. Hij haalde diep adem, zette zijn bril weer op en ging de kamer binnen. De lucht voelde strak aan, en hij stelde zich voor dat die zou kraken terwijl hij er doorheen liep. Hij trok een van de Chippendale stoelen van zijn overgrootmoeder uit de hoek en ging tegenover de halve cirkel zitten die ze gevormd hadden. De stoel hielp hem om rechtop te blijven zitten. Hij legde zijn handpalmen op zijn dijen en wachtte totdat ze iets zouden zeggen.

'Dominee MacPherson,' begon Edgar, 'we hadden al eerder bij u moeten komen.'

Alasdair zei niets. Hij nam in zich op wie er wel en niet voor deze vergadering was uitgenodigd. De vier die hem het meest loyaal waren en steunden – MacPherson aanhangers die het nog zouden goedkeuren als de huiskat kandidaat gesteld werd – waren opvallend afwezig, evenals het nieuwste lid van het ouderlingenteam, een nog onbekende factor.

Edgar schraapte zijn keel. De Grote Drie schoven naast hem ongemakkelijk heen en weer op hun stoelen. 'We hadden gehoopt dat een dergelijke confrontatie niet nodig zou zijn,' zei hij.

Alasdair bleef zwijgen. Edgar opende zijn aktetas en trok er een stuk papier uit. *Zijn agenda*, besefte Alasdair. Hij voelde een kolkende mengeling van boosheid en angst. Zijn gezicht bleef onbewogen.

'We hebben brieven gekregen van verschillende gemeenteleden. En telefoontjes van nog meer mensen. Sommigen zijn zelf langsgekomen. De gemeente is niet tevreden,' zei Edgar onomwonden.

'En jullie oplossing voor die situatie was de president van de Algemene Vergadering ertoe bewegen om me een baan in Richmond aan te bieden.'

Edgars gezicht werd rood, en de anderen gingen op hun stoel verzitten. Die was in de roos. 'Misschien hadden we eerst naar u toe moeten komen,' mompelde Edgar.

Alasdair hield zijn stem met moeite in bedwang. 'Ja, dat denk ik inderdaad.'

Edgar ging wat meer rechtop zitten. 'Hoe het ook zij, we zitten nu hier. Zoals ik al zei zijn er klachten geweest. Veel klachten zelfs.'

'Mankeert er iets aan mijn preken?'

'Niet als u hier bent om ze te houden.'

Hij schonk geen aandacht aan die stekelige opmerking. 'De pastorale zorg. Liever gezegd, het ontbreken daarvan.'

'Pardon?'

'Het spijt me, dominee,' zei Edgar. 'Maar zo is het. Sinds dominee Wright is weggegaan, is er helemaal geen pastorale zorg meer geweest.'

'Neem dan een vervanger in dienst, in plaats van de zaak op zijn beloop te laten, zoals jullie gedaan hebben.' De woorden kwamen er feller uit dan hij bedoeld had.

'Er is geen geld voor een vervanger.'

Alasdair staarde Edgar ongelovig aan. Misschien had hij de financiën in de afgelopen maanden niet zo nauw gevolgd als hij had moeten doen, maar geen geld om een vervanger te benoemen in een functie die voorheen wel betaald kon worden?

'Hoe kan dat nou?' vroeg hij toen hij zijn stem hervond.

'De giften gaan behoorlijk omlaag.' Edgar knikte naar een van zijn medestanders, die het veerslot van zijn aktetas opendrukte, alsof het zo was afgesproken. Hij overhandigde Edgar een stapel papieren.

'Dit zijn de cijfers van afgelopen week.' Edgar gaf hem de papieren. 'De giften voor het Algemeen Fonds blijven vijfentwintig procent achter bij het begrote bedrag, evenals Zending en Diaconie. We hebben geld van de ene naar de andere post moeten overhevelen om de lopende kosten te dekken.'

'Dat is volkomen belachelijk,' sputterde Alasdair tegen. 'De kerk zit elke zondag vol.'

'Vol bezoekers die u op de radio gehoord hebben en een briefje van vijf op de collecteschaal gooien.'

'Ze steunen de radio-uitzendingen.'

'Dat is prachtig.' Edgars toon werd hard. 'Maar u bent niet aangesteld over de mensen die naar de radio luisteren, en daarmee komen we bij het volgende punt.'

Alasdair voelde dat het geheel iets irreëels begon te krijgen. De fragiele Edgar Willis veegde hem de mantel uit. Edgars gezicht was vervaarlijk rood en er zaten kleine druppels speeksel in zijn mondhoeken. Hij had vorig jaar een hartaanval gehad. Dit soort opwinding kon nooit goed voor hem zijn.

'Een aanzienlijk aantal mensen in de gemeente vindt dat u uw beste krachten aan andere dingen besteedt,' ging Edgar voortvarend door. Zijn hart en stem waren blijkbaar in perfecte conditie. 'Er wordt niet in hun behoeften voorzien, en ze storen zich eraan dat ze uw salaris betalen, waarmee u verder kunt bouwen aan uw carrière. Misschien is het een prachtige persoonlijke ambitie om de beste apologeet sinds C.S. Lewis te worden, maar daarmee bent u nog niet geschikt om een plaatselijke gemeente te leiden.'

Woede welde in Alasdair op als een grote vlam. Zijn angst leek in haar hitte te verdampen.

Hij stond op en gooide de stoel bijna omver. 'Dat waren mijn woorden niet. Als u ruzie met me wilt maken, laten we dan wel eerlijk blijven.' De vergelijking die de *Washington Post* enkele jaren geleden in een speciaal artikel over hem had getrokken, had hem toen al gekwetst en dat gebeurde nu weer.

Edgar snoof, vouwde zijn handen, en klemde zijn dunne lippen op elkaar. 'Hoe het ook zij, de situatie is onhoudbaar.' Er viel een stilte in de kamer.

Alasdair haalde even diep adem, liep naar de schoorsteenmantel, liet zijn hand erop rusten en slikte zijn woede in. 'Wat zouden jullie ervan vinden om mijn salaris dan maar omlaag te doen?' vroeg hij en hief zijn hoofd op.

'Ik ben bang dat het weinig uithaalt,' zei Edgar, te snel om het aanbod zelfs maar overwogen te kunnen hebben.

Ze hebben al een beslissing genomen, besefte Alasdair. Ze waren niet gekomen om iets te bespreken, maar om hem ervan op de hoogte stellen. 'Het klinkt alsof jullie me vragen ontslag te nemen,' zei hij. 'Is dat de bedoeling? Zonder enige vorm van discussie? Op deze achterbakse manier? Waar is de rest van de ouderlingen? Waarom wordt dit niet op een gewone vergadering besproken, waar iedereen aanwezig is en zijn mening kan laten horen?'

'U weet heel goed wat er zal gebeuren als deze kwestie officieel te berde wordt gebracht. Men zal partij gaan kiezen en de gemeente zal uiteenvallen. Alle werk in de gemeente zal stilliggen terwijl de strijd gestreden wordt. Bovendien, zou u anders hebben gereageerd als we de juiste wegen bewandeld hadden?' vroeg Edgar bits. 'Gerald Whiteman belde me vanmorgen en zei dat u geweigerd had om hem zelfs maar te ontmoeten. Waarom zouden we dan denken dat u wel naar onze oproep zou luisteren? U kunt erg koppig zijn, dominee. En intimiderend.'

'Jullie hadden bij me moeten komen,' herhaalde Alasdair. 'Dit is helemaal verkeerd.'

'We zijn er nu. Wilt u veranderen? Wilt u afzien van de radioprogramma's en spreekbeurten, minder gaan schrijven en leiding gaan geven aan de gemeente?'

'Dat is een bespottelijke eis.'

'Maar het is wel wat we van u vragen.' Edgar klemde zijn lippen stijf op elkaar.

Alasdair voelde het vuur naar zijn gezicht stijgen, en plotseling had dit helemaal niets meer van doen met het werk van God. Met zijn bonkende hart, het bloed dat door zijn aderen raasde, de longen die lucht naar binnen en naar buiten joegen, had hij het gevoel alsof een of andere stam van krijgers zojuist het hoofd van een van zijn generaals naar hem toe had gesmeten. Alsof hij boven op een bergkam stond en zijn dorp in brand zag staan, terwijl vijandelijke horden er met hun buit vandoor gingen.

'Ik – neem – geen – ontslag.' Hij ademde hijgend, alsof hij geen woorden had gesproken, maar rake klappen had uitgedeeld.

Edgar Willis knipperde met zijn ogen. 'Bent u bereid om uw nevenfuncties neer te leggen?'

'Nee, dat ben ik niet.'

Sutton klemde zijn kaken opeen. 'Wilt u de gemeente uit elkaar laten vallen? Is dat wat u graag wilt?'

'Als de gemeente uiteenvalt, is dat uw schuld, niet de mijne.'

Sutton keek bedenkelijk. 'Er zijn mensen weggegaan, dominee. En nog meer mensen hebben laten weten dat ze van plan zijn om op te stappen. De keus is aan u. We kunnen het doen op de manier die het meest opbouwend is in de ogen van God, of we kunnen de kerk in stukken scheuren door de strijd aan te gaan.'

Hij mocht zijn gemeente niet kwijtraken. Dat was eenvoudigweg geen optie. 'Ik neem geen ontslag,' herhaalde hij.

Smith zuchtte. Sedgewick deed zijn aktetas dicht.

De telefoon ging. Hield weer op. Samantha verscheen. Haar gezicht stond uitdagend, maar in haar stem klonk angst door.

'Telefoon voor u,' zei ze. 'Het schijnt dringend te zijn.'

Zijn bezoekers stonden op en begaven zich zwijgend naar de deur.

'Dit is het einde nog niet,' zei Edgar, en Alasdair wist niet zeker of dat een belofte of een dreigement was. 'Het is de gemeente van God, niet die van u.'

Hij sloot de deur achter de bezoekers en liep naar de keuken om de telefoon aan te pakken.

'Ja.'

'Hallo, dominee MacPherson. Met Lois Tronsett.'

'Ja,' zei hij nogmaals.

'Ik ben de directeur van Samantha's school.'

Deze keer gaf hij helemaal geen antwoord. Alle beschikbare ruimte in zijn denken werd bezet door wat er zojuist gebeurd was. Er was nu gewoon even geen ruimte voor de studieproblemen van zijn dochter.

Lois Tronsett wachtte even, en ging toen snel verder. 'Ik maak me zorgen over Samantha,' zei ze onomwonden.

'Waar maakt u zich precies bezorgd over?'

'Vandaag waren er moeilijkheden op school.'

De kleintjes begonnen herrie te maken met hun lepels. Hij

stopte een vinger in zijn oor. Lorna moest het gehoord hebben, want ze kwam binnen, haalde de kinderen uit hun stoel en nam hen mee.

'Wat voor moeilijkheden?' wist hij uit te brengen.

'Er was een jongen bij betrokken, maar mijn bezorgdheid gaat dieper dan deze ene gebeurtenis. Ik zou u graag persoonlijk willen spreken.'

'Wat was er met die jongen?'

'Wat zoenen achter een boom in de middagpauze, maar het is het algehele plaatje waar ik me druk over maak. Samantha trekt zich terug van de andere meisjes. Leeft in een isolement. Ik denk dat ze baat zou hebben bij wat goede extra begeleiding.'

Zijn gedachten gingen terug naar zijn vader, met zijn kalme ogen en vaste stem. 'Het Woord van God, mits correct geïnterpreteerd en toegepast, is voldoende voor elke omstandigheid in geloof en leven.'

'Ik zou het graag allemaal eens rustig met u doorspreken.' Ze zette de aanval weer in en klonk vastberaden.

'Ik zal u morgen bellen vanuit mijn kantoor,' zei hij, terwijl hij nog steeds probeerde te bevatten wat ze gezegd had. 'Als ik mijn agenda bij de hand heb, kan ik u beter zeggen wanneer het uitkomt.'

Dat leek haar tevreden te stellen. Alasdair hing de telefoon op en bleef daar even zo staan. Zijn boosheid was aan het overgaan in een andere gewaarwording. Een vreemde gewaarwording. Het leek wel of zijn voeten aan de vloer genageld waren, en een grote hand zijn hoofd vasthield en eraan trok. Hij kon zichzelf dunner en dunner voelen worden terwijl de hand bleef trekken, en hij vroeg zich af wanneer hij zo dun zou zijn dat hij gewoon uit elkaar getrokken zou worden.

Hij liep terug naar de woonkamer en plofte neer op de bank. Hij staarde naar de muur, langs de botanische afbeeldingen in goudomrande lijsten en de porseleinen borden die van zijn moeder waren geweest, langs het vergeelde behang. Hij zat daar een poosje niets te doen en niets te denken. Gewoon naar de muur te staren alsof er woorden op zouden verschijnen die een

Goddelijke boodschap voor hem bevatten. Hij lachte even.

'Wat is er?' Het was Lorna, die zich naar hem toe boog. Haar gezicht stond bezorgd. Hij had haar niet binnen horen komen.

'Mene, mene, tekel, ufarsin.'

Haar ogen werden groot. 'Alasdair, je maakt me bang.'

'Het spijt me.' Hij keerde zich af van de onbeschreven muur en keek naar het gezicht van zijn zus, terwijl hij zijn hoofdpijn probeerde weg te wrijven. 'Het komt uit het boek Daniël,' legde hij uit. 'Het waren de woorden die op de muur geschreven werden.'

Ze vroeg niet wat het betekende. Hij vroeg zich af of ze wist wat de Goddelijke boodschap voor de koning geweest was: *Je bent gewogen en te licht bevonden.* Voor het eerst identificeerde hij zich met de heidense koning in het verhaal, in plaats van met de profeet des Heren.

'Alasdair,' begon ze, en hij verwachtte dat zijn zuster hem zou troosten. Dat ze een van haar gebruikelijke remedies zou toepassen, en hij vroeg zich af welke ze deze keer uit de kast zou halen. 'Je bent moe, dat is alles. Je zult je weer beter voelen als je een nacht goed hebt geslapen.'

Of misschien: 'Als we een geschikte oppas vinden, zal alles weer rustig worden.' Of misschien: 'Na Pasen of Advent of de Lijdenstijd zal het wel weer beter gaan,' of wat er volgens de kalender ook het eerst aan de beurt was. Wat ze in werkelijkheid zei verraste hem echter. Hij, die het vermogen om verrast te worden was kwijtgeraakt.

'Ik heb gebeden,' zei ze eenvoudig. Haar gezicht was kalm, hoewel vol liefde en pijn.

Hij had het lef niet om te vertellen wat hij door bittere beproevingen heen geleerd had. Gebeden werden niet altijd beantwoord. In plaats daarvan zei hij: 'Het zal wel goed komen,' ook al geloofde hij het zelf niet.

'Ik denk dat het al goed gekomen is,' antwoordde ze, 'alleen weten we het nog niet.'

Zes

'Lieve help, Lorna, wat was er zo belangrijk dat je ons op een doordeweekse dag mee uit moest nemen?' Winifred knoopte haar jas los en hing hem netjes over de leuning van de stoel in het restaurant. 'Ik loop een voorbereidingsvergadering voor de kerstbazaar mis, en Joost mag weten wat ze beslissen als er niemand is die hen leiding geeft.' De serveerster verscheen bij haar elleboog, en Winifred keek haar geërgerd aan, alsof de vrouw een bepaalde gedragscode had geschonden door haar een menukaart aan te bieden. 'Ik wil graag de salade van het huis en koffie,' zei ze zonder de menukaart aan te pakken. 'Cafeïnevrij met room.'

'Dank u wel,' zei Lorna om het goed te maken, toen de serveerster zich omdraaide en wegliep, maar ze hoorde het waarschijnlijk niet.

'Nou?' drong Winifred aan. 'Wat is de bedoeling?'

'Wacht maar totdat Fiona er ook is,' zei Lorna, terwijl ze zich voorbereidde op nog meer ongenoegen van Winifred. 'Ik zal het jullie allebei tegelijk vertellen.'

Winifred fronste haar wenkbrauwen en keek op haar horloge, slaakte een diepe zucht en keek het restaurant vluchtig rond. 'Waarom heb je in vredesnaam deze tent gekozen?'

'Het spijt me,' zei Lorna automatisch. In feite had ze er behoorlijk lang over gedaan om dit kleine cafeetje uit te kiezen, maar ze wist dat Winifred al vijftien jaar treurde, omdat haar favoriete lunchroom, Honora's Theesalon, een sushibar geworden was.

Winifred schudde haar hoofd even en streek met haar hand haar haar glad.

Lorna trok haar jas maar weer om haar schouders. Het was kouder dan gebruikelijk voor deze tijd van het jaar. Ze wendde haar blik af van het geïrriteerde gezicht van haar zus en keek uit het raam met getint glas. De zon had de hele dag wel verwoede pogingen gedaan om door te breken, maar had het niet kunnen winnen van de laaghangende wolken. Op straat krioelde het avondverkeer. Mensen kwamen tevoorschijn uit metrostation King Street, op weg naar hun huizen in de voorsteden. Morgenochtend zou het hele gebeuren omgedraaid worden, als iedereen weer terugging naar zijn werk in Washington.

Ze keek langs de auto's heen naar de omgeving zelf, naar de rij stenen huizen en winkels, waarvan sommige er al stonden voor de tijd van de Amerikaanse revolutie, naar de winterkale bomen die langs de betegelde trottoirs stonden. De straten glommen van de regen, en de ouderwetse lantaarnpalen stonden rustig te schijnen in de vallende schemering.

Ze had er ooit eens over gedacht om die straten in te lopen en ze te volgen, op zoek naar avontuur en opwinding, maar op de een of andere manier was ze er nooit in geslaagd om ver uit de buurt te raken van het hek van de pastorie. Ze had de eerste twee jaar van haar studie aan George Mason gevolgd, maar een doctoraalstudie had er voor haar niet ingezeten. Toen Michael in haar leven was gekomen en haar een huwelijksaanzoek had gedaan, had dat de juiste beslissing geleken. Maar zelfs toen was ze maar een paar straten ver van haar ouderlijk huis gaan wonen. Ze had gedacht dat ze kinderen zouden krijgen en zich zouden settelen, maar God had haar die zegen nooit gegeven. En misschien was dat welbeschouwd maar goed ook.

Ze vond het nog steeds moeilijk te geloven wat Michael gedaan had, hoewel ze elke dag tegen de gevolgen aanliep. Hij had al haar spaargeld opgemaakt, het actieve vermogen van hun huis er doorheen gejaagd, creditcards gebruikt tot aan de limiet – en dat alles zonder iets tegen haar te zeggen. Om zich in te kopen in een investeringsplan van onroerend goed. Helaas had hij voldoende winst gemaakt om een zware belastingaanslag te krijgen, voordat de onderneming ineengestort was. Hij was alles kwijtgeraakt, en voordat ze dat zelfs nog maar tot zich door had laten dringen, had hij aangekondigd dat hij een ander had gevonden. De regeling voor hun bezittingen had niet meer ingehouden dan het verdelen van de rekeningen – die niet bij de faillietverklaring voldaan waren.

Ze voelde schaamte over het feit dat ze in de steek was gelaten en schuld als ze dacht aan het geld dat ze nog verschuldigd was. Als dat niet het geval geweest was, had ze haar banen kunnen opzeggen en Alasdair fulltime met de kinderen kunnen helpen. Ze wist niet meer hoe vaak ze God gebeden had om voor haar een weg te banen, zodat ze dat kon gaan doen, maar tot nu toe was dat gebed niet verhoord. Ergens diep in haar klonk een zwak stemmetje – dat het verzoek meer te maken had met haar behoefte dan met die van de kinderen.

Alasdair zou er blij mee zijn, daar was ze van overtuigd. Hij had aangeboden om haar de logeerkamer te laten betrekken. Ze had het erg verleidelijk gevonden, maar toch van de hand gewezen. Hoe graag ze ook dicht bij de kinderen had willen blijven, ze voelde toch een rem, een scherpe overtuiging. Het zou zo gemakkelijk zijn, maar niet goed. Ze had het gevoel dat het, hoe verleidelijk ook, diefstal zou zijn. Iets nemen dat niet van haar was en het zo dicht tegen zich aandrukken dat het bijna stikte. Ze vroeg zich met een hol schuldgevoel af in hoeverre haar intensieve zorg voor het gezin van haar broer had bijgedragen aan het stuklopen van haar huwelijk. Er bestond geen enkel excuus voor wat Michael gedaan had. Maar had zij de weg gebaand voor zijn zonde, het hek voor hem opengezet en hem uitgezwaaid? Zou hij zo ver uit de richting hebben kunnen raken als ze werkelijk met hem verbonden was geweest? Ze wist het niet. Ze zat daar even met haar bittere verdriet en dwong zichzelf toen om haar gedachten te ordenen. Ze had veel om dankbaar voor te zijn. De kleine kamer die ze huurde van een lerares op school voorzag ruimschoots in haar behoeften, temeer omdat ze maar zelden thuis was. En ze was dankbaar voor haar werk.

Ze klaarde op toen ze aan haar werk op de school dacht. Ze was daar graag, ook al was ze maar een secretaresse. Elke dag zag ze de kinderen naar binnen en naar buiten gaan. Ze wist hun namen, ging naar hun lokalen en hielp met handvaardigheidprojecten als er op het kantoor niet veel te doen was.

Ze had het ook wel voor niets willen doen. Het loonstrookje was een extra pluspunt. En haar werk in de fabriek waar ze films ontwikkelde betaalde erg goed. Het was geen moeilijk werk. Het was zelfs in zekere zin boeiend. Vier avonden per week bekeek ze vastgelegde momenten uit de levens van andere mensen. Achter elkaar trokken ze aan haar voorbij.

Een bekend stemmetje beschuldigde haar ervan dat ze niets bereikt had, niets met haar eigen leven had gedaan. *Moet je jou zien*, zei de stem. *Vijfendertig jaar en wat heb je nou helemaal gedaan?*

Winifred slaakte nogmaals een diepe zucht en schoof rusteloos heen en weer op haar stoel, waarmee ze Lorna weer terugriep naar het hier en nu. Gelukkig kwam juist op dat moment Fiona met een natte vlaag wind binnenwaaien en baande zich een weg naar hen toe langs de dicht bij elkaar staande tafeltjes. Ze ging zitten en installeerde zich.

'Zeg het maar,' zei Fiona, niet zo bruusk als Winifred, maar op haar gebruikelijke, ernstige manier.

'Het gaat om Alasdair,' zei Lorna.

'Wat is er met hem?' snauwde Winifred.

'Laat haar toch, Winifred. Zet even je gedachten op een rijtje, Lorna,' moedigde Fiona haar aan, waarbij ze iets langzamer sprak dan anders.

Lorna voelde ergernis in zich opkomen. 'Hij heeft een brief van de president gekregen,' zei ze.

'Van de Verenigde Staten?' vroeg Winifred ongelovig.

'Van de Algemene Vergadering,' corrigeerde Lorna haar met een kalme stem. 'En die heeft hem een baan aangeboden.'

Beide zussen keken bedenkelijk, en roken moeilijkheden. Hun verwarring veranderde in begrijpen toen ze verderging. 'Er was ook nog een andere brief van een kennis van Alasdair – Bob Henry. Hij werkt nu voor Gerald Whiteman. Hij zei dat er klachten geweest zijn. Dat het aanbod van een baan moet voorkomen dat er oorlog uitbreekt om de preekstoel.'

'Ik wist dat dit in de lucht hing,' kondigde Fiona aan, waarbij ze triomfantelijk klonk.

Winifreds gelaatsuitdrukking werd harder. 'Ik zou graag weten wie ermee begonnen is.'

'Dat maakt niet uit,' kaatste Fiona snel terug, maar ook zij zag er grimmig uit. Ze wisten alle drie hoe zulke dingen werkten. Hun vader had verschillende pogingen tot machtsovername overleefd. Niemand kwam er zonder kleerscheuren vanaf.

'Dat is nog niet alles,' vervolgde Lorna. 'Gisteravond kwamen Edgar Willis en de Grote Drie opdagen. Compleet met de financiële papieren. Ze zeiden dat de gemeente er niet gelukkig mee was dat ze geen pastorale zorg kregen, sinds Bill vertrokken is, dat Alasdair ongenaakbaar en intimiderend was. Ze hebben hem gevraagd om op te stappen.'

'Nee!' Fiona keek geschokt.

'Ja,' knikte Lorna.

'Wat heeft Alasdair gedaan?' vroeg Winifred.

'Hij heeft geweigerd. En vrij resoluut ook.' Ze zag zijn ogen weer voor zich, plotseling zo hard en levenloos als graniet. 'Ik denk niet dat ze er nu mee naar de gemeente gaan. Ze maakten zich zorgen over een mogelijke scheuring.'

'Ze zullen er waarschijnlijk mee naar president Whiteman teruggaan en van die kant meer druk uitoefenen,' voorspelde Winifred.

'Alasdair zal die baan op het hoofdkantoor niet aannemen,' zei Fiona hoofdschuddend.

'Hij zegt dat het de taak van een dominee is om te preken, niet om met papieren te rommelen en centen te tellen.'

'Die woorden zal hij nog wel eens terug moeten nemen,' merkte Winifred droogjes op.

'Ik denk niet dat er iemand baat zou hebben bij een verhuizing naar Richmond,' zei Lorna. 'De kinderen hebben al genoeg te verwerken gehad. Ze hebben nu behoefte aan stabiliteit.'

'Samantha maakt sowieso al een moeilijke tijd door,' beaamde Winifred.

'En hoe zou Alasdair het moeten redden zonder zijn familie?' vroeg Lorna. 'Helemaal alleen, zonder iemand om de kinderen liefde te geven.' Haar ogen schoten bij de gedachte alleen al vol tranen.

'Alasdairs vertrek is uitgesloten,' oordeelde Winifred. 'Er heeft altijd een MacPherson op de preekstoel van de Presbyteriaanse Knoxkerk gestaan. Betovergrootvader Hamish, overgrootvader Dougal, grootvader Seamus, en vader natuurlijk...'

'En nu hebben we Alasdair als de laatste in een lange reeks,' eindigde Fiona.

Winifred keek Lorna verwijtend aan. 'Ik wou dat je eerder je mond open had gedaan.'

Lorna wilde zich verdedigen, maar Winifred begon al weer te praten voordat ze de kans gekregen had om haar gedachten onder woorden te brengen.

'Misschien kunnen we tegen hem zeggen dat hij zijn andere taken neer moet leggen.'

'Alsjeblieft, Winifred,' wierp Fiona tegen. 'Alasdair is een volwassen man. Hij is ons kleine broertje niet meer. Bovendien weet je hoe koppig hij is.'

'Maar als hij zijn leven niet betert raakt hij zijn baan kwijt,' legde Winifred uit. 'Misschien moet hij gewoon maar doen wat we hem adviseren.'

'Ik zal er eens over nadenken,' zei Fiona. 'Daarna kunnen we met hem praten.' Winifred knikte instemmend, nu de zaak wat hen betreft geregeld was.

Lorna voelde zich opgelucht nu ze het probleem uit handen had gegeven, maar vrijwel meteen herinnerde ze zich haar vreemde opdracht van de dag waarop ze gebeden had. Het gevoel dat juist zij was uitgekozen om haar broer te helpen en niet haar bekwame zussen. Nou ja. Dat idee was waarschijnlijk een staaltje van haar ongebreidelde fantasie geweest. Ze zou met alle liefde een bijdrage leveren aan iedere oplossing voor Alasdairs problemen, van welke kant die ook mocht komen.

Het eten werd opgediend, en Winifred en Fiona begonnen over andere dingen te praten – Winifred over de kerstbazar die door de vrouwenvereniging financieel gesteund zou gaan worden, Fiona over het op handen zijnde aanbod van een leerstoel aan de Geschiedenisfaculteit van George Mason.

Toen ze klaar waren, stonden ze allebei eenstemmig op. Lorna volgde hun voorbeeld.

'Trouwens,' zei Winifred, 'de oppas heeft nu officieel haar ontslag ingediend.'

'Ze stappen haast weer net zo snel op als we hen aangenomen hebben,' zei Fiona grimmig. 'De kinderen zullen gewoon naar een kinderdagverblijf moeten. Ik kan niet steeds tijd blijven besteden aan sollicitatiegesprekken en het natrekken van referenties.'

'Ik zal het wel doen,' bood Lorna vlug aan. 'Ik zal de krant bellen en hen de advertentie weer laten plaatsen. Misschien loopt het deze keer anders,' zei ze, maar geloofde er zelf niet echt in. Het was moeilijk om een vakkundige hulp te vinden die voor elk willekeurig loon wilde werken, laat staan voor wat haar broer kon betalen.

'We kunnen net zo goed even langs de supermarkt gaan nu we toch allemaal hier zijn,' zei Winifred. 'We kunnen inkopen doen voor het Thanksgiving-diner.'

Fiona knikte instemmend. 'Ik heb kattenvoer nodig.'

'Hier moet zeker een oplossing voor zijn,' verzekerde Winifred Fiona.

'Ik zal erover denken,' stemde Fiona in. 'Over een paar dagen kunnen we nog eens overleggen.' En Lorna, die achter hen liep, bedacht dat ze er net zo goed niet had kunnen zijn.

Bridie schoof de zak met vijf kilo aardappelen naar Jeremy, de inpakker, en richtte haar aandacht op de drie zussen. Meestal genoot ze van hun wekelijkse uitstapje naar de grote Bag-and-Save-supermarkt. Ze waren zo schoon en netjes, en draaiden elk dubbeltje wel tien keer om. Ze moest met een steek van pijn aan haar grootmoeder denken, maar duwde dat snel weer weg. Ze was erin geslaagd te overleven door haar bestaan in nauwkeurige categorieën onder te verdelen. Het verleden bestond alleen in een verre wereld, en ze probeerde er een bepaalde onwerkelijke sfeer aan te geven, het te beschouwen als een boek dat ze gelezen had of een film die ze lang geleden erg mooi had gevonden. Houd je hoofd bij het hier en nu, dat was haar motto. En op dit moment was dat kassa nummer drie van deze supermarkt in Alexandria, Virginia.

Opnieuw telde ze haar zegeningen. Ze had wat geld gespaard. Ze had een dak boven haar hoofd. Ze had in Carmen een vriendin. Min of meer. En Jonah was haar niet komen zoeken. Nog niet. Ze voelde de rilling die deze gedachte altijd veroorzaakte, hoe vaak ze zichzelf ook geruststelde. Ze had in het begin iedere dag achter Carmens computer gezeten en deed dat nu nog minstens twee keer per week, om te surfen naar de website van het tuchtwezen in de staat Virginia. Ze klikte op de knop *gevangenen*, zocht naar *Porter, Jonah*. Steeds weer controleerde ze de kolommen. *Status: actief. Gevangenschap: beveiligingsniveau twee.* En de kolom die haar het meest geruststelde: *datum van invrijheidstelling.* Die was nog steeds zover weg dat ze zich geen zorgen hoefde te maken. Ze zou dat ooit een keer onder ogen moeten zien, zei ze tegen zichzelf. Het was moeilijk te zeggen wat er in de gevangenis van hem geworden was, en hij was tevoren al angstaanjagend genoeg geweest. Uiteindelijk zou ze de afstand tussen zichzelf en Jonah nog veel groter moeten maken. Maar nu nog niet.

Ze haalde diep adem en knipperde met haar ogen om de gedachte aan hem te verdrijven en richtte zich toen weer op de zussen. Degene die voor haar stond, de oudste, was een verbazingwekkend iemand. Winifred Graham. Rood haar met grijze lokken, en een mond die net zo strak zat dicht geklemd als haar handtas. Getrouwd met een accountant. Drie volwassen dochters, twee getrouwd en in een andere staat woonachtig, de jongste net vorige maand naar de universiteit gegaan. In Montreal. Bridie vroeg zich af of hier een patroon in te ontdekken viel. Ze berispte zichzelf om haar kwaaddenkendheid, en groette haar als gebruikelijk, door haar aan te spreken.

'Hoe gaat het vandaag met u, mevrouw Graham?' vroeg ze.

'Heel goed, dank je, Bridie,' antwoordde ze zoals altijd. Mevrouw Graham noemde haar altijd bij haar voornaam, maar stelde nooit voor dat Bridie haar voortaan als Winifred kon aanspreken. Bridie glimlachte naar haar en woog de zoete aardappelen, scande de zak met spekkies, de sperziebonen, het blik met gebakken uien, de champignon-roomsoep, de twee pakjes met afbakbroodjes en de kalkoen – eentje van tien kilo.

'Gaat u een diner klaarmaken voor Thanksgiving?' vroeg Bridie, waarmee ze tegen het beleid van de firma inging, dat je klanten niets mocht vragen over hun aankopen.

'Daar heb je niks mee te maken, Bridie,' had Winslow meer dan eens tegen haar gezegd. 'En ga niet moeilijk zitten kijken als mensen sterke drank kopen. Als ze een legitimatiebewijs hebben is daarmee voor jou de kous af.'

Bridie had toen niets gezegd en zei ook niets als ze een sixpack scande. Ze veronderstelde, gezien haar voorgeschiedenis, dat ze een muggenzifter was. Toch had ze er zo haar redenen voor. Ze had met eigen ogen gezien wat een schade alcohol kon aanrichten, en heel even deden haar ribben pijn door die herinnering.

'Ja, deze etenswaren zijn voor het Thanksgiving-diner.' Winifred – mevrouw Graham – knikte enigszins beledigd, alsof Bridie een belangrijke beleefdheidsregel overtreden had.

Bridie bloosde, scande de selderij en de wortelen, en beloofde zichzelf plechtig om voortaan haar mond dicht te houden. Ze keek langs de eerste twee zussen naar degene die haar favoriet was. Lorna was duidelijk jonger dan de andere twee, een beetje verlegen, en vriendelijk op een echte manier, niet zo onecht dat je er een vieze smaak van in je mond kreeg. Ze was mooi en mollig met een hartvormig gezicht, dat omgeven werd door zacht bruin haar. En het was grappig. Ook al had hun contact zich uitsluitend afgespeeld rond een kassa van deze supermarkt, toch had Bridie het gevoel dat Lorna haar vriendin had kunnen zijn, als hun levens anders gelopen waren. 'Hoe gaat het vandaag met je, Lorna?' vroeg ze.

'Uitstekend, Bridie.' Lorna keerde haar portemonnee om bij de kassa. Een opgevouwen tissue rolde naast een stel sleutels en een chequeboekje.

'Wat zoek je, Lorna?' vroeg de andere zus, Fiona, op een overdreven geduldige toon die boekdelen sprak.

'Ik had een kortingsbon voor die uiensoep, ik weet het zeker.'

Winifred rolde met haar ogen en wisselde een veelbetekenende blik met Fiona.

Bridie voelde zich een beetje boos worden omwille van Lorna, voelde in haar la en vond een extra bon. 'Hier heb ik er nog een.' Ze scande hem vlug en keek hoe de computer de korting eraf haalde.

'Wat zijn jouw plannen voor de feestdagen, Bridie?' vroeg de middelste zus. Ze was mooi, met haar dat iets donkerder rood was dan dat van Winifred en fijne gelaatstrekken. Ze had Bridie verteld dat ze professor was aan George Mason – geschiedenis van de oudheid, of zoiets. Haar man was arts. Geen kinderen. Maar ze was aardig en had het wat minder hoog in de bol dan Winifred. Toen Bridie haar mevrouw Larkin had genoemd, had ze erop aangedrongen om als Fiona aangesproken te worden.

'O, ik denk dat ik gewoon hier blijf,' antwoordde ze.

'Je krijgt toch zeker wel vrij om naar de diensten te gaan?' vroeg Winifred.

Bridie mompelde iets onduidelijks. Winslow zou echt woedend worden als hij hoorde dat ze met een klant over godsdienst had gesproken, zelfs als die er zelf over begonnen was. 'Heeft u zo alles vandaag?' vroeg ze aan de zussen, met haar vinger op de knop voor 'totaal'. Fiona knikte. Winifred knikte. Lorna keek verontrust, alsof ze probeerde om iets te zeggen, maar het leek wel of haar mond automatisch dichtging, als die van een van haar zussen openging.

'Ja hoor, dat is alles, bedankt,' zei Winifred.

Bridie zette Jeremy met een zwierig gebaar aan het werk en las het bedrag. 'Dat is dan 122 dollar en 19 cent.'

'Hoe zullen we dat gaan verdelen?' vroeg Winifred aan haar zussen.

'Betaal maar uit de huishoudpot, dan regelen we het later wel,' stelde Fiona voor.

'Dat is een goed idee,' beaamde Winifred, waarna beide zussen vol verwachting naar Lorna keken. Ze knikte en begon weer in haar portemonnee te zoeken. Winifred en Fiona wierpen elkaar weer een veelbetekenende blik toe.

Bridie hielp Jeremy met inpakken en het zien van de voorbereidingen voor het diner gaf haar opnieuw een gevoel van leegte. Toen ze opkeek had Lorna blijkbaar haar chequeboek gevonden en stond naar haar te staren, met een uitdrukking vol bewogenheid en bezorgdheid op haar vriendelijke gezicht. Bridie bloosde. Ze was betrapt. Ze glimlachte opgeruimd naar Lorna, en herhaalde het eindbedrag. Lorna knikte en vulde het bedrag in.

De zussen betaalden hun boodschappen altijd met een tevoren ondertekende cheque van Alasdair MacPherson. Bridie had er altijd veel lol in om verhalen te bedenken over wie die Alasdair MacPherson wel niet wezen mocht. Misschien een oude, kreupele vader. Misschien een jonge man, hun neef of broer, die al op jonge leeftijd uitgeschakeld was. In een rolstoel. Een veteraan. Maar ze vroeg er nooit naar. Het was leuker om het je af te vragen. Weer een van haar dwaze spelletjes.

Lorna gaf haar de cheque; toen stelde ze Bridie met haar hand op haar portemonnee dezelfde vraag als altijd: 'Wil je het legitimatiebewijs van Alasdair zien?'

Bridie wist niet wat haar bezielde, maar deze keer had ze, in plaats van het zoals altijd weg te wuiven en haar hoofd te schudden, opeens zin om eens te zien hoe die Alasdair MacPherson er uitzag. 'Laat ik er maar even naar kijken. Als u het tenminste niet erg vindt,' voegde ze er aan toe om hun verbaasde gezichten gerust te stellen.

'Zeker.' Lorna liet het legitimatiebewijs zien, een verlopen rijbewijs van de staat Virginia. De foto was een beetje donker, maar Bridie hield hem in het licht bij haar kassa en keek er uitgebreid naar. Het was een jonge man. Dat was de eerste verrassing. Hij zag er knap, maar ook vurig en streng uit, alsof hij net iemand had horen fluisteren in de kerk. Hij had bruin haar dat van een hoog voorhoofd naar achteren was gekamd, donkerblauwe ogen, een havikachtige neus, een vierkante kin en een aardige mond, die ernstig stond en een rechte lijn vormde, alsof hij in de hoeken nooit was opgekruld. Bridie krabbelde wat cijfers en letters op de cheque, maar dat was alleen maar voor de show. Ze had een aanval van nieuwsgierigheid gehad, maar die was nu voorbij.

'Dank u wel,' zei ze. 'De baas doet deze week nogal moeilijk. De volgende keer zal het wel weer over zijn.' Ze gaf de kaart terug en zette de laatste tas in het karretje, beschaamd om haar eigen nieuwsgierigheid. 'Ziezo, tot volgende week maar weer,' zei ze. De twee oudste zussen zeiden gedag en stuurden het karretje naar de uitgang, maar Lorna stond als aan de grond genageld. Ze boog zich naar voren, haalde adem en deed toen haar mond dicht. Bridie kon vanuit haar ooghoek de volgende klant in de rij al onrustig zien worden. Lorna verroerde zich niet.

'Heb je nog iets anders nodig?' vroeg ze.

'Wat ga je met Thanksgiving doen?' gooide Lorna eruit. 'Ik vroeg me af... ik bedoel, wil je misschien bij ons komen eten?'

Bridie's gezicht gloeide, en ze voelde zich zo vernederd alsof ze betrapt was met haar hand in de geldlade. Nu begreep ze het. Lorna had medelijden met haar. Ze antwoordde en hoorde haar eigen stem door het suizen van het bloed in haar oren heen. 'Dank u wel, maar nee,' zei ze. 'Het spijt me, maar dat kan ik niet doen.'

Lorna's lieve gezicht zag eruit alsof Bridie er een glas koud water in had gegooid, en plotseling kreeg ze medelijden met Lorna.

'Juist ja,' zei Lorna. 'Natuurlijk. Je hebt waarschijnlijk andere plannen.'

Bridie zei geen ja en geen nee. 'Tot ziens,' zei ze, en ze voelde zich ellendig.

De twee andere zussen keken om. Ze stonden al duidelijk ongeduldig bij de kassa van Carmen te wachten.

'Lorna,' riep Winifred geërgerd naar haar zus. 'Kom, we gaan.'

'Weet je wat?' zei Lorna opgewekt, en maakte Bridie's ellende nog groter door even op haar hand te kloppen, alsof ze wilde laten zien dat ze het haar niet kwalijk nam. 'Ik zal je het telefoonnummer geven voor het geval je van gedachten mocht veranderen. Je kunt ook een boodschap achterlaten.' Ze scheurde een stukje van de kassabon af, krabbelde iets op de achterkant en duwde het vodje papier in Bridie's hand. Bridie deed net haar mond open om te zeggen dat het haar speet en dat ze niet onbeleefd had willen zijn, maar Lorna draaide zich om en was vertrokken.

'Ik zou heel graag bij u komen eten,' wilde ze zeggen, maar van binnen wist ze heel zeker dat dit nooit zou gebeuren. Ze betastte het papier. Ze zou nooit de huizen van fatsoenlijke mensen binnengaan en bij hen aan tafel eten. Ze zou hier in de supermarkt blijven en haar werk doen. Dat was alles wat ze kon verwachten. Dat was het beste dat het leven haar te bieden had, dacht ze, terwijl ze de bon in de zak van haar schort stopte. Ze wendde zich tot de volgende klant, groette hem en begon zijn boodschappen te scannen. Dat was het beste dat het leven te bieden had, herhaalde ze nogmaals. Voor mensen zoals zij.

Carmen Figueroa keek langs de kassa naar Bridie die in het volgende pad aan het werk was. Het was moeilijk te geloven dat het alweer een jaar geleden was, en ze wist nog goed hoe anders Bridie eruit had gezien toen ze haar voor het eerst zag. Zo mager als een lat, met een jurk die beslist uit een tweedehandswinkel afkomstig was, slordig geverfd haar, tot bloedens toe afgekloven nagels, en als dat alles was geweest had Carmen haar het aanbod waarschijnlijk nooit gedaan. Maar iets in de ogen van de nieuwe caissière had haar aandacht getrokken. Ze waren groot, zo blauw als die van een porseleinen pop, maar niet echt smekend. Dat zou teveel gezegd zijn. Maar toen ze naar Carmen toe was gekomen, en gesproken had met die zachte stem van haar en het accent dat het midden van haar woorden oprekte en de uiteinden afrondde, toen was er in haar ogen hoop opgevlamd, alsof iemand een lucifer afstreek in een donkere kamer.

'Ben jij degene die een briefje in de kantine heeft opgehangen en een kamergenoot zoekt?' had ze gevraagd.

Carmen had gezucht. 'Ja, dat ben ik inderdaad.' En zo was het gekomen. Een jaar geleden. Nu was het mooie haar, waarvan

Carmen vanwege de wortels kon weten dat het heel lichtblond moest zijn, nog steeds bedekt met bruin, maar een licht gouden bruin, en Carmen had haar overgehaald om een kleurspoeling te gebruiken in plaats van haarverf. En Bridie was uiteindelijk genoeg aangekomen, zodat het geen pijn meer deed om naar haar te kijken. Vorige maand had ze tegen Carmen gezegd dat ze zou stoppen met nagelbijten, en dat deed ze ook, alsof het niets was. Om het te vieren waren ze naar de manicure gegaan, ook al had Carmen haar ertoe moeten overhalen. Bridie gaf nooit iets uit aan dat soort luxe. Carmen moest haar er zelfs van overtuigen dat ze best af en toe nieuwe kleren voor zichzelf mocht kopen.

Carmen wilde haar graag nog eens een andere kleur geven. Ze had zo'n lieve lach, en met haar roze wangen en roomkleurige huid zou ze er adembenemend uitzien, als ze haar haar weer blond liet worden. Heel simpel met wat hulp van Clairol nummer 87. Maar hoe Carmen ook redeneerde, ze kon haar niet zover krijgen. Bridie's mond ging dan stijf dicht, en haar ogen werden waakzaam, net zoals die van Carmens kat.

'Nee,' zei ze, en door de manier waarop ze het zei zou je haast denken dat Carmen had voorgesteld haar de ruimte in te lanceren, in plaats van alleen maar haar haar te verven. Merkwaardig. Dat was in elk geval weer een stukje bewijsmateriaal. Ergens klopte er iets niet. Ze kon niet precies zeggen wat het was of zelfs niet waarom ze dat dacht. Op de een of andere manier leken Bridie's innerlijk en uiterlijk niet bij elkaar te passen.

Bridie moest Carmens ogen in haar rug gevoeld hebben. Zodra ze klaar was met het inpakken van de boodschappen van de kerkdames, draaide ze zich om en lachte even naar Carmen.

'Ga je vanavond uit met Newlee?' vroeg ze en haar stem klonk nonchalant.

Carmen keek haar scherp aan. Bridie lachte terug, een en al onschuld.

'We eten thuis,' zei ze. 'Maar je hoeft niet weg te gaan. Blijf maar met ons meeëten.' Ze gooide de uitnodiging er zomaar uit, half omdat ze het meende en half omdat ze wilde zien wat Bridie zou zeggen.

'O, het maakt niet uit,' antwoordde ze snel. 'Er draait een film die ik al lang wilde zien.' Ze wendde zich af en Carmen kon haar gezicht niet zien.

'Zoals je wilt,' zei ze tegen Bridie's rug, maar ze liet zich niet voor de gek houden. Het was precies wat ze verwacht had. Dit had helemaal niets met een film te maken. Bridie smeerde hem altijd als Newlee langskwam. Bridie kreeg op de een of andere manier de zenuwen van hem, en Carmen was er behoorlijk zeker van dat dit lag aan het feit dat hij politieagent was. In feite zou ze haast denken, en ze grinnikte al bij het idee, dat Bridie op de vlucht was, maar ze wist natuurlijk wel beter.

Ze fronste haar wenkbrauwen en staarde in de leegte. Ze had een grapje gemaakt, maar wat als...? Bridie paste precies in het profiel. Dook op vanuit het niets. Praatte voortdurend over waar ze vroeger woonde, maar als je verder doorvroeg sloeg ze dicht. En zoals ze er eerst uit had gezien, alsof ze het afgelopen jaar geketend in een kast had gezeten. Als je daar nog haar bizarre houding tegenover Newlee bijvoegde, was het plaatje compleet. Wie weet, misschien had ze wel een bank beroofd of zo.

Een zak met twintig kilo hondenvoer werd op haar band gesmeten en richtte haar aandacht weer op haar werk. Het was die grote motorrijder. 'Hé Larry,' groette ze hem.

'Hoi Carmen,' knikte hij. 'Ik neem ook nog een slof Camel.'

'Komt eraan,' zei ze, deed haar lade op slot en liep naar de sigarettenhouder, terwijl ze onderweg een blik op Bridie wierp.

Nee. Ze had zeker geen bank beroofd. Ze was gewoon vreemd. Tenslotte zou Winslow, een bedrijfsleider zonder een greintje vriendelijkheid, haar referenties wel nagetrokken hebben. Die grote ogen alleen zouden het bij hem niet voor elkaar gekregen hebben. Hij zei dat Bridie ook caissière geweest was in een winkel ergens in de rimboe, zo'n plek waar ze de post te paard moeten afleveren. Maar misschien had Winslow ook wel geen referenties nagetrokken. Bridie was komen opdagen in dezelfde week waarin er twee andere caissières opgestapt waren, en ze hadden behoorlijk om hulp verlegen gezeten. Winslow zou waarschijnlijk iedereen aangenomen hebben die met een kassa kon werken en wiens hart klopte.

Carmen pakte Larry's Camels, sloeg het totaalbedrag aan, en sloot haar kassa na hem. Het was tijd voor haar pauze. Ze liep naar de deur om een sigaretje te roken, knipoogde en lachte naar haar kamergenote toen ze naar buiten liep. Ergens klopte er iets niet, maar het was haar zaak niet om dat uit te vogelen. Ze haalde haar sigaretten tevoorschijn, keek op haar horloge, rekende uit hoe lang ze nog moest werken en zette de kwestie van Bridie's verleden uit haar gedachten. Als er iets niet in de haak was met haar kamergenote, zou dat vroeg of laat wel aan het licht komen. Dat gebeurde altijd. Ze stak een sigaret op en begon te bedenken wat ze voor Newlee zou gaan koken.

Bridie hing haar schort in haar kastje en deed zonder duidelijke reden het papiertje met Lorna's telefoonnummer in haar jaszak. Ergens herinnerde het voelen van dat papier in haar vingers haar aan wie ze ooit geweest was. Ze klokte uit en liep de smalle trap af vanuit de kantine. Ze was deze keer blij dat Carmen een afspraakje had met Newlee. Ze had geen zin om met iemand te praten. Ze zou een andere plek moeten vinden om een paar uur rond te hangen, maar dat gaf niet. Ze kon waarschijnlijk wel naar die film gaan, zoals ze gezegd had. Ze liep de winkel uit en bleef daar even stilstaan. De trottoirtegels glansden in de regen, en een paar van de auto's die langs haar door de smalle straten spetterden hadden hun lichten al aan.

Ze hield van Alexandria. Het was haar thuis niet, maar het was leuk. Oud en mooi. Alles was ordelijk en recht. Tuinen lagen netjes achter de gietijzeren hekken, de winkels waren keurig, en alles was gebouwd met stevige, rode baksteen uit Virginia. De ouderwetse straatlantaarns wierpen cirkels van licht op de straat.

Ze begon te lopen. Ze keek in het voorbijgaan naar de etalages, gluurde naar binnen bij Le Gaulois, het snobistische Franse restaurant, liep langs de tuin waar tafels waren neergezet onder een prieel met wijnstokken die romantisch en loofrijk zou zijn zodra het zomer werd. Ze liep langs de bar en de grill, de winkeltjes voor kaarten en briefpapier, de chique boetieks. De bomen, netjes neergezet op vierkante stukjes aarde met stenen eromheen, waren kaal maar zouden binnen een paar weken met mooie twinkelende lichtjes bedekt zijn. Er stonden kornoeljes, judasbomen, magnolia's en kersenbomen, nu allemaal in hun winterslaap.

Ze inspecteerde de ramen van de bloemenwinkel, het stadskantoor, de rechtbank, Gadsby's taveerne, de oude herberg waar iedereen aan dezelfde tafel at. Ze trok haar jas om haar kin, en zonder zich er zelfs maar bewust van te zijn dat ze die opdracht gekregen had, brachten haar voeten haar naar de oude kerk. Ze sloeg Fairfax Street in, weg van het lawaaierige verkeer, langs de rij stenen huizen en hun ramen met blinden.

Daar doemde hij voor haar op, krachtig en fraai, statig en vredig. Gebouwd in 1788, zei de gedenksteen op het trottoir ervoor. Ze wist niet waarom ze van die oude kerk hield, maar de rechte hoeken en de stevigheid ervan gaven haar een veilig en beschermd gevoel. Vanaf de eerste dag was deze kerk een toevlucht voor haar geweest.

Ze ging niet meteen naar binnen. In plaats daarvan liep ze langs de zijkant van het gebouw. Ze volgde het smalle wandelpad dat naar het erachter gelegen kerkhof leidde, liep langs de hulst, onder het prieel van winterdode kersenbomen door, langs de met aarde en muls bedekte bloembedden. De stenen onder haar voeten waren zo oud, dat ze bijna zwart geworden waren.

Ze stopte, bleef even staan, en keek alleen maar. Daar waren ze. De graven. Sommige waren crypten, andere vreemd uitziende, tafelachtige grafstenen boven de grond. Het gras eromheen was netjes gemaaid.

Dit waren mensen, besefte ze, mensen die geleefd en geademd en liefgehad hadden, en nu waren ze weg. Hun leven was voorbij. De tijd sloot zich om de ruimte die ze achtergelaten hadden en vulde die op, waarbij alleen deze stenen overbleven.

Ze stopte voor haar favoriete opschrift, en hoefde de vreemde f-achtige letters niet eens om te zetten in s-en, zoals ze in het begin had gedaan. Ze kende het bijna uit haar hoofd, zo vaak had ze het al gelezen.

Ter herinnering aan Eleanor, echtgenote van Daniel Wren, die dit leven verliet op 22 april in het jaar onzes Heren 1798, op de leeftijd van 32 jaar.

'En ik hoorde een stem uit de hemel, die tot mij zeide: Schrijf, zalig zijn de doden, die in de Heere sterven, van nu aan. Ja, zegt de Geest, opdat zij rusten mogen van hun arbeid; en hun werken volgen met hen.'
Openbaring XIV vers XIII

Ze hield zo van dat stukje. Over dat rusten van hun moeiten en over hun werken die hen navolgen. Wat zou dat mooi zijn. Om goede werken te hebben die je volgen naar een zoete eeuwige rust, in plaats van herinneringen die als kwade honden aan je hielen trokken.

Deze steen werd hier geplaatst in opdracht van haar ontroostbare echtgenoot, die achterbleef om dit verlies te bewenen met twee kinderen, John en William Wren, drie jaar oud...

De rest was weggesleten. Ze stond daar even, proefde het zoete en voelde daarna de pijn van het verlies. De wanhopige echtgenoot, de lieve kinderen. Ze kneep haar ogen half toe. Het was koud en haar voeten begonnen gevoelloos te worden. Ze draaide zich om en liep terug naar de voordeur van de kerk.

Ze deed hem open, stapte naar binnen en sloot haar ogen. Ze rook de jaren, de wat muffe lucht van oude psalmboeken en Bijbels. Ze deed haar ogen open, keek naar de bezoekerstafel, de kleine boekjes en folders: *Red ons orgel* naast *Over het Presbyteriaanse John Knox ontmoetingscentrum*. Aan de muur naast de tafel hing een prikbord. Het was versierd met een afbeelding van een vogel die uit zijn nest viel. Stukjes papier met allerlei vormen en afmetingen, geschreven in verschillende handschriften waren ernaast geprikt. *Geen musje zal ter aarde vallen zonder dat uw Vader het ziet,* stond erboven. Bridie las een paar van de briefjes. *Bid voor de biopsie van mijn moeder,* stond er op eentje. *Mijn man is al zes maanden werkloos,* stond op een ander briefje. *Ik zou zo graag mijn vader zien voordat hij sterft. Bid dat hij me kan vergeven.*

Bridie kreeg een brok in haar keel. Ze snifte en stapte de haar inmiddels vertrouwde kerkzaal binnen. Het was van een zuivere schoonheid. De houten vloeren waren glimmend geschuurd en bedekt met een versleten rode loper. Eenvoudige rechthoekige banken met draaideurtjes en houten sierranden waren zo vaak wit geschilderd, dat de verflaag er glanzend en dik uitzag. De ramen waren van schemerig oud glas gemaakt, en op elke vensterbank stond een stormlamp. Op een dag toen ze daar zo zat was de koster binnengekomen en had ze met een lange lucifer aangestoken. Het had haar voor een ogenblik blij gemaakt om de vlammen te zien flikkeren en hun spiegelbeeld in de ramen te zien twinkelen. Ze had zich herinnerd hoe ze haar op die eerste eenzame dag opgebeurd hadden. Ze slaakte een lange zucht en zwaaide het deurtje van haar bank open – die helemaal achterin de kerkzaal – en ging er zitten. Ze sloot haar ogen.

Ze wist niet precies hoe lang ze daar gezeten had – misschien was ze zelfs heel even in slaap gevallen – toen ze haar ogen opende bij het geluid van de deur die in het portaal open en dicht ging. Ze stond op en wilde de achterdeur uitvliegen, maar ze bleef staan toen ze zag wie er binnen was gekomen. Een jonge vrouw. Nee, het was een kind, een meisje, mager, met lang bruin haar. En iets in haar gelaatsuitdrukking kwam haar zo bekend voor dat het pijn deed. Het was een combinatie van verlies en troosteloze wanhoop. Bridie zag hoe ze een stukje papier uit haar jaszak haalde en op het prikbord hing, net onder de afbeelding van de vallende mus. Ze bleef even voor het prikbord staan. Ze liet haar schouders hangen en Bridie wilde haar bijna roepen, maar iets weerhield haar. Iedereen had immers recht op een beetje privacy. Ze was hier maar een indringer, en bovendien, wat had zij het kind te bieden? Wat het meisje ook nodig mocht hebben, zij zou het niet kunnen geven. Toch deed haar hart pijn en plotseling dacht ze terug aan het meisje dat ze zelf geweest was, een meisje dat haar leven en haar thuis uiteen had zien rafelen op manieren die ze nooit voorspeld zou hebben. Heel even versmolt dat meisje uit het verleden met het meisje dat daar voor haar stond.

'O, had ik vleugelen als een duif, ik zou wegvliegen en een woonplaats zoeken,' fluisterde Bridie bij zichzelf.

Het kind kon haar niet gehoord hebben – dat was belachelijk – maar juist toen Bridie sprak hief ze haar hoofd op. Ze keek de donkere kerkzaal in, draaide zich toen vlug om en ging langs dezelfde weg naar buiten als ze binnen gekomen was. De deur klapte hard achter haar dicht. Bridie liep naar het raam om te kijken waar ze naartoe ging. Daar ging ze. Ze stak het grasveld over tussen de kerk en een hoog, roodstenen huis daarnaast. De deur ging open en er verscheen een vrouw op de veranda. Bridie kneep haar ogen half toe. Die vrouw had iets bekends. Ze was van een gemiddelde lengte en wat mollig, en toen ze zich omdraaide ging er een schok van herkenning door Bridie heen. Het gezicht van de vrouw stond bezorgd. Ze zei iets, liet toen het kind binnen en deed de deur dicht. Bridie keerde zich geschokt van het raam af. Het was Lorna. En dat moest de plek zijn, waar ze Bridie voor het eten met Thanksgiving had uitgenodigd. Het huis waar dat meisje woonde.

Bridie liet haar vingers over het bonnetje in haar jaszak glijden, waar Lorna het telefoonnummer op geschreven had. Ze liep langzaam naar het prikbord. Ze was bang voor wat komen ging, maar wist dat ze moest kijken. Bang dat het lezen van het briefje van het kind haar lot zou bezegelen. Maar ze kon er niets aan doen. De verslagen neerhangende schouders van het meisje en het bekende gevoel van droefheid dat ze meetorste deden Bridie denken aan een uitgestrekte hand temidden van kolkende golven. Ze kon er niet omheen. Ze haalde diep adem en stapte naar het bord en zocht naar het briefje dat er even daarvoor nog niet gehangen had. Daar was het. Een stukje papier met lijntjes, zoals kinderen dat mee naar school namen, de letters netjes met pen geschreven. *Help me, God,* stond erop.

Bridie voelde haar hart in haar schoenen zinken. Als het maar iets anders was geweest, een specifieke malaise, zoals: *God, help me bij mijn wiskundeproefwerk,* of: *God, laat mijn poesje alstublieft niet doodgaan,* dan had ze snel een gebedje van instemming kunnen fluisteren en daarna weg kunnen gaan. Maar dit, tja, dit was te vaag en te verontrustend om te negeren. Help me, God? Waarom, dat kon van alles betekenen, van ziekte tot mishandeling. Bridie slaakte nog een zucht, stapte de kerk uit de koude nacht in. Het huis ernaast was schaars verlicht. Het zag er koud en verlaten uit, waardoor Bridie er spijt van kreeg dat ze hier vandaag heengegaan was. Ze keerde zich om en liep terug naar het stadscentrum. Ze bleef staan bij een bioscoop, kocht een kaartje voor de romantische komedie die draaide. Ze ging naar binnen en zat de voorstelling uit, maar het verhaal had weinig om het lijf en het gelach klonk zo leeg.

Na afloop van de voorstelling liep ze naar huis. Toen ze bij hun flat in het rommelige achterafstraatje kwam, was ze opgelucht dat Carmen en Newlee weg waren. Met een gevoel van berusting liep ze meteen naar de telefoon zonder eerst haar jas op te hangen. 'Zou ik Lorna even kunnen spreken?' vroeg ze toen een man de telefoon aannam, en ze dacht meteen aan het strenge gezicht van Alasdair MacPherson.

'Een ogenblik, alsjeblieft,' zei hij. Bridie hoorde geschuifel en daarna Lorna's stem.

'Lorna, met Bridie Collins van de Bag-and-Save supermarkt.'

'O!' Ze klonk blij verrast. 'Wat leuk dat je belt.'

'Geldt die uitnodiging voor het eten nog steeds?' vroeg Bridie, hopend dat Lorna om een of andere reden nee zou zeggen. Dan kon ze ophangen en met een zuiver geweten doorgaan met leven. Ze zou al het mogelijke gedaan hebben.

'O, we zouden het heel leuk vinden als je kwam,' zong Lorna bijna van verrukking.

'Wat zal ik meenemen?' vroeg Bridie, nu haar ondergang bezegeld was.

'Alleen jezelf. We eten om twee uur, maar we zouden het erg fijn vinden als je met ons meeging naar de kerk, als je dat tenminste wilt.'

'Dat is goed,' zei Bridie en onderdrukte een zucht. Lorna legde haar de weg uit, maar die wist ze al, en ten slotte hing Bridie op. Ze had het gevoel, dat ze zojuist de eerste van een lange rij dominostenen had omgegooid.

Zeven

Bob klopte hard op de mahoniehouten deur en inspecteerde zijn glimmende schoenen terwijl hij stond te wachten.

'Binnen.' Whitemans stem klonk minzaam en imposant. Hij oefende daar waarschijnlijk op. Bob streek uit gewoonte met zijn hand over zijn haar, hoewel het kort geknipt was. Hij draaide even met zijn nek, trok zijn das recht en ging naar binnen.

'Goedemorgen, meneer,' zei Bob, die zorgvuldig op zijn toon lette. Iets te onderdanig en Whiteman zou zijn motieven vermoeden. Te losjes en hij zou voor aanmatigend versleten worden. Maar in deze hiërarchie was eigenlijk iedereen, wiens botten niet kraakten bij het gaan zitten in een andere stoel, een omhooggevallen arrivist. *Deze groep heeft wat nieuw bloed nodig*, dacht hij, en niet voor de eerste keer.

'Ga zitten, Bob.'

Bob installeerde zich op de stoel met zijn lederen aktetas op schoot, en wachtte. Hij richtte zijn gezicht wat naar voren, en liet er een plechtige uitdrukking op verschijnen.

Whiteman leunde achterover en opende de la rechtsonder in zijn bureau – de probleemlade. Hij haalde er een dossiermap uit, legde die op zijn bureau en begon er met zijn vingers op te trommelen.

Bob had het label gelezen – hij was echt goed geworden in ondersteboven lezen. *John Knox – correspondentie met ouderlingen.*

'Ik heb vanmorgen weer een brief gekregen van de ouderlingen van de kerk in Alexandria,' zei Whiteman. 'Hun dominee is een oud-klasgenoot van je.'

'Alasdair MacPherson,' vulde Bob aan. 'De laatste in een lange rij MacPhersons, die in die gemeente gestaan hebben,' voegde hij eraan toe om te laten zien dat hij goed oplette. 'Ik heb hem op uw verzoek nog een keer gebeld, en deze keer kreeg ik hem aan de lijn.'

'En?'

Bob schudde zijn hoofd. 'Hij leek nog steeds niet bereid te zijn om u te ontmoeten, meneer.'

Whitemans kaak spande zich.

Hij knikte en pakte het stuk briefpapier. Bob was wel zo voorzichtig zijn hand pas uit te steken, toen Whiteman het aanreikte. Bob nam de inhoud door. Het was weer het oude liedje.

Geachte voorzitter Whiteman,
Het spijt ons bijzonder dat we ons genoodzaakt zien opnieuw contact met u op te nemen.

O, wat spijt jullie dat, dacht Bob. Deze types waren pas tevreden als ze onrust konden stoken. Hij herinnerde zich zijn eigen ellendige jeugd als domineeszoon. Zijn vader had het altijd te druk om zich met zijn gezin te bemoeien, maar hoe hard hij ook werkte, het kerkvolk was nooit tevreden.

De situatie waarvoor we u om advies gevraagd hebben, is niet verbeterd. Toen we, zoals u had voorgesteld, een gesprek hadden met onze dominee, weigerde hij pertinent om aan onze verzoeken te voldoen, die naar onze eigen mening toch heel redelijk waren. Door deze situatie blijven er slechts enkele opties voor ons over, die geen van alle aantrekkelijk zijn.
We kunnen natuurlijk overgaan tot het ontbinden van de relatie met onze predikant, door een gemeentevergadering bijeen te roepen waarin om het aftreden van dominee MacPherson wordt gevraagd, waarna we de kerkenraad kunnen verzoeken dit te bekrachtigen. Zoals we echter in onze vorige brief gesteld hebben, vrezen we dat een dergelijke aanpak ontwrichtend zal werken voor essentiële onderdelen van het werk in de gemeente, en eveneens schadelijk kan zijn voor zijn reputatie.

Bob vertaalde het in zijn eigen woorden. Als ze een stemming zouden houden, zou de gemeente verdeeld raken en de financiële situatie nog beroerder worden. Een situatie die koste wat het kost vermeden diende te worden.

Mocht u het echter juist achten om dominee MacPherson ertoe aan te moedigen een bestuurlijke functie op zich te nemen, dan zou naar ons gevoel het werk van God ongehinderd voortgang kunnen vinden.

Het werk van God. Ja hoor. Alsof dat hun hoogste prioriteit heeft. Bob legde de brief neer.

'Zeg eens wat je ervan vindt?' Whitemans zilvergrijze haar was naar achteren gestreken, en zijn dikke grijze wenkbrauwen stonden naar elkaar toe. Bob vroeg zich af of Whiteman ze kamde en met spray behandelde. Dat zou wel passen bij deze man.

'Interessant,' zei Bob, die zich niet gewonnen gaf voordat hij doorhad hoe de zaken ervoor stonden. Er moest een passend antwoord zijn en hij was vastbesloten dat te vinden. 'Zoals ik al zei, leek dominee MacPherson niet veel zin te hebben om te praten.' *Met mij tenminste*, voegde hij er bij zichzelf aan toe, want hij wist dat Alasdair nooit veel met hem opgehad had. En hij wist ook waarom.

MacPherson was een van die onbuigzame types. Hij had een moraliteit die zo enorm streng was dat het zelfs pijnlijk was om aan te zien. In feite, bedacht Bob met nog maar heel weinig emotie, hield hij MacPherson verantwoordelijk voor zijn eigen niet bepaald geweldige cijfer voor hermeneutiek.

'Ik vraag je niet om de antwoorden aan me door te geven,' had hij gesmeekt toen Alasdair een negen had gehaald voor de cursus. 'Vertel me alleen welke vragen er in het eindexamen stonden, dat is geen bedriegen,' had hij uitgelegd. 'Je... eh, je begeleidt alleen mijn studie.'

Maar Alasdair had zijn hoofd geschud en iets gezegd dat voor Bob MacPherson op zijn best was. 'Dat zou niet gepast zijn,' of iets in die richting. Dus had Bob verder geploeterd en was ternauwernood geslaagd, waarmee hij zijn vader opnieuw verdriet had gedaan. Niet dat het er op de lange duur veel toe gedaan had. Hij was gestopt met het seminarie en naar de staatsopleiding gegaan. Deed een poosje journalistiek en leek talent te hebben om een verhaal helemaal uit te pluizen, maar stapte over op PR, toen zijn vader deze baan voor hem had weten te bemachtigen. Natuurlijk werd hij als PR-man van zijn kerk niet bepaald een beroemd schrijver. Het meest opwindende dat hij schreef was de maandelijkse nieuwsbrief, maar een dezer dagen zou hij doorbreken. De helft van zijn roman was al klaar.

'Ik vind de situatie verontrustend,' sprak Whiteman monotoon, en richtte daarmee Bobs aandacht weer op het heden. 'Normaal gesproken zou deze zaak worden afgehandeld door de gemeente en de kerkenraad. Maar ergens hebben zij ook gelijk. Aangezien dominee MacPherson een landelijke bediening heeft staat de goede naam van onze hele kerk op het spel, en daarom heb ik jou erbij betrokken.'

Bob knikte ernstig.

'Ik maak me ook bezorgd om MacPherson,' vervolgde Whiteman. 'Nu ik kennis heb genomen van zijn worsteling, vind ik dat ik de situatie niet zomaar op zijn beloop kan laten. Na zorgvuldige afweging denk ik dat de ouderlingen van de Knox-gemeente wel eens gelijk kunnen hebben. Misschien kan een verandering van werk geestelijk verfrissend voor hem zijn.'

Bob knikte, en met zijn koortsachtig werkende brein probeerde hij zich te oriënteren. *Wat wil Gerry?* vroeg hij zich af. Dat was simpel. Op dit moment wilde Gerry graag voor een tweede termijn tot president benoemd worden. En wat had hij daarvoor nodig? Ook simpel. Hij had de steun nodig van het bestuur van de Algemene Vergadering. Iedereen wist dat de jaarlijkse stemming door de Algemene Vergadering een schijnvertoning was. De kudde stemde ja voor iedereen die het bestuur had aanbevolen, en zij zouden beslissen wie er de komende maanden uitverkoren zouden worden. Hij probeerde die stippen te verbinden met de huidige situatie. Waar paste dat gedoe rond MacPherson in dit hele plaatje?

Hij bekeek de feiten nog eens. De Presbyteriaanse John Knox-kerk was een van de oudste aan de oostkust, en juist nu waren ze niet tevreden. In de afgelopen kwartalen hadden de grote geldschieters hun bijdragen bestemd voor het algemeen fonds van de kerk, in plaats van voor hun eigen gemeente. Er zaten belangrijke en invloedrijke mannen in die kerk. Een van hen zat zelfs in het bestuur van de Algemene Vergadering, en de anderen hadden ook connecties. Als Gerry hun probleem uit de wereld hielp, zouden ze bereid kunnen zijn om hem te steunen. En als Gerry opnieuw benoemd werd, zou Bob zijn baan weer vier jaar kunnen houden.

'Ik zou graag willen dat je eens inventariseerde wat voor vacatures er hier op het hoofdkantoor zijn,' vervolgde Whiteman. 'Zoek iets dat geschikt is voor MacPherson. Als we een specifieke functie voor hem hadden, zou hij het aanbod wellicht serieuzer nemen.'

'Ik ga er meteen mee aan de slag, meneer.' Bob wilde opstaan, maar aarzelde toen. De zaken zouden ook een heel vervelende keer kunnen nemen. MacPherson was geen gemakkelijke vangst. Als hij Gerry zelfs niet wilde spreken, waarom dacht Whiteman dan dat hij op zijn advies zijn gemeente zou opgeven en wegsloffen naar de postkamer, of wat dan ook, alleen omdat het alle betrokkenen zo beter uitkwam?

'Is er iets dat je dwarszit, Bob?'

Nu moest hij voorzichtig zijn. 'Soms hebben de mensen met de diepste problemen het minste inzicht in hun werkelijke situatie,' opperde hij.

Whiteman knikte.

'Ontkenning kan erg diep zitten.'

Whiteman zuchtte en schudde zijn hoofd lichtjes. 'Ik wou dat we hem er op de een of andere manier van konden overtuigen dat hij maar het beste kan meewerken. Maar ik begrijp wel dat hij niet wil vertrekken,' mijmerde Whiteman. 'De kerk in Alexandria is een hoogontwikkelde en goed opgeleide gemeente, midden in een grootstedelijk gebied. Met de steun van gemeente en ouderlingen zullen er geen financiële problemen zijn. Ik zou haast in de verleiding komen om het daar zelf over te nemen,' zei hij met een lachje.

Bob knikte plechtig, en zijn opwinding was niet van zijn gezicht af te lezen. De toekomst had zich zojuist als een waaier voor hem ontvouwd, zoals een handvol azen en koningen. Hij zag hoe Alasdair een bestuurlijke functie op zich nam en hoe de onruststokers in Alexandria uit dankbaarheid hun stem aan Gerry gaven. En daarna zou er hoe dan ook een goede afloop volgen. Als Whiteman weer president werd, geen enkel probleem. Zo niet, dan kon hij de troon in Alexandria overnemen, een mogelijkheid waarop Bob hem op het juiste moment attent zou maken.

'Misschien moet ik eens naar Alexandria gaan en persoonlijk met MacPherson spreken,' bood Bob aan.

Whiteman knikte langzaam, haalde half zijn schouders op. 'Misschien wel.'

Bob hield zijn mond. Hij wist dat er nog meer kwam. Gerry bleef in gedachten verzonken.

'Laten we ons heel goed voorbereiden,' zei hij ten slotte. 'Ik zou dit graag met zo min mogelijk opschudding oplossen, en het zou nuttig zijn als we meer over de situatie wisten voordat we ons erin storten. Zo voorzichtig als slangen, zullen we maar zeggen. We moeten de klachten van de gemeente echt kunnen bevestigen, in plaats van af te gaan op roddels,' zei hij.

Bob had wel in zingen uit kunnen barsten. 'Dat moeten we zeker,' beaamde hij. 'Ik zal wat onderzoek verrichten voordat ik bij hem langs ga.'

Whiteman knikte. 'Ik zal de ouderlingen bellen en hen zeggen dat ze voorlopig geen actie moeten ondernemen.'

Bob gaf de brief terug aan Whiteman en zei hem gedag, tevreden als een spinnende kat. Zijn voeten gleden geruisloos over het tapijt in de hal toen hij wegliep. Hij sloeg op de knop van de lift en maakte een vreugdesprong. Hij zou naar Alexandria gaan en terugkomen met een ondertekende ontslagbrief op zak. Einde probleem. Hij hoefde alleen maar wat lasterpraat over MacPherson op te duikelen. Een stok om hem mee te verjagen.

In het algemeen geloofde hij dat iedereen wel ergens een paar pikante geheimen met zich meedroeg, maar als hij een mogelijke uitzondering had moeten aandragen zou dat Alasdair MacPherson geweest zijn. Maar, zo hield hij zichzelf voor, de vuiligheid hoefde niet op MacPherson zelf betrekking te hebben. Een onderneming als deze leek op het gooien van granaten. Alles wat in de buurt neerkwam kon enige schade aanrichten, en hij hoefde niets voor een rechtbank te bewijzen. Hij hoefde er alleen maar voor te zorgen dat er een handtekening op de stippellijn werd gezet.

Hij zette eens op een rijtje wat hij zoal wist over MacPherson en zijn familie. Zo waren er de zussen. Hij herinnerde zich hen goed. Eentje was er mooi en slim, eentje was een dragonder, en eentje was een mollig, timide klein ding, dat nog geen 'au' zou roepen als je boven op haar stapte. Daar was waarschijnlijk niets uit te halen, maar hij zou hier en daar eens rondvraag doen. En dan had je zijn overleden echtgenote. Hij zou geen medische gegevens in handen kunnen krijgen, maar hij kon wel aan de overlijdensakte komen en een kopie opvragen van het rapport over het ongeluk. Misschien had er wel een fles drank op de stoel naast haar gelegen. Hij kon het alleen maar hopen. Aan de peuters had hij niets, maar dat oudere kind bood zeker mogelijkheden.

Hij trok zijn das recht, en zijn ogen vernauwden zich toen hij naar de glimmende metalen deuren staarde. Hij voelde de opwinding die er altijd was als hij een verhaal op het spoor was. Hij zou er zijn best voor gaan doen. Een paar stenen overhoop halen en zien wat er tevoorschijn kwam.

Acht

Bridie begaf zich onder de kleine groep mensen die naar de kerk ging voor Thanksgiving. Iedereen zat zeker thuis om zijn kalkoen klaar te maken. Bij de deur van de kerkzaal was er een kleine opstopping, omdat een oudere man daar liturgieën uitdeelde en iedereen een zitplaats wees. Ze wachtte geduldig en keek omhoog. Ze ontdekte dat ze voor het prikbord stond waarmee al deze ellende begonnen was. Daar was het kleine vogeltje. En de belofte dat God het zou merken als het op de grond viel. Ze voelde een brok in haar keel komen.

Een mooie gedachte, maar in het leven leek alles op het tegenovergestelde te wijzen. Ze dacht aan de lege plaats die haar moeder had achtergelaten, en herinnerde zich hoe het gezin ontregeld was geraakt. Het was meer dan een herinnering. Ze zag het opnieuw op het beeldscherm in haar hoofd: moeders ziekte en sterven, daarna vader die begon te drinken, al snel gevolgd door onbetaalde rekeningen, lege kasten, en ten slotte scheldkanonnades en geweld. Uiteindelijk zag ze hoe de welzijnswerkers van de overheid Jimmy, Bethie en Christy meenamen in het witte busje met het embleem van de staat Virginia op de zijkant, en alleen haar achterlieten omdat ze net achttien was geworden.

Ze hadden hen afgevoerd naar een opvanghuis, en gingen niet eens in op haar wanhopige tegenwerpingen dat ze best voor hen kon zorgen, dat ze het de afgelopen twee jaar ook gedaan had.

Ze dacht terug aan de hoorzittingen, de familieleden die deden alsof ze haar familie een gunst bewezen door de kinderen uit elkaar te halen en te verdelen. Ze had haar best gedaan om de rechter ervan te overtuigen dat ze verantwoordelijk genoeg was om voor hen te zorgen. Ze had opgedreund welke huishoudelijke vaardigheden ze allemaal had geleerd sinds moeder was overleden – de was doen, koken, schoonmaken, boodschappen doen, zorgen dat ze allemaal naar school gingen met pen en papier, een lunchpakket en warme kleren, hen verzorgen als ze ziek waren, kerst en verjaardagen met weinig of niets gezellig maken. Ze kon best voor hen blijven zorgen; ze zou het zelfs beter doen nu ze niet meer bang voor vader hoefde te zijn.

Oma had ook voor de kinderen gepleit. 'Geef ze maar aan mij,' had ze gesmeekt. 'Haal ze hier toch niet weg. Het is het enige thuis dat ze hebben.' Maar de rechter had beslist dat ze te oud was en haar gezondheid te slecht. 'Waarom hebt u hen dan niet eerder bij u genomen?' had hij op strenge toon gevraagd, en Bridie had hun laatste kans verspeeld toen ze had toegegeven dat ze de waarheid voor haar oma verborgen had gehouden. Ze had gemeend dat ze vaders wreedheid kon verdragen zolang hij de jongere kinderen er niet onder liet lijden. En ergens had ze geweten dat dit zou gebeuren als iemand de waarheid zou weten over de situatie in hun gezin. Ze zouden niet langer een gezin kunnen vormen. En dat was precies wat er gebeurd was.

De rechter had beslist dat de jongste twee meisjes een nieuwe start nodig hadden. Een nieuwe start in South Carolina met privé-scholen en tennislessen. Bridie voelde de bekende bitterheid weer naar boven komen en vroeg zich somber af hoe het met haar zusjes zou gaan met tante Brenda als moeder. Ze vroeg zich af waar Jimmy terecht was gekomen, nadat hij achttien was geworden en was weggegaan bij oom Roy. Ze deed haar ogen dicht en wenste dat die gedachten verdwenen. Ze waren ondraaglijk.

Ze opende ze weer en keek opnieuw naar het prikbord. Deze keer trof de bitterheid haar met een felle dreun, toen ze de belofte van de zorg van de Vader las. Het was een leugen. Voor sommige mensen zorgde God wel, en voor anderen niet. Die waren aan zichzelf overgelaten. Hij zorgde niet voor mensen van haar soort, en dat was ook begrijpelijk gezien een aantal van de dingen die ze gedaan had. Misschien gaf Hij meer om mussen dan om mensen, vooral mensen zoals zij.

'Neem me niet kwalijk.' Iemand schudde aan haar arm, en ze

realiseerde zich dat ze stil was blijven staan, haar lichaam verstard door haar gedachten. Ze haalde de anderen in, ging de kerkzaal binnen en ging in de achterste bank zitten. Meteen voelde ze hoe ze tot zichzelf kwam. Deze kerk, haar vertrouwde plekje, had een rustgevende invloed op haar akelige gedachten. Ze liet haar blik over het warmrode tapijt gaan, de glimmende ramen, de stormlampen in de vensterbanken. Rode en goudkleurige chrysanten waar klimop zich doorheen vlocht waren voorin de kerk neergezet, en het orgel speelde mooi. Ze probeerde zich te herinneren wanneer ze voor het laatst met Thanksgiving in de kerk was geweest. Of de laatste keer dat ze überhaupt in de kerk was geweest.

Ze sloot haar ogen en kon oma bijna voor zich zien, samen met moeder, haarzelf, en haar broer en zussen in een kraakheldere en gesteven rij. Papa ging nooit mee naar de kerk, maar de rest van hen ging elke zondag, tenminste totdat moeder ziek was geworden. Naar de kerk en daarna eten bij oma. Ze kon haar moeders mooie, goudkleurige haar en lachende gezicht bijna zien, terwijl ze oma hielp om de tafel te dekken. Ze kon haar oma haast horen zingen.

Ze opende haar ogen en dwong zichzelf om rond te kijken. Ze was niet thuis. Ze was hier, en het had geen zin om stil te staan bij wat voorbij was, wat niet meer terugkwam. Ze richtte haar aandacht weer op de dienst. De dominee stond op en liep naar de preekstoel.

Ze fronste haar wenkbrauwen en keek nog eens goed. Hoe was het in vredesnaam mogelijk. Ze keek naar haar liturgie en ja hoor, daar stond aan de binnenkant de naam van de dominee: Alasdair MacPherson. Met een ruk keek ze op en bleef zitten staren terwijl hij zijn plaats achter het spreekgestoelte innam. Ja, hij was het echt, deze keer in levenden lijve in plaats van op een vergeelde foto op een verlopen rijbewijs. De teleurgestelde streep die zijn mond was, dezelfde haviksneus, hetzelfde naar achteren gekamde haar. Dezelfde strenge blik, alsof hij ontstemd was, alsof iedereen hem als het ware in de steek had gelaten. Hij greep de zijkanten van de preekstoel vast en begon te bidden.

'God, wat zorgt U geweldig goed voor ons, wat is Uw genadevolle liefde eindeloos groot. Op deze dag van Thanksgiving danken we U voor Uw grootste geschenk. Om een slaaf vrij te kopen hebt U Uw zoon gegeven.' Zijn mond bewoog, maar zijn gezicht bleef stug en hard. En zijn stem, laag en gelijkmatig, paste niet echt bij de woorden die hij uitsprak. Die zouden immers uitgeroepen moet worden als je ze werkelijk geloofde.

Bridie probeerde goed op te letten tijdens de preek, die ging over de plicht die mensen hadden om dankbaar te zijn, en dat ze niet moesten wachten totdat ze gelukkig waren met hun omstandigheden. De gemeente zat te luisteren, hun gezichten strak en vastberaden, alsof ze een pak slaag in ontvangst namen. Toen de dienst afgelopen was zag ze verschillende emoties door hen heen gaan. Sommigen zagen er opgelucht uit, anderen teleurgesteld, weer anderen boos. Ze kon wel begrijpen hoe dat kwam. Zijn woorden hadden als een zware last aangevoeld, en alles, vooral het geloof, leek nog ingewikkelder en verwarrender nadat hij gesproken had.

Ze volgde de menigte naar buiten en ontsnapte toen naar het damestoilet, rommelde daar een kwartiertje totdat ze het niet langer kon uitstellen, rechtte haar schouders, stapte naar buiten en liep richting pastorie.

Het was een roodstenen huis, zoals haast ieder ander huis in de stad Alexandria, maar het stond wat verder van de straat af dan de andere huizen in het blok. Het was omgeven door een heg van bukshout, maar niet zulk glanzend groen bukshout met de doordringende geur waaraan ze thuis gewend was. Dit waren spichtige, oude, levenloze dingen, die nodig vervangen moesten worden. *En bomen zijn mooi,* dacht ze, terwijl ze over hoopjes verrotte bladeren op het looppad heenstapte, *maar er bestaat ook zoiets als 'teveel'.* Ze vroeg zich af of er nog wel enig licht door die ramen viel als de bomen vol bladeren stonden. Hoe dichter ze bij het huis kwam, hoe meer ze het gevoel kreeg dat het op haar afkwam.

Ze stelde zich aan. Ze hing haar tasje recht, paste op dat ze de iel uitziende dennenboom in de pot naast haar op de veranda niet omver stootte, en stapte op de zwarte deur af, niet van plan zich klein te laten krijgen door een hoop hout en stenen.

Wat ga je hier nu eigenlijk doen? vroeg ze zich niettemin af. *Een of ander kind redden, terwijl je niet eens jezelf kunt redden? En waarvan? Nergens van, zo zit dat.*

Ze kwam hevig in de verleiding om weg te gaan. Om de bus naar huis te nemen, daarna Lorna op te bellen en als smoes te zeggen dat ze had moeten werken. Maar het beeld van het meisje dat het papiertje op het prikbord hing keerde terug. Haar verslagen neerhangende schouders, de wanhopige uitdrukking op haar gezicht. Bridie rechtte haar eigen schouders, haalde drie keer diep adem en drukte op de bel.

Je kan veel over mensen afleiden uit de manier waarop ze een vreemde verwelkomen, dacht Bridie toen ze alle beleefde formaliteiten over zich heen liet komen. Ze toverde een glimlach op haar gezicht, trok haar jas uit, groette de mensen die ze kende en maakte kennis met degenen die ze niet kende, maar ze had haar gedachten er niet bij. Oma had bij het eten op zondag altijd voor extra mensen gedekt. Soms waren de gasten vreemdelingen, soms de eenzamen, soms een zendelingengezin dat juist op doorreis was. Wie er kwam werd altijd hartelijk verwelkomd.

Nu was zij de gast, en Bridie had heel sterk het gevoel dat ze hier niet thuishoorde. Ze had een cadeautje mee moeten brengen – een plant of zo. Ze kon mama bijna horen vragen waar ze haar goede manieren toch gelaten had. Niet dat Lorna's zussen die uitbundig demonstreerden...

Winifred keek verward toen Lorna haar voorstelde en fronste haar wenkbrauwen licht.

'Je kent Bridie zeker nog wel,' hielp Lorna haar op weg.

'Uit de supermarkt,' bevestigde Winifred kort, voordat ze weer terugging naar het gesprek met haar echtgenoot over wie nu waar moest zitten.

Fiona was best aardig. Lachte haar vriendelijk toe en zei: 'Leuk om je weer eens te zien.'

Alasdair MacPherson groette haar, schudde haar de hand, en

liep toen wat rond alsof hij in de mist verdwaald was. Het meisje – ze bleek Samantha te heten – was nergens te zien.

De arme Lorna probeerde te balanceren met twee peuters op haar arm en ondertussen de laatste hand aan het diner te leggen. Bridie hielp maar al te graag. Ze was dol op peuters en had al jaren geen kleintje meer vastgehouden of ermee gespeeld. En om eerlijk te zijn, het leek wel alsof deze arme, kleine deugnieten wel wat extra aandacht konden gebruiken. Ze waren schoon en zagen er goed doorvoed uit, maar omdat ze zo aan haar benen hingen en jengelden vroeg Bridie zich af of er wel iemand tijd voor hen had. Lorna zei dat ze zo chagrijnig deden omdat ze pas ziek waren geweest.

Bridie vroeg of ze in de keuken kon helpen, en Lorna, haar lieve gezicht rood vanwege de hete oven, vroeg of ze de kinderen eten wilde geven. 'Natuurlijk,' zei Bridie, zette hen in hun kinderstoel, sneed wat kalkoen en deed er een schep aardappelpuree en wat sperziebonen bij. Toen ze zoveel gegeten hadden als ze op konden en met hun eten begonnen te spelen, haalde ze hen uit de stoelen, maakte hun gezicht en handjes schoon en nam hen mee naar de kale, kleine zitkamer.

Ze speelde met de figurenstoof samen met het jongetje, Cameron. Hij had grote ogen en niets ontging hem, maar hij praatte niet. Bonnie, het meisje, was een echte kletskous. Bridie hielp Lorna met het verschonen van de peuters en stopte ze daarna in bed voor een slaapje. Daarna deden ze de afwas, en riep Lorna de anderen voor het eten. Het oudste meisje, voor wie ze eigenlijk gekomen was, kwam toen ook eindelijk de trap af stommelen. Ze was ouder dan Bridie eerst had gedacht, maar dat kon zo lijken door alle make-up die ze op had. Ze maakte hoogstwaarschijnlijk een groeispurt door en zag er een beetje te groot uit voor haar kleren. Ze droeg een zwarte rok en een zwarte trui met lange mouwen. Ze had goudbruin, lang krullend haar. Ze had een mooi, fijn gezichtje, maar haar ogen zagen er hol en vermoeid uit, als een soldaat die te lang aan het front was geweest en dingen had gezien die niemand behoorde te zien.

'Zullen we gaan zitten?' vroeg Lorna zenuwachtig.

Bridie knikte glimlachend en volgde de rij naar de tafel. Geen wonder dat Lorna haar toevlucht had genomen tot buitenstaanders om de boel op te vrolijken. De mannen van Fiona en Winifred spraken bijna geen woord, zweefden alleen min of meer rond, waardoor ze moest denken aan het gedrag van mensen na een begrafenis, die niet precies weten wat er van hen verwacht wordt.

Ze stond er wat opgelaten bij terwijl de zussen weer een discussie hadden over de plaatsverdeling. Blijkbaar was niet iedereen het eens met Lorna's idee om haar tussen de dominee en Samantha in te zetten.

'Calvin is links, Lorna,' zei Winifred met nauwelijks verholen ergernis. 'Je weet dat hij aan het einde moet zitten.'

Bridie keek de eetkamer rond terwijl ze stonden te ruziën. Ook daar was het halfdonker. De geur van het eten en de mooie borden op het damasten tafellaken boden een vrolijke aanblik, maar alles bij elkaar was dat niet meer dan een druppel op een gloeiende plaat. De lampen gaven een zwak en gelig licht, alsof ze gedeprimeerd waren, te moe om helder te schijnen. De ramen gingen verscholen achter zware gordijnen. Dat was zo jammer, want het huis zou er prachtig uit kunnen zien met wat lichtere tinten. De vloer onder haar voeten was van glanzend hardhout, en het houtwerk om alle deuren en ramen was van glimmend gepoetst mahoniehout. Maar de muren waren bedekt met saai behang. Bridie kneep haar ogen samen en ontwaarde kleine madeliefjes op een verbleekte oranje achtergrond.

De dominee schraapte zijn keel en de zussen stopten met kibbelen. Lichamen schoven achter stoelen. Calvin ging aan het einde staan. Zij nam de volgende stoel en Samantha nam rechts van haar plaats.

'Zullen we bidden?' vroeg de dominee, met zijn volle, diepe stem. 'Vader, we danken U voor al Uw goede gaven,' zei hij, en Bridie greep de gelegenheid aan om hem eens goed in zich op te nemen. Hij was een grote, lange man. Zijn kleren hadden een goede snit en hij was perfect gekapt. Hij zou knap zijn als hij eens leerde lachen.

'Amen,' zei hij toen het gebed was afgelopen.

'Amen,' mompelde ze met de anderen. Ze gingen zitten en begonnen eten aan elkaar door te geven.

Ze nam van alles wat, en gaf de schalen en kommen door aan Samantha. Ze probeerde een gesprek op gang te brengen.

'Waar zit je op school? En in welke klas zit je?' Samantha gaf eenlettergrepige antwoorden en Bridie wilde dat ze kon vragen waar ze nu echt mee zat. *Waarom ben je zo verdrietig, meisje? Wie heeft je dit aangedaan, en waarom?*

Help me alstublieft, had er op Samantha's briefje gestaan.

Hier ben ik, wilde ze antwoorden, *vertel me maar wat ik moet doen.*

Maar Samantha bleef naar haar bord kijken en haar stem had geen enkele uitdrukking. Bridie zag al snel in dat dit een belachelijke missie was.

Wie dacht ze eigenlijk wel dat ze was? Ze lachte bijna hardop om de absurditeit van het geheel. Zij, Mary Bridget Washburn, die nu in de gevangenis zou zitten als de waarheid bekend was, zat hier om iemand te redden. Ze schudde even vol afkeer met haar hoofd en concentreerde zich weer op de tafelgesprekken die om haar heen gevoerd werden, met horten en stoten, zoals een auto waarvan de benzine bijna op is.

'Waar komt u vandaan, juffrouw eh, Collins?' vroeg dominee MacPherson aan haar, terwijl hij zijn bril afzette en over zijn ogen wreef. Hij legde zijn bril op het dressoir en ze vroeg zich onwillekeurig af of hij die later zou lopen zoeken. Hij keek haar aan en zijn ogen trokken haar aandacht. Ze waren grijsblauw. Alsof hij haar gedachten had gelezen keek hij opzettelijk naar het dressoir, pakte zijn bril en zette die weer op.

'Charlotte, North Carolina,' loog ze. Ze had een plaats uitgekozen die ze vaak genoeg had bezocht om er intelligent over te kunnen jokken.

'Aha.' Hij knikte en zijn gezicht ontspande zich iets, zodat het voor een glimlach door kon gaan. 'Een schitterend gebied. Heb je daar nog steeds familie wonen?'

'Mijn oma,' zei ze, waarmee ze opnieuw gedeeltelijk de waarheid sprak. 'Zij is alle familie die ik daar nog over heb. Mijn moeder is overleden.' En misschien verbeeldde Bridie het zich, maar een golf van ontroering leek de tafel rond te gaan, werd, zichtbaar op ieders gezicht, maar verdween weer even snel als hij verschenen was.

'Ach,' mompelde Lorna vol medelijden. 'Hoe oud was je?'

'Zestien,' antwoordde ze.

'En je vader?' vroeg Lorna.

'Ik weet niet waar hij is,' zei Bridie, en dat was de waarheid. Er viel een merkwaardige stilte.

'Hoe lang bezoek je onze diensten al?' vroeg de dominee, waarmee hij het onderwerp soepel naar veiliger terrein verschoof.

'Vanmorgen was ik er voor het eerst.' Ze telde al die keren dat ze was gekomen om te zitten en na te denken niet mee. Dat bedoelde hij niet.

'Ik hoop dat je nog eens komt en laat het ons maar weten als we je ergens mee van dienst kunnen zijn,' zei hij uitnodigend.

'Dank u wel,' antwoordde ze. Ze was niet van plan om nog eens zomaar binnen te vallen, maar ze moest toegeven dat hij oprecht leek.

Ze schaamde zich omdat ze de man al had veroordeeld, en ervan uitging dat wat het kind dwarszat wel de schuld van de vader moest zijn. Maar nu ze de zaak nader bekeek, was ze daar niet meer zo zeker van. Het leek aannemelijker dat het kind en de vader onder hetzelfde te lijden hadden, hoewel ze niet precies wist wat haar tot die conclusie had gebracht. Zijn kleren konden het niet zijn, want die zagen er perfect verzorgd uit. Donker pak, wit gesteven overhemd, een vouw in zijn broek die zo scherp was dat je je eraan kon snijden. Zijn gezicht was keurig geschoren, zijn haar goed geknipt en gekamd. Slechts twee dingen aan hem waren niet helemaal perfect. Er was een plukje haar dat weigerde zich bij de rest te voegen. Het bleef maar over zijn voorhoofd vallen. En de vingers van zijn rechterhand zaten onder de inktvlekken.

Dus waarom dacht ze dat hem iets scheelde? Misschien was

het zijn stemming. Onder zijn kalmte leek hij somber. Ze vroeg zich af of dat iets te maken had met het feit dat er geen mevrouw MacPherson was.

Ze keek om zich heen en zag hoe iedereen zat te eten, want dat leek het einde van het gesprek te zijn. De zussen namen allemaal kleine, afgepaste hapjes, en na iedere hap rangschikten ze het overgebleven voedsel opnieuw, maakten er netjes kleine hoopjes van, legden alle verdwaalde stukjes kalkoen op een rijtje, maakten een mooi vierkantje van de aardappelpuree en de dressing, brachten afgedwaalde sperziebonen weer terug naar de kudde. De dominee deed dat niet. Hij at netjes en vlug, maar alsof hij er niets van proefde. Zijn gedachten leken bij iets of iemand anders heel ver weg te zijn.

Bridie wist dat ze keurige tafelmanieren had. Die waren er immers bij haar in gehamerd. *Rechtop zitten. De juiste vork gebruiken. Kleine hapjes nemen. Kauwen met je mond dicht, als een echte dame. Ook al kom je van het platteland, dan hoef je je nog niet als een boerenkinkel te gedragen.* Ze nam een klein slokje water, gebruikte de saladevork om een blaadje sla aan te prikken, brak een klein stukje van haar broodje af, smeerde er boter op en at het op.

Eindelijk was de maaltijd afgelopen. De dominee verontschuldigde zich en ging naar zijn studeerkamer. De zussen ruimden de boel af en Lorna bleef over voor de afwas.

'De oppas met wie je een gesprek hebt gehad heeft de baan niet aangenomen,' zei Winifred. 'Ik had het kunnen weten.' Ze leek niet in staat om weg te gaan voordat ze Lorna nog een mep had verkocht.

'Ik kijk wel of ik iemand anders kan vinden,' mompelde Lorna.

'Nou, dan zul je dat zonder mij moeten regelen. Ik zal hier de komende weken niet veel zijn. Ik heb de kerstbazaar en daarna die operatie aan mijn eeltknobbel.'

Lorna knikte, en Bridie dacht even dat ze een vlaag van opluchting over haar gezicht zag gaan.

'Ik ook niet,' voegde Fiona eraan toe, en klonk bezorgd. 'Ik zit vol met afspraken met studenten die er net achter zijn gekomen dat ze het zo niet halen.'

'Dat geeft niet,' zei Lorna tegen hen beiden. 'Ik kan hier de boel wel regelen.'

Ze vertrokken nadat Winifred Fiona een nauwelijks verholen blik vol ongeloof over die woorden had toegeworpen.

Lorna wilde niet dat Bridie haar hielp met de afwas, maar drong erop aan dat ze wat van de restjes mee naar huis zou nemen. Samantha zat voor de televisie in die ongezellige zitkamer naast de keuken, en Bridie deed nog een poging om contact met haar te krijgen, terwijl ze wachtte tot Lorna klaar was met het inpakken van haar eten.

Ze ging naast haar zitten, en overwoog verschillende benaderingen. Ze kon altijd gewoon de waarheid vertellen. *Ik heb je in de kerk gezien,* zou ze kunnen zeggen. *Ik heb je briefje gelezen.* Nee. Te direct. Elk kind zou daarvan terugschrikken, zoals een schildpad die met een scherpe stok geprikt werd.

Misschien moest ze Samantha eens uitnodigen om ergens samen cola te gaan drinken en haar beetje bij beetje te leren kennen. Ja, besloot ze. Dat was de beste optie. Haar weg van huis zien te krijgen. Wat belangstelling tonen en zien waar het gesprek heen leidde, en ze wilde dat net gaan doen toen Samantha zich tot haar wendde.

'Je bent zeker een maatschappelijke mislukkeling?' vroeg Samantha, en in haar bruine ogen lag een verbazingwekkend koude blik.

Bridie lachte ondanks zichzelf, maar Samantha glimlachte niet eens. 'De reden waarom ik dat vraag,' vervolgde ze, 'is dat de mensen die mijn tante uitnodigt meestal maatschappelijke mislukkelingen zijn die geen vrienden hebben.'

Bridie voelde een steek van pijn. Belachelijk, wist ze, om zich door een ongelukkige tiener op haar nek te laten zitten. 'Ik denk dat ik inderdaad een maatschappelijke mislukkeling ben,' gaf ze toe.

Samantha haalde haar schouders op, alsof ze wilde zeggen dat ze dat wel verwacht had. 'Tegen de tijd dat de mensen hier terechtkomen, zitten ze al behoorlijk in de nesten,' zei ze, waarbij haar blik de televisie niet losliet. 'Dit is de laatste halte.'

Bridie staarde haar aan, en probeerde te bedenken wat ze daarop moest zeggen. Opeens voelde ze zich belachelijk. Stom en totaal niet op haar plaats. Wat had ze wel niet gedacht dat ze hier vandaag naartoe gekomen was?

'Alsjeblieft, Bridie.' Lorna kwam naar haar toe met een plastic tas. 'Ik ben zo blij dat je gekomen bent,' zei ze stralend.

Bridie glimlachte terug, zo goed en zo kwaad als dat ging.

'Tot ziens, Samantha,' zei ze. 'Het was leuk om kennis met je te maken.'

'Tuurlijk.' Samantha keek haar niet aan, drukte alleen op een knop van de afstandsbediening.

'Samantha,' mompelde Lorna, maar Bridie nam de tas van haar aan en doorbrak de ongemakkelijke situatie.

'Bedankt voor het heerlijke eten. Ik zie u volgende week wel weer in de winkel.'

Al pratend liepen ze naar de deur, en eindelijk stond Bridie buiten waar ze weer adem kon halen. Grappig. Op bepaalde momenten in haar leven had ze zich als een gevangene gevoeld, en dat gevoel was teruggekomen zodra ze over de drempel van dat deprimerende huis was gestapt. Ze voelde zich haast opgelucht om weg te kunnen gaan. Ergens voelde ze zich schuldig en hoorde een beschuldigend stemmetje zeggen: *Je kwam toch om dat kind te helpen, en je hebt het niet gedaan.*

Ik heb mijn best gedaan, zei ze tegen zichzelf, hoewel ze wist dat die smoes behoorlijk afgezaagd was.

Geen musje zal ter aarde vallen zonder dat de hemelse Vader het ziet, herinnerde ze zich. *Nou dan,* kaatste ze terug. Op deze moest Hij dan zelf maar letten. Ze trok haar tas hoger op haar schouder en liep naar de bushalte; toen keek ze nog een keer achterom. Ze dacht dat ze even iets zag bewegen bij de gordijnen naast de deur. Of toch niet? Ja, daar was het weer, en heel even zag ze hoe Samantha haar met haar magere, bleke gezicht voor het raam stond na te kijken.

Negen

Jonah liep voor de zestienhonderdzevenentwintigste keer sinds hij hier gekomen was de luchtplaats rond. Het was een van zijn hobby's, dingen precies opnemen. Het voorkwam dat hij gek werd in deze wereld van betonblokken en asfalt. Hij stapte naar voren, waarbij elke voet dezelfde afgepaste stap zette. Hij paste precies vijftig meter af, hief toen zijn hoofd op en keek langs de afzetting van dubbel prikkeldraad en scheermesjes naar de nummerbordenfabriek. Een vierkant gebouw van grijs beton. Niet zo'n geweldig uitzicht, maar uitkijken over het landschap was beter dan omlaag kijken naar asfalt en sigarettenpeuken. Hij ging naar links en begon weer te lopen. Vijftig meter. Hij wierp een blik op het platte ziekenhuisgebouw, waar hij twintig dagen had doorgebracht op de psychiatrische afdeling, vastgebonden aan zijn bed als een varken aan het spit, terwijl de speed zijn lijf verliet. Daarna was hij maandenlang bijna doodgegaan door een therapie die uit twaalf stappen bestond.

Hij ging weer linksaf en begon opnieuw te lopen. Nam weer honderdvijftig afgemeten passen. Hief zijn hoofd op, en daar was het gebouw voor eenzame opsluiting. Hij ging opnieuw naar links, nam weer honderdvijftig stappen. Keek uit over het landschap in die richting, maar er was niets te zien dan vele vierkante meters aan gras met struikgewas, en prikkeldraad. Jonah keek er verlangend naar, en snoof de lucht op zoals zijn oude jachthond dat altijd deed. Als hij in die richting zou kunnen doorlopen zou hij ten slotte de heuvels vinden waarnaar hij zo verlangde, bespikkelde baldakijnen van esdoorns en eiken en dennen, sponsachtige tapijten van bladeren en naalden.

'Porter.' De bewaker riep Jonah's naam met een monotone stem.

117

Jonah draaide zich om.

'Advocaat,' zei hij en wenkte met zijn hoofd naar de deur.

Jonah knikte en voelde zich zenuwachtig worden. Zijn advocaat maakte de hele reis om hem te bezoeken alleen maar als het moest, dus ze zou zeker niet gekomen zijn om hem alleen het dossier te brengen dat hij wilde inzien. Ze moest nieuws voor hem hebben. Niet dat hij een hoge pet op had van advocaten. Maar je wist nooit hoe een koe een haas kon vangen.

Hij liep met de bewaker mee door de vergrendelde deuren en wachtte terwijl het signaal werd gegeven. De sloten gingen automatisch los, de deuren zwaaiden open en weer dicht achter hem. Hij telde automatisch zijn stappen door de hal en merkte op dat elke pas precies drie linoleumtegels lang was. Zevenentachtig stappen en hij was in het bezoekerscentrum. Hij had nog maar één bezoeker gehad. Zijn moeder. Ze had haar hand voor haar mond geslagen toen ze hem zag, en was in tranen uitgebarsten. Hij had haar gevraagd om niet meer te komen.

'Je bent nogal ongedurig vandaag.' De bewaker fouilleerde hem met gefronste wenkbrauwen.

Jonah antwoordde niet. Het spul dat hij hier kreeg was maar net genoeg om de ergste behoefte te stillen. De bewaker was klaar met zoeken en liet hem doorlopen. Jonah ging het kleine kamertje in waar hij altijd met zijn advocaat sprak. Daar zat ze te wachten, een mager klein vrouwtje. Een zwarte vrouw. Toegewezen door de rechtbank. Bijna nog erger dan helemaal geen advocaat. Hij ging op de groene plastic stoel zitten en schoof aan bij de tafel. De bewaker deed de deur op slot.

'Meneer Porter,' groette ze hem.

Hij knikte.

'Hoe gaat het met u?'

Hij staarde haar even aan en gaf geen antwoord. 'Hoe het met me gaat?' herhaalde hij ten slotte. Ze werd zijn dood nog eens, echt waar. Waarschijnlijk rechten gestudeerd met een beurs voor kansarmen, en hier zat ze nu met haar keurige pak, met haar leren aktetas en mobiele telefoon, en vroeg hoe het met hem ging.

'O, het gaat uitstekend met me, hoor,' antwoordde hij haar.

'Ze behandelen me hier echt goed. Van 's morgens vroeg tot 's avonds laat wordt alles voor me geregeld. Ik hoef niets zelf te doen. Elke ochtend word ik gewekt. Mijn ontbijt wordt bij me gebracht. De staat geeft me zelfs een gratis lunch. Ik heb alle faciliteiten om te recreëren, en daar was ik net gebruik van aan het maken toen uw bezoek me stoorde. Ik ben hier waarschijnlijk net op tijd klaar om mijn avondeten opgediend te krijgen, en daarna zal ik een paar heerlijke uurtjes doorbrengen met mijn maten op de slaapzaal, totdat rond middernacht het licht voor ons uitgedaan wordt.

O, het gaat uitstekend met me. Aardig dat u ernaar vraagt.'

Zijn advocaat keek hem even aan. Het leek alsof ze zou gaan glimlachen. Hij besloot die lach van haar gezicht te vegen.

'Ik wil je vriend niet zijn. Ik wil helemaal geen vriendschap met kleurlingen,' zei hij, alleen om gemeen te zijn en natuurlijk verdween de glimlach.

'Laat die vriendschap maar zitten en doe gewoon je werk. Heb je het dossier meegebracht zoals ik gevraagd had?'

Ze zweeg even, keek hem kort aan en haalde toen een map uit haar aktetas, die ze hem overhandigde. 'Je kunt het bekijken terwijl ik hier ben. En dit ook.' Ze legde nog een map neer en glimlachte, alsof hij haar totaal niet beledigd had. 'Dit is het resumé dat ik voor je hoger beroep heb opgesteld.'

'Hoe lang duurt het voor ze een beslissing nemen?'

Ze haalde haar schouders op. 'Ze doen het allemaal volgens hun eigen schema.'

Hij voelde een opwelling van woede. 'Als ze mijn veroordeling ongeldig verklaren, hoe lang zal het dan nog duren voor ze me vrijlaten?'

'Als ze een nieuw proces gelasten, zal jouw zaak terugverwezen worden naar Nelson County en wordt er vervolgens een datum bepaald. Het is een langdurig proces. Je kunt maar het beste hopen dat de aanklager het met je op een akkoordje gooit, dan dat er weer een rechtszaak wordt gestart. Dan is het mogelijk dat je onmiddellijk wordt vrijgelaten, door aftrek van de tijd die je al gezeten hebt.'

'Dat is prima,' zei hij. Hij negeerde het resumé en trok de andere map naar zich toe. De zoektocht was bedrog geweest. Zelfs een waardeloze, door de staat aangewezen advocaat had dat kunnen zien. Hij opende de omslag en snuffelde door de papieren, totdat hij het politierapport gevonden had. Daar was het. Hij keek het vluchtig door totdat hij gevonden had wat hij zocht.

Agenten op weg gestuurd na telefoontje van vrouw naar 1-1-2. Kopie hieronder.

Hij las het afschrift. Het was Mary B. ten voeten uit. Aardig, beleefd, en toch dodelijk scherp. Ze had alles aan hen doorgegeven. Namen, plaatsen, hoeveel er verkocht was, zelfs aanwijzingen om de plek te vinden. Hij klemde zijn kaken op elkaar. Hij sloot de map en gaf die terug aan zijn advocaat. Ze pakte hem aan en deed hem terug in haar aktetas. Jonah riep de bewaker en stond op om weg te gaan.

'O, meneer Porter...'

Hij draaide zich om. Zijn advocaat had een dwaas en zelfgenoegzaam lachje op haar gezicht.

'Een van de rechters bij het Hof van Beroep die over uw lot zal beslissen is Afro-Amerikaans.'

Hij antwoordde niet, maar liep gewoon weg. Hij wachtte terwijl de bewaker de deur open liet gaan, en liep toen in de richting van zijn cel. Laat haar maar mooi lachen. Zwart, wit, geel, groen – het kon hem niet schelen welke kleur de rechters hadden, als ze hem hier maar uitlieten. Hij verspilde zijn boosheid niet aan stomme dingen.

Hij ging terug naar zijn cel, at zijn avondeten, ging weer terug naar zijn cel en wachtte tot hij van binnen wat rustiger zou worden. Dat gebeurde niet. Hij voelde zich geprikkeld, alsof zijn ingewanden kokend heet waren. Hij was erop voorbereid geweest te ontdekken dat Mary Bridget hem erbij gelapt had. Hij was niet voorbereid op het feit dat dit hem nog iets deed ook.

Hij ging op bed liggen en deed iets wat hij haast nooit deed. Ging ergens heen waar hij bijna nooit meer kwam. Een reisje terug in de tijd. Terug naar het verleden. Hij kon het zien, ruiken, proeven, de stemmen horen van mensen die hij al jaren niet gezien had.

Hij had Mary Bridget Washburn zijn hele leven al gekend. Hij was zeven geweest toen zij geboren werd, en hij herinnerde zich hoe hij haar had zien opgroeien van een vlasharig klein meisje tot een mooie vrouw.

En hij herinnerde zich de dag die alles had veranderd. Het was nadat oom Joshua gestorven was. Hij was de weg afgelopen en had bij haar achterdeur aangeklopt. De regen droop uit zijn haar en hij was helemaal doorweekt. Hij had een moeilijk leven en hij wist zeker dat het hare niet veel beter was.

Ze had de deur opengegooid, en hij kon haar nog even duidelijk voor zich zien, met haar spijkerbroek en een wit T-shirt eroverheen, een paar tennisschoenen zonder sokken. Hij rook dat er iets op het vuur stond – kip misschien. Die geur en de lucht van oude whisky spoelden over hem heen. Ze had gehuild. Er zat een rode striem op haar gezicht en Jonah voelde hoe zijn vuisten zich samenbalden en zijn keel dik werd toen hij het allemaal weer voor zich zag.

'Waar is hij?' had hij gesnauwd.

'In de gevangenis,' had ze gezegd en was in een hartverscheurend snikken uitgebarsten.

Hij had haar aan zijn borst gedrukt, en zelfs nu had hij het gevoel dat zijn shirt vochtig zou aanvoelen door haar tranen, dat hij haar zijdeachtige huid zou voelen als hij zijn eeltige hand opendeed.

'Ze hebben de kinderen meegenomen,' had ze gesnikt. 'De welzijnswerkers zijn hen op komen halen.'

'Ga jij maar met mij mee,' had hij gefluisterd. 'We gaan hier weg.'

Ze zei nee, en zou proberen om de voogdij te krijgen, dus hij was weer terug gesjokt, de berg op. Maar het duurde niet lang of ze was voor zijn deur verschenen met de groene plunjezak in haar hand.

'Ze zijn weg,' had ze gezegd op een toon die hij nog niet eerder had gehoord – hard en boos. Ze waren die dag vertrokken, en geen van beiden had achteromgekeken. Ze hadden zich aangesloten bij een paar gasten die Jonah kende, vooral om een plek te hebben om te pitten, maar het duurde niet lang voordat ze wat spul waren gaan maken om te verkopen, en daarna leek het alsof ze geen andere keus meer hadden. Alsof de enige keuzes die ertoe deden al lang geleden gemaakt waren, en niet door een van hen.

Jonah voelde hoe zijn borstkas zich verhardde, en opeens dacht hij dat hij zou gaan gillen als hij nog een minuut langer stil bleef zitten. Zijn armen jeukten. Zijn gezicht jeukte, zelfs zijn oogbollen jeukten. Hij had wat nodig. Hij stond op en ijsbeerde nog wat heen en weer in de cel.

Hij vroeg zich voor de honderdste, de duizendste keer af wat ze toch met het geld gedaan had. Hij wist dat ze het niet had uitgegeven. Misschien wel een klein beetje, maar hij was ervan overtuigd dat het meeste nog in die groene plunjezak zat, en zorgvuldig als ze op haar spullen lette zou ze die ergens verborgen hebben. Haar kennende, zou dat ergens dicht bij huis moeten zijn. Hij dacht aan het oude huis van haar oma. Waarschijnlijk had ze het daar ergens verstopt. In die oude holle boom waar ze altijd speelde, of in een van haar opa's lege bijenkasten. Misschien in het oude koelhuis bij de beek of achter een stapel stenen.

Wat gaf het ook. Ze zou het hem zelf wel vertellen. En gauw ook. Daar zou hij wel voor zorgen. Hij glimlachte om het feit dat haar verraad zijn ticket naar de vrijheid zou worden – het feit dat ze hun zoektocht gebaseerd hadden op een anonieme tip.

Het verschafte hem een harde, bittere voldoening, en plotseling was hij boos op zichzelf omdat hij die kleine weggetjes weer ingeslagen was, die paden van zijn herinnering die nergens toe leidden en niets zinnigs tot stand brachten. Hij wees zichzelf erop dat hij geen tijd moest verspillen aan spijt en zelfmedelijden. Hij verspilde helemaal geen tijd aan het hebben van spijt over wat dan ook. Hij haalde diep adem, en toen hij die weer uitblies, voelde hij dat hij weer tot zichzelf kwam. Alles stabiel en in orde, alles onder controle. Hij zou hier spoedig uitkomen.

Dan had hij vier dingen te doen, niet meer, niet minder en in de juiste volgorde.

Boo's Taveerne binnenlopen en een koud biertje drinken, een biefstuk eten met gepofte aardappel en alle toebehoren. Een lekker avondje doorbrengen met Connie, de serveerster.

High worden. En Mary Bridget Washburn zoeken. Nu hij weer aan haar dacht kwamen er geen warme herinneringen boven. Eigenlijk voelde hij helemaal niets.

Tien

'Hoe bedoelt u, "ik kan ze hier niet houden"?' Alasdair deed zijn best om zijn stem in bedwang te houden.

'Ik bedoel, dat ze duidelijk ziek zijn.' De medewerkster van het kinderdagverblijf deed haar armen over elkaar en keek geërgerd. 'Het verbaast me dat u zich niet meer zorgen maakt om hun welzijn.'

Alasdair deed geen moeite om uit te leggen dat dit het staartje van hun ziekte was. Hij pakte hen gewoon op en zette hen weer in de auto. Als hij thuiskwam zou hij moeten bellen om alles af te zeggen. Tijdens de slaapjes zou hij proberen te werken via de telefoon. Zijn hoofd bonsde en hij rukte zijn bril af, die hij op de stoel naast zich smeet.

Hij reed het stukje naar huis en zette de auto in de garage. Toen hij de kinderen naar binnen had gebracht ging de telefoon. Natuurlijk. Eens even kijken, vandaag was het maandag. Op maandag bestonden de telefoontjes altijd uit klachten en verhelderingsvragen over de preek. Op woensdag waren het de onvermijdelijke last-minute verzoeken om vervanging voor iemand die een taak had in de dienst op woensdag. Hetzelfde gold voor de vrijdag. Op zaterdag gingen de telefoontjes over de mededelingen. En altijd, elke dag, waren er de telefoontjes van mensen die gewoon ongelukkig waren en een luisterend oor of een zondebok nodig hadden.

Alasdair slaakte een diepe zucht. Hij liet dit telefoontje over aan het antwoordapparaat en luisterde naar de boodschap, terwijl hij de tweeling hun jasjes uittrok.

'Dominee, met Ellen Smith.'

Hij was blij dat hij niet had opgenomen. Hij wist wat de penningmeester wilde.

'Zou u het opnemen van uw geld een dag uit kunnen stellen? Ik moet eerst wat geld overschrijven, en ik kan pas vanmiddag naar de bank.' Hij schudde even met zijn hoofd. Weer een nek-aan-nekrace tussen inkomsten en uitgaven. Het was bespottelijk, en dat was het. Hij geloofde geen moment dat het geld er niet was. Maar de gemeente was ontevreden over hem, dat was het probleem. Hij kookte van woede over het feit dat de kerk met een klein gebaar onder controle gehouden kon worden, namelijk het gezamenlijk sluiten van de portemonnee.

Hij zette de tweeling in hun box en ging zijn telefoontjes afhandelen. Gelukkig waren de hoofdlijnen van zijn preek voor volgende week bijna af, en zijn column voor *De rechte leer* was klaar om verstuurd te worden. Hij zei een pastoraal bezoek af en belde de redacteur van zijn radioprogramma. 'Ik ben ziek,' zei hij, waarmee hij de waarheid erkende.

'Ik denk dat ik er wel iets op kan vinden,' zei de redacteur. 'Voor een poosje tenminste.'

Hij pakte zijn aantekeningenboek en nam de punten voor de preek van deze week door. De telefoon ging opnieuw. De kleintjes begonnen te jengelen. Hij keek op zijn horloge. Het was nog veel te vroeg om hen weer te verschonen.

'Ja.' Een korte groet, meer kreeg hij niet over zijn lippen.

'Dominee –' Hij herkende de stem van Margaret Beeson, een oud gemeentelid met wie niet te spotten viel. 'Ik was net mijn aantekeningen van zondag aan het doorkijken, en ik bleef steken op een citaat dat u in uw preek gebruikte. Het kwam uit *Met rede geloven*, van C.S. Lewis.'

'Mmm.' Alasdair maakte een onbestemd geluid en wilde dat hij niet had opgenomen.

'Weet u wel dat Lewis geen calvinist was? Hij was uitgesproken Arminiaans qua theologie.'

'Dat weet ik. Wat leerstellingen betreft die niet tot de kernzaken behoren, moet liefde en verdraagzaamheid ten opzichte van afwijkende meningen de regel zijn.'

'De leer van de verlossing kan ik toch moeilijk onbelangrijk noemen. Hing hij het pre- of postmillennialisme aan?'

'Ik vrees dat ik dat niet weet. Waarom schrijft u uw vragen niet op, zodat u ze me kunt toesturen?' stelde hij voor, en probeerde mild van toon te blijven. 'Dan zal ik er gedetailleerd op ingaan.'

Hij hing op en wreef over zijn slapen. Iemands mening over het tijdstip van Christus' wederkomst op aarde, of dit voor of na het duizendjarig vrederijk zou zijn, leek volslagen irrelevant vergeleken bij alle werkelijk belangrijke zaken die in zijn leven aan de orde waren. Zijn enige gedachte over het onderwerp was de vurige wens dat de wederkomst vandaag al zou zijn.

Bonnie jammerde, en Cameron ging meedoen. Alasdairs hoofd begon serieus pijn te doen, en hij werd zich bewust van een ongemakkelijk gevoel onder in zijn maag. Hij wist dat hij naar de peuters toe moest, maar in plaats daarvan liep hij naar de bank en ging naar de muur tegenover zich zitten staren.

Misschien kon hij ontslag nemen van zijn kerk. Het aanbod van Gerald Whiteman accepteren en een einde aan de ellende maken.

De gedachte schokte hem, maar vroeg toch om erkenning en overweging. Onmiddellijk verscheen Anna's gezicht in zijn verbeelding voor hem. Hij voelde een steek van een bepaalde sterke emotie. Het was ironisch dat hij overwoog om ontslag te nemen nu zij er niet meer was, terwijl hij zich daar zo standvastig tegen verzet had toen ze nog leefde.

Het is de hoogste roeping in het leven. Zijn vader was nu aan het woord en Alasdair zag hem voor zich, bloemrijk en emotioneel, gebarend en uitleggend.

Het is jouw preekstoel. Houd de touwtjes in handen en laat je door niemand aan de kant schuiven. Door niemand, had hij vaak herhaald, alsof hij de gesprekken gehoord had, de gefluisterde smeekbeden die achter de gesloten slaapkamerdeur geuit werden. Nee. Hij zou er niet mee stoppen. Niet nadat hij zoveel had opgeofferd om door te gaan.

Camerons stem begon schril en hoog te klinken, wat erop duidde dat hij bijna aan het eind van zijn latijn was. En Alasdairs eigen hoofd bonkte, zijn hartslag was grillig en ging veel te snel.

126

Hij moest steeds hoesten, en zijn maag begon te draaien en te krimpen. Hij kreeg het heet en koud, en vervolgens weer heet.

Hij zou de kinderen eten geven. Ze hadden waarschijnlijk honger gekregen. Hij stond midden in de keuken en voelde zijn maag omhoog en omlaag gaan, maar slaagde er ten slotte in een maaltijd voor hen klaar te maken. Daarna verschoonde hij hen en stopte hen in bed voor hun middagdutje. Hij ging zelf ook liggen.

De telefoon wekte hem om kwart over drie. O, nee. Hij was te laat om Samantha op te halen.

Het was Lorna nog ook, die vanuit de school belde. 'Alasdair, is Samantha ook ziek?' Alasdair keek bezorgd en legde een hand op het aanrecht om zich vast te houden. Hij voelde zich licht in zijn hoofd en duizelig.

'Voor zover ik weet voelt ze zich prima. Hoezo?'

Zijn hart begon nog sneller te kloppen.

Het was even stil. 'Ze was hier vandaag niet. Ik dacht dat ze ziek was.'

'Was Samantha vandaag niet op school?'

'Nee, ze was er niet.'

'Ik heb haar vanmorgen afgezet bij school.' Hij zuchtte. 'Dan moet ze aan het spijbelen zijn.'

'Zou ze niet om drie uur zijn teruggekomen om weer opge-haald te worden, als ze echt gespijbeld had?' vroeg Lorna.

Alasdair kreeg kippenvel, en zijn hart begon nog sneller te kloppen dan het door de koorts al deed.

'Ik geef haar nog een uur,' zei hij. 'Daarna bel ik de politie.'

Het was druk, toen rustig, druk, weer rustig, de hele middag door. Bridie had alles in de buurt van haar kassa schoongemaakt, het schap met foto- en audioapparatuur opgeruimd, zelfs schoonmaakmiddel gepakt en de deuren schoongemaakt. Ze hielp een eenzame klant, een kleine dame met vier blikken kat-tenvoer, en zocht toen iets anders om te gaan doen.

Winslow loste haar probleem op. 'Ga daar maar heen om het

zuivelvak schoon te maken,' zei de manager tegen haar. Iemand heeft een pak melk laten vallen.'

Bridie zette haar stekels op. Ze overwoog om tegen Winslow te zeggen dat het een klusje voor de schoonmakers was, maar terwijl de zinnen zich in haar hoofd vormden kon ze de stem van haar oma horen. *'Als de Heer der heerlijkheid de hemel heeft verlaten en naar de aarde is gekomen, dan kun jij toch zeker wel even bonen plukken,'* of het toilet schoonmaken, of wat oma ook voor klusje voor haar in gedachten had. Ze glimlachte, sloot haar kassa af en liep naar het zuivelvak.

Het was het zwakste staaltje van winkeldiefstal dat Bridie ooit gezien had. Allereerst was de dader helemaal verkeerd gekleed. Haar kleding was te krap en de fles met wat er ook in mocht zitten was duidelijk zichtbaar onder haar shirt, hoezeer ze ook geprobeerd had hem met haar armen af te schermen. Bovendien snelde ze heen en weer alsof ze dekking zocht voor vijandelijke schoten. Nu drentelde ze bijvoorbeeld achter het schap met kortingsartikelen en gluurde langs de stellage van blikken bonen met varkensvlees, alsof ze wachtte totdat het schieten minder werd, voordat ze zou proberen te ontsnappen.

Bridie naderde haar van achteren. 'Toe maar. Ik dek je wel,' fluisterde ze.

Het meisje draaide zich met een ruk om en liet de fles vallen. Donker glas vloog over het pad, en Bourgondische wijn spatte alle kanten op. Cabernet Sauvignon, geen drankje dat de meeste kinderen probeerden te pikken. Bridie keek omhoog van haar tennisschoenen, die nu bedekt waren met sportieve roze noppen. Het verbouwereerde gezicht dat haar aankeek begon er steeds bekender uit te zien. Ze staarde het meisje even aan, en schudde toen even met haar hoofd.

'Ik kom jou ook steeds tegen.'

Samantha staarde terug met haar grote ogen waarin tranen opwelden.

'Wat is hier aan de hand?' Het was Winslow, die plotseling stil bleef staan, zijn neusgaten wijdopen en op zijn wangen een gezonde blos. De bedrijfsleider kon een winkeldief eerder op het spoor komen dan een bloedhond, en was bijzonder kwaadaardig als hij er een te pakken kreeg. Hij vond het prachtig om te zeggen: 'Ik laat je gerechtelijk vervolgen met alle mogelijkheden die de wet biedt,' en draafde vervolgens door over de gunst die hij deze jongelui in feite bewees.

'Nou?' Hij stond bijna te hijgen, zo opgewonden was hij.

Bridie lachte. 'Ze liet gewoon wat vallen.'

Zo gemakkelijk liet Winslow zich niet afschepen. 'Nee, dat geloof ik niet. Zo'n meisje zou toch geen fles wijn als deze kopen, en wat was ze ermee aan het doen als ze niet van plan was hem te kopen? Nee, ze liet hem vallen omdat ze hem probeerde te stelen.'

Samantha's tranen begonnen over haar wangen te rollen. De wangen van een kind, besefte Bridie toen ze naar haar keek. Nog maar een kind.

'Wie zei dat *zij* hem heeft laten vallen?' Ze richtte zich tot Winslow en keek hem recht in het gezicht. Zijn wangen, die al rood waren, werden nog een tintje donkerder.

'Probeer je te zeggen dat het niet zo is?'

Bridie aarzelde een fractie van een seconde. 'Dat is precies wat ik zeg. Ik had die fles zelf in mijn handen. Ze kwam te snel de bocht om en hij vloog uit mijn handen.'

Samantha's tranen hielden op met stromen. Ze snifte en wachtte af wat er zou gebeuren. Haar oogmake-up vloeide langzaam achter de tranen aan, en liet zwarte kringen achter onder haar oogleden. Bridie moest een glimlach onderdrukken.

'Ik geloof het niet,' zei Winslow. Zijn stem was mat, en zijn ogen boorden gemene kleine gaatjes in Bridie's leugen.

Maar in plaats van zich te schamen, werd ze boos. Waarom kon Winslow de zaak nu niet één keertje laten rusten? Maar nee, hij moest iedereen altijd zo nodig de stuipen op het lijf jagen.

Bridie sloeg haar armen over elkaar en keek brutaal terug.

'Laten we eens kijken,' zei hij.

Bridie keek bezorgd; toen realiseerde ze het zich met een schok. Wat had ze eigenlijk wel niet gedacht? De beveiligingscamera's hadden het natuurlijk allemaal geregistreerd.

'Laten we de band gewoon eens terugspoelen en zien wat erop staat.'

Haar ingewanden voelden aan alsof iemand er een touw omheen geknoopt had, maar ze knikte toch. 'Mij best,' zei ze. 'Laten we maar 'es gaan kijken.' Ze blufte net zoals ze lang geleden in die nacht had gedaan tegen Jonah, die met een zaklamp in haar ogen had geschenen. Maar Winslow was niet verslaafd aan de speed. Wat hij aan hersencellen had werkte precies volgens schema, misschien wel een afgesleten en bekrompen schema, maar ze deden het goed. Ze keek naar Samantha, die weer begon te huilen.

'Laten we maar eens gaan kijken,' zei hij, meer bevelend dan uitnodigend en wees hun al gebarend de weg. Bridie liep met opgeheven hoofd langs alle producten, langs de rij kassa's. Haar collega's keken toe hoe ze voorbij liepen, sommige nieuwsgierig, sommige met een blik van herkenning op hun gezicht. Ze hadden dit drama al talloze malen eerder gezien. Carmens mond hing open, en voor Bridie's ogen veranderde haar gelaatsuitdrukking van verbaasd in woedend.

'Wat is hier aan de hand?' riep ze.

'Ik heb een paar winkeldieven te pakken, dat is er aan de hand,' blafte Winslow terug.

Carmens ogen vernauwden zich en ze perste haar lippen op elkaar. Ze trok haar mobiele telefoon uit het hoesje en begon cijfers in te toetsen.

Winslow voerde hen het kantoortje binnen en begon te rommelen met de beveiligingscamera. Bridie dacht koortsachtig na. Als hij de politie erbij haalde zou alles in de soep lopen. Haar identiteitsbewijs zou waarschijnlijk niet tegen een nader onderzoek opkunnen, en wat zou er dan gebeuren? Ze kende Jonah wel beter: hij zou haar nooit zomaar schouderophalend laten gaan. Zolang hij dacht dat ze zijn geld had, zou hij niet over haar kletsen, maar je kon nooit weten wat Dwayne had gezegd. Als ze achter haar ware identiteit kwamen, zouden ze ook met een arrestatiebevel kunnen komen. Angst beving haar. Het leven dat ze zo zorgvuldig had opgebouwd werd donker om haar heen en begon zich boven haar hoofd te sluiten. De opening boven haar, waardoor licht en lucht naar binnen konden komen, werd steeds kleiner. Ze ademde snel, alsof ze buiten adem zou raken.

Samantha keek haar aan en was duidelijk bezorgd. Bridie was bang dat ze zou moeten overgeven. Winslow was zich er niet van bewust. Hij had de band teruggespoeld naar wat hij wilde zien.

'Zo, eens kijken,' zei hij en drukte op 'play'.

Daar waren ze in korrelig zwart-wit. Bridie kon een stukje van haar been in de rechterhoek van het scherm zien. Ze was net klaar met het schoonmaken van het zuivelvak. Op de voorgrond stond Samantha, wankelend op die hoge hakken, achteromkijkend. Haar schuldige gezicht gluurde om zich heen, om te zien of er niemand keek. Haar arm ging omhoog, pakte een fles wijn van de plank en stopte die onder haar shirt. Bridie keek gehypnotiseerd toe hoe ze zelf rechtop ging staan, haar handen afveegde, zich omdraaide en Samantha in de gaten kreeg. Nu liep ze naar haar toe. Oeps. Daar ging de fles. Nu stond ze met Samantha te praten. Daar kwam Winslow. Het was surrealistisch. Nu stonden ze met hun drieën te praten over de ogenblikken daarvoor. Winslow gebaarde naar het kantoor en toen verdwenen ze een voor een uit beeld. De laatste beelden waren van het wijn- en bierschap, nu leeg behalve de overal verspreid liggende glasscherven en de donkere vloeistof.

Winslow draaide zich triomfantelijk om.

'Ik heb het bewijs,' zei hij. 'Hier. Jullie tweeën allebei op de band. Spelen jullie al lang onder een hoedje? En hoe dan? Bridie staat op de uitkijk en geeft jou een seintje, en dan kom jij binnen en plundert me arm?'

Bridie zei niets. Ze viel naar beneden. Naar beneden. En niemand kon haar helpen.

'U hebt bewijs dat ik gestolen heb. En dat klopt. Dat heb ik gedaan.'

Van schrik deed Bridie haar ogen open. Samantha sprak met een heldere en duidelijke stem. Haar wangen waren bleek en haar ogen zwartomrand, maar ze zag er niet bang meer uit.

'U hebt me op de band staan, maar meer ook niet. Ze stond niet voor me op de uitkijk. Ze pakte me in de kraag.'

Bridie knipperde met haar ogen. Samantha staarde haar aan. Winslow kneep zijn kleine, zwarte kraalogen samen en wrong zijn mond in een tevreden glimlach. 'Heeft ze daarom voor je gelogen toen ik je op heterdaad betrapte?'

Daar leek geen geschikt antwoord op te zijn. Bridie hoorde haar oma's stem, die haar waarschuwde dat leugens nooit problemen oplosten, maar een slechte situatie alleen maar erger maakten. Ze deed haar ogen weer dicht.

'Is er iets aan de hand?' Er verscheen een nieuwe stem op het toneel. Bridie voelde zich licht in haar hoofd. Ze pakte de stoel en ging zitten voordat haar knieën begonnen te knikken.

'Carmen belde en zei dat je in de problemen zat. Ik was toch in de buurt en wou eens kijken of ik iets kon doen.' Bridie bedekte haar ogen voor de blik van Newlee, maar toen ze door haar vingers gluurde kon ze zien dat zijn gezicht vriendelijk stond, niet beschuldigend. Samantha, die blijkbaar inzag dat het nog wel even kon duren, pakte ook maar een stoel.

'Waarom gaan we niet allemaal even zitten?' stelde Newlee glimlachend voor. Hij pakte ook een stoel en ging zitten met het geluid van knerpend leer. Winslow zag eruit of hij een beroerte zou krijgen. Hij bleef staan en begon de knopjes van de beveiligingscamera in te drukken om de band terug te spoelen. 'Het probleem is dat deze jongedame van me gestolen heeft met de hulp van mijn werkneemster,' zei Winslow. 'Ik probeerde je net te bellen.'

'Hoe oud ben je?' vroeg Newlee aan Samantha. Ze verschoot van kleur. Blijkbaar was aangesproken worden door een politieagent voldoende om haar van haar stuk te brengen.

'Dertien.' Haar stem beefde. Ze leek meer dan ooit op een kind, hoeveel make-up ze ook rond haar ogen geklodderd had.

Newlee knikte en trok een notitieboekje uit zijn zak.

'Hoe heet je?'

Samantha schraapte haar keel. 'Samantha MacPherson.'

Newlee noteerde het. 'Adres?'

'Fairfax Street 29.'

Newlee schreef verder.

'Telefoon?'

Samantha gaf antwoord en Newlee schreef alles op.

'Zijn je ouders thuis?'

'Mijn vader –' Samantha schraapte haar keel en haar tranen kwamen weer tevoorschijn. De donkere plasjes bewogen zich neerwaarts, onder leiding van een zwarte druppel. 'Mijn vader zal wel thuis zijn.' Ze maakte een geluid dat het midden hield tussen een hik en een snik.

Newlee knikte en keek op. Winslow was klaar met de band.

'Oké, kijk maar eens, agent. Daar gaat ie.' Hij drukte op 'play' en de smakeloze korte scène speelde zich nogmaals af, en plotseling leek het wel of Bridie's hele leven zo was. Dezelfde scène die steeds opnieuw werd afgespeeld.

Nooit een pauze, nooit enige afwisseling. Een tijd lang ging het goed, dan deed zich een splitsing in de weg voor en zonder mankeren, zonder twijfel, zonder uitzondering koos ze de verkeerde. Ze bedekte haar ogen weer.

'Juist ja,' zei Newlee met kalme stem. 'Het lijkt erop dat er iemand op heterdaad is betrapt.'

'Dat is maar al te waar,' pochte Winslow.

Bridie deed haar ogen nog stijver dicht. Samantha's geluiden gingen beslist meer op snikken lijken.

'En een van mijn eigen personeelsleden probeerde het toe te dekken,' vervolgde Winslow. 'Ik denk dat die twee onder een hoedje spelen.'

'Dat is niet zo.' Samantha sprak weer en haar stem klonk onvermurwbaar, ondanks haar ellende. 'Ze wist er helemaal niets van.'

Winslow begon er tegenin te gaan, maar Newlee hief zijn hand op om hem het zwijgen op te leggen. 'Ik denk dat het moeilijk zal zijn om die bewering hard te maken,' zei Newlee. 'Uit wat ik op de band zie kan ik niet afleiden dat je werkneemster er op enige wijze bij betrokken was. Ik stel voor dat je haar weer aan het werk laat gaan. Ik zal een rapport opmaken en deze jongedame naar huis brengen.'

Bridie hield haar adem in. Misschien, misschien, heel misschien zou het allemaal toch goed komen.

'Nee, nee, nee.' Winslow schudde zijn hoofd. Samantha begon wat luider te snikken. Ze had waarschijnlijk visioenen van zichzelf met een bleek gevangenissnoetje in een oranje pak en voetboeien. 'Neem jij haar maar mee,' zei Winslow en knikte in de richting van Samantha. 'Ik stond toch al op het punt om je te bellen. Maar ik zal de boel wel regelen met juffrouw Collins.'

Bridie liet haar hand van haar ogen zakken en ging rechtop zitten. Ze kon de werkelijkheid niet langer ontkennen. 'Ik zal je de moeite besparen,' zei ze terwijl ze opstond.

'O nee, niets ervan.' Winslow versperde de deur met zijn lijf. 'Je gaat niet weg voordat ik je kan ontslaan.'

'Sta ik onder arrest?' Bridie keek naar Newlee om antwoord te krijgen. Hij schudde zijn hoofd en zijn ogen stonden bezorgd.

'Dan ga ik mijn spullen pakken,' zei ze tegen Winslow. 'Je mag in mijn papieren schrijven wat je wilt.'

'Reken maar dat ik dat zal doen. Niemand zal je nog aannemen als ik daarmee klaar ben.'

'Ik zal je naar huis brengen,' zei Newlee.

'Dat hoeft niet,' protesteerde Bridie. Het laatste wat ze wilde was een persoonlijk gesprek met Newlee.

'Ik sta erop.'

Ze keek hem aan. Hij keek terug. Samantha's gesnik werd minder. Ze keek steeds van de een naar de ander, alsof ze een tenniswedstrijd volgde.

'Goed dan,' stemde Bridie in en liet haar stem luchtig klinken. 'Ik ga even mijn spullen uit mijn kluisje halen. Ik ben zo weer terug.'

Winslow wierp Newlee een vijandige blik toe en ging met tegenzin weg van de deur.

'Doe maar rustig aan,' zei Newlee en ging weer op zijn krakende stoel zitten.

Lorna kwam er net aan toen de politiewagen voor de pastorie

stopte. Ze kwam het eerst binnen, haar ogen al rood van het huilen.

'O Alasdair.' Ze greep zijn arm vast. 'Misschien spijbelt ze alleen maar.'

'Misschien wel,' zei hij en pakte haar hand. 'De politie bellen is waarschijnlijk overdreven.' De tweeling lag boven in bed te huilen. Hij had al een keer overgegeven terwijl hij op de politie zat te wachten en had het gevoel dat het weer zou gebeuren. De kamer draaide voor zijn ogen en toen hij ze sloot werd hij helemaal duizelig. Een klein donker figuurtje verschool zich in de kelder van zijn psyche, en fluisterde kwade dingen. Hij was ergens faliekant tekortgeschoten tegenover zijn dochter. Dat wist hij al maanden, misschien wel jaren, en nu stond ze alleen in de wereld, lang voordat ze in staat was om daar veilig doorheen te komen. Hij had haar in de steek gelaten. Het besef trof hem als een gemene steek in zijn ribbenkast.

De politieagent arriveerde bij de deur en kwam de hal binnen. Toen hij vragen begon te stellen werd Alasdair teruggevoerd naar een ander moment waarop hij dergelijke vragen ook had moeten beantwoorden. *'Leek ze over stuur toen ze wegging?' 'Weet u waar ze naartoe ging?' 'Wie heeft haar als laatste gezien?'*

'Hebt u een recente foto?' vroeg de agent hem nu.

Alasdairs innerlijke beeldscherm liet zijn eigen beelden zien, te vreselijk om te verdragen. Hij hoestte en begon te beven.

'Ik zoek er wel een op,' zei Lorna door haar tranen heen.

Er werd op de deur geklopt. Hij en Lorna schoten naar de deur, en Alasdair had het gevoel dat, als het iemand van de gemeente was met een of andere muggenzifterige klacht, hij hem tegen de grond zou meppen. Hij gooide de deur open en zijn opluchting was zo groot dat die als een hittegolf door hem heen raasde. Het was Samantha, gevolgd door nog een politieagent en een vrouw. Hij kon geen woord uitbrengen, nam haar alleen in zijn armen en drukte haar bijna tot moes.

'Wat denk je wel niet?' vroeg hij, en hield haar op een armlengte afstand zodat hij naar haar kon kijken. Hij hoorde hoe hees en luid zijn stem klonk.

Samantha begon te huilen. Alweer. Haar make-up was al uitgelopen, haar neus rood. Hij wilde ophouden met schreeuwen, om haar te troosten, maar alle emoties die hij als ziekte en schuld, paniek en angst gevoeld had, kwamen nu via deze tunnel van woede naar buiten.

'Alasdair,' mompelde Lorna.

'Wat denk je wel niet?' schreeuwde hij nogmaals, met zijn handen nog steeds op haar schouders.

'Waar heb je gezeten?'

'Bij de supermarkt,' zei ze door haar snikken heen.

'Er was een klein probleempje.'

De politieagent sprak en knikte naar zijn collega. Ze stapten opzij en begonnen fluisterend met elkaar te praten.

Alasdair liet Samantha los. Ze deed een stap achteruit. Hij schudde zijn hoofd. Hij begreep er helemaal niets van. Dat feit voegde zich bij de rest van zijn bestaan. Elke dag kreeg hij zo langzamerhand hetzelfde gevoel. Alsof een soort kosmisch brein er lol in had om een handvol puzzelstukjes lukraak over zijn hoofd uit te strooien. 'Alsjeblieft, kijk maar eens wat je hiervan kunt maken.' Godslastering, wist hij, maar zo lag het nu eenmaal. Zo voelde hij zich echt.

'Wat deed je bij de supermarkt?' Hij zag Samantha voor zich, die bij de snoepafdeling rondhing, of in stripboeken neusde, wat kinderen meestal doen als ze van school weglopen.

Samantha boog het hoofd. De tweede politieman stapte naar voren. 'Uw dochter is betrapt op winkeldiefstal – een fles wijn.'

Alasdairs maag draaide zich om en hij vroeg zich af of hij hier midden in de hal zou moeten overgeven.

Samantha hief haar gezicht naar hem op. Het was droevig en bleek en paste uitstekend bij zijn eigen gevoelens. 'Ga naar je kamer,' zei hij. Ze draaide zich om en liep weg, deze keer zonder te stampen op de trap.

De peuters hadden het op een krijsen gezet. Hij stond naar de muur achter de politieagenten te staren, die opnieuw de koppen bij elkaar gestoken hadden. Lorna ging naar boven om bij de kinderen te kijken. De vrouw die achter haar had gestaan werd nu zichtbaar. Ze zag er heel bekend uit, maar hij leek haar niet te kunnen plaatsen.

'Meneer, ik denk dat dit het wel is.'

De eerste politieman deed het woord. 'We zullen hier geen verslag van uitbrengen, tenzij de winkeleigenaar daarop aandringt.'

'Ik regel het verder wel,' zei Alasdair. 'Ze krijgt straf.'

'Is dat uw oplossing?' vroeg de vrouw scherp.

Alasdair wendde zich tot haar. 'Ken ik u ergens van?'

De twee politieagenten gingen op hun andere been staan. Lorna kwam terug met op elke heup een kind. De vrouw die gesproken had strekte haar armen uit naar Cameron. Hij liep naar haar toe, schokkend van het snikken, en begroef zijn snotterige neus in haar haar. De vrouw knuffelde hem in zijn nek en begon troostend over zijn ruggetje te wrijven. Nu herinnerde Alasdair zich haar. Ze had een keer bij hen gegeten. Met Thanksgiving.

'Uw dochter heeft hulp nodig,' zei ze. Ze praatte nu zachter, maar de toon was nog steeds bikkelhard. 'Een man die zo intelligent is als u zou dat toch moeten inzien. Haar straffen zal helemaal niets oplossen.'

Wat heb jij hier eigenlijk mee te maken? wilde hij haar vragen. *Waarom ben je hier?* Maar de misselijkheid was de woorden net voor. Hij draaide zich om en liep de kamer uit.

Toen hij klaar was met overgeven, waren de agenten weg en was de hal leeg. Hij kon stemmen vanuit de keuken horen. Hij klom de trap op en had het gevoel alsof elke trede een hele reis op zich was. Hij liep langs Samantha's deur zonder stil te staan en ging op bed liggen zonder het dekbed zelfs maar open te slaan.

Elf

Bridie lag op haar bed en staarde naar het plafond. Er was geen speciale reden om op te staan. Ze had tenslotte toch geen baan. Ze stompte op haar kussen en trok het dekbed omhoog, zodat alleen haar neus er nog bovenuit stak. Ze had zichzelf mooi in de nesten gewerkt. Alweer. Wat zei haar vader altijd als haar moeder wilde dat hij iemand zou helpen? Geen goede daad blijft ooit ongestraft. 'Nou, daar had je tenminste gelijk in,' zei ze hardop in de lege kamer.

Het was een grote fout geweest om Samantha te hulp te schieten. De zoveelste fout in een leven vol met fouten, waarvan Jonah de eerste was. Ze had toen gedacht geen andere keus te hebben, maar het had alleen maar tot iets ergers geleid. Toen dacht ze dat bij hem weggaan het antwoord op al haar problemen zou zijn. De enige minuscule complicatie was dat ze besloten had zijn geld mee te nemen, en daarna was ze zo stom geweest om het onder haar neus vandaan te laten stelen. En wat de zaak nog veel erger maakte was dat ze daar net zo goed had kunnen blijven, in plaats van voortdurend aan Jonah en Dwayne te denken, en bang te zijn dat ze achter elke struik verstopt konden zitten.

Het gebed dat ze lang geleden gefluisterd had kwam terug om de spot met haar te drijven.

'O, had ik vleugels als een duif, ik zou wegvliegen en een woonplaats zoeken. Zie, ver zou ik heenvlieden, ik zou vernachten in de woestijn. Ik zou mij haastig een wijkplaats zoeken tegen de rukwind, tegen de storm.' Ze snoof verachtelijk van onder het dekbed. Hoeveel kilometers afstand ze ook probeerde te scheppen tussen haar en haar verleden, ze kon zichzelf niet ontvluchten. En ze begon genoeg te krijgen van het vluchten.

Wat als? Wat als ze er nooit met Jonah vandoor was gegaan? Wat als moeder niet gestorven was? Dan zou ze nu waarschijnlijk onderwijzeres zijn geweest. Dat had ze willen worden. Ze stelde zich voor dat ze voor een klas met kinderen stond, met glimmende gezichtjes die haar allemaal vol liefde en aanhankelijkheid aankeken terwijl zij hen van alles leerde – goede dingen die ze beslist moesten weten. Maar dat zou nu nooit meer gebeuren. Hoe kon ze naar een opleiding toestappen en zeggen: 'Schrijf me maar in, ik wil onderwijzeres worden?' Nee, ze zou nooit onderwijzeres, of verpleegster, of moeder worden, of iets anders hebben dan een waardeloze baan en een waardeloos leven.

Ze kon net zo goed weer gaan dealen.

De gedachte alleen al bracht haar voortratelende geest met een schok tot zwijgen.

Niet dat ze er nog niet eerder aan had gedacht. Maar het idee was altijd snel en meestal met een huivering terzijde geschoven. Nu deed het zich voor als een logische optie. Ze had geen baan. Ze had één vriendin – Carmen. Lorna telde niet mee. Kerkmensen moesten wel vriendelijk zijn.

En het zou nog een voordeel hebben. Als ze terugzwierf naar de oude plekjes, kon ze intrekken bij iemand die nog slechter en angstaanjagender was dan Jonah. Als ze zich voldoende nuttig voor hem zou maken, zou hij kunnen vergoeden wat ze Jonah schuldig was, of liever nog, hem laten verdwijnen als hij uit de gevangenis kwam. Ze had genoeg gespaard om terug te gaan naar haar oude leven. Net genoeg – als ze had terugbetaald wat ze aan Carmen verschuldigd was.

Ze bleef nog even liggen en woog haar keuzes tegen elkaar af. Weer gaan dealen, of opstaan en de advertenties lezen om een baan te vinden. Blijven, of teruggaan naar het leven dat ze ontvlucht was. Ze had zin om een munt op te gooien. Ze zou haar leven in de lucht gooien en kijken waar het terechtkwam. Waarom niet?

Opstaan om een muntje te vinden leek zelfs teveel inspanning. Ach, een muntje was niet eens nodig. Ze kon gewoon een deal sluiten met zichzelf. Ze ging rechtop in bed zitten en knik-te toen ze tot een besluit was gekomen. Als ze voor het einde van de dag een baan had gevonden, zou ze hier in Alexandria blijven tot het tijd was om de afstand tussen haar en Jonah wat te ver-groten. Als ze voor het einde van de dag geen baan had gevon-den, zou ze teruggaan naar de heuvels, zichzelf onmisbaar maken voor iemands zaakje en Jonah aan hen overlaten. Aan het einde van deze dag zou haar lot hoe dan ook beslist worden. Ze stond op en voelde zich wat beter, hoewel dat beter moeizaam en broos was. Ze keek met samengeknepen ogen haar kamer rond.

Ze nam de moeite niet om haar bed op te maken, ging alleen naar de wc, dwaalde toen door het appartement en nam de tele-foon van de haak. Gelukkig zat Carmens deur stevig dicht en was Newlee's auto weg. Hun ritje naar het huis van de dominee was ongemakkelijk geweest, en het gesprek was steeds van één kant gekomen.

'Carmen maakt zich zorgen over je,' was hij begonnen.

Ze had geluisterd en met haar armen over elkaar uit het raampje zitten staren, terwijl ze aan Samantha dacht.

'Als je in de problemen zit kan ik je misschien helpen,' had Newlee aangeboden, en zijn stem klonk ook bezorgd.

'Dank je,' had ze geantwoord. 'Dat vind ik erg fijn, echt waar.' Toen ze naar Newlee's brede, eerlijke gezicht had gekeken was ze heel even in de verleiding gekomen om hem alles te vertellen. Om het er allemaal uit te gooien en maar te zien hoe het alle-maal uitpakte. Wat een opluchting zou dat zijn. De stilte tussen hen werd zo gespannen, dat die het uiteindelijk begaf. 'Dit is iets waar je me niet bij kunt helpen,' had ze ten slotte gezegd.

Ze deed de voordeur open, boog het portaal in en pakte de krant op. Snel sloot ze de deur weer tegen de ochtend, die net als haar stemming koud en donker was. Ze dacht aan Samantha en vroeg zich af hoe haar dag zou verlopen. Toen ze zich Alasdair MacPhersons strenge gezicht herinnerde, voelde ze een steek van medelijden met het meisje, en wenste nogmaals dat ze iets kon doen om haar te helpen. De woorden 'verloren ziel' vormden zich in haar hoofd, maar gek genoeg gingen ze vergezeld van Alasdair MacPhersons gezicht, niet dat van Samantha. Het moest haar eigen gezicht zijn, zei ze bij zichzelf en besloot zich met haar eigen zaken te bemoeien.

Ze maakte koffie en ging verder met de rest van haar ochtendritueel. Ze ging achter Carmens computer zitten, startte hem op, maakte verbinding met Carmens internet-server. Met een paar klikken stond ze op de site van de gevangenissen in de staat Virginia. Ze zocht de gedetineerde Jonah Porter op, maar klikte niet op de foto. Ze controleerde alleen de datum van invrijheidstelling, die nog aangenaam ver in de toekomst lag.

Het koffiezetapparaat pruttelde. De koffie was klaar. Ze schonk zichzelf een kop koffie in en bekeek de personeelsadvertenties.

'Het is een echte griep.' Fiona's man, de internist, had Alasdair gisteravond bezocht en de diagnose gesteld. 'Bedrust en kippensoep,' had hij voorgeschreven.

Lorna schudde haar hoofd en vroeg zich af hoe ze deze nieuwe beproeving moesten doorstaan. Ze had de afgelopen nacht in de logeerkamer geslapen om voor de peuters te zorgen, die nog steeds elke nacht een paar keer huilend en van streek wakker werden. Net als hun zus en hun vader leken ze gekweld te worden door bepaalde niet precies te benoemen angsten. Ze had gisteravond en vandaag vrij genomen. Tot ongenoegen van haar beide werkgevers. Ze kon dit fort onmogelijk voor onbepaalde tijd verdedigen.

Ze legde nog een handje smarties op de bordjes van de tweeling en keek op haar horloge. Het was bijna tijd voor Samantha om naar school te gaan, en ze had haar niet gehoord sinds ze haar veertig minuten tevoren gewekt had. Toen ze de tweeling in hun box had gezet liep ze de trap op en duwde haar deur open. Samantha lag nog in bed, een onbeweeglijke warboel van lakens en dekens.

'Je bent nog niet klaar voor school.' Dat was overduidelijk, maar gaf haar tijd om na te denken.

'Ik ga niet.' Samantha's stem klonk gesmoord en ver weg.

'Ben je ziek?'

Lange stilte. 'Ja.'

Lorna zuchtte. Sloot de deur. Ze keek even bij Alasdair die nog lag te slapen. Ze ging weer naar de keuken. De tweeling was tevreden, dus ze liet hen aanrommelen, schonk zichzelf koffie in en ging zitten om na te denken.

Ze herinnerde zich dat ze weken geleden ook op deze plek had zitten bidden voor die arme Alasdair, en zoals ze had kunnen verwachten, leken haar gebeden een belabberde situatie alleen nog maar erger gemaakt te hebben. De problemen die Alasdair met zijn predikantschap had waren groter geworden. Samantha's rebellie was vele malen erger geworden. Nu werden zelfs vrienden hun web van wanhoop in getrokken – kijk maar eens naar die arme Bridie.

Lorna stond op en liep naar het aanrecht. Een ovenschaal van twee dagen geleden stond nog steeds te weken en de gegratineerde aardappels plakten er in een vastberaden, aangekoekte rand aan vast. Ze zocht met haar hand in het water naar de borstel, terwijl haar wangen bloosden vanwege haar arrogantie. Ze had gedacht dat ze God had horen spreken. Beloften had horen doen. Ze schudde haar hoofd. In het grauwe licht van deze ochtend kon zelfs zij, de koningin van de ontkenning, de waarheid wel inzien. Alasdair lag plat op zijn rug in zijn halfdonkere kamer daarboven en zijn werk werd gevaarlijk verwaarloosd. De tweeling zou weer doelloos door een dag heen rommelen. Nee, besefte ze. Niets van dit alles kon als gebedsverhoring worden uitgelegd.

Moeilijke tijden bestaan nu eenmaal, zei ze bij zichzelf. *God heeft nergens beloofd om die weg te nemen.* Ze pakte een lepel uit de lade en begon de aangekoekte aardappels los te krabben uit de ovenschaal. Ze had het gevoel dat er een enorme wig in haar hart was gedreven, en dat er iemand flink op stond te beuken, vastbesloten om het in tweeën te splijten. Natuurlijk zou haar gebed het huis ineen doen storten, de laatste balk omverhalen die het geheel overeind hield. *Haar* gebed, *haar* pogingen om te helpen.

Ze schraapte en schuurde en daar in het grauwe afwaswater zag ze zonder het te willen opnieuw dat visioen – Alasdair, zijn gezicht open en lachend, Samantha vrolijk en de tweeling die werd verzorgd en bemind. Ze draaide de heetwaterkraan helemaal open alsof ze het weg wilde spoelen. DIT IS WAT IK GA DOEN, meende ze te horen. EN JIJ MAG ME HELPEN.

Ze gooide de schuurspons weg en zette haar handen schrap tegen de rand van de gootsteen. Ze was witheet van woede. Ze weerstond de neiging om iets op te pakken en kapot te gooien, om die afschuwelijke ovenschaal tegen de muur te smijten en toe te kijken hoe het sop en de stukken aardappel omlaag gleden op de smoezelige vloer.

In plaats daarvan zette ze de schone borden weg, en zette de radio naast het aanrecht aan terwijl ze de tafel afveegde. Het was tijd voor Alasdairs programma. Het zou haar iets geven om haar aandacht op te richten, naast al deze duistere gedachten. De tune werd gedraaid en de omroeper prees de studiebijbel en het nieuwste boek aan en zei: 'Deze week zal in onze programma's het beste van MacPherson centraal staan.' Een serie preken die hij tien jaar geleden op een theologische conventie had gehouden. Lieve help, ze haalden wel het onderste uit de kan. Door die kan moest ze weer aan de ovenschaal denken. Ze begon weer te schrapen met de lepel. Goeie mensen, er zat genoeg aardappel aan de zijkanten en bodem vastgekoekt om nog iemands buik mee te vullen. Ze trok een vies gezicht toen ze de doorweekte klonters in de afvalbak gooide. Een stuk doedelzakmuziek ebde langzaam weg, en daarna kwam de spreuk, een citaat uit de preek van de dag die gebruikt werd als aandachtstrekker. De stem van haar broer klonk luid en duidelijk uit het kleine radiootje.

'Telkens als God u een belofte doet, of mij een belofte doet, of wanneer Hij ons geestesoog laat zien wat Hij van plan is te gaan doen, kunnen we op één ding rekenen. Het zal beproefd worden. Wanneer God ons zijn plan heeft laten zien, zullen de gebeurtenissen haast zonder uitzondering samenspannen om ons te doen geloven dat het onmogelijk is.'

Lorna stond stokstijf stil, met haar handen nog in de schaal met aardappels en lauw sop. Ze had het gevoel dat een Goddelijke hand zojuist een boodschap voor haar neus had gehouden. HALLO DAAR, LUISTER JE NOG, LORNA? Plotseling voelde ze zich beschaamd en blij tegelijk. Ze haalde haar handen uit de schaal, droogde ze af met een stuk keukenrol en ging weer bij de tafel zitten. Even later boog ze haar hoofd. De stem van haar broer klonk nog steeds, nu op de achtergrond van haar gesprek met God.

'Het was mijn verbeelding niet,' fluisterde ze. 'Ik weet het zeker. U bent aan het werk. Alasdair heeft gewoon gelijk. Elke belofte van God wordt een keer beproefd.' Ze sloot haar ogen en wachtte geduldig af. Tot er een stem zou spreken, of een hand zou bewegen. Een soort beloning voor haar inzicht.

Er gebeurde niets. Ze deed haar ogen open. Alles was nog precies hetzelfde als daarvoor. Deze keer geen wonderen. Geen visioenen. Ze glimlachte en liep weer terug naar het aanrecht. Alasdair ging verder met zijn preek, en Lorna werd meegevoerd naar het verleden, naar gelukkiger dagen toen de passie van Alasdairs geloof nog een vuur kon ontsteken in een kil hart. Ze was klaar met het afwassen van de schaal, zette die in het afdruiprek en maakte de gootsteen schoon.

Toen ze klaar was ging ze weer bij de tafel zitten en nam nog een slok koffie. Ze overdacht de gebeurtenissen van de vorige dag nog eens, ondanks haar hernieuwde hoop. Arme Bridie. Ze zou nu wel op zoek zijn naar een baan.

Twee feiten kwamen opdagen uit verschillende hoekjes van haar hersenen en stelden zich voor. Ze overwoog het idee zorgvuldig. Het was goed. Niet in de verste verte het antwoord op al haar gebeden, maar het zou tenminste twee problemen oplossen. Ze overwoog Winifred of Fiona te bellen en hun mening te vragen, maar besefte dat ze niet kon wachten om eerst met hen te spreken. En Alasdair was niet fit genoeg om geraadpleegd te worden. Het was een echte noodsituatie. Daadkrachtig optreden was nodig. En zij moest dat doen. Ze voelde een lichte trilling van opwinding.

Ze pakte het telefoonboek en bladerde het door, totdat ze de juiste bladzijde gevonden had. De naam die ze zocht stond er niet in. Ze dacht even na, en zocht het nummer van de supermarkt op. Ze vroeg naar de manager en stelde zich voor, en vroeg toen al duimend wat ze wilde weten.

'Ik doe dit alleen omdat u voor de dominee en zo belt,' wierp de manager tegen. 'Ik zie wel in dat u een appeltje met haar te schillen hebt. Uw nichtje op het verkeerde pad brengen en alles.'

Lorna nam de moeite niet om hem tegen te spreken, maakte alleen goedkeurende geluiden en krabbelde de informatie die hij doorgaf op een blaadje. Ze draaide het telefoonnummer maar kreeg alleen keer op keer de voicemail te horen. Het was niet juist om een boodschap achter te laten. Niet voor zoiets als dit. Haar verzoek zou maar al te gemakkelijk afgewezen worden. Ze keek naar wat ze nog meer had opgeschreven op het stukje papier – Bridie's adres. Ze nam een besluit, keek nog even bij Alasdair en Samantha, zette de tweeling in de auto en ging op pad.

Bridie liep alle advertenties langs, maar meer uit een soort plichtsgevoel dan in de hoop dat ze die banen zou krijgen. Er waren geen advertenties voor kassamedewerkers, en dat leek het enige waarvoor ze geschikt was. Er werd op de deur geklopt en onwillekeurig verstijfde ze. Ze liep naar het kijkgaatje, keek naar buiten, deed een stap achteruit en stond even in tweestrijd. De tweede klop deed haar een beslissing nemen. Ze wilde liever de persoon op de stoep te woord staan dan dat haar kamergenoot wakker zou worden en ze een hele reeks vragen zou moeten beantwoorden. Langzaam opende ze de deur.

'Hallo Lorna,' zei ze.

Bridie luisterde terwijl Lorna haar aanbod toelichtte. Ze keek toe hoe de peuters een troep maakten van Carmens lade met Tupperware, schudde haar koude koffie rond in het kopje en dacht even na. 'Is het de bedoeling dat ik bij hun kom inwonen?'

'Misschien af en toe.'

Lorna keek bezorgd, alsof het daarop nog zou afketsen. Maar eigenlijk was elke reden om Carmen en Newlee uit de weg te gaan nu welkom.

'Alasdair reist vrij veel, en eigenlijk zit ik op het moment behoorlijk vast. Ik heb een tweede baan die ik niet kan opzeggen, en nu Alasdair ziek is moet er 's nachts echt iemand bij de kinderen zijn. Maar normaal gesproken zou je rond het avondeten naar huis kunnen. Je kunt natuurlijk altijd meeëten met het gezin en hun auto gebruiken. Je kunt alles doen wat je wilt. Doe maar alsof je thuis bent, bij je eigen familie,' voegde Lorna eraan toe. 'Ik weet dat het salaris niet hoog is, maar de kerk zou voor je ziektekostenverzekering kunnen zorgen.'

Bridie dacht na. Het was geen blijvende oplossing, maar het zou haar wat tijd geven om na te denken en een plek bieden om uit de buurt van Carmen en Newlee te zijn. Ze had gezegd dat ze zou blijven als ze vandaag een baan vond. En dit was een baan, besefte ze met een golf van opluchting waar ze zelf verbaasd van stond.

'Ik kan geen toezeggingen voor de lange termijn doen,' waarschuwde ze.

'Alle tijd die je kunt geven zou een zegen voor ons zijn,' zei Lorna eenvoudig.

Bridie dacht nog even na. De stilte tussen hen was tastbaar. 'Goed dan,' zei ze ten slotte. 'Ik doe het een poosje. Wanneer moet ik beginnen?'

Lorna's gezicht ontspande zich tot een prachtige glimlach. 'Gisteren,' zei ze.

Twaalf

Twaalf uur later stond Bridie in de keuken van de dominee en knikte plichtsgetrouw op alles wat Lorna zei. Haar ogen waren strak op Lorna's gezicht gericht, maar haar hersenen snorden druk door alle redenen waarom ze nee had moeten zeggen. *Nee, nee, nee. N-E-E.*

Lorna drentelde om haar heen, en wees van alles aan. 'Hier staan de borden. En hier allerlei spullen in blik. De babymaaltijden staan daar in de voorraadkast. Samantha's lunchgeld ligt hier. Ik zal ervoor zorgen dat je geld krijgt voor boodschappen en andere huishoudelijke uitgaven. Hier heb ik een klein roostertje gemaakt – Samantha's schooltijden, slaaptijden en dat soort dingen.' Lorna was even stil.

Bridie knikte nogmaals.

'Ik overrompel je toch niet, hè?'

'Nee, hoor. Helemaal niet.' Ze was niet overrompeld, omdat ze niet luisterde. Ze liep te denken aan wat ze had moeten zeggen in plaats van het ja dat uit haar mond had geklonken. Maar Lorna's ogen waren zo hoopvol geweest.

'Nou, vind je het echt niet erg om een paar nachten te blijven slapen?' vroeg Lorna.

'Nee, hoor dat is niet erg.' Eindelijk zei ze iets dat echt waar was. Maar toch moesten er gemakkelijker manieren zijn geweest om Carmen te ontlopen. Naar een hotel gaan bijvoorbeeld. Dit huis was zo'n puinhoop.

Nou ja, ook weer niet echt een puinhoop. Aan de oppervlakte zag het er opgeruimd uit, maar daaronder voelde het smerig aan. Alsof het echt belangrijk voor iemand was dat de zaken er zo uitzagen, maar het jaren geleden was sinds iemand de kussens had omgedraaid, de tapijten uitgeklopt, de ramen opengegooid en de boel een grondige beurt had gegeven. Alles was er meer op gericht om een goede indruk te maken op bezoekers, dan om het gezin zich prettig te laten voelen.

Neem nu bijvoorbeeld die woonkamer. Het was de grootste kamer van het huis, maar had die wel enig nut? Hij was volgestouwd met die vreselijke meubels en mooi om naar te kijken, maar het woord 'oncomfortabel' kwam nog niet in de buurt om er een indruk van te geven. Ze betwijfelde of iemand langer dan een minuut op een van die stoelen zou kunnen zitten zonder op de een of andere manier verdoofd te raken. En elke centimeter stond vol met kostbare antieke voorwerpen, elk oppervlak was bedekt met spullen waar de kinderen niet aan mochten komen. Dingen die er op het eerste gezicht leuk uitzagen, maar bij nader inzien verwaarloosd en somber leken. De klokken waren mooie, oude exemplaren, maar niet een ervan liep goed. Het zilverwerk bevond zich in verschillende stadia van dofheid. De ingelijste foto's en merklappen, de porseleinen beeldjes, vazen en kandelaars waren mooi, maar al maanden lang niet afgestoft. En er stond een heleboel nutteloze rommel, een complete verzameling vingerhoeden, lieve help, en ook nog een hele serie kleine glazen beestjes die erom vroegen gebroken te worden. De eetkamer en zelfs de hallen waren ook zo. In feite, besefte ze, was er in het hele huis geen enkele plek waar het veilig was om een kind los te laten rondlopen.

De enige kamer die feitelijk bewoond leek was de keuken, maar ook hier waren de prioriteiten overduidelijk. Er was een kleine ruimte, niet veel groter dan een flinke kast, waar ze een kleine bank en een box voor de kinderen in geprop hadden. De porseleinkast in de eetkamer stond vol met prachtige borden, maar hier in de keuken, waar ze altijd aten, stond alleen een verzameling aftandse borden, schalen en glazen, die op een plank uit de Leger des Heils-winkel leken. En van niets was er genoeg om de tafel te dekken voor alle vier de gezinsleden.

'Nou, ik denk dat ik alles wel verteld heb,' besloot Lorna. 'Weet je zeker dat je het wel redt?'

Bridie knikte nogmaals. Van binnen schrok ze terug. Wat kon

er allemaal mis gaan? *Dominee MacPherson ligt boven bijna dood te gaan. Samantha ligt in haar bed, van streek omdat ze de familie te schande heeft gemaakt. En eens even kijken,* dacht ze met een blik op haar horloge, *als het waar is wat je tegen me gezegd hebt, zou de twee-ling over ongeveer een uurtje wakker moeten worden voor de eerste van hun nachtelijke zeuraanvallen.* 'Ik red me wel,' zei ze op vriende-lijke toon. Ze probeerde haar verstikkende gevoelens terug te dringen toen ze Lorna naar de deur begeleidde.

'Hier is het telefoonnummer van mijn werk,' zei Lorna tegen haar, en gaf haar een stukje papier.

Bridie pakte het aan en stopte het in haar zak. Al die stukjes papier. Daarmee was alle ellende begonnen.

'Ik kom morgen wel even kijken hoe het gaat,' beloofde Lorna.

Bridie knikte. Lorna omhelsde haar even en de deur viel ach-ter haar dicht.

Ze stond daar even en voelde het gewicht van het enorme, oude huis op haar drukken. De kilte doordrong haar tot op het bot. Ze trok haar trui aan, ging naar de keuken en leidde zich-zelf af door de vaatwasser leeg te ruimen en de tafel op orde te brengen. Het hielp niets.

Het huis was vol mensen, stelde ze zichzelf gerust, en besefte toen dat dit juist het probleem was. Ze had het gevoel dat ze niet alleen was. Alsof er iemand aanwezig was die voor haar ogen verborgen bleef. Het was een vreemde gewaarwording. Ze staarde naar de lege hoeken, verlicht door de zwakke lampen en zag niets en niemand.

Maar ze had het gevoel dat er wel iets zichtbaar zou worden als ze haar ogen maar heel precies kon afstellen. Ze maakte een aantekening om wat sterkere gloeilampen te kopen. Ze keek op haar horloge. Het was bijna tien uur.

Ze maakte haar werk in de keuken af, keek toen naar de don-kere deur die toegang bood tot de kleine zitkamer naast de keu-ken. Ze kon de achtertuin zien, tenminste zover het buitenlicht reikte. De kerk doemde op, een donkere schaduw naast het huis. Ze keek naar de begraafplaats en vroeg zich af of haar vreemde gevoelens soms iets te maken hadden met de aanwezigheid van een of andere rusteloze ziel.

'Er is bepaald dat een mens zal sterven en daarna komt het oordeel. Er bestaat niet zoiets als geesten,' had haar oma gezegd toen ze haar er eens naar had gevraagd. Ze glimlachte flauwtjes. Alleen al de gedachte aan haar oma bracht haar gespannen zenuwen tot rust.

Ze deed het buitenlicht uit, en vervolgde haar ronde door het huis. Ze bezocht elke kamer, deed zogenaamd de lampen uit, maar ze wist dat ze in werkelijkheid alleen maar aan het controleren was. Met eigen ogen zien dat alle hoeken echt leeg waren. Ze deed de Tiffany-lampjes in de woonkamer uit, deed de lampen in de hal uit die de gezichten van het voorgeslacht van de MacPhersons verlichtten, een stel boos kijkende mensen aan de muren. Ze drukte op de dimmer die de kroonluchter in de eetkamer doofde. Het buitenlicht bij de voordeur besloot ze aan te laten. Ze vergrendelde de deur en ging naar boven.

De treden kraakten onder haar voeten. Geen wonder. Ze gluurde in de kamer boven aan de trap. De deur stond op een kier. De studeerkamer van dominee MacPherson, vermoedde ze. Ze deed het licht niet aan en ging niet naar binnen, maar bij het licht van de hal kon ze zien dat alle vier de muren vol stonden met boeken. Een echt mahoniehouten bureau stond aan de ene kant en lag vol met stapels paperassen. Tegenover het bureau stonden twee stoelen en een klein tafeltje, en er lag een versleten Perzisch tapijt op de vloer.

Ze ging naar Samantha's kamer. De deur stond op een kiertje. Ze kon haar haar op het kussen zien, en de hoek van haar wang.

Ze keek even in de kamer van de peuters. Ze sliepen maar lagen helemaal opgerold alsof ze het koud hadden. Er stonden nauwelijks meubels in de kamer. Een commode, de twee bedjes en een kast. Weinig speelgoed. Geen versieringen. Alsof niemand de tijd had genomen om hun komst met vreugde tegemoet te zien. Ze sloop zo geruisloos mogelijk naar binnen. Het jochie ademde door zijn mond en ze kon zien dat hij zijn neus langs zijn wang had afgeveegd, waarna het was opgedroogd. Arm klein wurm. Arme kindertjes. Haar ogen en haar hart deden pijn. Ze dekte hen toe met zware dekens en sloop weer naar buiten. De deur van dominee MacPhersons kamer zat stevig dicht. Ze deed hem niet open.

De logeerkamer lag aan de andere kant van de hal. Hij was klein, maar dat vond ze prima. Ook hier was weinig meubilair: een hard tweepersoons hemelbed, een mahoniehouten kast, een kleine boekenplank die half gevuld was met scheefstaande boeken.

Een garderobekast waarvan de deuren niet goed sloten. De vloer was van eikenhout vol met krassen en er lag geen kleed. Bridie ritste haar rugzak open en haalde haar pyjama eruit, blij dat ze er een van flanel had meegenomen. Ze trok hem aan en hing haar kleren in de kast. Ze wachtte even, want het leek wel of ze schimmel rook. Toen glimlachte ze en haalde diep adem. Het rook lekker – een mengeling van cederhout en oud papier – en ze werd terug in de tijd gevoerd naar het huis van haar oma. Het was voor het eerst dat ze hier iets leuks had meegemaakt. Ze hing haar kleren op en haalde een extra deken van de plank. Ze was blij dat de deuren niet goed sloten. De geur zou haar mee naar huis nemen. Ze legde de deken aan het voeteneinde, poetste haar tanden, waste haar gezicht en zocht op de boekenplank iets om te lezen. Ten slotte koos ze een oud exemplaar van *Girl of the Limberlost*. Ze las totdat ze slaperig werd, deed het licht uit en zakte weg, toen ze zichzelf ervan verzekerd had dat het gekraak en gekreun in het oude huis veroorzaakt werd door krimpend hout en stenen. Ten slotte viel ze in een onrustige slaap.

Iets had het op haar gemunt, schreeuwde het uit en achtervolgde haar. Ze ging rechtop in bed zitten en haar hart bonsde wild. Haar mond was kurkdroog en haar lichaam beefde. Heel even wist ze niet waar ze was. Ze staarde naar de open deur van de kast en binnen enkele seconden had ze zich georiënteerd. Ze was in Alexandria, in de pastorie. Ze had een nachtmerrie gehad, dat was alles. Ze bleef even stil zitten, ging rustiger ademen en slikte haar angst in door zichzelf voor te houden dat het maar een droom was.

Ze stond op, nog steeds trillend, en deed het licht in de slaapkamer aan. De kamer zag er vreemd en excentriek uit. Angstaanjagend en griezelig. Ze liep weer naar het bed en ging zitten. Ze dwong zichzelf zorgvuldig naar de dingen om zich heen te kijken. Daar stond haar rugzak, daar hingen haar kleren in de kast. Haar schoenen stonden bij het bed. En daar lag het boek waarin ze gelezen had. De droom begon te vervagen, maar ze voelde zich nog steeds bang.

Ze keek om zich heen naar het bed en de kamer, maar het gewone zag er nog steeds uit alsof het verschoven was, en ze besefte dat het al zo geleken had op het moment dat ze de deur van dit huis binnenstapte. Alsof de dingen een paar millimeter van hun fundering gekanteld waren. Omgebogen. Net niet helemaal waterpas. Als je er een poosje gewoond had, zou het normaal lijken. Je oog zou eraan gewend raken, of je zou je hoofd ook scheef houden zonder het in de gaten te hebbem. Mensen wilden nu eenmaal dat dingen recht stonden.

Ze deed het bedlampje aan zodat er nog meer licht was. Dat hielp wel iets, maar de schaduwen van de gewone voorwerpen leken kil en angstaanjagend. Sinds haar kindertijd was ze natuurlijk heel vaak bang geweest, maar nooit voor echte dingen. Niet bang voor schaduwen, het donker, dromen, en niet met dit gevoel van beklemming dat haar besloop.

Ze zei de 23ste psalm een paar keer op en stopte om 'Ik vrees geen kwaad, want Gij zijt bij mij' te herhalen. Nadat ze alleen die regels vijf of zes keer voor zichzelf herhaald had voelde ze dat ze weer in een normaal tempo ging ademhalen.

Ze hoorde een schreeuw en schrok. Haar hart voelde aan alsof er een zware voet op had getrapt. Het waren de peuters maar, besefte ze opgelucht. Dat was waarschijnlijk ook de oorzaak van de nachtmerrie. Niet de sfeer die haar benauwde, maar gewoon de huilende peuters en het geluid dat tot in haar dromen doordrong.

Ze stond op en liep naar hun kamer, terwijl ze overal de lampen aandeed.

Het kleine jongetje huilde. Cameron. Ze ging naar hem toe,

tilde hem op, en hij begroef zijn natte neusje in haar schouder, blij om door een vreemde getroost te worden. Ze streelde zijn nek en wreef over zijn ruggetje. Zijn luier was zwaar en vochtig. Een grote jongen als hij hoorde al met zindelijkheidstraining begonnen te zijn. En waarom praatte hij nog niet?

Ze legde hem op de commode, deed hem een schone luier om en gaf hem ook een droge pyjamabroek. Ze veegde de viezigheid van zijn neus, en maakte haar schouder schoon met hetzelfde zakdoekje. Ze pakte de fles met baby-neusdruppels van de hoogste plank en gaf hem een aantal druppels.

Morgen zou ze de dokter bellen. Dit kind was ziek. Waarschijnlijk oor- of voorhoofdsholteontsteking.

Lorna had gezegd dat ze hem een fles moest geven, dan zou hij wel weer gaan slapen. Bridie keek naar hem. Hij zat nu op de commode, zijn donkere haar stond overeind, zijn ogen waren halfdicht en hij zag er miserabel uit. Met zijn handje sloeg hij tegen de zijkant van zijn hoofd.

Bonnie was nu ook wakker en stond in haar bedje te zwaaien op haar benen. Ze had krullerig blond haar. Haar fopspeen bewoog ritmisch heen en weer terwijl ze met haar grote blauwe ogen toekeek.

Deze kinderen hadden geen fles nodig. Ze hadden een persoon nodig. Ze pakte Cameron op en zette hem op haar heup, deed de zijkant van het bedje omlaag en pakte Bonnie op. Het licht deed ze met haar kin uit toen ze de deur uitging. Ze liep terug naar haar kamer, deed de deur met haar voet dicht en zette beide peuters op haar bed. Ze deed de grote lamp uit, en kroop tussen hen in. Bonnie zat rechtop en keek haar even aan, terwijl ze de speen nog steeds met een hypnotisch ritme liet bewegen. Bridie liet haar zitten en legde Cameron tegen haar schouder aan. Even later vleide Bonnie zich ook tegen haar aan. Ze pakte de zachte rand van de deken en wreef die tussen haar duim en wijsvinger heen en weer.

Bridie lag daar naar het plafond te staren en vroeg zich af wat voor droevige wereld ze binnengestapt was. Hier was verdriet, een onpeilbaar diepe ellende. Maar de peuters naast haar waren zacht en lief. Warme hoopjes aan weerszijden van haar hart, die regelmatig en diep ademden. Ze dook weg onder de dekens en wist niet precies wie nu troost bood aan wie...

Dertien

Er zat een vinger in haar oog en een natte plek op haar pyjama in de buurt van Camerons, in een te dikke luier gehulde, achterwerk. Bridie deed het oog open dat nog vrij was.

'Goeiemorgen,' zei ze tegen Bonnie, de eigenares van de vinger.

Bonnie glimlachte en de speen rolde uit haar mond. Bridie moest denken aan een spelletje dat ze met haar zusje deed toen die nog een baby was. Ze raapte de speen op en stopte hem ondersteboven in Bonnie's mond. Bonnie wipte hem om zonder iets anders dan alleen haar tong te gebruiken. Bridie lachte, misschien de eerste, werkelijk echte vrolijkheid die ze in maanden beleefd had. In jaren.

Cameron ging zitten en rommelde wat totdat hij hen allebei kon zien. Zijn neus zag er weer niet uit.

'Wat zie jij er uit,' zei Bridie tegen hem. 'Vreselijk.'

'Huh?' Hij maakte een vragend geluid.

'Jij,' bevestigde ze, tilde toen zijn pyjamajasje op en maakte een hard geluid door op zijn buik te blazen.

Hij lachte en wreef met een mollig handje over zijn buik.

'Wil je nog een buiktoeter?' Ze blies nog een keer. Deze keer grinnikte hij.

'Wat is er aan de hand?' Het was Samantha. Ze duwde de deur open en gluurde naar binnen. Ze deed haar best om de belangstelling op haar gezicht te verbergen achter een afkeurende en geïrriteerde blik.

'We zijn aan het spelen, dat is er aan de hand.'

'Nee, ik bedoel, wat doe jij hier?'

Bridie hield op met Cameron te kietelen en ging rechtop zitten. 'Heeft niemand je dat verteld?'

'Niemand vertelt me hier ooit iets.' De donkere blik kwam weer terug.

Bridie hapte niet toe. Iemand had Samantha moeten inlichten, maar er was zoveel aan de hand geweest, en tenminste een deel van het drama was door Samantha zelf veroorzaakt. 'Ik werk hier nu. Ik ben jullie nieuwe' – ze zocht naar het woord dat de juiste connotaties had – 'hulp in de huishouding.' Nee, dat klopte niet. 'Kindermeisje,' probeerde ze opnieuw en werd op een donkere blik getrakteerd.

'Huh?' vroeg Cameron en dat was haar redding. Bridie grinnikte en blies nog een keer op zijn buik.

'Je ziet er verschrikkelijk uit,' herhaalde ze, stond op en tilde de klamme baby op. 'Kom, dan gaan we je schoonpoetsen,' zei ze. Bonnie gleed van het bed af en ging ook mee.

'Ik heb geen kindermeisje nodig.' Samantha liep achter hen aan.

'Zij wel.'

Daar kon Samantha niets tegen inbrengen. Bridie trok Camerons natte pyjama uit, gaf hem een droge luier en trok hem een schone slaapzak aan. Daarna deed ze hetzelfde met Bonnie.

'Let even op hen, dan trek ik snel mijn trui aan.' Ze liep de kamer uit voordat Samantha kon klagen en was binnen een minuut weer terug.

Ze gingen alle vier naar beneden en zodra ze in de keuken was klapte ze de box in en keerde de speelgoedbak om op de vloer. Die kinderen zouden geen minuut meer in die box zitten zolang zij op aarde rondliep. Ze hadden meteen belangstelling voor het speelgoed, en zij begon het ontbijt klaar te maken. Samantha stond daar nog steeds en sloeg haar gade met haar toegeknepen ogen.

'Ik zal wat havermout opzetten. Ga jij maar douchen, anders kom je te laat op school.'

'Ik ga niet naar school.'

Bridie werkte gewoon door. Ze deed water in de pan met een snufje zout, draaide het gas hoog en pakte de havermout. 'Dan kun je maar beter weer naar bed gaan. Je kunt vandaag uit twee plaatsen kiezen: de school of je kamer. Ze keek niet op, maar besloot hoeveel havermout ze nodig had en hield de pan in de gaten.

Hier en daar ontstonden kleine bellen, die met elkaar versmolten tot grotere. Eentje ging er kapot omdat hij te hoog werd. Toen nog een. Toen het vrolijk borrelde roerde ze de havermout erdoorheen, deed vier boterhammen in de broodrooster, sneed een banaan in plakjes en schonk drie glazen melk in. Ze zette een pot koffie voor zichzelf. Samantha stond nog steeds toe te kijken.

'Ik haat die school.'

'Meer dan je een andere school zou haten?'

'Ja.' *Jij idioot,* voegde haar toon eraan toe.

'Waarom?' Bridie roerde in de havermout en hield de tweeling in het oog, die nog steeds lekker zat te spelen.

Er viel een schaduw over Samantha's gezicht en Bridie zag dat echte pijn de plaats innam van het gemok van even tevoren. 'Ik weet niet.'

De stilte kookte samen met de havermout verder. Toen die klaar was schepte Bridie vier kommen vol, smeerde boter op de toast, en zette het bord met banaan op tafel. Ze zette Cameron en Bonnie in hun kinderstoel, deed een beetje basterdsuiker in hun havermout, en sneed hun toast in vieren. 'Zullen we bidden?' zei ze tegen Samantha, een gewoonte die maar moeilijk was af te leren. Ze pakte Samantha's hand.

'Zegen dit voedsel aan ons lichaam, Vader, en maak ons dankbaar voor onze vele zegeningen. In de dierbare naam van Jezus,' zei ze. 'Amen.' Ze voelde zich een huichelaar, omdat ze zich tot God richtte alsof ze heel vaak met Hem praatte.

Toen ze haar hoofd ophief, lag de onbeleefde uitdrukking weer op Samantha's gezicht. Bridie liet zich er niet door van de wijs brengen, maar begon gewoon aan haar havermout. Het smaakte lekker. Ze zou straks ook wat bij de dominee brengen.

'Mijn probleem is het volgende, Samantha,' zei ze en die verklaring leek het meisje te doen schrikken. 'Ik ben hier een gast. Een werknemer, om zo te zeggen. Misschien denk ik wel dat je heel goede redenen hebt om een hekel aan school te hebben, maar als ik niet weet wat die redenen zijn, kan ik je moeilijk je gang laten gaan. Wat zou ik tegen je vader moeten zeggen? Begrijp je wat ik bedoel?'

Samantha knikte nukkig, en omdat ze waarschijnlijk een mogelijkheid bespeurde om haar zin te krijgen, liet ze wat informatie los. 'De kinderen behandelen me daar als oud vuil.'

'Meer details graag,' zei Bridie tussen twee happen door.

Samantha keek boos, maar gaf nog wat meer prijs. 'Ze zeggen dat ik gestoord ben. Niet een van de meisjes wil naast me zitten. Ze zeggen dat ik een pistool of zo ga halen en iedereen dood zal schieten.'

Bridie stopte even, en de havermout leek opeens een vreemde indringer in haar mond. Ze herstelde zich snel, slikte het door en stond op om zichzelf koffie in te schenken. Ze hield haar gezicht zorgvuldig in de plooi. 'Waarom zeggen ze dat?'

Samantha haalde haar schouders op. 'Weet ik veel.'

Bridie dacht diep na. Samantha kon het allemaal verzonnen hebben, om medelijden op te wekken. Maar ze kon ook de waarheid spreken. Enig onderzoek zou nodig zijn om daar achter te komen. Onderzoek waar ze vandaag geen tijd voor had. 'Weet je wat? Ik heb vandaag hulp nodig, om allerlei dingen te regelen en zo. Ik moet met Cameron naar de dokter, er moet iemand voor je vader zorgen, en hier in huis moet het een en ander gedaan worden. Je mag kiezen.'

Samantha knikte en er kwam een nieuwe glans in haar ogen.

'Je kunt hier blijven en me helpen, of je gaat je aankleden en dan breng ik je naar school.'

'Ik help jou wel,' beloofde Samantha, en de vleug van wanhoop in haar stem raakte Bridie's hart.

Ze lachte naar Samantha en streek haar haren glad. Best gewaagd, maar het meisje kromp niet ineen en trok zich niet terug, ze verstijfde alleen enigszins.

'Goed dan,' zei Bridie. 'Laten we maar aan de slag gaan.'

De dominee lag te slapen toen Bridie naar binnen sloop om even te kijken hoe het met hem ging. Het was donker in de kamer, de jaloezieën hielden het meeste, nog schaarse licht buiten. Er hing een bedompte lucht van stof en muffe lakens en ziekte. Het bed was een rommelige stapel beddengoed. Ze zette het dienblad neer dat ze had meegebracht en liep dicht naar het bed toe. Hij lag op zijn zij. Zijn wangen waren rood. Bridie raakte zachtjes zijn voorhoofd aan. Zijn ogen gingen open en hij staarde haar wazig aan. Ze pakte het glas vruchtensap van het dienblad en hield het aan zijn mond. Hij nam een slokje en er droop wat langs zijn kin. Ze veegde het af met een servet. Hij ging weer liggen en sloot zijn ogen, alsof de inspanning hem had uitgeput.

Ze liep naar de badkamer en kwam terug met twee aspirines. Ze hield het glas weer vast terwijl hij ze innam. Ze zei niets, drong er alleen op aan dat hij iets zou drinken, en wachtte totdat de helft van het sap slokje voor slokje was opgedronken. Toen schudde hij zijn hoofd, draaide zich om en sloot zijn ogen. Ze beet op haar lip en stond daar even na te denken. Hij zag er flink ziek uit. Ze vroeg zich af of ze de dokter moest bellen of hem naar het ziekenhuis moest brengen.

Nadat zij en Samantha de kinderen in bad gestopt hadden en ze een afspraak voor Cameron had gemaakt bij de huisarts, ging ze terug naar de kamer van dominee MacPherson. De aspirines moesten gewerkt hebben. Hij voelde minder warm aan en lag te slapen. Het kon waarschijnlijk geen kwaad om hem alleen te laten terwijl ze met Cam naar de dokter ging. Als ze weer terug was zou ze bezien wat ze met hem aan moest. Met een beetje geluk zou Lorna dan al gebeld hebben. Ze dacht erover Samantha thuis te laten om op hem te letten, maar toen ze naar haar keek liet ze dat idee varen. Samantha had teveel op haar schouders gehad. Het werd tijd dat ze leerde om kind te zijn.

'Praat hij al?' vroeg de jonge arts terwijl hij Cameron onderzocht.

'Niet veel, maar ik weet het niet precies, want ik ben nog maar pas met deze baan begonnen,' zei Bridie, waarmee ze zichzelf eraan herinnerde dat het niet meer was dan dat.

Ze keek naar Samantha in de hoop op een antwoord.

'Hij zegt helemaal niets,' zei Samantha, terwijl ze met haar voet Bonnie's blokkentoren een zet gaf.

De dokter trok zijn wenkbrauw op, maar knikte en ging door met zijn testjes.

'Uh-o,' zei Bonnie om het antwoord nog eens te onderstrepen. Zij had al een aardige woordenschat. *Op, onder, van mij, dat hebben. Alsjeblieft en dankjewel.*

Maar Bridie had Cameron helemaal niet horen praten behalve dat vragende geluidje dat hij steeds maakte. Maar zijn ogen stonden wijd open en hij hield alles goed in de gaten.

'Praten ze wel tegen hem?' vroeg de dokter toen hij klaar was met zijn onderzoek en een recept uitschreef voor Camerons voorhoofdsholteontsteking.

Samantha's hoofd schoot omhoog.

'Waarom, natuurlijk praten ze tegen hem,' antwoordde Bridie, half beledigd, maar toen de woorden uit haar mond kwamen moest ze denken aan die erbarmelijke kamer, kaal en schemerig zoals de rest van het huis. Ze probeerde zich hun moeder voor te stellen. En het leek alsof het gezin zich sinds haar overlijden tot het uiterste had ingespannen om lichaam en ziel van de kinderen bijeen te houden.

'Bij ons thuis praat er niemand met iemand,' droeg Samantha bij. 'Waarom zou dat niet voor Cam gelden?'

'Misschien hebben ze wat meer geprekjes nodig?' vroeg Bridie, oplettend dat ze neutraal klonk. 'Wat zou u aanraden?'

'Nu nog geen spraaktherapie. Alleen heel veel interactie. Speel met hem, lees met hem. Het is niet zo ingewikkeld.' Zijn glimlach verzachtte de woorden. 'Praat gewoon met dat kind.'

Bridie knikte. Dat kon ze wel.

Tegen de tijd dat Lorna voor het avondeten thuiskwam, hadden Bridie en Samantha heel wat werk verzet. Ze waren naar de dokter geweest, hadden boodschappen gedaan, de medicijnen voor Cameron gehaald en hem de eerste twee doses antibioticum

gegeven. Bridie had vier wassen gedraaid, de bedden verschoond, en zich genoeg zorgen gemaakt over de toestand van
dominee MacPherson om zijn zwager, de dokter, nogmaals te
bellen, die hem nu aan het onderzoeken was.

Lorna was regelrecht uit haar werk naar hen toe gekomen en
samen zaten ze de was op te vouwen, in afwachting van nieuwe
berichten.

'Ik voel me zo rijk dat we jou hier hebben,' zei Lorna, haar
ogen vol tranen van dankbaarheid.

'Ik heb het best naar mijn zin,' gaf Bridie toe en besefte dat ze
niet zat te liegen. Ergens leek de manier waarop ze de afgelopen
vierentwintig uur bezig was geweest iets van het vuil van haar
verleden weg te wassen. Hoeveel uur zou het duren voordat ze
schoon was? vroeg ze zich enigszins bitter af. Ze dacht aan de
kinderen – zoals Samantha, alleen en met problemen – die
waarschijnlijk het spul hadden gebruikt dat zij had helpen
maken, en haar blijdschap ebde weg. De tijd zelf bevatte niet
genoeg uren om die schuld weg te wassen.

'Wat is er?' vroeg Lorna. Haar ogen waren op die van Bridie
gericht en haar gezicht stond bezorgd.

'Niets,' verzekerde Bridie haar, en glimlachte vrolijk. Dokter
Calvin kwam net op dat moment naar beneden en bespaarde
haar de nadere uitleg.

'Het gaat niet goed met hem,' gaf hij toe, met wat volgens
Bridie het understatement van de eeuw was. Telkens als ze die
dag bij de dominee was gaan kijken had hij glazig en wezenloos
voor zich uit liggen staren. Het deed haar denken aan Jonah als
hij high was, behalve de paranoia dan, die gelukkig afwezig was.
'Hij heeft hoge koorts,' vervolgde Calvin. 'Ik heb wat congestie
in zijn longen gehoord. Maar hij drinkt wel. Ik heb hem een
injectie gegeven en ook de antibiotica die hij moet innemen.' Hij
zuchtte diep en leek verschillende mogelijkheden af te wegen.
'Ik geef hem deze nacht nog, maar als het morgen niet beter met
hem gaat, laat ik hem opnemen.'

Lorna zag er bezorgd uit. Bridie knikte. 'Is er nog iets wat ik
moet doen?'

'Dwing hem om te drinken. Hij moet minstens ieder uur een half kopje drinken.'

Lorna mompelde. 'Dan ben je de hele nacht in touw.'

'Heb je liever dat ik hem nu laat opnemen?' vroeg Calvin.

Nog een trauma voor Samantha, en in haar gemoedstoestand zou ze waarschijnlijk zichzelf de schuld geven. Bridie schudde haar hoofd. 'Nee,' antwoordde ze, 'ik zorg wel voor hem.'

'Ik kan morgen meteen uit mijn werk hier naartoe komen,' beloofde Lorna. Bridie knikte nogmaals en Calvin vertrok.

Zij en Lorna stopten de tweeling in bed en zetten thee voor zichzelf. Samantha was verdiept in de film van de week.

'Zullen we het in de woonkamer opdrinken?' vroeg Lorna, met haar hoofd gebarend naar de schetterende televisie.

'Oké,' zei Bridie en volgde Lorna door de hal. Die woonkamer. Ze keek om zich heen naar de vergane rijkdom. Volgens haar waren er twee opties. Alles grondig schoonmaken – de tapijten kloppen, de gordijnen stofzuigen, het zilver en koper poetsen, de klokken opdraaien – of het hele zooitje naar de zolder slepen.

Ze begon te praten, en informeerde Lorna over haar gesprek met Samantha over school, en over de visie van de dokter op Camerons spraakachterstand. Lorna luisterde aandachtig, haar gezicht vol bezorgdheid.

'En wat de boel hier betreft,' zei Bridie, 'ik heb een paar ideeën die ik graag aan je wil voorleggen.

Lorna knikte.

Ze vertelde het allemaal.

Lorna's ogen werden groter terwijl ze aan het praten was. Toen Bridie klaar was knikte Lorna vastberaden en nam een slok thee. Toen ze het kopje weer op het schoteltje had gezet, keek ze Bridie recht in de ogen.

'Ik vind dat hele goede ideeën,' zei ze, en Bridie kon alleen maar gissen naar wat dit standpunt haar zou gaan kosten. Jaren van strijd tegen die arrogante zussen flitsten door haar verbeelding. 'Zoals ik al zei,' vervolgde Lorna, 'heb jij de leiding. Doe maar alsof dit je thuis is, alsof dit jouw kinderen zijn. Doe maar zoals het je goeddunkt.'

'Zeker weten?' vroeg Bridie en gaf haar nog eenmaal de kans zich te bedenken.

Lorna knikte en goot de rest van haar thee naar binnen. 'Ik leg het wel uit aan Winifred en Fiona,' zei ze en zette het kopje weer op het schoteltje. Bridie kon de slagader in haar nek zien kloppen. Ze kon zich alleen maar een voorstelling maken van dat gesprek.

'We hebben een paar weken voordat zij weer op komen dagen,' zei Lorna, grotendeels tegen zichzelf. Ze knikte en leek enigszins gerustgesteld. 'Nou, ik denk dat ik nu maar beter kan opstappen,' zei ze en klonk teleurgesteld. 'Ik werk vanavond in het fotolaboratorium. Nogmaals bedankt,' zei Lorna, haar ogen gericht op die van Bridie. 'Je hebt geen idee hoeveel dit voor ons betekent.'

Bridie lachte en klopte Lorna op de schouder, nam haar theekopje mee en bracht haar naar de deur. Ze vroeg zich af wat voor onverlaat haar in de steek had gelaten, zodat ze twee banen tegelijk moest aanhouden, terwijl ze nu eigenlijk de vruchten van haar leven zou moeten plukken, maar het was niet aan haar om daar naar te vragen.

Ze zei Lorna welterusten, stuurde Samantha naar bed, en ging naar de keuken om te bedenken wat voor drinken ze bij de dominee zou brengen. De dominee. Ze vond het moeilijk om hem zo te blijven noemen, hoewel Alasdair te vertrouwelijk leek. Het maakte gezien zijn toestand weinig uit hoe ze hem aansprak. Ze koos een cola uit de koelkast. Er zat suiker in, wat geen kwaad kon omdat hij minstens een dag al niet gegeten had, en het zou zijn maag tot rust brengen. Ze schonk het in een glas en wipte er met een vork wat schuim af voor het geval zijn keel pijn deed. Ze bracht het naar hem toe. Hij werd voldoende wakker om het op te drinken, maar deed zijn ogen nauwelijks open, en zodra hij het op had sliep hij weer verder.

Ze deed de deur zachtjes dicht en besloot dat ze om het uur haar wekker zou laten afgaan, en tussendoor wat zou dommelen. Maar eerst liep ze het huis door om hetzelfde ritueel uit te voeren als de vorige avond. Ze deed de deuren op slot, deed de lampen uit, en keek even uit het voorraam naar Fairfax Street. Het sneeuwde licht. Ze kon de kleine, dunne vlokjes zien in het licht van de straatlantaarn.

Ze bleef even staan en luisterde naar het gekraak en gekreun van het oude huis. Nu ze alleen was, keerde het gevoel van vage geheimen weer terug, maar niet met zoveel kracht als de vorige avond. Ze vroeg zich af of ze gewoon aan de sfeer gewend was geraakt, zoals alle anderen er ook aan gewend leken te zijn. Ze klom de trap op en voelde zich nog steeds net een personage uit een gothische avonturenroman.

De deuren van de slaapkamers waren dicht, de hal schemerdonker. Haar altijd overactieve fantasie riep het beeld op van Anna. Het was zo echt dat Bridie er haast een eed op zou doen dat ze het werkelijk zag en het zich niet slechts verbeeldde. Anna was slank en sierlijk, en had een gezicht als dat van Samantha. Ze stond bij de kamers van de kinderen, met haar handen tegen hun deuren gedrukt, maar was niet in staat om naar binnen te gaan en hen te helpen.

Veertien

Bridie opende haar ogen en zette de wekkerradio uit. Het was één uur en tijd om bij dominee MacPherson te gaan kijken. Ze stond op, trok haar kamerjas aan en ging naar zijn kamer. Ze duwde de deur open en liep zachtjes naar de rand van zijn bed. Zijn gezicht was weer rood en warm. Zo warm dat het haar beangstigde, maar het lukte haar om hem twee aspirines te laten innemen. Nadat ze een waskom met water had gevuld, bette ze zijn gezicht en haar om hem wat te laten afkoelen. Ze gooide de dekens van het bed af en trok het laken tot aan zijn middel omlaag, wurmde hem voorzichtig uit het T-shirt dat hij aan had en maakte zijn borst vochtig. Ze spoelde het washandje uit in de kom met koud water toen hij het uitschreeuwde.

'O!' zijn stem was luid en heftig, zijn blik met koortsige intensiteit op haar gefixeerd. 'O!' riep hij weer uit.

Ze liet de washand vallen en boog zich over hem heen, terwijl verwarde gedachten over hartaanvallen en knappende slagaders om haar aandacht vochten.

'Wat is er, Alasdair?' Ze gebruikte zijn voornaam zonder er erg in te hebben. 'Alasdair, wat is er?'

Zijn gelaatsuitdrukking werd stralend. Zijn ogen waren donkere, geslepen saffieren, en glansden door de koorts en door de hallucinatie die hem zo blij maakte. 'Je bent teruggekomen,' zei hij op fluistertoon, maar vol ontzag.

'Ik ben hier,' suste ze en nam zijn uitgestoken hand in de hare.

'Je bent teruggekomen.' Nu mompelde hij de woorden, maar met zoveel intensiteit en hartstocht dat Bridie in verlegenheid werd gebracht. Hij kuste haar open handpalm, en drukte die toen tegen zijn hart. Ze voelde het donzige haar op zijn borst, de warmte van zijn huid, en zelfs het veel te snelle bonzen van zijn hart. Ze voelde zich sterk geëmotioneerd en verward, omdat ze wist dat ze de rol speelde van iemand uit zijn dromen of uit zijn verleden. Hij strekte zijn andere hand naar haar uit en hield haar haar even vast. 'Geef je me alsjeblieft nog een nieuwe kans?'

Een nieuwe kans. Iemand anders wilde nog een nieuwe kans en wel zo wanhopig dat ze zijn ademloze pijn haar hart voelde doorboren. Haar ogen schoten vol. Ze knikte, en slechts een deel van haar dacht er nog aan dat ze niet meer was dan een plaatsvervanger, een figuur in een aangrijpende droom.

Zijn gezicht betrok en er kwam een pijnlijke trek op. 'Kun je het me ooit vergeven?' Hij ging zitten en strekte de andere arm naar haar uit.

'Ja, ik vergeef je. Natuurlijk,' suste ze hem, pakte zijn beide armen en liet hem weer op het bed zakken. 'Ga nu maar liggen.'

'Je gaat toch niet weg?'

'Nee, ik ga niet weg. Ga jij nu maar liggen.' Voorzichtig legde ze zijn armen naast hem. 'Hier, drink maar wat.' Ze zette het glas aan zijn mond en veegde de druppels weg toen hij klaar was. Hij liet het toe, en die droom moest voorbij zijn, want toen hij zijn ogen weer opendeed, was de intense vreugde eruit verdwenen.

Nu had hij het over geld. Later over het maaien van het grasveld. Hij had per ongeluk moeders madeliefjes omgemaaid, en zo bleef het de hele nacht maar doorgaan. Ze zat naast hem in de stoel, doezelde af en toe weg als ze hem wat had laten drinken en hem met de washand had gedept.

In de donkerste uren van de nacht, tussen drie en vier, werd ze wakker van gehuil. Hij huilde met diepe, hartverscheurende, droge snikken. De koorts had hem van zijn tranen beroofd.

Bridie probeerde hem gerust te stellen. 'Alasdair, vooruit,' zei ze. 'Het is in orde. Alles is in orde.'

Ze streelde zijn gezicht, hield zijn handen vast, maar het leek nu of hij haar aanwezigheid niet opmerkte. Ze ging weer naast hem zitten, en in haar wanhoop overwoog ze om er medisch personeel bij te halen. Hij was een grote, sterke man. Wat moest ze doen als hij gewelddadig werd? Ze had zelf ook zin om te huilen. Waarom was ze toch naar deze vreselijke, treurige plek gekomen?

Als ze had geloofd dat God haar antwoord zou geven, zou ze voor hem gebeden hebben. Dat zou oma ook gedaan hebben. En moeder. Ze dacht aan de nachten dat ze ziek of bang was geweest en haar moeder naast haar had gezeten om haar te kalmeren. En ze herinnerde zich hoe ze dat gedaan had.

'Wees mij genadig, o God, wees mij genadig,' citeerde ze uit dat zondagsschoolproject van lang geleden, haar stem wat luider om boven zijn gehuil uit hoorbaar te zijn. 'Want bij U schuilt mijn ziel. Ja, in de schaduw van Uw vleugelen zal ik schuilen, totdat het onheil voorbij is.'

Misschien was de wens de vader van de gedachte, maar het leek alsof zijn gesnik minder intens werd. Ze veegde zijn gezicht af met de vochtige doek en citeerde een andere psalm voordat hij weer opnieuw kon beginnen.

'Maar ik, ik roep tot God. De Here zal mij verlossen. Des avonds, des morgens en des middags klaag en kreun ik, Hij hoort mijn stem. Hij verlost mijn ziel in vrede van de strijd tegen mij.'

Hij keerde zijn glanzende ogen naar haar toe en ze kalmeerden enigszins; de intensiteit leek wat af te nemen. Toen hij zijn gebarsten lippen nat wilde maken, gaf ze hem wat te drinken en nog een Bijbelvers.

'Werp uw bekommernis op de Here, Hij zal voor u zorgen; Hij zal nimmermeer toelaten dat de rechtvaardige wankelt.' Haar stem was nu zacht en geruststellend.

Alasdair bleef stil liggen. Ze ging door.

'Wie in de schuilplaats des Allerhoogsten is gezeten, vernacht in de schaduw des Almachtigen. Ik zeg tot de Here: mijn toevlucht en mijn vesting, mijn God op wie ik vertrouw.'

Hij sloot zijn ogen. Ze ging weer in haar stoel zitten.

'Barmhartig en genadig is de Here, lankmoedig en groot aan goedertierenheid; niet altoos blijft Hij twisten, niet eeuwig zal Hij toornen; Hij doet ons niet naar onze zonden en vergeldt ons niet naar onze ongerechtigheden.'

Zijn gezicht ontspande zich.

'Maar zo hoog de hemel is boven de aarde, zo machtig is Zijn goedertierenheid over wie Hem vrezen; zover het oosten is van het westen, zover doet Hij onze overtredingen van ons.'

Alasdairs ademhaling werd diep en regelmatig. Hij sliep, maar toch ging ze door. Steeds maar door, de hele nacht lang zei ze alle honderd verzen op. Telkens als Alasdair zich bewoog in zijn slaap, leek hij te horen hoe haar stem de oude beloften bevestigde.

Het moest wel waar zijn dat God je niet meer te dragen gaf dan je aankon, want de peuters sliepen door tot zeven uur. Ze moest zelf ook ingedommeld zijn, want ze schrok wakker door hun geroep. Ze ging rechtop zitten in de stoel die ze dicht naar het bed had getrokken, en maakte haar hand voorzichtig los uit die van Alasdair MacPherson. Hij was bleek maar koel, en lag vredig te slapen. Ze keek even naar hem en vroeg zich af of hij zich deze nacht zou herinneren. Toen trok ze de deken over zijn blote schouders en sloop weg om voor zijn kinderen te zorgen.

Vijftien

Bridie zwaaide de zware voordeur van de pastorie open en kon een glimlach niet onderdrukken. Carmen, met omhoogstaand haar en gekleed in een zwart leren minirok en jasje, leunde tegen het hek van de veranda, en nam een laatste lange trek van haar sigaret.

Ze drukte de peuk uit in de pot van de Norfolk dennenboom. 'Nou, als dat Mary Poppins niet is,' zei ze.

Bridie's glimlach werd nog breder, en impulsief opende ze haar armen om Carmen te omhelzen. Carmen grijnsde terug en liet zich erin sluiten. Een lok van het met spray volgespoten haar kietelde in Bridie's neus.

'Zonder jou is het behoorlijk saai in die ouwe supermarkt,' zei Carmen, drukte haar even tegen zich aan en liet haar weer los.

Bridie voelde zich even ongemakkelijk. Ze was niet meer naar het appartement geweest sinds ze een week geleden de baan had aangenomen. 'Ik heb het geld voor de huur van deze maand in de keuken liggen,' zei ze vlug.

'Hou het maar.' Carmen wuifde het weg, en zag er toen zelf een beetje opgelaten uit. 'Newlee logeert bij me nu jij weg bent. Hij helpt me uit de brand.'

Bridie knikte. Ze was vervangen. Ze dacht dat ze het had moeten zien aankomen, maar toch. Carmen leek haar gedachten te raden.

'Je kamer blijft van jou zolang als je wilt,' verzekerde ze haar.

Bridie knikte. Ze probeerde de laatste tijd niet te ver vooruit te denken. 'Dank je. Maar ik zal wel vaker hier in de pastorie zijn totdat de dominee weer op de been is. En daarna moet hij een week naar Boston. Hij moet op een theologische conferentie spreken,' zei ze, en gaf de woorden de nadruk die ze verdienden.

'Tsjonge, hé.' Carmen trok een wenkbrauw op. 'Kijk eens aan wie er omgaat met de rijkelui.'

Bridie grinnikte. 'Fijn om je te zien,' zei ze en was zelf verrast te merken hoe diep gemeend die woorden waren. 'Bedankt dat je me wilt helpen met de kinderen.'

'Doe niet zo gek! Ik zou dit nooit willen missen.'

Carmen stapte de hal binnen, hing haar jasje over de trapleuning en slingerde haar tas in de hoek. 'Deze omgeving doet me denken aan die film waar een gouvernante ergens aankomt en die vent heeft zijn krankzinnige vrouw op zolder opgesloten.'

'Jane Eyre?' vulde Bridie aan.

Carmen knipte met haar vingers en wees op Bridie. 'Ja, die is het.' Ze rekte haar hals uit in de richting van de trap, alsof ze luisterde of ze krankzinnig gelach hoorde, liep toen naar de zitkamer, terwijl ze steeds met grote ogen om zich heen keek.

Bridie volgde haar hoofdschuddend.

'Dit is een echt kunstwerk. Wie is dat? Zijn eerste vrouw?' Carmen wees naar het olieverfschilderij van de streng uitziende moeder van Alasdair en Lorna, dat in de hal hing.

Bridie keek haar met een vernietigende blik aan.

Carmen grinnikte nogmaals. 'Ik neem je in de maling,' zei ze en liep de eetkamer rond, terwijl ze met haar handen op haar rug alles in zich opnam. 'Maak je geen zorgen. Ik zal me netjes gedragen zodra ik dit verwerkt heb. Ik ben gewoon nog nooit in een huis van mensen met echt blauw bloed geweest. Dit is een compleet nieuwe ervaring.'

'Voor mij ook, hoor.' Bridie trok een gezicht.

Carmen keek haar medelijdend aan. 'Je ziet er moe uit.'

'Het is een lange week geweest.' Ze voelde zich schuldig, omdat het zolang had geduurd voordat zij en Lorna zich konden gaan bezighouden met Samantha's schoolsituatie, maar ook al waren er geen slechte nachten meer geweest zoals vorige week, de dominee was pas gisteren weer wat opgefleurd. Samantha was ook verkouden geworden en Lorna had besloten haar thuis te houden, totdat ze met de directrice konden praten. Bridie had gehoopt dat de dominee weer fit genoeg zou zijn om de zaken zelf ter hand te nemen, maar hoewel hij aan de beterende hand was, was hij nog steeds te zwak om veel te doen.

'Mevrouw Tronsett kan morgen met ons praten,' had Lorna gisteren gezegd, en net toen Bridie op het punt had gestaan om te vragen of ze niet mee hoefde, had ze naar Lorna's gezicht gekeken. Het had er zo moedeloos en verslagen uitgezien, dat Bridie dat niet gedurfd had.

Bovendien wist ze door wat Lorna haar verteld had, dat de dominee zijn handen vol zou hebben als hij weer helemaal beter was. Zijn gemeente probeerde hem weg te krijgen.

'Ik kan nu maar beter gaan,' zei Bridie met een blik op haar horloge. 'We hebben een afspraak om tien uur. Kom even in de keuken, dan kan ik je laten zien waar alles staat.' Carmen volgde haar en leek maar al te blij dat ze een nieuw terrein had om in rond te neuzen.

'Ik heb over dat meisje na lopen denken. Waarom laten jullie haar niet gewoon doen waar ze zin in heeft?' opperde Carmen. 'Het is toch bijna kerstvakantie. In januari is haar pa er weer helemaal bovenop en kan hij de boel zelf regelen.'

Bridie knikte. Die gedachte was ook al in haar opgekomen. Ze zou dan tenminste een zorg minder hebben. 'Zij moeten erover beslissen,' zei ze. 'Ik ben er voor de morele steun.'

Bridie had niet veel tijd nodig om Carmen wegwijs te maken. Haar vriendin was snel van begrip en had blijkbaar voor massa's jongere broertjes en zusjes gezorgd. Ze was meteen helemaal weg van de tweeling.

'Wat ben jij een schatje,' zei Carmen tegen Cameron, en werd beloond met een stralende glimlach. Bridie kon zien dat hij op zijn vader leek, nu het gezichtje haar zo vertrouwd was geworden. Zijn haar had dezelfde donkerbruine tint, zijn ogen waren hetzelfde grijsblauw. Zijn medicijnen hielpen ook goed. Geen snotterbellen meer.

'En jij lijkt wel een klein prinsesje,' kirde Carmen tegen Bonnie, die vertederend haar kleine armpjes uitstrekte. Carmen tilde haar op en knuffelde het donzige haar. Ze richtte zich tot Bridie. 'Ik kan wel zien waarom je verliefd bent.'

Bridie voelde zich om een onduidelijke reden in verlegenheid gebracht. 'Samantha zit in haar kamer te lezen,' zei ze vlug. 'Camerons medicijnen liggen in de koelkast. Tegen lunchtijd moet hij weer wat innemen. Ik wilde nog boterhammen klaarmaken, maar kwam tijd tekort.'

'Daar zorg ik wel voor,' beloofde Carmen. 'En hoe zit het met zijne heiligheid? Heeft hij nog iets nodig?'

Bridie rolde met haar ogen vanwege Carmens bijnaam voor de dominee. 'Breng hem maar een dienblad, met soep, crackers, sap. Ik ben wel weer terug voordat de kinderen hun middagslaapje gaan doen.'

Carmen knikte en lachte veelbetekenend naar haar. 'Middagslaapje? Je begint al aardig als een moeder te praten.'

Lorna manoeuvreerde de enorme stationcar van de dominee de garage uit en de smalle, bevroren straten van Alexandria in. Daar was het druk met mensen die kerstinkopen deden en zag het er vrolijk en licht uit, ondanks de natte sneeuw en regen. Witte lampjes waren om de ouderwetse straatlantaarns gehangen en elke etalage, iedere deur was versierd met slingers en kransen van dennegroen en hulst. Heel even voelde Bridie opnieuw de opwinding die tijd en omstandigheden niet hadden uitgewist. Het was bijna kerstfeest.

'Ik zou je wat meer over de familiegeschiedenis moeten vertellen,' zei Lorna, zonder de indruk te wekken dat ze daar nu veel zin in had.

'Dat is goed,' zei Bridie, even onzeker of ze dat allemaal wel wilde horen. Elk feit dat ze kende, elke gebeurtenis waaraan ze deelnam, werd een draad die haar aan deze kleine, droevige groep verbond. Wat zou er gebeuren als ze er helemaal aan vastzat? Ze had geen idee wat de toekomst voor haar in petto had. Maar wat haar lot ook was, deze mensen om wie ze zoveel was gaan geven, zouden er geen deel van uitmaken. Ze herinnerde zichzelf eraan dat dit een tijdelijke regeling was, in een poging haar hart af te schermen. Eigenlijk zou ze na nieuwjaar gaan proberen zich los te maken uit dit web. Ze zou hen helpen om een nieuwe, vaste oppas te vinden. Dan zou ze weer vrij zijn. Maar op een of andere manier gaf dat feit haar niet het prettige gevoel dat ze ervan verwacht had.

'Samantha's moeder, Anna, is iets meer dan twee jaar geleden gestorven,' zei Lorna, en keek zijdelings naar Bridie, terwijl ze de auto naar de hoofdweg stuurde.

Bridie knikte. Zoveel wist ze ook.

'Samantha was op school, en Alasdair was in de radiostudio zijn programma aan het opnemen. Ik had de tweeling een paar uurtjes mee naar mijn huis genomen, zodat Anna wat kon uitrusten. Ze waren toen tien dagen oud.'

Bridie voelde ontzetting opkomen.

'Blijkbaar besloot Anna om een paar boodschappen te gaan doen. Ze wilde hagelslag halen om samen met Samantha koekjes te bakken. Dat stond tenminste op haar briefje. Maar ze moet de weg zijn kwijtgeraakt en is de rivier in geslipt. Verschillende mensen hebben de auto te water zien raken. Een man is haar achterna gedoken, maar hij kon het portier niet open krijgen. Uiteindelijk kwamen de duikers, maar toen ze haar eruit hadden gehaald, was het al te laat.'

Bridie knipperde met haar ogen. Ze had geen flauw idee gehad over de omstandigheden waaronder mevrouw Mac-Pherson was overleden. En nu ze het wist, had ze geen idee wat ze moest zeggen. Het was een verschrikkelijk, afgrijselijk verhaal.

'Het was allemaal zo erg,' zei Lorna. Haar stem klonk schor, haar wangen waren nat. 'Zo donker. Mijn man en ik waren nog bij elkaar, en ik had geen werk. Ik bleef hier meestal slapen en zorgde voor de tweeling.'

Bridie zei niets, maar bleef gewoon luisteren. De natte sneeuw was overgegaan in ijzel, die op de voorruit kletterde. De ruitenwissers gingen er met een geruststellend ritme tegenin en de warme lucht van de verwarming voelde prettig aan tegen haar benen.

'Eerst was Samantha radeloos, zoals je je wel kunt voorstellen. Ze was ontzettend boos, bijna wild. Daarna kalmeerde ze en ik dacht–' haar stem brak en Bridie strekte haar arm uit om haar te troosten. 'Sorry,' zei Lorna, en pakte het zakdoekje aan dat Bridie uit het pakje in haar tas had gehaald. 'Je zou denken dat ik er na al die tijd wel over zou kunnen praten, maar het is zo moeilijk.' Ze duwde de zakdoek even tegen haar neus, schraapte haar keel en ging verder. 'Ik dacht dat het weer beter met haar ging. Ik zie nu wel in dat het er allemaal te volmaakt uitzag. Ik denk dat het haar manier was om te proberen alles weer goed te maken. Ze haalde uitstekende cijfers. Haar kamer was keurig. Haar kleding en manieren om door een ringetje te halen. Ze moet bepaalde behoeften gehad hebben. Dingen waar ze niet om kon vragen. Maar Alasdair probeerde de gemeente draaiende te houden. Ik had het druk met de tweeling. Ik denk dat we allemaal Samantha gewoon vergeten zijn...'

'Wanneer begon ze zich anders te gedragen?' vroeg Bridie even later.

'Ongeveer een half jaar geleden. Ongeveer rond de tijd dat ze dertien werd. Het was alsof iemand een knop had omgezet. In plaats van ons lieve, meegaande kind, werd ze boos, opstandig, vijandig. Haar cijfers gingen eerst langzaam, en daarna razendsnel omlaag. Ze begon stiekem uit huis te gaan om jongens te ontmoeten, maar er kwam een heel vervelend einde aan haar vriendschappen met de andere meisjes. Ze kletsten over haar. Je weet hoe meisjes op die leeftijd roddelen.'

Bridie herinnerde zich wat Samantha gezegd had. Het etiket 'moordzuchtig' paste niet bepaald bij wat ze typisch tienergeroddel zou noemen.

'Hoe dan ook,' besloot Lorna, op droevige, haast wanhopige toon. 'Ik heb zo lang en zo vaak gebeden, en alles leek alleen maar slechter te gaan. Totdat jij kwam,' voegde ze eraan toe, en haar stem klonk hoopvol. Bridie voelde een warm geluksgevoel door zich heen stromen, omdat ze deze droevige kleine groep iets goeds had kunnen geven.

'Hoe is Alasdair onder dat alles geweest?' vroeg Bridie moedig en ze voelde haar wangen warm worden.

Lorna antwoordde zonder op te kijken van de weg. 'Soms

denk ik wel eens,' zei ze met kalme stem, 'dat hij niet eens door-
heeft dat Anna er niet meer is.'

Mevrouw Tronsett was ongeveer zestig jaar, en dan een oude en
geen jonge zestig. Ze droeg een recht-toe-recht-aan donker-
blauw polyester pak en schoenen met lage hakken, een Timez-
horloge met een van die kleine, smalle zwarte bandjes, die waarschijnlijk al sinds 1965 niet meer verkocht werden. Ze deed
Bridie denken aan de strak gepermanente, lila-harige kleine
dametjes uit haar verleden, maar op het moment dat mevrouw
Tronsett haar mond opendeed was de gelijkenis verdwenen. Ze
was een combinatie van intelligentie en duidelijke taal, en Bridie
mocht haar meteen.

'Dit kind dreigt de vernieling in te gaan en we moeten snel
actie ondernemen,' zei ze. 'Haar gedrag is uit de hand aan het
lopen.' Ze richtte haar doordringende grijze ogen op Bridie en
Lorna. 'Ik heb voorgesteld om haar naar een hulpverlener te sturen, maar haar vader lijkt onwillig. Eerlijk gezegd denk ik dat
het hele gezin wel wat hulp kan gebruiken, gezien wat ze allemaal meegemaakt hebben.'

'Alasdair staat daar nu misschien wel voor open,' zei Lorna, en
Bridie las tussen de regels door. Nu alles in zijn eigen leven ook
door de goot gespoeld dreigt te worden. Ergens zorgde een
complete mislukking er vaak voor dat iemand open ging staan
voor nieuwe ideeën.

'Goed.' Mevrouw Tronsett knikte. 'Ik heb een lijst van psychologen gemaakt die de presbyteriaanse taal spreken.' Om
haar mond speelde een glimlach. Lorna leek een beetje geschokt, omdat de directrice van de kerkelijke school grapjes
maakte.

'Ik heb Samantha diverse malen bij me geroepen, maar onze
gesprekken lijken nooit erg ver te komen.' Mevrouw Tronsett
was weer een en al bedrijvigheid. Ze bukte en haalde een map
uit de lade. 'Haar leraar Engels heeft me dit gegeven. Het was het
onderwerp van een van die gesprekken. Ik vroeg haar waarom ze
dit thema had gekozen, in de hoop dat ze meer over zichzelf zou

vertellen. Ze zei alleen maar dat ze geïnteresseerd was in het nieuwe thuis van haar moeder.'

Mevrouw Tronsett overhandigde drie volgeschreven bladzijden met een nietje in de hoek. Lorna stak haar hand uit om ze aan te pakken en ging snel naast Bridie staan zodat ze samen konden lezen. Hetzelfde nette, schuine handschrift dat Bridie zich herinnerde van het briefje op het prikbord in de kerk. *De hel,* zo luidde de titel, en Bridie voelde de rillingen over haar rug lopen.

'Moet je dit eens zien.' Bridie keek om zich heen om zeker te weten dat Samantha niet in de buurt was, en gaf het papier toen aan Carmen.

Carmen pakte het aan met een vragende blik, en begon te lezen: 'De Grote Westminster Catechismus vraagt: "Wat zijn de straffen voor de zonde in de toekomende wereld? Antwoord: De straffen voor de zonde in de toekomende wereld zijn eeuwige scheiding van de troostgevende aanwezigheid van God, en voor eeuwig en zonder ophouden zeer smartelijke kwellingen van ziel en lichaam in het hellevuur." Lieve help,' mompelde Carmen.

'Lees maar verder,' zei Bridie grimmig.

'Wat is de hel precies?' las Carmen. 'Is het een poel van vuur, een plaats waar wormen dag en nacht aan je lichaam vreten? Zie je er steeds je zonden en fouten weer voor je? Of is het niets? Gewoon leeg en zwart? Niemand weet het zeker, omdat je er niet meer uit kunt als je er eenmaal in zit.' Carmen schudde haar hoofd. 'Dat is behoorlijk zware kost voor iemand van dertien. Voor je het weet is ze een van die griezelige *gothics* met zwarte lippenstift en zwart haar, en zo'n spijker door hun lip.'

Bridie rukte het papier uit haar hand en keek haar geërgerd aan. 'Carmen, daar heb ik weinig aan op dit moment,' snauwde ze.

'Sorry.' Carmen was zo goed om er beschaamd uit te zien.

Bridie zakte onderuit op de keukenstoel en keek nog eens naar dat vreselijke opstel. Ze kende het al bijna uit haar hoofd.

'Wat gaan jullie doen voor die meid?'

'Ik weet het niet,' zei ze mat. Toen ze opkeek zat Carmen op haar lip te bijten en keek vol medelijden naar haar.

'Je geeft echt om haar, hè?'

Was dat zo? Ze wreef over haar nek, die stijf en verkrampt aanvoelde. Ze had absoluut geen idee wat ze moest doen, maar het was wel waar dat ze er enorm mee zat. 'Ik denk het wel.'

Carmen stak haar hand uit om het papier aan te pakken. 'Mag ik?' vroeg ze. 'Deze keer zal ik aardig zijn.'

Bridie gaf het aan haar.

Carmen las het opstel nog eens aandachtig door en keek toen op. 'Zei ze dat dit de plek is waar haar moeder is?'

Bridie knikte. 'Ze zei dat ze meer wilde weten over haar moeders nieuwe thuis.'

'Maar waarom zou ze dat dan denken?' vroeg Carmen, die zoals gewoonlijk recht door zee was. 'Haar moeder moet gelovig geweest zijn om met zijne heiligheid te kunnen trouwen. Dus waarom zou Samantha denken dat ze na haar dood naar de hel zou gaan?'

Zestien

Alasdair lag in bed en staarde naar het plafond met de natte kringen. Zijn dekbed was zacht en geurig, niet de prikkende opgebolde massa waarmee hij begonnen was. Ze had het bed verschoond, eerst toen hij nog maar net ziek was. Hij was opgestaan om naar het toilet te gaan. Toen hij terugkwam was het bed weer schoon en fris. Ze had de wollen deken vervangen door een dekbed dat hij zich vaag uit zijn kinderjaren herinnerde. Er lagen schone lakens op en de hoek was uitnodigend teruggeslagen. Een schone pyjamabroek en een stel ondergoed lagen aan het voeteneinde van het bed. Op het dienblad op zijn nachtkastje stond een nieuwe kan met water, ijs en citroen, en een schoon glas. De prullenbak vol met gebruikte tissues was geleegd.

Het was waar wat men zei over ziek zijn, namelijk dat de wereld ophield bij je voeteneinde. Al tien dagen lang, volgens zijn berekening, bestond de wereld uit hitte en dorst, rondwervelende ziekte, slopend gehoest, droge, uitputtende koorts die je lippen deed barsten, en haar. Hun contact voelde heel oorspronkelijk en vertrouwelijk aan. Het waren haar handen geweest die de bak vasthielden toen hij moest overgeven, die hem weggehaald hadden toen hij klaar was, en hem weer wat schoon hadden gewassen. Haar koele handpalm had op zijn voorhoofd gelegen, zijn hand vastgehouden. Haar rustige blauwe ogen hadden hem weer teruggehaald uit de warrige jungle van koortsdromen. Haar kalme stem was als een reddingsboei die voorkwam dat hij wegzakte.

Maar soms gebeurde het toch. Hij had kinderen. Ze bezochten zijn dromen, maar hij zag hen niet in het echt. De dingen die hij deed in de wereld en die zo belangrijk hadden geleken, werden verre stipjes aan een verre horizon, die zich elke dag verder terugtrok. Zelfs de kerk had geen macht meer om hem op te beuren of neer te werpen. Hij was al terneergeslagen. Zijn geest voelde net als zijn lichaam geradbraakt en gebroken aan. Hij was gekortwiekt als een gesnoeide wijnstok. Terug naar de basis. Terug naar de wortel.

'Als ik dacht: mijn voet wankelt – dan ondersteunde mij Uw goedertierenheid, o Here. Bij de veelheid van mijn gedachten in mijn binnenste verkwikten Uw vertroostingen mijn ziel.'

Hij zei het hardop, en zijn stem klonk schor, alsof hij lange tijd niet gebruikt was. Het was een van de verzen die ze had opgezegd. Belofte na belofte had ze vanuit haar hart in het zijne gegoten. Hij dacht niet dat ze het had voorgelezen, hoewel hij het niet zeker wist. In feite kon hij er niet eens zeker van zijn dat het echt gebeurd was. De hele herinnering kon wel een van zijn oververhitte dromen geweest zijn. Maar hij dacht van niet. Het beeld was te echt, te duidelijk om een droom geweest te zijn. Hij herinnerde zich hoe hij had gehuild toen het volle gewicht van zijn zonde en nalatigheid op hem was neergekomen. Hij herinnerde zich hoe ze zich over hem heen had gebogen, hem had gewezen op de woorden die de wanhoop in toom hielden, en die ze voor hem had opgezegd. Nee. Het was geen verbeelding geweest. Het was echt gebeurd. Zoveel wist hij wel zeker. Als zij niet degene geweest was die hem had verdedigd tegen de duisternis, dan moest het een van Gods eigen boodschappers zijn geweest, die was gezonden om voor hem te strijden toen hij zelf geen kracht meer had.

Hij ging rechtop zitten. Het lichte gevoel in zijn hoofd was bijna over. Calvin, zijn zwager, had hem gisteren nogmaals onderzocht. 'Je hebt griep en longontsteking gehad,' verklaarde hij nadat hij naar Alasdairs longen had geluisterd. 'Het is aan het wegtrekken.'

Ze was weer bij hem wezen kijken toen Calvin weg was, en bewoog zich geruisloos door de kamer. Sinds de koorts over was sprak ze alleen tegen hem als hij eerst iets zei, en hij had daar niet vaak de energie voor gehad.

Ze had hem een dienblad en een extra deken gebracht.

'Dank je,' zei hij.

Ze knikte. 'Voel je je al wat beter?'

'Ja. Dank je.'

Ze glimlachte even naar hem. 'Je ziet eruit als een vaatdoek.'

Hij was erin geslaagd om ook te glimlachen en boog zich naar voren om te drinken van het glas met helder vocht dat ze voor hem hield, met een gebogen rietje.

'Seven-Up,' had ze uitgelegd. 'Ik sla het koolzuur eruit met een vork, zodat het je keel geen pijn doet,' en ook dat raakte hem. Zoiets kleins, maar toch zo aardig.

Hij ging nu meer rechtop zitten tegen zijn kussen en haalde diep adem. Hij rook iets heerlijks. Het was onmiskenbaar de geur van brood in de oven. Hij sloot zijn ogen en was terug in Edinburgh, in het huis in Whipple Street, waar hij toekeek hoe hun huishoudster – hoe heette ze ook alweer? – de goudbruine broden uit de oven haalde. Lang en slank met een hoekig, eerlijk gezicht. Ze droeg een katoenen overhemdjurk en zwarte veterschoenen, en altijd een trui. Haar handen waren dik en knobbelig. Hij kon haast zien hoe ze het brood in dikke plakken sneed, er dik boter op smeerde, die al snel een gesmolten meertje werd waarin eilandjes van bosbessenjam dreven. Zijn maag kromp ineen, maar deze keer niet omdat hij misselijk was. Hij besefte dat hij honger had, toen zijn maag knorde.

Hij stond op, trok zijn broek en shirt en slippers aan, en kwam uit zijn kamer tevoorschijn. Hij knipperde met zijn ogen. Alles leek wel anders, en die indruk werd nog sterker toen hij op de overloop kwam. Alles zag er anders uit. Hij voelde nieuwsgierigheid in plaats van zijn gebruikelijke matheid. Toen hij de trap afliep kon hij stemmen uit de keuken horen komen en begon hij de veranderingen op te merken.

Zo hing er bijvoorbeeld niets voor de ramen. De zware gordijnen die er meestal voor hingen waren weggetrokken en bijeen gebonden, zelfs de blinden waren open. De ruiten waren gezeemd. Hij ging de trap af en moest beneden over zo'n plastic traphekje voor peuters stappen dat hij van plan was geweest te kopen. Hij knipperde opnieuw met zijn ogen toen hij door de hal liep en impulsief de woonkamer binnenging. Ook daar was het veranderd, evenals in de eetkamer. Er ontbraken dingen. De snuisterijen en prulletjes die er al drie generaties lang gestaan hadden waren weg. Alle tafels waren kaal en leeg.

Toen hij bij de keuken kwam zag hij waarom. In plaats van opgesloten te zitten in hun box liep de tweeling vrij rond te hollen. Cameron zat op de grond en sloeg met een houten lepel op een plastic schaal. Zijn haar was geknipt. Hij had geen loopneus. Bonnie stond over de onderste lade heen gebogen, en gooide plastic diepvriesbakjes en deksels achter zich neer zonder ook maar te kijken waar ze terechtkwamen. Ze droeg kleren die hij nog nooit had gezien en haar haar was netjes gekamd en werd bijeen gehouden door een knipje. Het was warm in de keuken, die gevuld was met de geur van brood, en nu hij dichter bijkwam, kon hij de geur van kaneel en gember ook thuisbrengen. Bridie stond over de tafel gebogen en deed iets met een klomp donkerbruin deeg.

'Goeiemorgen,' zei hij.

Ze hield op met werken en keek op. Haar ogen waren onthutsend blauw en helder. Iets aan haar, of misschien hun situatie, bracht hem uit zijn evenwicht.

'Goeiemorgen.' Ze glimlachte maar boog haar hoofd weer snel over haar werk. Misschien voelde zij het ook. 'Ik zie dat je je wat beter voelt.'

'Veel beter, dank je.'

'Wat wil je eten voor het ontbijt?' Ze wierp een korte blik op hem. 'Ik kan roereieren voor je maken, warme pap, net wat je wilt.'

'Warme pap lijkt me wel lekker.'

Ze boog weer vooorover, reikte langs Bonnie en pakte een pan met deksel. 'Havermout glijdt gemakkelijk naar binnen en is versterkend.'

Alasdair zag in gedachten de dampende pan voor zich. Hij had al jarenlang geen fatsoenlijk bord havermout gegeten.

'Bedankt,' zei hij en ging toen aan tafel zitten, omdat hij niet wist wat er nog meer van hem verwacht werd. De vrouw –

Bridie – juffrouw Collins – verbeterde hij zichzelf, was in de weer met de havermout, en draaide het vuur onder de ketel omhoog. In een oogwenk zette ze een voorverwarmde beker en een theepot voor hem neer. Hij tilde het deksel op. Losse theebladeren dreven boven op het dampende water. Ze legde het zeefje naast hem, met een kannetje room, een schoteltje met citroenschijfjes en de suikerpot, en ging toen weer verder met haar werk. Hij keek even om zich heen. Beide peuters liepen te brabbelen en te spelen. Hij schonk een kop thee in, deed er een beetje melk en suiker bij, en nipte er aarzelend aan. Zijn smaakpapillen voelden getraumatiseerd aan en zijn maag weifelachtig. Hij draaide het vocht rond met zijn tong. De thee smaakte eerst goed, maar werd al snel te sterk en te bitter. Hij zette het kopje weer neer.

Even later diende Bridie zijn havermout op, die dik en romig was. Hij besprenkelde het met bruine suiker, schonk er wat room overheen en at het langzaam op, met kleine hapjes.

Het brood kwam uit de oven voordat hij klaar was, en het was alsof ze zijn gedachten geraden had. Ze sneed een flinke homp af, legde die op zijn bord en gaf hem een pot jam en de botervloot. Hij brak een stukje van het brood af, en nam geen risico met jam en boter. Het was lekker zonder iets erop, maar na een paar happen zat hij vol.

'Het is heerlijk, maar ik ben nog niet helemaal in orde.'

'Als je eetlust terugkomt weet je dat je weer helemaal de oude bent.' Ze glimlachte naar hem en leek zich niets aan te trekken van zijn half opgegeten ontbijt.

Cameron trok aan haar been. Bridie boog zich en lachte naar hem, stak haar handen uit. 'Wat zeg je?' vroeg ze.

'Tillen,' antwoordde Cameron helder en duidelijk.

Ze tilde hem op en zette hem op haar heup.

Alasdair keek toe hoe ze speelden en praatten. Die twee hadden duidelijk een band gekregen in de tijd dat hij buiten beeld was geweest. Hij lachte en voelde zich een moment vergenoegd, voldaan.

De telefoon ging. En weg was het moment.

Bridie pakte de telefoon op. 'Een ogenblik, alstublieft,' zei ze. Alasdair voelde een bekende vermoeidheid, knikte en pakte de hoorn aan. Hij zag de stapel telefoonberichten op het kastje ernaast. Zijn havermout begon vervelend te doen in zijn maag.

Hij luisterde maar half naar de zorgen van het hoofd van de zondagsschool over het lesprogramma voor groep vier, hing toen op en bracht zijn bord naar de gootsteen.

'Ben je vrijdag wel fit genoeg om naar Boston te gaan?' vroeg Bridie aan hem, met een bezorgd gezicht.

Nog meer vermoeidheid kwam naar boven. Hij hoopte dat de maatregelen die Lorna had getroffen niet weer uiteen zouden vallen. Hij knikte. 'Jawel. Ik ben ervan overtuigd dat ik dan weer helemaal beter ben. Schikt het jou om dan bij de kinderen te blijven?'

'O, zeker. Ik dacht alleen maar aan jou.'

Iemand dacht aan hem. Hij schudde even met zijn hoofd. 'Dank je,' zei hij, zette zijn bord neer en draaide zijn gezicht naar haar toe. 'Bedankt voor alles. Dat je me tijdens mijn ziekte verpleegd hebt. Dat je voor mij en mijn gezin gezorgd hebt. Je hebt geen idee hoeveel dat betekend heeft.'

Ze zweeg weer. Ze zette Cameron weer op de grond en haar glanzende haar rolde van haar schouder. Ze stond op, een ondoorgrondelijke blik in de vergeet-me-nietjes-blauwe ogen. 'Heel graag gedaan, hoor,' zei ze.

Hij knikte en omdat er geen reden meer leek te zijn om te blijven sleepte hij zich moeizaam de trap op. Zijn respijt was voorbij.

Zeventien

Bob Henry zat op het harde motelmatras en staarde naar de vochtplek op het plafond. Het was zijn tweede week in het Capital City Motor Motel. Hier zat hij dan, op een paar kilometer afstand van het Hilton en het Sheraton, maar die bevonden zich in een andere wereld. Zelfs een zesde klas motel zou nog beter zijn dan dit.

Hij was al anderhalve week bezig geweest met kletsen en het trakteren van mensen op koffie en donuts. De mensen hier leken maar al te graag te mopperen over hun dominee. Hij had talloze bezoeken gebracht aan het provinciale gerechtsgebouw om dossiers door te nemen, en zijn laptop was zo oververhit van alle uren die hij online was geweest, dat hij waarschijnlijk een gat in de beddensprei had laten schroeien. Zijn verkennende onderzoek was niet helemaal zonder resultaat geweest, maar evenmin had hij de gouden tip gekregen.

Twee van de zussen waren brandschoon. Zelfs geen geruchten, en hij had het zich toch zeker niet gemakkelijk gemaakt om op dat terrein iets te vinden. Het was helaas geen misdaad om een al te erge kenau te zijn, anders had hij Winifred wel aan de schandpaal genageld. Hij had op de universiteit rondgeneusd om te zien of er misschien een academisch skelet in Fiona's kast verborgen lag – plagiaat, gescharrel met een student, maar niets. Nul komma nul. En de jongste, Lorna, was een jaar geleden gescheiden. Er was een faillissementsverklaring, maar geen politierapport over huiselijk geweld, geen beperkende maatregelen. Niets wat de moeite waard was.

Hij wachtte nog steeds op het politierapport over het ongeluk van Anna. Dat kon nu elke dag binnenkomen. De dochter leek hard op weg te zijn om tot de zwarte schapen te gaan behoren.

Hij had eens hier en daar geïnformeerd, en het gerucht ging dat ze een 'probleemgeval' was, wat ook niet veel zoden aan de dijk zette. Dus eigenlijk had hij nog steeds niets dat hij bij de rechtbank kon aanvoeren.

En dat was een probleem. Hij leunde achterover in het kussen en vouwde zijn handen achter zijn hoofd. Hij zou dit op een andere manier moeten gaan aanpakken.

In gedachten nam hij alle categorieën van uitspattingen die geestelijken konden begaan eens door. Het mooiste, de klap op de vuurpijl zou natuurlijk een vrouw zijn. Een ongepaste relatie, meestal met iemand in moeilijkheden die pastorale zorg kreeg, was de beste reden om een dominee te ontslaan. Hij had er overal naar geïnformeerd, maar zelfs MacPhersons vijanden wisten niets te melden over gerommel met vrouwen.

Wat was er nog meer? Geld, natuurlijk. Hij wierp een blik op de stapel paperassen op de hoek van zijn bed. De centrale boekhouding had hij een kopie laten opsturen van de financiën van de gemeente over het laatste jaar, maar hij had gehoopt dat hij die niet zou hoeven doornemen. Niets vond hij saaier dan getallen. Hij dacht na over andere categorieën van moreel falen: drugs, perversiteiten, verslavingen. Geen ervan zag er veelbelovend uit. Hij kon zich Alasdair niet voorstellen als geheime verslaafde, en perversie vergde zelfs van zijn verbeelding een zware inspanning.

Bob zette de televisie met de afstandsbediening aan, keek een paar minuten naar het nieuws, ging rechtop zitten en wreef over zijn gezicht. Hij zou morgen teruggaan naar Richmond. Gerry had hem ontboden, maar hij vond het vreselijk om weg te gaan zonder datgene waarvoor hij gekomen was. Hij zuchtte en pakte een van de reclamefolders op. Hij kon maar net zo goed een pizza bestellen. Het zou een lange avond worden.

Achttien

Bridie boog zich opzij om de laatste doos door de nauwe toegang tot de zolder te sjouwen. Ze glimlachte toen ze dacht aan de onzin die Carmen uit zou kramen over krankzinnige echtgenotes die hier verbleven. Bridie wist echter wel zeker dat er hier geen krankzinnige of andersoortige echtgenotes zaten. Deze zolder was haar de laatste dagen heel vertrouwd geworden. Ze wou dat ze een dubbeltje kreeg voor iedere keer dat ze die smalle trap op was geklommen, een kwartje voor elk prulletje dat ze had opgeborgen – zorgvuldig ingepakt natuurlijk. Lagen keukenpapier bewaarden de schatten van oma MacPherson veilig voor het nageslacht.

Ze had zelfs wat orde aangebracht in de puinhoop, hoewel ze niet van plan was geweest de zolder van de MacPhersons te reorganiseren.

'Hebben jullie ook kerstversieringen?' had ze een paar dagen geleden aan Lorna gevraagd. Ze raakte in de ban van de kerstsfeer, of ze wilde of niet.

'Die moeten op zolder liggen,' had Lorna geantwoord. Ze had op haar horloge gekeken, en Bridie wist dat ze waarschijnlijk te laat op haar werk in de fotofabriek zou komen als ze weer binnenkwam.

'Dat is goed. Laat maar.'

'Nee,' had Lorna geprotesteerd. 'Het zou leuk zijn voor de kinderen. Zou je eens even willen kijken?'

Ze had haar schouders opgehaald en zei dat ze dat wel kon doen. Nu begreep ze Lorna's verontschuldigende blik. Het had wel een zwijnenstal geleken – aan alle kanten volgestouwd met afdankertjes van rijke snobs die eeuwenlang niets hadden weggegooid. Ze had tien of meer dozen doorgekeken en volop hoeden en kleren gevonden die naar mottenballen roken, maar tot nu toe geen kerstversieringen. Het was ook weer geen complete tijdverspilling geweest. Ze had een paar bruikbare dingen ontdekt – een stel goede, stevige aardewerk borden, die ze meteen beneden naar de keuken gebracht had, en een wollen tafelkleed, twee Afghaanse tapijten, beddengoed waaronder een paar prachtige oude dekbedden, en een grote, luxueus beklede stoel die bedolven was onder een stapel verkleurde gordijnen. En ze had drie roodbruine potlampjes gevonden, die de woonkamer sfeervol zouden verlichten.

Kon ze nu ook nog maar vinden waarvoor ze hier gekomen was. Het werd tijd, besefte ze met een bekend en opwindend gevoel van verwachting. Iets in de kerstvakantie bracht het kind in haar naar boven.

Ze zette de doos die ze droeg neer en veegde het zweet van haar voorhoofd. Ze had het warm van al haar inspanningen, maar zou snel genoeg afkoelen. Het was hierboven bijtend koud. Ze schreef met een dikke zwarte stift op de doos wat erin zat. Extra witte, damasten tafellakens. Ze schudde haar hoofd. Hoeveel witte, damasten tafellakens kon iemand gebruiken? Je zou er een stel leuke voorjaarsgordijnen van kunnen maken. Ze glimlachte toen ze aan Winifreds gezicht dacht. Hoe dan ook, zei ze bij zichzelf en deed de dop op de stift, ze zou hier in de lente toch niet meer zijn.

Ze trok een van de dozen naar zich toe waar ze nog niet in had gekeken, opende de flappen, en fronste haar wenkbrauwen toen ze erin keek. Wat was dat nou toch? Een kleine roze rugzak. Aan de Winny de Poehrits zat een geplastificeerde klassenfoto. *Juffrouw Wilsons Kleuterschool*, stond erop. *Presbyteriaanse Knoxschool.* Bridie glimlachte en ontdekte Samantha op de foto. Ze stond op de achterste rij, droeg een leuke roze jurk en had vlechten in het haar. Er lag een lieve glimlach op haar gezichtje. Bridie ritste de rugzak open. Hij zat vol met allerlei schoolwerk, volgeschreven blaadjes, tekeningen met poppetjes die enorme hoofden hadden, een dik lijf, dunne armen en benen, spinachtige vingers en tenen. Ze glimlachte. Iemand had alles

187

opgeborgen wat Samantha in dat jaar gemaakt had. Ze stopte alles er weer in, ritste hem dicht, en keek wat er nog meer in de doos zat. Hij zat vol met rugzakjes. Zeven in totaal – een van ieder schooljaar, van de kleuterschool tot de zesde klas. Iemand had dit met liefde gedaan, had duidelijk genoten van alles wat Samantha had gemaakt en dat gekoesterd. Ze deed de doos weer dicht en zette hem tegen de muur, en schreef er met de zwarte stift op wat de inhoud was.

Een stapel babykleren puilde uit de volgende doos. Ze glimlachte en pakte een van de kleertjes van de zoldervloer. Zo klein. Even wenste ze dat ze Cam en Bonnie had kunnen zien toen ze peuters waren. Ze zou eens naar foto's moeten vragen. Ze pakte een ander stukje kleding, deze keer roze, en hield het omhoog. Toen zag ze verwonderd wat eronder lag – een pakketje met kleine hemdjes, nog in het plastic verpakt. Ze graaide verder door de doos. Daaronder lag een set babydekens, ook ongeopend. Ze schudde haar hoofd toen ze nog meer ongebruikte babyspullen uit de doos haalde. Iemand moest na Anna's ongeluk alles netjes weggeborgen hebben.

Ze begon zich ongemakkelijk te voelen over haar gesnuffel in al deze spullen, maar ze ging toch verder, hoewel ze niet wist of nieuwsgierigheid of iets anders haar drijfveer was. Alles werd nog vreemder naarmate de bodem van de doos in zicht kwam. Deze laatste spullen zaten nog in cadeaupapier en waren ongeopend. Op een pakje stonden allemaal slapende peuters. Het was platgedrukt, maar er zat nog wel een kaartje aan: *Gefeliciteerd Alasdair, Anna en Samantha. Hopelijk arriveren jullie baby's veilig en op tijd. Met de beste wensen, Bill en Sarah Andrews.* Ze legde het kaartje terug, tuurde naar de platgedrukte stapel dozen en probeerde te begrijpen wat ze voor zich zag.

Als de babyspullen waren opgeruimd in de dagen na Anna's ongeluk, kon ze dat zeker begrijpen. Maar deze cadeautjes leken daarvoor al te zijn gegeven. Waarom had Anna ze niet opengemaakt? Waarom had ze de kleine kleertjes niet opengevouwen, ze gewassen zodat ze zacht werden en lekker roken, klaar voor de tere huid van de peuters? Kon dit dezelfde vrouw zijn die zo nauwkeurig alle overblijfselen uit Samantha's kindertijd had bewaard?

Ze rommelde door de nog overgebleven dozen. Minstens de helft van haar schreeuwde dat ze moest ophouden. Dat ze zat rond te neuzen in dingen waar ze niets mee te maken had. Ze maakte de dichtstbijzijnde doos open. Er zat een stapel plakboeken met leren omslag in. Een regelmatig en fijn handschrift. De datum was van vijftien jaar geleden.

Alasdair zegt dat ik alles van ons leven samen moet opschrijven, zodat er geen ogenblik van verloren zal gaan. Ik vind dat hij gelijk heeft, want als een moment eenmaal geleefd is, is het voorbij en de tijd die we samen hebben, is te kostbaar om dat lot te ondergaan. Ik zal alles opschrijven, en als ik oud en grijs ben, en mijn kinderen groot zijn, zal ik het aan hen voorlezen, zodat ze ons zullen kennen zoals we nu zijn.

We hebben een appartement gevonden. Alasdair vond het erg vervelend dat het klein en donker is. Ik vind het een prachtige plek. Ik zal er ons thuis van maken. Vanavond ga ik de tafel prachtig dekken om het te vieren, en ik zal het eten klaar hebben zodra hij terugkomt uit de bibliotheek.

Bridie stopte met lezen, en dwong haar ogen niet meer naar de bladzijde te kijken. Haar hand aarzelde voordat ze het laatste boek pakte. Ze opende het achterin, bij een datum van twee jaar terug.

Soms heb ik het gevoel dat de lege bladzijden van dit boek mijn enige vrienden zijn. Alsof een boze macht me heeft afgesneden van elke andere menselijke ziel. Alasdair zegt dat ik deze gedachten met Bijbelverzen moet bestrijden, en ik weet dat hij gelijk heeft. Maar als ze over me heen komen, lijk ik de kracht niet te hebben om ze te weerstaan.

Vorige week toen ik me goed voelde, ben ik met Samantha gaan winkelen en ergens gaan lunchen. We hebben nieuwe jurken gekozen. Toen ik haar gezichtje zo zag stralen van blijdschap, voelde ik me

haast overweldigd door droefheid en spijt over alle tijd die we verloren
hebben. Toen we thuiskwamen heb ik mijn Bijbel gepakt en een paar
verzen opgeschreven. Ik zal proberen eraan te denken om ze te lezen
als de duisternis komt.

Bridie wendde haar blik af van het dagboek. Dit was persoonlijk.
Hier had ze niets mee te maken. Ze deed het boek dicht, bleef
stil zitten en vroeg zich af waardoor Anna van het hoopvolle
jonge meisje veranderd was in de vrouw die het had over de
duisternis, alsof het een persoon was, slecht en toch vertrouwd.
    'Wat ben je aan het doen?' Bridie schrok en keek waar de stem
vandaan kwam. Samantha's hoofd kwam door het trapgat.
    'Die zijn toch van mijn moeder?' Ze stommelde de trap op,
liep de zolder over en pakte het dagboek uit Bridie's hand. Ze
keek er lang genoeg in om een paar regels te lezen, en werd toen
bleek. 'Hier heb jij niets mee te maken,' zei ze.
    'Dat weet ik.'
    'Geef ze hier.'
    Bridie wiebelde op haar hielen en probeerde niet om Saman-
tha te beletten de doos te pakken. Samantha keek haar nogmaals
woedend aan en drukte de doos tegen haar borst, terwijl ze weer
verdween door het trapgat. Bridie schudde haar hoofd en masseerde haar slapen. Precies wat ze nodig had. Weer een hele toestand. Ze stond op, deed het licht uit en deed de zolderdeur stevig achter zich dicht. De kerstversieringen die ze nodig had ging
ze wel in de winkel halen. Ze ging mooi niet meer in dozen zitten neuzen!

Lorna voelde een warme voldoening. Het laatste bord was afge-
droogd en weggezet, de laatste peuter verschoond en in bed
gestopt. Alasdair had zijn eerste saaie dag van pastorale verplichtingen in twee weken ten einde gebracht en was dankbaar in zijn
bed gekropen. Er was een beslissing genomen over Samantha's
toekomst, voorlopig tenminste. Alasdair had ermee ingestemd
dat ze thuis zou blijven tot na nieuwjaar, wat tenminste tijdelijke
gratie betekende. Ze leek enorm opgelucht. Het bewijs daarvan

was het feit dat ze in haar kamer zat te lezen in plaats van thuis bij een van haar onvriendelijke vriendinnen te zitten mokken.

'Thee?' bood ze Bridie aan.

Bridie knikte dankbaar terwijl ze de afwasmachine aanzette. Ze zag er moe uit, realiseerde Lorna zich. Geen wonder ook. De afgelopen twee weken had ze steeds de hele nacht voor Alasdair klaargestaan en overdag de kinderen verzorgd. Lorna fluisterde een kort gebed van dankbaarheid omdat Bridie op hun weg was gekomen. Ze wilde graag in staat zijn om zelf voor de kinderen te zorgen, maar het belangrijkste was dat ze kregen wat ze nodig hadden. Ze was dankbaar. 'Ga jij maar zitten, dan zal ik je bedienen,' moedigde ze Bridie aan

Eindelijk ging Bridie er eens niet tegenin, maar plofte gewoon neer in een stoel.

'Het huis ziet er geweldig uit,' zei Lorna. 'Ik kan niet zeggen hoezeer ik waardeer wat je gedaan hebt.' Ze zette de gedachte aan Winifred, die bijna was hersteld van de operatie aan haar eeltknobbel, uit haar hoofd. Ze pakte de thee en ging zitten wachten totdat de ketel zou gaan fluiten. 'En ik ben zo dankbaar dat je bij de kinderen kunt blijven terwijl Alasdair zijn conferentie bijwoont.'

'Geen enkel probleem,' zie Bridie. 'Als hij weg is ga ik beginnen met zindelijkheidstraining voor de kleintjes, en ze leren om 's nachts door te slapen,' beloofde ze. 'Daar is het tijd voor.'

Lorna glimlachte.

'Ik heb vandaag op zolder een paar dingen gevonden,' zei Bridie even later. Lorna keek snel op. Bridie's ogen stonden bezorgd. 'Het leken wel dagboeken, of plakboeken.'

Lorna knikte en voelde een koude rilling over haar rug lopen. Dus daar waren ze terechtgekomen. 'Anna's dagboeken,' vulde ze aan.

Bridie knikte.

Lorna stond op en begon te rommelen met de vaatdoek, veegde de tafel nog eens af die allang schoon was, spoelde de doek uit en vouwde hem overnieuw dubbel, waarna ze hem op dezelfde plek hing waar hij even tevoren ook gehangen had.

'Anna was er heel goed in om alles op te schrijven,' zei ze. 'Dagboeken, fotoalbums, elk stukje papier dat door deze familie werd geproduceerd. Ik wist niet wat ermee gebeurd was. Alasdair moet ze daar neergezet hebben.' Ze dacht aan de kille deskundigheid van haar broer in de weken die volgden op de dood van Anna, en ergens verbaasde het haar helemaal niet dat hij haar schoonzus in dozen had gestopt en op zolder had weggeborgen.

'Samantha kwam naar boven en zag dat ik er eentje in zat te kijken. Ze heeft ze meegenomen,' gooide Bridie eruit, terwijl haar gelaatsuitdrukking het midden hield tussen schuld en zelfverdediging. 'Het spijt me, maar ik had het gevoel dat het niet aan mij was om tegen haar te zeggen dat ze die niet mocht hebben.'

Lorna haalde diep adem.

'Ik wist niet tegen wie ik het moest zeggen, daarom zeg ik het tegen jou.'

'Juist ja.' De ketel begon te fluiten, en Lorna was dankbaar dat ze iets te doen had. Ze deed de thee in de pot, goot het kokende water erop, en had tijd om na te denken, terwijl ze de kopjes klaarzette en de melk uit de koelkast pakte. Toen de thee getrokken was en ze voor ieder een kop had ingeschonken, had ze ook een beslissing genomen.

'Het is goed,' zei ze, en roerde een schep suiker door de thee. Ze keek toe hoe de kleine stukjes thee rondwervelden in een mini draaikolk. 'Ze mag ze wel houden'.

Even hing er een geladen stilte tussen hen. 'Ben je niet bang dat ze meer te weten zal komen dan ze hoeft te weten?' vroeg Bridie ten slotte.

Daar had Lorna natuurlijk wel aan gedacht, maar een rotsvaste overtuiging kreeg vat op haar. 'Ik begin steeds meer te denken dat een deel van het probleem met dit gezin is dat niemand ook maar ergens over praat. Er zijn teveel geheimen. Laat haar ze maar houden,' herhaalde ze nog nadrukkelijker. 'Je weet wat de Bijbel zegt over het kennen van de waarheid...'

Bridie's ogen waren nog steeds op haar gericht, maar haar blik was verstrakt bij het woord 'geheimen'. Ze vroeg zich waarschijnlijk af wat die geheimen dan waren. Lorna hield haar mond, en even later keek Bridie haar weer gewoon aan.

'Men veronderstelt dat die je vrijmaakt,' besloot Lorna haar zin.

Bridie zag er verward uit.

'De waarheid,' verduidelijkte Lorna, 'Je zult de waarheid kennen en de waarheid zal je vrijmaken.'

'O,' zei Bridie. Haar hoofd knikte, maar haar gezicht zei iets heel anders. 'Zeker ja, dat zeggen ze inderdaad.'

Samantha controleerde of haar deur dicht was. Voor de veiligheid schoof ze haar stoel ertegen aan en stapelde wat boeken op de zitting voor extra gewicht. Ze pakte de doos en zette die midden op haar bed, en ging er zelf bij zitten. Ze had koude voeten, maar ze gunde zichzelf geen tijd om een paar sokken te zoeken. Ze sloeg haar benen over elkaar en keek naar de kartonnen doos voor haar. Daar zat haar moeder in. Alles wat er van haar over was. Ten slotte boog ze zich naar voren en klapte het deksel open.

Ze hoorde iemand aankomen. Ze moffelde de doos weg achter het bed. Het was papa. Ze kon het horen aan de voetstappen. Ze hielden halt voor haar deur. Hij klopte.

'Wat?'

'Mag ik binnenkomen? Ik ga morgen vroeg weg en wil je graag gedag zeggen.'

De stoel stond in de weg, en als ze die wegschoof zou hij driftig worden en precies willen weten waarom ze die daar had neergezet, en als hij achter de dagboeken kwam, zou ze helemaal in de problemen zitten.

'Ik ben bezig.'

Ze wachtte.

'Nou, welterusten dan. En tot ziens. Ik zie je volgende week wel weer.'

Samantha had er een vervelend gevoel over. Hij klonk zo verdrietig. 'Wacht even,' zei ze, maar hij had het zeker niet gehoord, want de deur van zijn slaapkamer ging open en weer dicht.

Ze slaakte een diepe zucht en bleef daar even zo zitten. Ze kon naar hem toegaan. En dan? Hem vragen om haar vaarwel te knuffelen? Dat zou pas echt volslagen maf zijn. Ze bleef nog even zitten nadenken.

Ze stapte uit bed en liep de hal in. Het licht in zijn kamer was al uit. Geweldig. Als ze nu klopte zou het helemaal een gedoe zijn. Hij zou zich weer helemaal moeten aankleden, en het zou lijken alsof ze zo'n totaal wanhopig klein kind was. En dan zou hij misschien vinden dat ze weer eens moesten *praten*. Vertaling – hij zou tegen haar tekeer gaan over alle mogelijke manieren waarop ze er een zooitje van maakte. Ze schudde haar hoofd, ging terug naar haar kamer en zette de stoel weer voor de deur.

Na een poosje haalde ze de doos weer achter het bed vandaan en maakte hem nogmaals open. Ze staarde lang naar de boeken. Ten slotte pakte ze er eentje midden uit de stapel en sloeg het open.

Vandaag heeft Samantha gepraat. Ze zei 'cakeje'. Dat is Alasdairs naampje voor haar en het klopt helemaal: ze is zoet en klein en verrukkelijk.

Samantha deed het boek dicht. Haar handen beefden toen ze het terugdeed in de doos, het deksel dichtvouwde en hem in de kast schoof. Ze deed het licht uit en dook weg onder haar dekens. Ze deed haar koptelefoon op en zette de muziek zo hard als ze kon verdragen. Ze lag een poosje te huilen en begroef haar hoofd in het kussen, zodat niemand het zou horen. Ze vroeg zich af of er iemand zou komen. Tante Lorna of misschien Bridie. Ze waren allebei onwijs irritant. Ze wachtte af en begon ten slotte slaperig te worden.

Ze dacht opeens aan de stoel. Ze stond op en zette hem weer op zijn plaats. Daarna deed ze haar deur open, en keek de hal in. Beneden kon ze stemmen horen. Ze liet de deur open, liep terug, dook in bed en zette haar koptelefoon weer op. Er kwam nie-

194

mand. Dat was best, zei ze tegen zichzelf, terwijl ze haar tranen wegveegde met het laken. Ze wilde toch niet met iemand praten.

Negentien

Samantha draaide zich om en opende haar ogen. Ze keek op haar klok, en toen schoot het haar te binnen, alsof ze een klap met iets hards kreeg. Papa was weg, en even voelde ze zich echt verdrietig, zoals ze zich ook altijd voelde toen ze klein was en geen kans had om hem gedag te zeggen voordat hij naar zijn werk ging. Ze had nu datzelfde gevoel. Een soort leegte, zo van 'had ik dit en dat nog maar gezegd', en ergens was ze bang dat ze nooit meer de kans zou krijgen om het alsnog te zeggen. Ze vocht even tegen haar tranen, maar kreeg toen zichzelf weer in de hand. *Je bent volslagen gestoord,* zei ze bij zichzelf. Ze was geen vijf meer, ze was dertien en over een week zou papa weer terug zijn. Bovendien was hij volkomen onuitstaanbaar en was er hele- maal niets dat ze tegen hem wilde zeggen. Ze draaide zich nog eens om en haar oog viel op de poster van de Misfits die ze bij de muziekwinkel had gekocht. Ze moest haar haar zwart verven. Misschien zou ze het echt doen. Nu papa weg was zou er nie- mand tegen haar tekeer gaan, tenminste niet meteen. Ze ging zitten en keek bedenkelijk. Er was iemand aan het zingen. Ze kon de stem, heel hoog en vrolijk, door de verwarmingsbuis vanuit de keuken horen. Ze klikte geërgerd met haar tong. Waarom kon ze nou niet in een normaal huis wonen, in plaats van ergens waar je elk woord dat iemand zei kon horen?

Ze stond op en ging naar beneden, met opzet sloffend, omdat ze het geluid van haar slippers achter haar zo leuk vond. Tante Winifred werd er gek van als ze zo liep te sloffen. Of haar schou- ders liet hangen. Of haar haar voor haar ogen liet hangen. Maar tante Winifred was er niet. Alleen Bridie, en zij liep natuurlijk weer zo'n stom kerstliedje te zingen waar niemand ooit van gehoord had. Samantha leunde tegen de deurpost van de keuken en luisterde naar de woorden. Die waren compleet geschift. Iets over vogels die zongen en het huis vol vrienden en familie en houtblokken die knetterden in de open haard en kerstliedjes die niet op de juiste toon gezongen werden. Nou, dat laatste klopte in ieder geval wel.

Bridie keek op en stopte met zingen. Cam en Bonnie waren net zo dom bezig als altijd en speelden ergens in de hoek met een stuk speelgoed.

'Wat is er?' glimlachte Bridie haar toe, wat nog veel irritanter was. 'Houd je niet van kerst?'

'O ja, hoor,' zei Samantha. 'Ik vind kerst wel leuk. Ik houd alleen niet van kerst met de Waltons.'

Bridie antwoordde niet, begon alleen te neuriën en ging verder met haar werk, wat het ook was, bij het aanrecht. Dat irriteerde Samantha om de een of andere reden pas echt goed. Ze kneep haar ogen samen.

'Zie jij soms veel vrienden en familie bij elkaar rond de oude kerstboom zitten?' viel ze uit. 'Zit er buiten soms een vogeltje vrolijk te kwetteren? Laten we eens kijken of er misschien al een sneeuwpop in de tuin staat.'

Ze liep naar de achterdeur en tuurde uit het raam. Het had gisteravond wel gesneeuwd. Nou en, zei ze tegen zichzelf. Ze was geen klein kind meer dat dol was op sneeuwengeltjes maken. 'Nee,' zei ze. Ze leunde tegen de tafel, armen over elkaar en keek uitdagend. Het was zo irritant dat Bridie maar met die glimlach op haar gezicht bleef rondlopen. Opeens voelde ze de drang om Bridie net zo ongelukkig te maken als ze zich nu zelf voelde. 'Ik heb geen vals kerstplezier nodig van iemand die er geen flauw benul van heeft hoe de zaken precies in elkaar steken. Als je op zoek bent naar blije verhalen, kun je beter naar huis gaan, naar Mayberry. Als je er ook maar enig idee van had, zou je weten dat het echte leven niet zo is, tenminste hier niet.'

Bridie glimlachte niet meer. Samantha hield haar adem in en voelde zich een beetje bang. Het was niet echt haar bedoeling geweest om gemeen te zijn. Bridie stond daar maar naar haar te kijken. Nu zou Bridie ook opstappen, net als de andere kindermeisjes, en iedereen zou haar berispen. Alweer. Zoals altijd. Ze dacht erover om terug te nemen wat ze gezegd had, maar het was te laat. Bridie's gezicht stond nu echt ernstig. Plotseling boog ze zich voorover en draaide haar haar in een knot, en Samantha snapte niet precies wat ze aan het doen was. Toen ging ze weer rechtop staan en ontblootte haar nek. Daar was een rafelig, wit litteken te zien, dat van haar oor tot aan de boord van haar trui liep.

'Zie je dat?' vroeg Bridie.

Samantha boog zich naar voren en keek goed. De snee was diep geweest. Zelfs nu was er nog een groef te zien in Bridie's nek. Wat zou dat? Dus ze had een litteken. 'Nou en?'

'Dat heeft mijn vader gedaan,' zei Bridie zonder van toon te veranderen of de vriendelijke uitdrukking van haar gezicht te halen. 'Met een whiskyfles.'

Samantha staarde haar aan en Bridie staarde terug.

'Nou.' Bridie liet haar haar weer los. Het gleed omlaag en bedekte het litteken.

'De komende week moeten jij, ik en de kinderen het met elkaar zien te rooien, en ik heb een paar plannetjes. Dus als je klaar bent met je uitbarsting, kunnen we hier misschien nog wat lol maken.'

Samantha peuterde aan haar pukkeltje. Het begon te bloeden. Ze stak haar vinger in haar mond en kauwde op haar nagel. Ze haalde haar schouders op.

'Je zegt het maar, hoor.'

'Ga je aankleden,' zei Bridie. Haar glimlach kwam terug en Samantha voelde een enorme opluchting. 'We moeten ergens heen en we hebben van alles te doen.'

'Geweldig,' kaatste ze terug.

'Schiet op,' riep Bridie haar na.

Samantha nam twee treden tegelijk. Ze vroeg zich af waar ze heen gingen en wat ze zouden gaan doen. Niet dat het haar iets kon schelen, hoor.

Twintig

Alasdair keek rusteloos zijn hotelkamer rond. Hij had diensten bijgewoond, en de organisatoren van de conferentie ontmoet om het schema van zijn lezingen door te spreken. Zijn aantekeningen waren af en inmiddels zo vertrouwd dat hij ze bijna uit zijn hoofd kende. Hij was terdege voorbereid en had niets te doen tot morgenochtend als de conferentie zou beginnen. Hij had geen zin om rond te hangen in de ontvangstzaal, en daar oude koffie te drinken en pastorale strijdverhalen uit te wisselen met de deelnemers. Dit zou het perfecte moment zijn om zijn jaarlijkse bezoek te brengen aan professor Cuthbert. Maar misschien moest hij dit jaar maar niet gaan, dacht hij, omdat hij wist dat het een indringend gesprek met zich mee zou brengen.

Hij schudde zijn hoofd van ongeduld. Hij begon zijn hele leven te leiden als een man die door een mijnenveld heenliep. Hij pakte het telefoonboek van Boston en zocht het nummer van zijn vroegere mentor op, voordat andere angsten hem weer tegen zouden houden.

'Sorry dat ik u zo kort van tevoren bel,' verontschuldigde Alasdair zich.

'Onzin,' antwoordde professor Cuthbert met zijn warme stem. 'Je weet hoe fijn ik het vind om je te zien.' Hij friste Alasdairs geheugen op en vertelde hem nog eens welke trein hij moest nemen en waar hij moest overstappen, en een half uur later stond Alasdair voor het bruinstenen rijtjeshuis van de professor.

Bridie keek naar de opbrengst van het winkelen van gisteren, die nu overal in de keuken verspreid lag.

'Wel, wat vind je hiervan?' had ze aan Samantha gevraagd

toen ze de winkel binnengestapt waren. De zijvleugels waren versierd met rode en groene slingers en opzichtige versieringen, en de lucht was zwaar door de zoete geur van popcorn. Waarschijnlijk kon je wel naar een Wal-Mart in Kowloon gaan en daar nog steeds zoete popcorn ruiken. Niet bepaald een plek voor de betere kringen, en Bridie vroeg zich dan ook af wat er zich afspeelde achter Samantha's gereserveerde ogen.

Samantha haalde haar schouder half op. 'Ik ben nog nooit in een Wal-Mart geweest. Tante Winifred neemt me twee keer per jaar mee naar Lord en Taylor. Dan mag ik een paar dingen van het koopjesrek uitkiezen.'

Ja, bedacht Bridie, dat paste wel bij haar beeld van deze familie. Het beeld dat ze gekregen had. Misschien hadden ze niet veel, maar het moest wel uit de juiste winkel afkomstig zijn, voor het geval iemand naar het label in de kraag zou kijken. Alles moet er aan de buitenkant goed uitzien, was hun devies.

Niet dat ze zelf geen gebreken had, bedacht ze met een blik op de spullen die ze gekocht had. Goed dan. Misschien had ze zich een beetje mee laten slepen, maar ze wist echt niet wat ze wel zou kunnen missen. Ze had spullen nodig om alle versier-plannen uit te kunnen voeren. Dat was alles. En ze had een paar slingers kerstlichtjes nodig om gelijk te verdelen over de dingen die ze uiteindelijk in de garage – dus toch niet op zolder – had gevonden. De grote rode en groene kaarsen waren afgeprijsd, twee voor anderhalve dollar, dus die telden nauwelijks mee. De grote fluwelen boog zou het groen opluisteren dat de man haar gratis had gegeven, toen ze de kerstboom had gekocht. Ze ging een deurguirlande maken van de stukjes balsem-den, en hoeveel zou zoiets kant en klaar wel niet gekost hebben! In feite had ze gewoon geld bespaard. De versieringen voor de boom stelden weinig voor, hoewel ze dacht dat ze het ook wel zonder de cd met kerstmuziek of de kerstvideo voor de kinderen had kunnen redden. Maar de laarsjes hadden ze beslist nodig om in de sneeuw te kunnen spelen, en het speelgoedvliegveld en de pop waren ook afgeprijsd, en de grote-jongens en grote-meisjes onderbroek vormden ook een belangrijk onderdeel van haar plannen voor deze week. Verder waren er nog diverse andere dingetjes: koekdecoraties, waaronder de kleine zilveren balletjes waar ze zo van hield, de ingrediënten voor een kruidig thee-mengsel, de welkomstmat, en de rode en groene theedoeken. Die moest ze waarschijnlijk maar terugbrengen.

Nee, wierp iets in haar tegen, en de hartstocht die ze voelde verraste haar. *Ik heb er genoeg van om het altijd zonder te doen, en ik ga er een echt feest van maken.*

Waar kwam dat vandaan? vroeg ze zich af. Ze had al heel lang niets van dat deel van zichzelf gehoord. Ze wist niet precies wat het was, maar ze dacht dat het misschien ook verantwoordelijk was voor het laatste voorwerp dat ze in haar karretje had gestouwd. Ze pakte de doos nu op en hield hem in haar hand, keek naar de zijdeachtig-blonde haarverf, en vroeg zich af waar-om ze dit deed. Ze deed zich anders voor dan ze was. Dat kon alleen maar slecht aflopen. Dat felle deel van haar dat naar boven kwam en dingen eiste kon maar beter weer gaan slapen, waar-schuwde ze zichzelf streng. Ze deed de haarverf terug in het zakje en schoof het in de hoek achter de broodrooster.

'Ik heb hier even wat hulp bij nodig,' klaagde Samantha. Bridie keek naar de tafel waar Samantha bezig was met spelden en rijgen. Het idee om haar een jurk te laten maken had wel een ingeving geleken. Samantha was een beetje ontdooid toen ze de stof hadden uitgezocht, en het had hun iets gegeven om samen over te praten.

'O, ik zie al wat het probleem is,' zei Bridie en liep naar haar toe. 'Je hebt de mouw er verkeerd om ingezet.'

'Andersom past hij niet. Hoe kan dat nou toch?'

'Ik weet dat het lijkt alsof hij niet past,' zei Bridie, terwijl ze de mouw iets anders legde en opnieuw vastspeldde. 'Maar zo werkt het nu eenmaal. Rijg het maar vast, en als we het omdraaien zodat de goede kant buiten zit, zul je eens zien.'

Samantha keek bedenkelijk en boog zich over de stukken van de jurk.

'Mouwen inzetten is het moeilijkste aan deze jurk,' bemoe-digde Bridie haar. 'Hierna zul je bijna alles kunnen maken.'

Samantha antwoordde niet, maar ging zwijgend en geconcentreerd door met werken. Bridie ging zitten en keek toe, voor het geval ze meer hulp nodig had. Samantha keek even op en richtte haar ogen toen vlug weer op de stof. 'Hoe heb jij dit allemaal geleerd?' vroeg ze.

'Mijn oma en moeder hebben me leren naaien. Mijn oma had een oude trapnaaimachine, en ze liet mij vaak poppendekentjes maken. Mijn moeder had een elektrische Singer. Ze heeft me heel wat van mijn eigen kleren helpen maken.'

'Mijn moeder heeft me nooit iets geleerd,' zei Samantha met een vlakke, kille stem. Ze keek niet op van haar spelden. Bridie herinnerde zich Anna's verlangen en schuldgevoel toen ze over haar dochter schreef.

'Ik weet zeker dat het niet kwam doordat ze niet van je hield,' zei ze.

Samantha keek fel op, met grote ogen, en boog toen snel haar hoofd weer. Ze zei niets.

'Wanneer zullen we de kerstboom optuigen?' vroeg Bridie na een paar minuten.

Samantha haalde opnieuw haar schouder op. 'Ik kan me niet eens herinneren wanneer we voor het laatst een kerstboom gehad hebben. We versieren altijd die in de kerk.'

Bridie schudde even met haar hoofd. Wat was er toch aan de hand met deze mensen?

'Nou, dit jaar hebben jullie er wel een,' beloofde ze. Als ze op veel gehoopt had, was ze teleurgesteld. Samantha ging door met spelden, het hoofd gebogen, het bruine haar voor haar gezicht, zodat Bridie haar gelaatsuitdrukking niet kon zien.

'Zullen we het vanavond doen?' stelde ze voor.

'Het is zondag.'

'Nou en?'

'Kerk,' zei Samantha langzaam en sarcastisch, voor het geval ze het niet begreep.

'Ik hoef niet te preken,' kaatste Bridie terug. 'Jij wel? Volgens mij hebben Cam en Bonnie vanavond ook vrij.'

Dat wekte haar aandacht. Samantha hief haar hoofd op en

keek haar ongelovig aan. 'Bedoel je dat we er niet heen hoeven?'

Bridie zocht naar een uitweg. 'Ik bedoel dat iedereen recht heeft op een beetje tijd als gezin. En ik heb vijftig dollar betaald voor een boom die nu op de veranda staat uit te drogen.'

'Net wat je wilt,' zei Samantha, maar haar ogen stonden vrolijk en toen ze verder ging met haar werk zat ze te neuriën.

Alasdair keek om zich heen naar de op watten lijkende lucht, terwijl hij de trap op klom. De lucht voelde dik aan. Zelfs het geluid van zijn voetstappen leek gedempt. Het zou spoedig gaan sneeuwen. Hij belde aan.

Na een paar minuten verscheen de professor bij de deur, en Alasdair beleefde zijn gebruikelijke moment van verrassing.

Op de een of andere manier bleef professor Cuthbert in Alasdairs gedachten voortdurend van middelbare leeftijd, versteend op het moment in de tijd waarop ze elkaar hadden leren kennen. Elk jaar was hij slecht voorbereid op de realiteit van het voortschrijden der jaren. Sinds zijn bezoek van vorig jaar zag zijn vriend er minder gezet uit, maar was nog steeds verre van mager. Het haar dat zijn glimmende kruin omgaf was het laatste beetje van zijn gemberkleur kwijtgeraakt, en het kon Alasdairs verbeelding zijn geweest, maar zijn ooit zo felblauwe ogen leken een beetje verbleekt. Cuthbert omhelsde Alasdair echter stevig en sloeg hem op de rug. Het genoegen straalde van zijn gezicht. 'Kom binnen,' drong hij aan en opende de deur wagenwijd.

Alasdair glimlachte, volgde hem de smalle hal door naar de kamer die hij aanwees, en een golf aan herinneringen spoelde over hem heen. Hoeveel uren had hij niet in dit huis doorgebracht, hier in deze studeerkamer, lezend en discussiërend, biddend en debatterend? Hij keek het warme stekje rond, zag de verzameling uitpuilende boekenkasten, het enorme bureau met wegglijdende bergen papier en bijna omvallende stapels boeken. Twee antieke Tiffany-lampen verspreidden licht, dat twee gouden meertjes vormde op het verbleekte rode tapijt. De gordijnen van zwaar, oud brokaat waren dichtgetrokken, zodat ze door een gezellige cocon omsloten waren. Een laag, rustig vuur brandde in de kleine open haard boven een bed van gloeiende rode kooltjes.

'Ga toch zitten,' zei Cuthbert uitnodigend. Ik heb een hapje te eten voor ons gemaakt.'

Alasdair pakte de aangewezen stoel en liet zich neerzakken tussen de versleten leren armleuningen. Hij wreef erover en kon de kleine barstjes van ouderdom voelen. Op de koffietafel voor hem stonden de versnaperingen. De keramieken theepot was bedekt met een zachte handdoek die dienst deed als theemuts. Op twee afgebrokkelde porseleinen borden lagen dikke boterhammen. Een schaal met kant-en-klaar gekochte chocoladewafels stond naast twee zware aardewerk bekers. Het eten zag er lekker uit.

'Ik zie dat u nog steeds druk bent,' merkte Alasdair op, gebarend naar het overvolle bureau.

Cuthbert knikte. 'Zoals altijd.'

'Bent u bezig met een artikel voor een tijdschrift? Een tekst?'

De professor schudde zijn hoofd. 'Nee, een geloofsopbouwend artikel.'

'Echt waar?'

'Verrast?'

'Een beetje. Alleen omdat u altijd de voorkeur leek te geven aan theologie boven...'

'Geloof?'

Alasdair keek hem doordringend aan. Cuthbert glimlachte. 'Zeker niet,' wierp hij tegen. 'Uw geloof is altijd duidelijk zichtbaar geweest in alles wat u schrijft. In uw hele leven.'

'Dat is erg aardig van je.' Cuthbert trok de handdoek van de theepot en tilde die op. Hij trilde een beetje, en er klotste wat thee over een van de boterhammen. Hij leek het niet te merken. 'Maar ik zal de eerste zijn om te erkennen dat mijn geloof wat topzwaar geweest is. Een zaak van het hoofd, om zo te zeggen.'

Alasdair wist niet goed hoe hij moest reageren. De professor vulde de bekers en slaagde erin de theepot weer neer te zetten, waarna hij de namaak-theemuts er weer overheen legde.

'Hoe gaat het met je zussen?' vroeg hij, terwijl hij Alasdair een beker aangaf.

Alasdair pakte hem aan en deed er suiker en melk in.

'Goed, zoals altijd, meneer.'

'Mooi. En je kinderen?' De professor boog zich naar voren en begon met zijn eigen thee te rommelen, wat Alasdair een ogenblik verschafte om na te denken. Was hij gekomen voor hulp? En zo ja, kon zijn oude mentor hem die bieden? Of zou hij zijn vriend alleen maar belasten met problemen waaraan hij niets kon doen?

'Je antwoord ligt in je zwijgen.'

Cuthbert leunde achterover in zijn stoel en nipte van zijn thee. Alasdair nam een lange teug van zijn eigen thee. Die was heet en hij brandde zijn tong. Hij zette de beker naast zijn stoel op de grond.

Zijn blik ontmoette die van Cuthbert, die hem vastberaden aankeek.

'Er zijn wel wat problemen geweest,' zei hij ontwijkend. 'Ik hoop dat we uit deze moeilijke periode zullen komen.'

'Niemand ziek, hoop ik?'

'Nee.'

Cuthbert knikte, en nodigde hem uit om verder te gaan. 'Dus? Vertel het me maar.'

Aladair zette zijn bril af en wreef in zijn ogen. 'Ik zou niet weten waar ik moest beginnen,' zei hij, terwijl hij hem weer opzette.

'Waar je maar wilt. We kunnen altijd teruggaan in de tijd.'

Alasdair glimlachte, maar antwoordde nog steeds niet.

'Ik heb gehoord van je problemen binnen de gemeente.'

Alasdair zuchtte maar vertrok geen spier. De kerk was net een dorp. Er waren geen geheimen.

'Ik heb ooit ook mijn eigen preekstoel gehad, zoals je weet.'

Alasdair knikte beleefd.

'Ja, ik was om zo te zeggen de kapitein van het schip.' Cuthbert grinnikte droog en de beker die op zijn borst rustte schommelde vervaarlijk.

'Niemand vertelt je iets over de piraten,' mompelde Alasdair somber.

De ogen van de professor lichtten geamuseeerd op en hij knikte.

'Dat is een passende vergelijking.' Hij zette zijn beker neer en ging verzitten in zijn stoel. Naar voren leunend zei hij: 'Heb ik je ooit verteld over mijn gevecht met Clive Newby, die de preekstoel in 1967 zou overnemen?'

Alasdair schudde zijn hoofd, en voelde zich enorm opgelucht dat ze niet over zijn eigen problemen zouden gaan praten.

Cuthbert leek het niet te merken. Hij likte zijn lippen af, vol genoegen dat hij zijn verhaal nog eens kon vertellen. 'Ik was pastor, en Clive mijn collega. Een gemeente van bijna tweeduizend mensen. Elke zondag drie diensten. Steeds toenemende giften. De kerk afbetaald en de bouwcampagne voor een nieuwe goed op de rails. Ik had de boel daar van de grond af opgebouwd. Toen ik er net was kwamen we bij elkaar in het muzieklokaal van de middelbare school. We waren met vijfendertig mensen. Nu waren we een van de grootste en meest vitale kerken in de stad. Toen Clive besloot een greep naar de preekstoel te doen, kreeg ik er natuurlijk lucht van. Maudie was er erg goed in om haar oor te luisteren te leggen.'

Alasdair knikte. De vrouw van de professor, moge ze in vrede rusten, had hem op een slechte dag aan Winifred doen denken.

'Clive liep de boel op te stoken en koerste af op een stemming om mij eruit te laten gooien. Maar ik deelde een preventieve slag uit. Riep de oudsten bijeen van wie ik wist dat ze achter me stonden en we gingen de huizen langs om steun te verzamelen. De troepen tellen, om zo te zeggen. We dachten dat we hem verslagen hadden, maar we hadden zijn overredingskracht onderschat. Op de gemeentevergadering kregen we bijna evenveel stemmen. Een patstelling. Geen van ons had de benodigde meerderheid om te winnen. Geen van beide wilden we toegeven. Nou, het was een gevecht op leven en dood, dat kun je je wel voorstellen.' De professor stopte even om een slok thee te nemen en Alasdair besefte dat hij gespannen was, wachtend op de afloop van het verhaal. Maar in plaats van het af te maken, stond Cuthbert moeizaam op, herschikte de houtblokken met een pook, wat een vonkenregen veroorzaakte. Hij vond blijkbaar dat er nog een blok nodig was. Toen hij dat eindelijk uit de mand gewurmd en op het vuur gelegd had, en het scherm weer dichtgetrokken had, stond Alasdair op het punt om te gaan schreeuwen.

'En?' moedigde hij hem aan. 'Wat gebeurde er?'

Cuthbert ging weer zitten en nam nog een slok van zijn thee, voordat hij antwoord gaf. Toen hij dat deed leek er in zijn ogen een nog verse pijn zichtbaar te worden. 'Ik heb gewonnen,' zei hij. 'Ik behield de preekstoel. Maar het was een lege overwinning, dat kan ik je wel vertellen.'

'In welk opzicht?' vroeg Alasdair, maar wist niet zeker of hij het antwoord wel wilde horen.

'Ikabod.'

Alasdairs ogen werden groot. Ikabod. Hebreeuws voor 'de heerlijkheid des Heren is verdwenen'. Even later ging Cuthbert verder, maar eerder bedroefd dan geanimeerd.

'Het gebouw was van mij. De gemeente was van mij. Newby vertrok. Nam een paar gemeenteleden mee, maar we kwamen er grotendeels ongehavend doorheen. Het enige probleem was dat het leek alsof de hand des Heren niet langer onder ons werkzaam was. Hij had ons aan de kant gezet. En ik wist waarom. Ik was vergeten wat mijn bestemming was, waarom ik hier op aarde was achtergelaten. Ik had mijn roeping verward met mijn baan.' Hij staarde naar Alasdairs gezicht, maar Alasdair wist dat hij het verleden voor zich zag. 'Ik bleef preken, maar het had weinig zin. Na ongeveer een jaar nam ik de baan op het seminarie aan. De kerk ging door met iemand anders. Weet je,' besloot hij met een bitterzoete glimlach om zijn mond, 'ik was vergeten wie de echte kapitein van het schip was. De kerk was niet van mij, maar van Hem.'

'En wat moet ik dan doen?' reageerde Alasdair, terwijl zijn opkomende woede via zijn stem naar buiten kwam. 'Moet ik een ander binnen laten komen en mij alles uit handen laten nemen?'

De analogie van de piraten was een stomme vergelijking, en hij wenste dat hij die nooit genoemd had.

'Nee, maar heb je God gevraagd of Hij wil dat jij deze gemeente hebt, of niet?'

'Wat zou Hij doen?' kaatste Alasdair terug. 'Een briefje op de koelkast plakken?' Zijn stem klonk scherp.

Een tijd lang zei geen van beiden iets. Alasdair verbrak de stilte het eerst. 'Het spijt me.'

Cuthbert glimlachte. 'Het is je vergeven.'

Zo zaten ze daar samen en het enige geluid was het gesis en geknetter van het blok op het vuur. De heerlijkheid des Heren was verdwenen. Alasdair probeerde zich te herinneren wanneer hij voor het laatst Gods aanwezigheid had gevoeld of zijn stem had gehoord. Hij kon het zich niet zo snel herinneren.

Hij begon te praten zonder daartoe bewust een beslissing te nemen. 'Het lijkt wel of er een soort duisternis over mijn huis is neergedaald,' zei hij. 'Samantha heeft problemen. Ik heb weinig op met haar vrienden, maar verbied hen ook niet, omdat ze er maar zo weinig heeft. Ze heeft een hekel aan me. Ik voel het gewoon. Het straalt haast van haar af als ik de kamer binnenkom. Ik geef Cameron en Bonnie niet de aandacht die ze nodig hebben. Ik voel een zware druk, die ik niet lijk te kunnen afschudden. Soms lijkt de duisternis tastbaar aanwezig. Ik blijf lampen aandoen, maar niets helpt.'

'Dat vind ik erg naar.' In Cuthberts ogen stond vriendelijke bezorgdheid te lezen. 'Ik vermoedde wel dat je ergens mee worstelde, maar ik wist het niet absoluut zeker.'

'Het ergste is dat ik me hetzelfde voel als wat u net beschreven hebt. De heerlijkheid des Heren is verdwenen. Ik preek wel, maar er is geen beweging van de Geest. Ik bid, maar ervaar geen antwoorden. Ik lees in de Bijbel, maar het zijn slechts woorden. Ze lijken me niet te raken. Niet zoals ze dat vroeger deden.' Hij had geen idee wat hij verwachtte dat professor Cuthbert zou gaan zeggen, maar was toch verbaasd over zijn reactie.

'Weet je, Alasdair, hoe ouder ik word, des te meer besef ik dat maar één ding er werkelijk toe doet.'

'En wat is dat dan?'

'Hem kennen. Met Hem wandelen. Zoals Adam deed in het paradijs, in de koelte van de dag. Er is niets anders.'

Alasdair voelde een holle pijn, een kilte in zijn borst. 'Nou, de laatste tijd lijkt Hij niet te reageren op mijn telefoontjes.'

'Hij heeft je aan je eigen middelen overgelaten,' zei Cuthbert na een korte stilte.

'Dat zal wel.'

'Ik vraag me af waarom,' mijmerde de professor, zijn hoofd een beetje schuin, alsof hij zat te peinzen over een bijzonder intrigerend vraagstuk.

Alasdair zou geglimlacht hebben, als hij niet zo'n ellendige leegte had gevoeld. 'Ik weet het niet,' zei hij. Vlug. Mat.

Cuthberts wenkbrauw ging een millimeter omhoog. Alasdair werd nerveus.

'Misschien heeft het werk van God jou, net als met mij het geval was, van God zelf vervreemd,' speculeerde de professor met milde stem.

Alasdair ontspande zich en voelde een opluchting die maar kort duurde. Dit was dicht bij het doel, maar niet precies in de roos. De sonde was heel dicht bij het abces terechtgekomen. Toch zat er een kern van waarheid in, een onprettige waarheid. Hij voelde bitter vermaak over de ironie. Hij had niet eens het kortstondige genot van de zonde gehad, de vergetelheid van een zuippartij met veel alcohol, de euforie van het high-zijn door drugs, de sensuele ontlading door ongeoorloofde seks, de buitensporige verzadiging van de hebzucht. Zijn zonde was koud en grijs geweest, maar had hem naar precies dezelfde plek van troosteloze verlatenheid geleid.

De meest arglistige tactiek van de vijand was op hem losgelaten. Succes. En succes dat onaantastbaar was. Succes in het werk van God.

'Wel, daar kan ik nu weinig aan doen.' Het was te laat om nog aan een nieuwe carrière te beginnen. Veel te laat voor heel veel dingen.

Cuthbert trok zijn wenkbrauw op en nam nog een slokje van

zijn thee. 'Daar ben ik het niet mee eens,' zei hij.

Alasdair keek hem vragend aan en wachtte totdat hij het zou verduidelijken.

'Je zou ermee kunnen ophouden.'

Alasdair keek bedenkelijk vanwege die belachelijke suggestie. 'Waar zou ik dan van moeten leven? Wat zou ik moeten doen?'

'Of nog dichter bij de kern van de zaak, wie zou je dan zijn?'

Aladair voelde een vlaag van irritatie en deed geen moeite om dat te verbergen. 'Waarom zou ik het goede samen met het kwade moeten loslaten?' Ook al heb ik verkeerde prioriteiten gesteld' – een punt dat nog vastgesteld moest worden, voegde hij er bij zichzelf aan toe – 'toch denk ik niet dat ontslag het geneesmiddel voor de zieke is.'

Cuthbert antwoordde niet. Hij reageerde helemaal niet. Hij haalde een sigaar uit zijn zak, haalde de verpakking eraf, stak hem in zijn mond en nam een paar denkbeeldige trekjes, een gewoonte die Alasdair altijd belachelijk had gevonden en die hem nu bijna ondraaglijk irriteerde. 'Je hoeft niet betaald te worden om het werk van God te doen,' zei Cuthbert met zijn mond vol tabak.

'Paulus was tentenmaker. Je zou schoenen kunnen poetsen en het werk van God doen. Hij heeft jouw lezingen en radioprogramma's echt niet nodig. Het werk van God bestaat uit het voeden van zielen. En daarvoor heb je geen preekbevoegdheid nodig.'

'Dus u suggereert dat ik alles waarvoor ik zo hard gewerkt heb, waarvoor ik zoveel opgegeven heb achter moet laten.'

Cuthbert haalde zijn schouders op. 'Ik zeg je niet wat je moet doen. Ik wijs alleen op alternatieven. Je hebt altijd een keuze.'

Alasdair schudde zacht met zijn hoofd. Zijn emoties kolkten, hoewel het nog onduidelijk was of het woede of wanhoop zou worden.

Cuthbert sprak opnieuw, en haalde deze keer de sigaar uit zijn mond. 'Ik denk dat het zou lijken op het trekken aan een loszittende draad van een trui,' merkte hij kalm op. 'Toegeven dat je een fout hebt gemaakt.'

Alasdair fronste zijn wenkrauwen. *Waar hebt u het nou eigenlijk over?* wilde hij schreeuwen.

Cuthbert keek hem nogmaals aan met zijn merkwaardig doordringende blik. 'Ik bedoel, waar zou het eindigen?'

Alasdair zette zijn beker neer. Hij wilde niets liever dan vertrekken. Maar dat deed hij niet, en een ogenblik later pakte Cuthbert het gesprek weer op als een verloren draad, en wond deze om boeken en artikelen, hun oude vertrouwde terrein.

Ten slotte had Alasdair het gevoel dat hij op gepaste wijze kon vertrekken. 'Je hebt je boterham nog niet op.'

Alasdair keek naar het onaangeroerde bord. Zijn eetlust was verdwenen. Hij stond op en de professor volgde hem naar de deur en naar buiten tot op de stoep; toen wachtten ze beiden even en voelden zich verlegen met dit laatste afscheid. Het sneeuwde, en toen Alasdair over de donkere straat keek, kon hij een kleine lichtkring zien rond de straatlantaarn. De vlokken kwamen nergens vandaan, dreven erlangs, zacht en toch meedogenloos, en verdwenen toen in het gloeiende randgebied, dat gebied waar licht en donker elkaar ontmoetten en geen van beide de overhand had.

'Alasdair –'

Hij draaide zich om. De kruin van de professor glom in het schijnsel van de straatlantaarn.

'Vergeef me als ik voor mijn beurt gesproken heb. Blijf alsjeblieft niet kwaad over de ongezouten woorden van een oude man.'

'Dat zou ik nooit doen,' beloofde Alasdair hem, en na een laatste handdruk, stapte hij de koude avond in en liep over besneeuwde trottoirs naar de trein. Hij zou hem zijn woorden niet aanrekenen. Maar evenmin zou hij die ene laatste vraag vergeten: *Waar zou het eindigen?*

Die confrontatie zou eindigen op het kerkhof, in de hoek achteraan, bij een klein stukje grond waarop stond: *Anna Williams MacPherson.* Mocht hij aan die loszittende draad gaan trekken en zijn leven gaan ontrafelen, dan zou hij uiteindelijk ook onder ogen moeten zien wat er met zijn vrouw was gebeurd.

Eenentwintig

'Hoe heb je dat in vredesnaam voor elkaar gekregen?' vroeg Lorna toen ze bij de voordeur stond, klaar om naar haar avondwerk te gaan. Bridie glimlachte. Lorna klonk net zo verbaasd alsof Cam en Bonnie hadden leren vliegen, in plaats van gewoon op het toilet te plassen en de nacht door te slapen.

'Nou, bij de zindelijkheidstraining hebben de M&M's nogal geholpen,' antwoordde Bridie. 'Bovendien waren ze eraan toe. En wat het slapen betreft, ik heb hen geferberd.'

'Pardon?'

'Dr. Ferber. Hij is een kinderarts die een boek geschreven heeft. Ik heb het in de bibliotheek nagekeken. Het komt er op neer dat je hen de hele dag door veel liefde moet geven, maar hen moet negeren als ze 's nachts huilen.'

Lorna glimlachte.

'Nou, ze zien er verzorgder uit dan ze tijden lang gedaan hebben,' zei ze, en haar mooie bruine ogen vulden zich met tranen. 'Cameron zegt woordjes. Zelfs Samantha lijkt gelukkiger. Je bent een schat, Bridie.'

Bridie bloosde van genoegen.

'Moet je eens kijken,' ging Lorna verder, en gebaarde om zich heen naar het huis. 'Alles ziet er schitterend uit. Ik weet gewoon niet hoe ik het heb.'

Bridie knikte. Ze was zelf ook tevreden. Op de een of andere manier had al het verven en schrobben en opknappen van dingen ook haar innerlijk op orde gebracht. Het zorgen voor een huis en kinderen had herinneringen boven gebracht aan de tijd waarin ze moeder was voor haar broertje en zusjes. Ze had de afgelopen week hun gezichten vaak voor zich gezien, terwijl ze bezig was met verven en knuffelen en koken. Het deed pijn, maar het was een zoete pijn, en ze zou niet willen dat die verdween.

Juist op dat moment kwam Samantha de trap af stommelen en draaide in het rond.

'Ta-da,' zong ze, met haar armen gespreid.

'O, hij ziet er prachtig uit!' riep Bridie.

'Samantha, is dit de jurk waar je mee bezig was?' Lorna's stem klonk vol verbazing.

Samantha knikte trots.

'Hij is echt schitterend.'

'De kraag is een beetje gekreukt,' verontschuldigde Samantha zich.

'Waar dan?' wierp Bridie tegen.

'Ik weet niet zeker of ik de zoom helemaal recht heb gekregen.'

Bridie schudde haar hoofd. 'Volgens mij ziet hij er goed uit. Bovendien zal dat nooit opvallen aan een galopperend paard. Dat zei mijn oma altijd.'

Lorna stond al weer met tranen in haar ogen, en keek van de een naar de ander, alsof ze zojuist waren afgestudeerd of getrouwd. Bridie hoopte dat alle emotie Samantha niet zou afschrikken. Maar ze had zich geen zorgen hoeven maken. Samantha stond te pronken voor de spiegel aan de kapstok. 'Hij is echt leuk, hè?' vroeg ze.

Bridie schonk geen aandacht aan de rimpelige zijnaden en de kraag die niet in het midden zat. Hij is heel mooi. En je hebt het zelf gedaan. Je moet trots op jezelf zijn.'

Samantha draaide zich om en keek naar haar, waarbij hun ogen elkaar heel even tegenkwamen. 'Bedankt,' zei ze kortweg. Ze stormde alweer naar de trap voordat Bridie antwoord kon geven.

'Graag gedaan,' zei ze zachtjes tegen Samantha's verdwijnende rug.

Samantha hing haar jurk voorzichtig op de gewatteerde kleerhanger die Bridie op zolder had opgescharreld. Hij was echt mooi. Ze hield hem nog eens omhoog. Ze wilde ernaar kijken en hem niet in de kast hangen. Ze zocht een plekje om hem op te hangen en koos voor de achterkant van de kastdeur. Zo was haar Misfits-poster niet meer te zien, maar ja. Ze trok haar pyjama aan, klapte haar bed naar beneden en dook onder de dekens. Ze waren zacht, niet kriebelig en ze roken naar rozen in plaats van chloor, sinds Bridie de was verzorgde.

Even later stond ze op en pakte de doos, die ze dicht bij haar bed zette. Misschien zou ze het vanavond doen.

Ze staarde ernaar. Haar hart begon snel te kloppen en haar mond werd droog.

Ze hoefde alleen maar omlaag te reiken en een dagboek te pakken. Gewoon pakken en beginnen te lezen.

Samantha wilde haar moeder leren kennen. Dat wilde ze echt. Ze had die doos elke avond naast haar bed getrokken. Ze keek naar de plakboeken die erin lagen. Ze pakte ze een voor een, keek naar het jaartal op de voorkant en legde ze op volgorde. Elke avond haalde ze de eerste eruit en legde die op haar schoot. Het lukte haar alleen niet om verder te komen dan dat. Ze zuchtte en staarde naar de doos. Morgen zou papa terugkomen. Dan zou Bridie er 's nachts niet meer zijn. Ze vond het prettig als Bridie er 's nachts was. Het huis leek zo vol als zij er was. Het irriteerde haar dat ze dat prettig vond.

Ze pakte een boek midden uit de doos. Ze klapte het open.

Ik kijk steeds naar Samantha als ze met haar blokken zit te spelen. Heel geduldig bouwt ze een huis, stukje bij beetje, en als ze klaar is gooit ze het om. Dan staart ze even naar de puinhoop en begint vervolgens opnieuw te bouwen. Ik denk dat ik weet hoe het zou zijn om een klein mensje te zijn in dat blokkenhuis. Om je wereld heel ijverig en stukje voor stukje op te bouwen, waarna een geheimzinnige hand van tijd tot tijd neerdaalt om alles weer in stukken te slaan.

Samantha sloeg het boek met een klap dicht. Ze gooide het terug in de doos, en zat er vechtend tegen haar tranen naar te kijken. Ze hoorde voetstappen op de trap. Haar deur stond open, en als ze geen gezelschap wilde moest ze die dichtdoen. Bridie kwam dichterbij en stak haar hoofd om de hoek van de deur.

'Hoi. Ik dacht dat je al wel zou slapen.'

Bijna zei ze: 'Nee dus,' maar besloot het niet te doen. 'Nog niet.' Ze keek naar de doos naast haar bed. Bridie keek waar ze naar keek. Haar gezicht veranderde niets.

'Mag ik binnen komen?' vroeg ze, alsof ze niets in de gaten had.

Samantha haalde haar schouders op. Haar hart begon weer te bonken. 'Best hoor.'

Bridie liep nog eens langzaam naar de jurk. 'Hij is echt prachtig,' zei ze lachend. 'We moeten er een paar leuke oorbellen bij zoeken.'

'Er zit een kralenwinkel in Duke Street,' zei Samantha. 'We zouden ze zelf kunnen maken.'

'Wat een goed idee!' Bridie schonk haar een brede lach, alsof ze zojuist pindakaas of iets dergelijks had uitgevonden.

'Valt wel mee, hoor,' zei Samantha, en voelde zich ontevreden en vervolgens boos op zichzelf, omdat ze zich niet echt zo had willen gedragen.

'Nou, welterusten hoor,' zei Bridie. Ze liep naar de deur en legde haar hand op de klink. Samantha voelde zich als die keer toen ze in de auto had zitten rommelen, en met de versnellingspook had gespeeld, waardoor de auto langzaam was gaan rijden.

'Licht aan of uit?' vroeg Bridie.

'Wat?' Haar stem kwam er zo gek uit, en klonk gesmoord.

Bridie wachtte even en haar gezicht werd ernstig. 'Wat is er?' vroeg ze, terwijl ze een stap dichter bij het bed kwam.

Er kwam geen antwoord. Samantha vocht tegen haar tranen en haar gezicht bevroor tot die harde blik, die met één verkeerd woord aan diggelen kon vallen.

Kijk, deze Samantha was weer terug. Niet het stoere meisje dat wijn stal en spijbelde. Dit was het kind uit de kerk, het kleine meisje met de hangende schouders dat het briefje had opgeprikt.

Samantha richtte haar doffe ogen weer op de grond. Bridie volgde haar blik. Ze voelde een vreemd soort emotie – ontzetting of angst – toen ze Anna's dagboeken daar zag.

Ze ging peinzend op het bed zitten. Waarom zou ze bang moeten zijn voor wat er in die boeken stond? De inhoud zou toch op geen enkele manier betrekking kunnen hebben op haar. En ze had ook niets te maken met dit gezin of dit kind, zei een deel van haar hersenen tegen haar. Inpakken en wegwezen was het simpele advies. Bridie wreef over haar voorhoofd. Haar hoofd was als een ruit, waar verschillende gedachten tegen aan botsten en weer wegrolden, terwijl er niet één lang genoeg bleef liggen om goed bekeken te worden.

Samantha's trauma werd heviger. Ze begroef haar hoofd in het kussen.

Bridie wreef over de bevende rug, en wilde dat er iemand anders was, iemand die wist hoe te helpen. Die wilde helpen.

God, stuur alstublieft iemand om me te helpen, had Samantha gebeden.

Nou, hier was ze dan. Niet precies waar Samantha om gebeden had, maar toch was zij blijkbaar het antwoord.

'Ik kan ze niet lezen,' zei Samantha in het kussen.

Bridie voelde een heel bekende emotie in zich opkomen. Ze vond het vreselijk om te zien hoe dingen begonnen te rafelen, en niet in staat te zijn om te helpen.

MAAR JE KUNT WEL HELPEN. JE WILT ALLEEN NIET.

O, geweldig. Nu hoorde ze stemmen. Ze dacht terug aan wat ze gelezen had over de gevolgen van drugsgebruik op de lange termijn.

JE WEET WIE IK BEN.

Nog mooier. Ze had geen flashbacks; ze hoorde de stem van God. Dat stelde haar niet bepaald gerust voor wat betreft haar geestelijke gesteldheid.

LEES DE BOEKEN, stelde de stem kalm voor.

Bridie schudde haar hoofd.

LEES ZE.

'O, hou toch op,' mompelde ze.

Samantha keek verbaasd op.

'O nee, ik had het niet tegen jou,' stelde Bridie haar gerust, terwijl ze over haar arm wreef.

Samantha staarde haar aan. Nou, ze was in elk geval gestopt met huilen.

Bridie besloot om al haar troeven op tafel te gooien. 'Ben je bang om ze te lezen?'

Het hoofd weer in het kussen. Meer snikken, en opeens kon Bridie haar hart niet langer in bedwang houden. Haar eigen ogen stroomden vol tranen en het leek alsof ze het musje bijna op de harde grond kon zien neervallen.

'Kom eens hier,' zei ze uitnodigend, en Samantha draaide zich om en begroef haar gezicht in Bridie's schouder en haar. Bridie sloeg haar armen om het kleine, tengere lijf en kuste het hoofd met de krullen. 'Shh. Stil maar. Het geeft niet.'

Toen het snikken minder werd, waagde Bridie de sprong en kwam precies op de gevoelige plek terecht.

'Luister,' zei ze, terwijl ze het haar uit Samantha's natte gezicht streek. 'Ik denk dat je moet weten wat er in die boeken staat, maar ik kan me wel voorstellen hoe moeilijk het voor je is om ze te lezen.'

Samantha keek haar met grote ogen aan en wachtte.

'Wil je graag dat ik ze samen met je lees?'

De spanning verdween van Samantha's gekwelde gezichtje. Ze knikte. Het waterpeil in haar ogen steeg weer, maar deze keer volgde er geen overstroming.

Nou. Ze had dit musje dus gevangen voordat het op de grond viel. Net op het nippertje, maar toch gered. De gedachte ging door haar heen dat de dominee niet bepaald blij zou zijn, als hij zou weten dat de ingehuurde hulp zijn persoonlijke geschiedenis zat uit te pluizen. Ze had het recht niet om in het privé-leven van Alasdair en Anna MacPherson te neuzen. Helemaal geen enkel recht. Iedereen die het te weten kwam zou woedend worden.

Ze glimlachte om de onvermijdelijke humor. Als ze de waarheid over haar wisten, zouden Anna's dagboeken daar beslist bij in het niet vallen.

Je bent gekomen om het kind te helpen, herinnerde de stem haar.

'Inderdaad, dat klopt,' zei Bridie, en plotseling leek de beslissing niet meer zo moeilijk te nemen. Ze was hier niet om vriendschap te sluiten met de vader of de tante. Ze was hier niet om moedertje te spelen over de peuters, hoewel dat ook erg leuk was geweest. Ze was hier gekomen om het kind te helpen, en dit was de manier waarop het kind om hulp vroeg. Bovendien was het ergste wat kon gebeuren dat ze betrapt en eruit geschopt zou worden, en dan kon ze met een zuiver geweten vertrekken.

Maar ze kon haast horen hoe haar moeder haar vol afschuw berispte, omdat ze rondneusde in de privé-aangelegenheden van andere mensen. Ze had Bridie zelfs niet in oma's sieradenlaatje laten snuffelen zonder daar toestemming voor te vragen.

Nou, ze had wel meer dingen gedaan die haar moeder zou afkeuren. En met die schrale troost pakte ze het eerste dagboek uit de doos en klom op het bed.

'Je kunt hier wel zitten,' zei Samantha met een zeldzaam warm gebaar.

Bridie schoof naast haar. Ze leunden allebei tegen de kussens en Bridie legde het boek op hun schoot.

Het was groot en erg luxe, met een bruinleren omslag. Anna had op de voorkant een woord geschreven met een goudkleurige glitterpen: *Ephemera*.

'Wat betekent dat?' Samantha liet haar vinger langs de letters glijden.

'Laten we maar eens kijken. Bridie opende het boek en wees naar het woord, dat daar opnieuw in een mooi handschrift geschreven stond. '*Ephemera*,' las ze. '*De voorbijgaande documenten van het alledaagse leven.*'

'Wat is voorbijgaand?'

'Vandaag nog hier, en morgen verdwenen,' zei ze zacht.

Samantha zweeg.

'*Dit is het dagboek van Anna Ruth Williams,*' las Bridie, en onder het opschrift was een foto van Anna geplakt. Ze was erg mooi. De foto leek ergens op een feestje genomen te zijn. Ze stond in een deuropening en leunde tegen de muur. Ze had haar handen op haar rug en ze lachte alsof ze een geheim verborg. Ze had lang haar, dat losjes om haar schouders krulde. Ze droeg paarlemoeren oorhangers en een zwarte jurk.

Bij de volgende pagina waren twee stukken zwaar vezelrijk papier zorgvuldig nauwgezet bevestigd aan de bladzijde van het plakboek. Geen lijmbobbels of plakband te zien. Opnieuw had Anna kalligrafie gebruikt.

Ik zou aan het studeren moeten zijn, maar in plaats daarvan zit ik mijn favoriete boek te lezen, Het betoverde land achter de kleerkast. *Voor de zoveelste keer.*

'Wat vind je er zo leuk aan dat je het steeds weer leest?' vroeg vader me ooit eens. Ik zei dat ik het niet wist, maar nu ik erover nagedacht heb, denk ik dat ik houd van de manier waarop de macht van de witte heks begint af te brokkelen, als de koning eenmaal terug is in het land. Ik voel me nu ook zo. Het is alsof de lente gekomen is, ook al is het oktober. Vader zegt dat ik onbezonnen bezig ben, nu ik vrij op de universiteit rondloop, en dat ik mijn hoofd bij mijn studie moet houden. Hij heeft vast gelijk, maar ik geloof dat ik gelukkiger ben dan ooit. Het is zo heerlijk om weg van huis te zijn. Ik voel me schuldig terwijl ik dit zeg. Hij is zo aardig voor me en zo bezorgd, maar soms ben ik bang dat ik erin stik. Hier kan ik ademen. Ik ga naar mijn colleges, en weer terug naar mijn kamer. Mijn kamergenote is er bijna nooit, en ik geniet van het alleen zijn. Ik zet sterke thee voor mezelf en zit op mijn bureau uit het raam te kijken naar de bladeren, die allerlei tinten roestbruin en roodbruin en bruin en goud aannemen. Vandaag regent het, en de wind rukt ze eraf en laat ze in natte klonten op de grond ploffen. Binnen is het warm en verrukkelijk. De stoompijpen kraken en tikken. Ik neem nog een slok thee en sla de bladzijde van mijn boek om.

Bridie sloeg de bladzijde om. Er was een lesrooster opgeplakt van de universiteit van Edinburgh. Anna was geen academische nietsnut geweest. Creatief schrijven, Geschiedenis van de Oudheid, Natuurkunde en Klassieke Literatuur.

'Ga verder,' drong Samantha aan.

'Rustig aan.' Bridie richtte haar blik op de foto's van Anna met haar vriendinnen, die kunstzinnig waren gerangschikt op de volgende bladzijde. Anna en de twee andere meisjes zaten aan een tafel in een restaurant, met de mond vol, duidelijk genietend van het eten. De menukaart was ernaast geplakt – Brody's restaurant – met een kringetje om wat Anna had besteld.

De volgende foto was van Anna en een aardig uitziende jongeman. Niet Alasdair MacPherson. Anna droeg een dwaze hoed, en de man sjouwde een enorme tas. Bridie las het bijschrift.

Hugh en ik halen de koopjes van de rommelmarkt in High Street binnen. Volop schatten – deze prachtige hoed en verder een gekke lamp en een roze chenille beddensprei. Misschien moeten we de boel maar eens opnieuw gaan inrichten. Ik denk dat de pauw op zwart fluweel perfect is om het middelpunt van de aandacht te worden. Zal er eens over nadenken.

'Ze zou de Wal-Mart ook wel leuk gevonden hebben,' zei Samantha.

'En dat vind ik ook leuk aan haar,' zie Bridie lachend.

Bridie sloeg de bladzijde om. Nog een foto – Anna lezend achter haar bureau.

Deze heeft mijn kamergenote gekiekt, schreef Anna, en naast het woord 'kamergenote' was de foto van een ander meisje geplakt. Ze was groot en zag er gelukkig uit met haar rode, krullende haar.

Ze heet Ruby, en ze is verpleegster in opleiding. Ik zei dat ik misschien ook wel verpleegster wilde worden, maar Ruby zei nee, ik was te gevoelig. 'Houd het maar bij je schrijven,' adviseerde ze. Ik denk dat ze gelijk heeft. Toch lijkt het me fijn om voor iemand te zorgen. De wereld beter voor iemand te maken. Daar moest Ruby om lachen. 'Alsof verpleegsters dat doen,' zei ze. Hier is Ruby's oplossing:

Een pijl wees omlaag naar een andere foto. Het was weer Anna achter haar bureau, met een papieren verpleegstersmuts op.

Deze heeft ze voor me gemaakt. Ze zegt dat ik nu zustertje kan spelen terwijl ik literatuur bestudeer. De wereld op zijn mooist.

Samantha schoof een beetje dichterbij en liet haar hoofd licht op Bridie's schouder rusten. Bridie sloeg de bladzijde om. Nog een lesrooster. In de wintermaanden zou Anna weer lessen volgen in schrijven, literatuur, sociologie en kunst. Ernaast was de cijferlijst van de herfst geplakt. Bridie floot even. 'Moet je eens even kijken.' Ze wees naar het gemiddelde van de cijfers, dat erg hoog lag.

Er waren nog meer foto's van haar en haar vriendinnen. Verder was er een dienstregeling van de trein op de bladzijde geplakt en daaronder had Anna geschreven:

Ik voel me gespannen als ik eraan denk dat ik in de vakantie terug naar huis zal gaan. Vader zal weer over moeder willen praten, en ik wil niet over moeder praten. Ik wil gelukkig zijn. Ik denk dat ik problemen zoek. Ik zal naar huis gaan. Deze keer. Hij heeft tenslotte het ticket voor me gekocht. Maar als het gaat zoals ik verwacht, breng ik de vakantie voortaan op de universiteit door.

Bridie sloeg vol interesse de bladzijde om. Ze vroeg zich af wat voor problemen Anna met haar vader had gehad.

Ik ben terug op school, en geen moment te vroeg. Toen ik vanmorgen wakker werd keek ik door een donkere bril. Zoals altijd kwam die stemming zomaar opzetten. Gisteravond ging ik opgeruimd naar bed, blij om terug te zijn, maar deze ochtend werd ik net zo grauw en mismoedig wakker als de druppende kale takken voor mijn raam. Rond lunchtijd kwam Ruby binnen en vroeg wat er aan de hand was, of ik ziek was, en ik zei ja. Ze haalde soep voor me uit de eetzaal, ging op de rand van mijn bed zitten en keek me veelbetekenend aan. 'Je zou met iemand moeten praten,' zei ze. Ga weg, wilde ik tegen haar

schreeuwen. Ga gewoon weg en laat me met rust. 'Misschien,' ant-
woordde ik in plaats daarvan. Ten slotte ging ze weg, en ik trok de
dekens over mijn hoofd en ging weer slapen.

Op deze bladzijde zaten geen foto's. Alleen haar treinkaartje van
de kerstvakantie, en niet netjes opgeplakt, maar aan het papier
vastgemaakt met een stuk plakband. Bridie keek naar Samantha.
Haar gezicht stond weer gespannen. Bridie sloeg de bladzijde
om en kwam weer iets anders tegen.

Het zonlicht valt door de ramen. De afgelopen week lijkt wel een boze
droom. Ik weet niet waarom deze kleine ups en downs me zo in
paniek doen raken. Het voornaamste is dat het weer voorbij is, en ik
ben zo dankbaar. Ik denk dat ik maar een baantje ga zoeken. Mijn
lessen gaan goed, hoewel ik nog een en ander moet inhalen vanwege
mijn aanval van vorige week. Maar over het geheel genomen denk ik
dat het goed voor me zou zijn om een vast schema te hebben, iets om
elke dag naartoe te gaan, waar ik mensen kan ontmoeten. Ik heb
mezelf een belofte gedaan. Of ik nu een baan vind of niet, ik zal elke
dag mijn bed opmaken, douchen en eten.

Bridie keek bezorgd. Dat waren behoorlijk lage verwachtingen.
Het was niet best als je jezelf moest beloven om te eten. Maar
misschien maakte ze gewoon een bepaalde opmerking los uit de
context. Anna's cijfers waren tenslotte nog steeds erg goed, als je
naar de werkstukken en opdrachten keek die in het plakboek
waren gelijmd.

Daarna volgden nog vele pagina's met allerlei herinneringen.
Folders van toneelstukken waar ze naartoe was geweest, bios-
coopkaartjes, nog meer foto's van Anna en haar vriendinnen.
Heel veel stukjes over haar schrijfactiviteiten, de inhoud van
haar korte verhalen, die verschrikkelijk deprimerend klonken,
maar wat wist zij ervan? Blijkbaar ging de winter voorbij zonder
een nieuwe aanval van de donkere bril. Op de volgende bladzijde waren de opdrachten voor de lessen in de lente geplakt.
Bridie bladerde verder en daar keek ze opeens in het gezicht van

Alasdair MacPherson. Het was een kleine foto, waar iets onder gedrukt was, waarschijnlijk een knipsel uit het telefoonboek of jaarboek van de universiteit. *Alasdair MacPherson, student-assistent, Theologische Faculteit.*

Bridie glimlachte.

Ik heb een nieuwe vriend gevonden. Hij heet Alasdair MacPherson, en hij geeft de lessen Bijbelse Literatuur. Hij is niet echt een docent, maar een student-assistent die zelf zijn bul al heeft. Hij vraagt me natuurlijk niet mee uit. Dat zou niet gepast zijn, maar hij heeft me wel na de les bij zich geroepen om te overleggen over de stelling voor mijn werkstuk, en we hebben het ook over andere onderwerpen gehad, en voor ik het wist was er anderhalf uur voorbij. Dat is vorige week twee keer gebeurd. Hij bood zich aan als vrijwilliger om een studiegroep te leiden, en ik heb me natuurlijk meteen opgegeven. Schaamteloos, ja ik weet het.

Ik ben zo blij dat Renaissance Literatuur al vol zat. Anders had ik hem nooit ontmoet. Ik draaf te veel door, maar hij is echt een heel aantrekkelijk iemand, en ik bedoel dat niet alleen lichamelijk, hoewel er op dat terrein ook niets te klagen valt.

Daarna volgden een paar bladzijden over onbeduidende dingen, maar toen begon het weer interessant te worden.

Alasdairs assistentschap loopt in juni af. De boodschap ging vergezeld van een veelbetekenende blik. Ik glimlachte, want ik wist dat hij bedoelde dat we, als hij mijn docent niet meer is, elkaar kunnen ontmoeten zonder enig ander voorwendsel dan dat we gewoon samen willen zijn.

'Dat is erg boeiend,' zei ik, zonder ook maar iets te laten merken. Hij leek een beetje van de wijs gebracht en zei dat hij tot augustus in Schotland zou zijn. Dat bracht me van mijn stuk. Ik denk dat ik er niet bij stil had gestaan dat hij het land zou verlaten, maar dat was natuurlijk wel zo. Hij leek heel tevreden over mijn reactie. De wreedaard. Ik moet nu aan het werk. Ik ben bang dat mijn cijfers niet zullen zijn wat ze eerder dit jaar waren, behalve dan voor één

vak. Ik lijk een uitgesproken voorliefde te hebben voor Bijbelse Literatuur...

'Ik kan me niet voorstellen dat ze zo verliefd was op papa,' gromde Samantha. Bridie staarde voor zich uit en dacht aan de grijsblauwe ogen en knappe gelaatstrekken van Alasdair MacPherson. Ze herinnerde zich het gevoel van zijn verhitte lippen op haar handpalm, de warmte van zijn sterke borst onder haar hand. Zij kon het zich wel voorstellen.

'Lees door,' drong Samantha aan.

Bridie sloeg snel de bladzijde om. Meer foto's, nu van Alasdair en Anna samen. Op de eerste stonden ze samen glimlachend midden in een nauwe bochtige straat. Deze keer droeg Alasdair de rugzak. Anna moest teruggegaan zijn naar die grote rommelmarkt. Ze kreeg een gek gevoel toen ze zo naar hen beiden zat te kijken, en ze nam niet de moeite om dat verder te analyseren. Ze schudde de melancholie van zich af en las verder.

'Laat me Schotland zien,' zei Alasdair tegen me op de laatste dag van het semester, en die verplichting heb ik op me genomen. Deze week hebben we iedere dag een andere tocht gemaakt. Nu begrijp ik de uitdrukking 'stormachtige romance'.

Maandag zijn we met de trein naar de hooglanden gereisd en verder gaan liften. We hebben overnacht in een pension. Apart, natuurlijk. Hij heeft me voor het eerst aangeraakt. Toen we boven op een heuveltop stonden en over het landschap uitkeken, trok hij me naar zich toe, veegde het haar weg dat in mijn gezicht waaide, boog zich naar me toe en kuste me. Hij was heel teder, maar ook heel intens. Ik heb me nog nooit zo gevoeld.

'TI – teveel informatie,' zie Samantha.

Bridie sloeg de bladzijde om. Nog meer foto's. Anna en Alasdair die voor een kasteel stonden. Snoeppapiertjes, een paar gedroogde bloemen, ansichtkaarten. Een folder met vertrektijden van de trein. Een kalender waarop in elk hoekje de naam van Alasdair geschreven stond. Op woensdag waren ze naar de uitkijkpost geweest, op donderdag hadden ze samen gegeten in het Caledonian Hotel. Op vrijdag had Anna Alasdair laten kiezen uit het beluisteren van *Het beleg van Troje* van Berlioz, gezongen in het Frans, of een lezing over postmoderne dans, of *Così Fan Tutte* in het Italiaans. Bridie moest lachten om het volgende stukje:

> *Hij koos een concert door het Schotse Kamerorkest in Queen's Hall. Het was prachtig. Na afloop kocht hij in een café voor ons allebei een enorme beker romige chocolademelk.*
>
> *We dronken het op terwijl we over het kerkhof naar de stad slenterden, en de opschriften lazen. Sommige daarvan waren heel droevig.*
>
> *'Als ik doodga wil ik geen grote, opzichtige grafsteen,' zei ik luchtig, en wilde dat we ergens anders langs gewandeld waren.*
>
> *'Ik hoop dat die tijd nog heel, heel ver weg is,' antwoordde hij en opeens besefte ik dat ik leef, en nog niet dood ben. Er is geen reden om te treuren.*
>
> *Hij doet me denken aan een galante ridder. Ik verwacht bijna dat hij een harnas en een zwaard zal dragen, maar waarschijnlijk worden mijn waarnemingen beïnvloed door teveel lezen in Chaucer. Toch straalt hij zo'n tedere kracht uit. Het doet me goed, en het bewijs daarvan is dat ik helemaal geen donkere perioden heb gehad sinds hij in mijn leven is gekomen. Ik weet dat het bizar klinkt, maar het is alsof zijn ziel de wederhelft van de mijne is. Ik weet niet wat ik zal doen als hij weggaat. Daar wil ik nu niet aan denken. In plaats daarvan dank ik God, omdat Hij geluisterd heeft naar de wens van mijn hart.*

Bridie sloeg de laatste bladzijde om. Die was leeg. Ze deed het boek dicht.

Samantha knipperde met haar ogen. 'Was dat het?' vroeg ze.

Bridie knikte met een blik op de klok. Het was bijna een uur. 'Het is nu tijd om naar bed te gaan, maar we kunnen de andere ook lezen, als je wilt.'

Samantha knikte.

Bridie legde het dagboek in de doos bij de andere. 'Welterusten.'

'Welterusten.'

'Lamp aan of uit?' vroeg Bridie, met haar hand tegen de deur.

'Aan, graag,' zei Samantha, in plaats van haar gebruikelijke 'maakt niet uit'.

Bridie's hart was zwaar toen ze zich uitkleedde en klaarmaakte om naar bed te gaan. Het was alsof Anna vlees en bloed voor haar was geworden en ze kon zien dat deze nieuwe vriendin, meteen zo dierbaar, moeilijkheden in het vooruitzicht had. Anna's hoop en kwetsbaarheid schreeuwden het haast uit vanaf de bladzijden van haar dagboek. Ze had te zeer vertrouwd op wat Alasdair MacPhersons liefde zou kunnen genezen.

De arm van het vlees zal je teleurstellen,' daar had Bridie's oma haar vaak op gewezen, vooral toen ze begon met afspraakjes, en nu eens de een, dan weer een ander mee naar huis nam, en het steeds over die vriendjes had. *Je moet met je hele hart liefhebben, Mary, maar zoek bij niemand anders dan God hulp om je innerlijke leegte te vullen. Er is nog nooit een man uit een vrouw geboren die dat kan doen, ook al was hij het allerbeste wat ons is overkomen sinds de uitvinding van augurken-in-een-potje.'*

Oma had gelijk, dacht Bridie, terwijl ze in bed klom. Plotseling werd ze door angst overvallen. Waar was ze mee bezig? Het lezen van Anna's dagboeken had een goed idee geleken waar een helende werking van uit kon gaan, maar als ze het eens mis had? Wat als het opensnijden van de steenpuist de infectie alleen maar zou verspreiden?

Ze bad niet. Dat zou in feite aanmatigend geweest zijn. Maar lange tijd fluisterde ze haar twijfels en vragen in het duister, en wenste met haar hele hart dat er iemand luisterde. Toen ze klaar was lag ze daar te peinzen. Ze had geen idee waarvoor dit gezin genezing nodig had en nog veel minder hoe ze dat dan moest doen. Ze vermoedde dat ze gewoon maar stap voor stap te werk moest gaan. En ze dacht dat ze bij de eerste, de beste kans die ze kreeg terug zou gaan naar Samantha's kamer om dagboek nummer twee te lezen.

Tweeëntwintig

Alasdair naderde zijn huis. Hij knipperde met zijn ogen. Het was zijn huis toch wel? Of was het verkocht en waren er nieuwe bewoners ingetrokken in de week die hij weg was geweest? Hij reed het trottoir op, en hobbelde over de bevroren sneeuwranden die de sneeuwschuiver had achtergelaten, zette de motor en de lichten uit en bleef even zo zitten staren.

Iemand had het pad geveegd, maar niet met de keurige, ordentelijke halen van de onderhoudsmensen uit de kerk. Dit klusje leek geklaard te zijn door dronken kabouters. Het schoongeveegde pad zigzagde door de opgehoopte sneeuw, schoot een halve meter naar links, corrigeerde zich, en liep vervolgens naar rechts, en trok zo een belachelijk spoor tot aan de veranda. De sneeuw ernaast was bezaaid met kleine voetafdrukken, die in het midden van het grasveld bijeenkwamen. Hij glimlachte. Een hele familie van sneeuwpoppen stond samen gegroept onder de met sneeuw bedekte eikentakken. Het was een scheef en krom staand, dronken uitziend stelletje, maar vorstelijk uitgedost. Hij kneep zijn ogen samen en herkende vaders goede bolhoed en moeders oude vosje, waarvan de kop en de voeten zwierig over de weelderige boezem van de sneeuwvrouw heen hingen. Lieve help. Winifred kon dit maar beter niet zien.

Hij stapte uit de auto, zo gefascineerd dat hij niet de moeite nam om zijn koffer mee te nemen, en volgde de doolhof tot aan de veranda. Het huis was verlicht, aan de buitenkant en tevens door de vele kilowatten die door de ramen naar buiten vielen. Iemand had de kerstverlichting uit de garage tevoorschijn gehaald en het leek wel alsof ze elke set gebruikt hadden die sinds zijn kinderjaren was aangeschaft. Grote kleurige bollen hingen langs de rand van het dak, in felle tinten. Op sommige plekken hingen ze slap, waar de kabel was losgeraakt van de haakjes. Blijkbaar niet afgeschrokken door het feit dat de lampjes eerder op waren dan de dakgoot, was de kunstenaar gewoon verdergegaan met de nieuwere sets – kleinere twinkelende lichtjes. Ze markeerden een derde van het dak en de ramen, en de kleuren gingen met een woest ritme aan en uit. Dat wil zeggen, drie van de ramen. Het vierde was helemaal met witte lampjes verlicht, evenals de deur. Hij voelde dat zijn gezicht de ongewone vorm van een grijns aannam, terwijl hij zich een weg baande naar de veranda. Deze was op dezelfde manier opgeruimd, en de identiteit van de werklieden werd verraden door vier paar laarzen die langs de mat stonden opgesteld, één in een volwassen maat, één iets kleiner, en twee paar hele kleine – het ene stel van roze plastic, het andere rood, met de prijskaartjes er nog aan. De deurmat was ook al nieuw. De kerstman wuifde vanaf zijn slee en een krans van woorden omgaf zijn hoofd. *Ho, ho, ho, prettig kerstfeest.*

Op onverklaarbare wijze voelde Alasdair een brok in zijn keel komen. Zijn ogen schoten vol. Hij ademde in en uit – een kruidige, geurige adem door de grote mengelmoes van groene takken en rode linten die aan de deurknop bevestigd was. Hij pakte de knop, draaide hem om en stapte naar binnen.

Even voelde hij zich verward en wist niet precies aan welke van zijn zintuigen hij eerst aandacht moest schenken. De reuk werd de winnaar. Iemand had nog maar kort geleden kaneelbroodjes gebakken. Het aroma hing over de geur van gebraden kip, en deze concurreerden samen met de scherpe, frisse lucht van nieuwe verf en de harsachtige geur van dennengroen.

Tegelijkertijd kwam zijn gezichtsvermogen tot leven. Deze hal was de plek waar in elk geval een deel van de verflucht vandaan kwam. Het behang was verdwenen. En opgeruimd staat netjes, dacht hij met een enorme opluchting. De muren hadden nu een warme crèmekleur, en van de ene hoek naar de volgende hingen dikke rode koorden van rood garen met een boog omlaag. Daaraan hingen kerstkaarten met alle mogelijke vormen, maten en kleuren, afgewisseld met zelfgemaakte sneeuwvlokken die uit de blaadjes van een schrijfblok geknipt waren.

Hij vroeg zich af welk geluid hij zou volgen. Kerstmuziek kwam uit de richting van de keuken, compleet met orgel en klokken, maar de andere muziek sprak hem nog meer aan. Het geluid van lachende kinderen dat zich vermengde met het gebonk en de rare stemmetjes uit tekenfilms, trok hem aan als de lokroep van een fluitspeler. Hij liep door wat hij zich vaag herinnerde als een halfduistere hal, merkte in het voorbijgaan op dat de serie familieportretten van de MacPhersons was verwijderd om plaats te maken voor de nieuwe verf, en wierp een blik in de kaal uitziende eetkamer, waar blijkbaar nog volop aan gewerkt werd. De tafel was bedekt met een laken, de muren half van hun behang ontdaan. Hij liep de hoek om en de woonkamer in. Niemand had hem nog gezien, dus hij had een ogenblik om het schouwspel goed in zich op te nemen.

Alle vertrouwde dingen waren weg. Moeders antieke Chippendale-meubilair was verdwenen. Alles. Nu werd de ereplaats ingenomen door de oude bruine bank, die in de zitkamer bij de keuken had gestaan. Hij lag vol met speelgoed: een soort plastic parkeergarage die bevolkt werd door kleine poppetjes die leken op de kurken van wijnflessen, twee blote poppen, en een knuffel-pandabeer. Een paar prentenboeken lagen opengeslagen over de kussens heen. De muren waren zachtgeel geverfd. Al moeders ingelijste prenten, porseleinen borden, prulletjes en verzamelingen waren weg. De mahoniehouten Chippendale-tafels waren weg, maar toen hij nog eens goed keek vroeg hij zich af of ze soms onder de rode kleden stonden aan weerszijden van de bank. De enige voorwerpen op de tafels waren, behalve een paar metalen autootjes, twee goedkope vaaslampen met een keramieken voet, die een warm licht verspreidden door hun gele kappen.

De televisie stond waar eerst het rariteitenkabinet had gestaan. De kinderen leken te kijken naar een vertolking van *A Christmas Carol*. Alasdair herkende een paar van Dickens' beroemde zinnen, die door Mickey Mouse werden uitgesproken. Zijn kinderen zaten er alle drie voor op felgekleurde zitzakken. Samantha's haar was gevlochten en ze droeg een rood met witte flanellen nachtpon en dikke sportsokken. Samen met Cameron en Bonnie zat ze daar te kijken. Als het tenminste Cameron en Bonnie waren.

Zijn zoon zat in kleermakerszit op zijn eigen helderblauwe zitzak, nam af en toe een hapje van zijn avondeten – een kippenpoot, macaroni met kaas, en worteltjes – en wees dan weer met een luide kreet naar de televisie. Hij dronk iets uit een beker met een deksel, die steeds omviel als hij hem neerzette. Melk. Er sijpelde een wit plasje uit, dat in het tapijt verdween.

Bonnie had geen interesse meer voor de televisie. Ze verschoof enorme kralen langs dikke ijzeren draden, die vastzaten aan iets wat op een telraam leek. Achter hen, in de hoek, stond een kerstboom. Toen Alasdair wat beter keek zag hij dat de boom eigenlijk niet in de hoek stond. Deze enorme boom, een spar zo te zien, nam bijna een kwart van de kamer in beslag. Hij trilde haast door het grote aantal lampjes dat in de takken was gehangen. Hij was bedekt met slingers van knutselpapier, nog meer zelfgemaakte sneeuwvlokken, een koord van popcorn en cranberries dat ergens halverwege ophield, en een paar van moeders versieringen, maar vreemd genoeg besloegen die alleen de bovenste helft van de boom. Het onderste gedeelte was versierd met geglaceerde koekjes die aan dropveters leken te hangen. De top van het geheel werd gevormd door een engel van cellofaan, waarvan het lampje kapot leek te zijn. Een stapel kleurrijk ingepakte cadeautjes lag verspreid over het Afghaanse kleed dat dienst leek te doen als bedekking voor de onderkant van de boom.

Samantha had hem het eerst in de gaten. Ze lachte om iets op de televisie, en draaide toen haar hoofd om in de richting van de deur. Ze was niet echt uitgelaten, maar zag er in elk geval ook niet gekweld uit, zoals toen hij vertrokken was. 'Hallo pap,' zei ze.

'Hoi,' zei hij terug, bang om meer te zeggen, bang om de betovering te verbreken, bang dat dit alles weer zou verdwijnen.

'Hallo papa,' aapte Bonnie haar na, keek op van haar speelgoed en schonk hem een stralende lach.

'Hoi,' zei hij nogmaals, maar zijn eigen gevoelens waren te intens om in een glimlach te passen. Hij voelde iets binnen in zich openbreken. Hij werd overspoeld door tedere gevoelens voor deze kinderen en door schaamte, omdat hij hen voor het eerst werkelijk zag.

Cameron stond op, en gooide zijn plastic beker weer om. Hij stapte op de restjes van zijn kip en macaroni en liet zijn worteltjes alle kanten opvliegen toen het bord omkiepte. Hij rende naar Alasdair toe en omarmde zijn benen. Alasdair tilde hem op. Hij was net in bad geweest. Zijn haar was in de nek nog een beetje nat. Hij droeg een nieuwe rode pyjama met een rits, die nog donzig aanvoelde.

'Hoi,' zei Cameron. Alasdair verborg zijn gezicht in de schouder van de jongen. Hij kon het warme huidje voelen, de zeep ruiken. Hij kneep zijn ogen dicht totdat de tranen minder waren geworden.

'Hé, kijk eens wie er weer thuis is,' zei Bridie, met een warme en verwelkomende stem. Hij groette haar en werd bijna fysiek geraakt door de verandering in haar uiterlijk. Later zou hij beseffen dat alleen de kleur van haar haar was veranderd, van lichtbruin in glanzend lichtblond. Maar toen hij dat eerste ogenblik naar haar keek, leek het hem alsof er meer dan alleen dat veranderd was.

'Ik wilde hen laten wachten met eten totdat je er was,' zei ze verontschuldigend, 'maar ik wist niet precies wanneer je zou komen.'

'O nee, dat geeft hemaal niets, echt niet. Het is prima.' Hij stond te zwetsen als een idioot.

Cameron worstelde om los te komen. Er ging een pieper af.

'Dat is mijn taart,' zei Bridie. 'Neem me niet kwalijk.' Ze draaide zich om en liep weg. Alasdair zette Cameron op de grond en volgde haar naar de keuken.

Ze bukte zich om naar de taart te kijken, waarbij haar haar als een glanzende waterval over haar schouder viel. Ze keek even naar hem en bloosde. Of misschien kwam het alleen door de hitte van de oven. Ze deed de deur van de oven dicht, stond op en wendde zich tot hem. De kleine slagader in haar hals klopte. Net daarachter dacht hij een lang wit litteken te zien. Hij dwong zichzelf daar niet naar te kijken, maar naar zijn schoenen.

'De kinderen lijken heel gelukkig te zijn. En het huis ziet er schitterend uit.' Hij keek op en zag dat de slagader veel sneller begon te kloppen, als een kolibrie. 'Ik weet niet hoe ik je moet bedanken.'

'Ik heb er elke minuut van genoten,' zei ze, en toen was er weer die blik, de droevige waas over de ogen, een zweem van verdriet die een domper zette op wat een blij tafereel had moeten zijn. Hoe kwam het toch dat hij zo'n uitwerking had op mensen? Hij schudde zijn hoofd en haalde diep adem.

Bridie, bij wie blijkbaar een interne kookwekker was afgegaan, opende de deur van de oven weer en haalde de taart eruit. Het was een kunstwerk. De goudbruine vulling borrelde door het vlechtwerk, een eruptie van kaneel en suiker en appels, die een verrukkelijke geur verspreidde. Dit leidde hem af van zijn zwartgallige overpeinzingen.

Ze wees naar de tafel. 'Je avondeten is klaar. Er staat salade in de koelkast, kip en groente staan daar.' Ze wees op de dichte pannen op het fornuis.

Je avondeten, had ze gezegd. 'Eet je niet samen met mij?' De woorden waren eruit voordat hij had nagedacht.

Ze bloosde opnieuw. 'Ik wilde je je privacy geven. Ik kan wel thuis eten.'

'Onzin.'

Ze keek hem scherp aan, en hij gaf zichzelf een uitbrander. Waarom praatte hij toch altijd net als zijn vader? Hij probeerde het opnieuw. 'Ik bedoel dat ik heel blij zou zijn als je zou blijven om te genieten van de maaltijd die je zelf hebt klaargemaakt. Alsjeblieft?'

Ze bloosde nog dieper. De gedachte kwam in hem op dat hij misschien een omgangsregel tussen werkgever en werknemer had geschonden. Misschien wilde ze de grenzen tussen werk en privé-leven duidelijk houden. 'Maar het is ook goed als je dat liever niet wilt,' zei hij vlug.

'Nee.' Ze schudde haar hoofd. 'Het is goed.'

'Mooi.' Hij glimlachte. 'Ik ga me even opfrissen.'

Ze knikte en draaide haar gezicht naar de kast om nog een bord te pakken.

Alasdair had zijn kip en salade, aardappelpuree en sperziebonen verorberd, en deed nu een aanval op zijn taart met echt vanille-ijs, dat lekker zacht geworden was rondom de zachte appels. Het smaakte beter dan ooit tevoren.

Ze zaten aan de koffie. Heel even genoot Alasdair ervan – een heel gewoon ogenblik dat hij in jaren niet meer beleefd had, een rustig gesprek aan het einde van de dag, tijdens het toetje en de koffie. Hij ontspande zich en leunde naar voren, met zijn ellebogen op tafel. 'Dit smaakt erg goed,' zei hij terwijl hij het laatste krokante hapje nam dat in zijn mond wegsmolt.

'Er zit een geheim ingrediënt in,' zei Bridie glimlachend. Ze had een prachtige lach. Witte, regelmatige tanden en diepe, vrolijke kuiltjes. De korenbloemblauwe ogen maakten het beeld van onschuld en licht compleet. Alleen het kijken naar iemand die nog duidelijk zo onaangetast was door de teleurstellingen van het leven verschafte hem een ogenblik van genoegen.

Hij lachte terug. 'Het is heerlijk, wat er ook in zit.'

'Ik kom uit een appelstreek,' zei ze. 'Ik denk dat er geen recept met appels is dat ik nog niet heb uitgeprobeerd. Gebakken, gepoft, cocktails, taart, cake, appelflappen, luchtige cake, donuts, geglaceerd, bevroren, ingeblikt, gedroogd – noem maar op.'

'Echt waar?' vroeg hij, meer om haar aan de praat te houden dan om een andere reden. Hij hield van de geanimeerde blik in haar ogen als ze over thuis praatte. Levendig en vrolijk.

'Jazeker. Op elke heuvel, vallei en berghelling is wel een boomgaard te vinden. Red Delicious, Golden Delicious, Stayman, Winesap, Rome, York, Empire, Granny Smith. We telen ze allemaal. Ik wou dat ik een dubbeltje kreeg voor elke appel die ik geplukt heb. Dan was ik nu een rijke vrouw.'

'Is de grond vooral geschikt voor appels?' vervolgde hij met een willekeurig gekozen vraag.

Ze knikte. 'Heel veel kalk. Goed voor fruitbomen.'

'Wat interessant.'

Bridie knikte instemmend. 'Mijn oma vond de streek de allermooiste plek op aarde.' Bridie glimlachte. 'Soms denk ik dat ze gelijk had.' De blik in haar ogen werd zacht en ze staarde naar een punt ergens in de verte. 'Het is daar zo mooi. De ochtendmist trekt op en opeens zie je de rivier die over grote, oude keien stroomt, die iemand daar precies op de juiste plek neergelegd lijkt te hebben. Dan rolt hij verder door het dal, kabbelend en zingend langs die platte stenen in de bedding. Ooit was er een oude dode boom over een ondiepe plek gevallen en als kind kon ik daar urenlang zitten. Ik zat daar vooral graag in de winter, als alle balsemdennen en sparren met sneeuw bedekt waren.

'Het klinkt prachtig,' zei hij aanmoedigend. 'Zijn er veel meren?' vroeg hij met Schotland in gedachten.

Ze schudde haar hoofd. 'Niet zoveel meren, maar veel rivieren en kreken. En bomen, meer bomen dan je met een stok kunt aanwijzen. Beuken, bitternootbomen, eiken, Canadese dennen, witte pijnbomen. Mijn oud-oom hakte vaak bitternootbomen om en maakte er hakkeborden van. Die verkocht hij aan grote muziekwinkels, en de mensen betaalden honderden dollars voor een van zijn instrumenten. In die streek is hij beroemd. Was hij beroemd. Hij is nu overleden.' Haar gezicht betrok maar klaarde weer op toen haar iets anders te binnen schoot. 'Mijn overgrootmoeder was altijd vroedvrouw. Ze kende alle kruiden en wist wat die voor en met je konden doen. Ze plantte bloedwortel en leverbloemen onder haar kornoeljes en ze ging het bos in om dingen te plukken waarvan ze haar geneesmiddelen maakte. Ze zei dat er geen beter middel tegen wratten was dan bloedwortel, en ze was ervan overtuigd dat de wortels van leverbloemen koorts sneller deden zakken dan een aspirientje. Maar aspirine wordt natuurlijk gemaakt van de witte wilgenschors,' zei Bridie met een verblindende glimlach. 'Dat klopt toch?'

'Ik denk het wel,' mompelde hij. Ze was fascinerend, en voor het eerst kon hij haar accent eens goed horen. Toen ze over haar thuis praatte kwam het duidelijk naar voren.

'Waar ik vandaan kom is zelfs de modder mooi,' zei ze met een lach. 'Als je loopt te wandelen zie je opeens kleine glanzende stukjes vislijm, die schitteren in de zon. Glimmende kleine spiegeltjes onder je voeten.'

Alasdair zag de hemel voor zich, waar kostbare edelstenen als bouwmateriaal gebruikt zouden worden. Hij lachte. 'Het klinkt absoluut schitterend.'

Haar glimlach vervaagde. 'Voor sommige delen gaat dat wel op. Ik denk dat het net is als met alles. Slecht en goed lopen er door elkaar heen.'

'Dat zal best.'

Ze leek nu onrustig te worden, en rommelde met haar koffiekopje, zodat het koffiedik eruit droop. 'En hoe zit het met jou?'

'Wat? O. Ik ben hier opgegroeid.' Hij glimlachte en zijn ogen leken nu meer topaas dan blauw. Ze leunde naar voren om beter te kunnen kijken. Ze waren hazelnootkleurig. Of zoiets. Donker, felblauw met goudbruine vlekken. Nee. Nu weer lichtblauw. Ah, grijs. Hij hield zijn hoofd scheef, en weer veranderden ze. Telkens als het licht anders viel kregen ze een andere kleur.

'Behalve toen je in Schotland woonde,' vulde ze aan om aan iets anders dan zijn kleur te denken.

'Dat klopt.' Hij trok een gezicht. 'Mijn zussen hebben je daar zeker wel over verteld.'

Bridie voelde zich enorm in verlegenheid gebracht. Ze wist dingen die ze niet hoorde te weten. Dingen waarvan hij niet wist dat zij ze wist. Ze kon maar beter voorzichtig zijn.

'Daar heb je een aantal belangrijke jaren van je jeugd doorgebracht,' citeerde ze Winifred, en Alasdairs lach werd breder.

'Precies.' Hij grinnikte. 'Ik was negen of tien toen we naar Schotland verhuisden. We hebben daar vier, bijna vijf jaar gewoond. Toen we hier terugkwamen, ging mijn vader gelijk terug naar deze kerk. Ze hadden hem niet eens vervangen –

alleen een interim-dominee voor vier jaar aangesteld. Kun je je dat voorstellen?' vroeg hij.

Bridie knikte even beleefd. Ze had er nooit zo over nagedacht, maar als dat ongebruikelijk was, kon ze zich wel voorstellen hoe moeilijk het voor Alasdair moest zijn dat dezelfde luitjes nu probeerden hem eruit te werken. Zijn gedachten moesten die van haar gevolgd zijn. Hij staarde voor zich uit, zijn gezicht vol somberheid.

'En toen?' vroeg ze, in een poging hem aan te sporen om verder te vertellen. Hij keek haar aan en lachte even.

'Toen heb ik hier in Alexandria de middelbare school afgemaakt, ben naar de universiteit gegaan en naar het seminarie in Boston. Halverwege heb ik ook een jaar in Schotland gedaan.'

Hij staarde naar de muur, en zag het verleden zich daar als een film afspelen, en ook Bridie kon het zien. Ze zag Anna met haar heldere ogen en mooie lokken. Anna, uiterlijk kalm, maar van binnen kolkend en schuimend.

'Mijn vrouw kwam uit Schotland,' zei hij, waarmee hij iets vertelde wat ze al wist. 'Ik heb haar toen ontmoet. Haar vader was er niet blij mee dat ik haar meenam.' En daar ging hij weer. Naar die eenzame, heel persoonlijke plek waar hij zoveel tijd doorbracht. Ze volgde hem, en probeerde de leemten in te vullen. Ze voelde zich schuldig, omdat ze spoedig dingen over zijn vrouw zou weten, die hij misschien zelf niet eens wist, tenzij hij haar dagboeken ook gelezen had.

'We gingen terug naar Boston, waar ik mijn laatste jaar op het seminarie afrondde. Mijn vader ging het jaar nadat ik was afgestudeerd met pensioen. Deze kerk heeft mij toen beroepen, en sinds die tijd werk ik hier al.'

Haar ogen ontmoetten de zijne en ze zorgde ervoor dat haar gezicht niets verraadde, maar van binnen tuimelden haar gedachten over elkaar heen.

De voordeur ging open en weer dicht.

'Hallo!' schalde Lorna's stem door de hal.

Opluchting en spijt verdrongen elkaar. Het ongemakkelijke moment was voorbij, maar het gesprek ook.

'Ik heb van het bezoek genoten,' zei de dominee, en steunde met zijn hand op de tafel, een paar centimeter van de hare. Het was een mooie hand, breed en toch krachtig voor iemand die zijn meeste tijd doorbracht met lezen en schrijven. Er zaten blauwe inktvlekken op zijn middelvinger. Ze herinnerde zich dat ze die hand had vastgehouden in de lange, lange nacht van zijn ziekte. Hij had zich aan haar vastgeklampt zoals een verdrinkende man zich vastgrijpt aan de brokstukken van het schip. Alles om het hoofd maar boven water te houden.

'Ik heb er ook van genoten,' zei ze.

Alasdair knikte even naar haar en glimlachte aarzelend. 'Misschien zou je elke avond bij ons willen blijven eten.'

Bridie's ogen werden groot en even gaf ze nog geen antwoord.

Hij bemerkte haar aarzeling en schudde zijn hoofd. 'Ik ben opdringerig. Sorry.'

'Nee, hoor,' zei ze vlug. 'Ik zou wel kunnen blijven.'

Hij glimlachte, en ze zag opnieuw hoe dit zijn hele gezicht veranderde, de harde lijnen zachter maakte en het er warmer uit deed zien.

'Mooi,' zei hij en stond toen op om Lorna te begroeten.

Bridie begon de borden in de vaatwasser te zetten, blij om een plek te hebben waar ze haar blozende gezicht kon verbergen. Lorna kwam binnen en bespaarde haar nog meer gepieker. Toen ze even gekletst hadden verontschuldigde Bridie zich, trok haar jas aan, zei Samantha welterusten en ging naar huis, naar Carmens flat.

Onderweg liep ze de hele tijd op zichzelf te vitten. *Hun huis is jouw huis niet. Het is jouw gezin niet. Hij is niet je – nou ja, wat dan ook. Raak niet aan hem gehecht*, berispte ze zichzelf, maar een deel van haar vroeg zich voortdurend af of het misschien al niet te laat was.

Drieëntwintig

De gesprekken met Alasdair gingen door, hoeveel berispingen Bridie zichzelf ook gaf. Eigenlijk werd hun tijd samen een soort avondritueel. Tussen de bedtijd van de tweeling en het uur dat zij en Samantha ongeveer besteedden aan het neuzen in Anna's boeken, kwam Alasdair beneden in de keuken. Het leek wel of ze gek geworden was. Ze voelde zich een bedrieger. Ze voelde zich verscheurd. Ze dacht erover om met het een of met het ander te stoppen – het rondsnuffelen in zijn verleden, of het delen in zijn leven tijdens het toetje. Ze kon zich er niet toe brengen om een van beide te doen. Dus zat ze elke avond tegenover hem, dronk koffie of thee, nam zoete hapjes van wat ze ook maar had klaargemaakt en praatte.

En waar ze het allemaal wel niet over hadden! Ze kende zijn favorieten: butterscotch en caramel, een lekkere broodpudding, bergen en kleine stadjes. Zijn favoriete vakantietijd: kerst. Zijn lievelingskleur: blauw. Zijn favoriete boek: *De sleutel tot het geheim,* van C.S. Lewis. Zijn favoriete vakantietrip: het jaar waarin zijn gezin een huisje in de bergen van Pennsylvania had gehuurd. Daar zwom hij elke ochtend voor het ontbijt in het meer en sliep buiten op de beschutte veranda.

Ze praatten over hoe hij als jongen was geweest. Zijn dromen, zijn gedachten, zijn interesses. Hij was nooit van plan geweest om dominee te worden. Hij had les willen geven. Hij was gek geweest op ridders en kastelen, las elk boek over koning Arthur en de ridders van de ronde tafel. Hij verzamelde insecten, waarschijnlijk alleen om zijn zussen te pesten. Hij hield veel van lezen en las alles. Hij hield van rennen en discus werpen. Waarom was hij daar eigenlijk mee gestopt?

'Het nam veel tijd in beslag waarin ik niet kon doen wat God van me wilde.'

'Weet je dat zeker? Wilde Hij niet dat je dat deed?' had ze doorgevraagd. 'Het lijkt wel of het allemaal Zijn idee was. Hij heeft er tenslotte voor gezorgd dat je daar goed in was.'

Hij had even gewacht terwijl die afwezige blik weer in zijn ogen kwam, en hij zich voorstelde wat er op die weg lag die hij niet ingeslagen was. 'Misschien heb je wel gelijk,' had hij kalm gezegd.

'En jij dan?' had hij gevraagd, en ze had hem verteld over het meisje dat ze geweest was. Ze had ook van zwemmen gehouden, en van vissen, en wandelen door de bossen. Ze had een open plek in het bos bij haar oma's huis opgeruimd en daar een speelhut gemaakt. Een boomstronk als tafel, blokken uit de stapel hout waren stoelen. Ze had eten klaargemaakt van eikels op bordjes van eikenbladeren. Dan zat ze daar en speelde helemaal alleen, dacht na en las, en praatte met Jezus alsof hij naast haar lag op het bed van dennennaalden, zijn handen achter zijn hoofd gevouwen, aandachtig luisterend.

Ze vertelde hem over haar oma, de manier waarop ze bad. En vertelde hem andere dingen over zichzelf en haar leven. Gekke kleine dingetjes waar niemand anders om zou geven, zoals hoe oma nooit cadeautjes uitpakte, dat je in haar la kon kijken en ongeopende pakjes vinden – sieraden en ondergoed, handdoekjes en kussenslopen – die allemaal bewaard werden voor een speciale gelegenheid die nooit kwam. Ze vertelde hem een beetje over haar moeder, iets minder over haar vader, broertje en zusjes. Helemaal niets over het leven dat ze geleid had voordat ze hier kwam. Maar ze wilde dat wel. Steeds meer moest ze de innerlijke stem overschreeuwen, die erop aan drong dat ze hem alles moest vertellen.

Misschien zou hij het wel begrijpen als ze het vertelde, dacht ze opnieuw, terwijl ze keek of haar koekjes al gaar waren. Misschien zou hij haar aanstaren met zijn warme en rustige ogen, zijn hand over de tafel naar haar uitstrekken en de hare vastpakken, zijn hand met een warm gebaar over de hare leggen. *Dat zijn dingen die je gedaan hebt,'* zou hij misschien zeggen, *'maar dat ben je zelf niet.'*

Of misschien zou hij dat ook niet doen.

Trap niet in die valstrik, waarschuwde ze zichzelf. *Hij is ook maar een mens. Hij kan geen zonden vergeven. Dat kan alleen God doen.*

Ze zuchtte. De kookwekker ging af. Ze haalde de bakplaat met koekjes eruit, en tegelijk begon ook de ketel te fluiten. Ze luisterde of ze zijn voetstappen in de hal hoorde, en wist dat haar hart ondanks alles van vreugde zou opspringen als hij eraan kwam.

Alasdair zette de bureaulamp wat anders zodat het licht goed op de aantekeningen viel voor de preek die hij aan het maken was. Hij had hard gewerkt om geen aanleiding te geven tot kritiek. Hij had huisbezoeken afgelegd, klachten aangehoord, de misnoegden gerustgesteld.

Hij haatte dat hele ondergrondse, achterbakse, kleinzielige geklets en gekonkel van het kerkelijk leven. Het was de belangrijkste reden waarom hij aanvankelijk nooit geestelijke had willen worden. Wat zou het een geweldige vreugde zijn als het werk niet meer inhield dan God te dienen, Zijn Woord te onderwijzen en de gelovigen aan te moedigen. Maar de realiteit was anders.

Als er over zijn leiderschap gestemd zou worden, zou de beslissing absoluut zijn, besefte hij, en plotseling schoot het verhaaltje van de professor hem te binnen. Het was mogelijk om tegelijk te winnen en te verliezen. Misschien moest hij een einde aan dit alles maken en de gemeente zelf de persoon laten zoeken die ze als leider wilden.

Of word zelf die persoon weer, opperde de innerlijke stem.

Gemakkelijker gezegd dan gedaan, verwierp hij die suggestie. Hij wilde nu even niet terechtkomen in dat bekende moeras van schuldgevoel en zelfverwijten. Hij dacht weer aan Bridie en keek op zijn horloge.

Ze was een aantrekkelijke jonge vrouw. Fysiek natuurlijk, maar ook innerlijk. Ze had bekend dat ze nooit gestudeerd had, maar toch was ze duidelijk intelligent. Ze was slim en grappig, had een diep inzicht, een bijna griezelige perceptie en was rijkelijk bedeeld met gezond verstand.

Zijn familie was zich altijd erg bewust geweest van haar maatschappelijke positie. Teveel zelfs, herinnerde hij zich en kreeg een bittere smaak in de mond toen hij dacht aan de tolerante neerbuigendheid waarmee ze anderen met minder goede connecties bejegend hadden. Bridie was daar op een verfrissende manier helemaal vrij van, en ook al was ze een eenvoudig iemand en naar eigen zeggen van eenvoudige komaf, toch waren haar manieren onberispelijk. Liefde leidde tot goede etiquette, besefte hij, en liefde bezat ze in overvloed, zelfs voor onprettige mensen. Hij herinnerde zich hoe ze Winifred altijd vriendelijk bleef bejegenen. Ze zou zelfs tegen zijn moeder aardig zijn geweest.

Hij dacht aan haar warmte, haar tederheid, haar gulheid, haar rustige kracht, haar geloof, haar zijdeachtige haar, de manier waarop het over haar schouders viel, als een glanzende platina waterval. Het blauw van haar ogen, doordringend en levendig, maar toch warm en innemend. Haar hart was voor iedereen een open boek.

Wanneer hij met haar zat te praten en hun stemmen zich vermengden in een zacht gesprek, begon er iets in zijn borst los te raken en uit te zetten, iets dat tot nu toe benauwd en ingeperkt had aangevoeld. Hij kon het haast lichamelijk ervaren als een gevoel van warmte en opluchting. 'Aaah,' wilde hij dan zeggen, 'dat voelt beter.'

Pas maar op, zei zijn verstandige kant, en achter die botte waarschuwing gaapte zijn grootste angst – een scherpe, bodemloze afgrond van zelfveroordeling. Wat er nodig was kon hij niet bieden. Als haar ziel voor hem openging in de meest intieme van alle relaties, zou hij op een fundamentele manier tekortschieten. Hij zou haar teleurstellen.

Hij vocht een poosje tegen die duistere stroom voordat hij weer tot zichzelf kwam. Hij stelde zijn hart en ziel niet open, berispte hij zichzelf met verkwikkende vastberadenheid. Hij at alleen zijn toetje en dronk koffie. Hij keek weer op zijn horloge. Ah, het was tijd. Hij legde zijn pen neer en liep de trap af.

'Ik ben gek op koekjes met butterscotch.'

Bridie lachte en keek toe hoe hij in zijn derde koekje hapte en een slok thee nam. Ze had die dampend heet gemaakt, met een theelepel suiker en een beetje room. Precies zoals hij het lekker vond. Ze liet haar ellebogen op het rode tafelkleed rusten en keek naar de vlam van de dikke kaars, die helder en gelijkmatig brandde.

'Zo,' zei hij, 'ik heb weer het meest zitten praten.'

'Dat geeft niet,' zei ze vlug. 'Ik vind het leuk om over je leven te horen.'

Hij knikte. 'Maar verdien ik dan niet hetzelfde voorrecht? Ik wil ook graag meer horen over het jouwe.'

'Het mijne is niet zo interessant.'

'Dat kan ik zelf wel beoordelen.'

Ze glimlachte gekunsteld.

'Vooruit,' zei hij. 'Ik zal je op weg helpen. Laten we eens kijken, we beginnen gewoon simpel. Wat is je lievelingskleur?'

Ze dacht even na. 'Wit.'

Hij hield zijn hoofd een beetje schuin. 'Ik had je voor een liefhebber van blauw gehouden, omdat het bij je ogen past. Waarom wit?'

Ze dacht weer even na. 'Het is zuiver en schoon.'

'Ja,' knikte hij. 'Dat is zo. Favoriete muziek?'

Ze dacht aan de muziek waar ze op de radio naar luisterde, maar het antwoord kwam van veel dieper weg. 'Oude gezangen.'

'Echt waar?'

'Vind je dat dan raar?'

'Nee. Helemaal niet. Alleen ongewoon voor iemand van jouw leeftijd. Waarom houd je daar zo van?'

'Om de herinneringen die eraan vastzitten.'

'Welke vind je het mooist?'

Ze kon het zich niet precies herinneren. Ze kon het weer horen, gezongen door oma's trillende sopraan. 'Red wie ten onder gaan,' zei ze. 'Ik denk niet dat het in jullie gezangenboek staat.'

'Ik denk dat ik het wel eens gehoord heb,' zei hij, maar waarschijnlijk alleen uit beleefdheid. 'Fris mijn geheugen eens op.'

'Ik ken er nog maar een stukje van.'

'Dat geeft niet.'

Ze zong het zachtjes.

Diep in het menselijk hart, verdrukt door de verleider,
liggen gevoelens begraven die genade herstellen kan;
geraakt door een liefdevol hart, gewekt door vriendelijkheid,
zullen gebroken snaren weer trillen gaan.

'Dat is prachtig,' zei hij rustig.

'Mijn oma zong dat altijd.' Bridie vocht tegen haar tranen en zweeg. Opnieuw was ze daar, en voelde zich net zo veilig en kalm als ze zich altijd bij oma had gevoeld, zelfs nadat alles begonnen was in te storten.

Soms als haar vader weer eens aan de boemel was, nam ze haar broertje en zusjes daar mee naartoe. Oma gaf de kleintjes te eten en als ze het op hadden en buiten gingen spelen, moest Bridie van haar ergens gaan liggen. Ze rustte dan uit en luisterde naar oma's zachte zingen en het geluid van brekende bonen. Knap, knap, knap, en daarna 'plonk' als ze in de emaillen schaal terechtkwamen. Knap, knap, knap, plonk. Op de achtergrond hoorde ze het gezoem van de ventilator, het gekras van kraaien ver weg, het geblaf van een hond, het gesis en gesputter van de snelkookpan. Ze kon de droge, enigszins muffe lucht van oma's slaapkamer ruiken, de scherpe cedergeur van haar kast, het zoete, zonnige parfum van het laken dat ze over Bridie's benen trok, het aroma van de appels en houtrook. Ze herinnerde zich haar opgeluchte gevoel, omdat ze zich tenminste even geen zorgen hoefde maken. Nu zorgde er iemand voor *haar*. Ze werd zich geleidelijk bewust van Alasdairs ogen die op haar gericht waren. Zwijgend keek hij naar haar.

'Waar ben je geweest?' vroeg hij zacht.

'Thuis,' antwoordde ze met een brok in haar keel.

Hij zei niets, knikte alleen licht. 'Je praat nooit over thuis, niet echt tenminste.'

Hij had het dus gemerkt.

Alasdair zei niets. Hij zette zijn kopje neer en wachtte tot ze verder zou gaan.

'Ik ben het zwarte schaap van de familie,' zei ze ten slotte.

Zijn gezicht bleef onverstoorbaar en hij weerstond de neiging om haar tegen te spreken. Hij vermoedde dat ze overdreef, maar hoe goed kenden ze elkaar nu eigenlijk, ondanks al die gezellige gesprekjes die ze hadden? 'En daarom voel je je van hen vervreemd? Voel je je niet vrij om naar huis terug te gaan?'

'Ik ben niet vrij om naar huis terug te gaan,' zei ze met een wrange glimlach. Iets in wat hij zei leek haar een soort ironisch plezier te geven.

'Zijn ze niet zo vergevingsgezind?'

'Het heeft niets met hen te maken,' zei ze. 'Ik weet dat ik in raadsels spreek. Het spijt me.'

Hij schudde even met zijn hoofd.

Even later begon ze weer te praten. 'Vroeger geloofde ik wel,' zei ze abrupt. 'Maar nu weet ik het allemaal niet meer zo zeker.'

Alasdair keek haar even aan, en het verlangen was duidelijk van haar gezicht af te lezen. 'Bedoel je dat je niet meer zo zeker bent van de beloften, of dat je niet zeker weet of ze ook voor jou bedoeld zijn?'

Hij had de spijker op zijn kop geslagen. Haar ogen vulden zich heel even met tranen, voordat ze ze weer weg knipperde.

'Je bent niet de enige die God teleurgesteld heeft.' Hij dacht aan zijn bekentenis aan professor Cuthbert na de dood van Anna, aan zijn tekortkomingen, zijn diepe, diepe spijt.

'Wat zou u zeggen tegen iemand zoals ik?' vroeg ze, terwijl ze haar emoties weg snifte.

'Iemand die van de kudde is afgedwaald, om zo te zeggen?'

Ze knikte, en opnieuw zag hij de verlangende blik in haar ogen.

'Ik zou tegen hen zeggen dat waar de zonde in overvloed aanwezig is, de genade nog overvloediger is.' En het was vreemd, maar zodra hij die woorden had uitgesproken, leken ze ook naar hem te wenken, als een reddingsboot met genoeg ruimte voor

hen allebei. 'Hoe groter het verlies en de mislukking, des te groter zijn Gods verlossing en genade.'

'Niet voor mij. Ik ben dat allemaal kwijtgeraakt.' Haar stem
klonk mat, maar daarachter hoorde hij angst en verlangen. Ze
schreeuwden het naar hem uit, en hij ging er op in.

'Je kunt dat niet kwijtraken,' zei hij eenvoudig. 'Dat is onmogelijk.' Waar kwamen deze dingen vandaan? Hij wist niet of hij
dit zelf wel geloofde, en opnieuw leek alles wat hij gezegd had
een boodschap voor hen allebei te zijn. 'Waarheen zou ik gaan
voor uw Geest?' citeerde hij. 'Waarheen vlieden voor uw aange-
zicht? Steeg ik ten hemel – Gij zijt daar, of maakte ik het doden-
rijk tot mijn sponde – Gij zijt er.'

Ze zweeg even, en in de ogen waarmee ze hem ten slotte aankeek lag een holle en geplaagde blik. 'En als je nu je eigen hel
gemaakt hebt?'

Hij antwoordde meteen zonder enige aarzeling. 'Juist dan.'

'Jij weet niet wat ik gedaan heb,' zei ze, bijna zonder adem te
halen.

'Dat hoef ik ook niet te weten.'

Ze zweeg zo lang dat hij opnieuw begon te praten.

'Maar ik ben niet bang om erover te horen.'

Ze zweeg lange tijd, en hij wachtte geduldig om te zien wat ze
zou besluiten.

'Misschien de volgende keer,' zei ze en stond op om zijn kopje
weer vol te schenken.

Bridie was volkomen uitgeput tegen de tijd dat ze in Samantha's
kamer kwam om te lezen. Samantha ging meteen in de aanval.
'Waarom kom je nu pas?' Ze was blijkbaar klaar geweest en had
zitten wachten. Het kussen was al tegen het hoofdeinde van het
bed aangezet, maar Bridie's plek was leeg. Ze keek bedenkelijk,
en leek in de gaten te hebben dat Bridie's ogen roodomrand
waren.

'Allergie,' zei Bridie en wuifde luchtig met haar hand om verdere vragen te voorkomen. 'Kom, we gaan lezen.'

Samantha keek nog steeds bedenkelijk.

'Of wil je het vanavond liever overslaan?' vroeg Bridie hoopvol. 'Ik zal het me niet aantrekken, hoor.'

'Nee, ik wil wel lezen.' Samantha keek nog een keer onderzoekend naar haar. 'Doe de deur even dicht,' beval ze.

Bridie keek haar vragend aan, maar deed het toch.

Ze hadden al een paar plakboeken doorgewerkt, hoewel dat heel wat tijd had gekost. Meer foto's en gedichten, knipsels en lijsten, tickets en heel veel bladzijden vol met Anna's prachtige handschrift, waarin alles wat prijzenswaardig was aan Alasdair MacPherson breed werd uitgemeten.

Bridie klom op het bed.

'Schiet op,' drong Samantha aan.

'Niet boos worden alsjeblieft,' antwoordde Bridie, en nam de tijd om zich te installeren. 'Vooruit dan maar,' zei ze ten slotte. 'Begin jij maar.'

Samantha verschoof het boek, zodat het op hun beider benen lag en sloeg de leren omslag open. Deze keer werden ze niet door foto's verwelkomd, alleen door enkele met de hand volgeschreven bladzijden die in het plakboek vastgeniet waren.

Vorige week hebben we vader bezocht. Hij geeft niets om Alasadair. Ik ben zo teleurgesteld, hoewel ik niets anders had moeten verwachten. Hij geeft dat natuurlijk niet toe. Hij zegt dat zijn aarzeling niets met Alasdair te maken heeft, maar met zijn overtuiging dat ik nog niet rijp ben voor een serieuze relatie – bla, bla, bla.

We waren nog maar nauwelijks terug van het bezoek, of ik kreeg een lange brief van hem, vol met waarschuwingen en uiteenzettingen. Hij vertrouwde me toe dat hij tegenwoordig naar een nieuwe psycholoog gaat, en die bezit de sleutel tot alle kennis en inzicht. Natuurlijk wil hij dat ik ook eens naar die man toe ga. Hij had het over mijn ups en downs, wat naar mijn gevoel niet eerlijk van hem was. Alle vrouwen hebben dergelijke buien. Ik vind het niet nodig om me met de natuur te bemoeien, door op expeditie naar het verleden te gaan. Er zal weinig goeds voortkomen uit het doorzoeken van de prullenbak vol oude herinneringen. Ik ben nu gelukkig en het leven gaat door. Misschien

zal ik Alasdair eens vragen wat hij ervan denkt, maar ik weet zeker
dat hij het met me eens is.
De gedachte aan Alasdair roept veel tegenstrijdige gevoelens in me
wakker.

Bridie stopte even met lezen. Zij kende dat gevoel ook.

Ik ben me er zo goed van bewust dat onze tijd samen ten einde loopt.
Ik probeer er niet aan te denken, maar gewoon van elke dag te genie-
ten.

Misschien moest zij dat ook maar doen. Zich helemaal geven en
van de situatie genieten zolang als die duurde. Bij die gedachte
ontstond er een sprankje hoop in haar hart.

'Ga verder,' drong Samantha aan. Bridie richtte haar aandacht
weer op Anna's dagboek.

Alasdair en ik hebben vandaag samen diensten bijgewoond, en de
preek ging over het achterlaten van je verleden en het najagen van wat
voor je ligt. Hoe liggen de kansen nu eigenlijk? Ik heb het opgevat als
een bevestiging van mijn beslissing om vriendelijk, maar vastberaden
tegen vader te zeggen, dat ik achter zijn besluit sta om opnieuw naar
een andere hulpverlener te gaan, maar dat ik daar zelf geen behoefte
aan heb. Hij heeft problemen. Ik niet. Ik ben nu gelukkig. Gelukkiger
dan ik ooit in mijn leven geweest ben.
Vanmiddag roosterde ik een broodje, smeerde er dik boter en honing op
en genoot van een hapje. Ik liet het op mijn tong liggen, en draaide het
rond in mijn mond. Zo is het momenteel ook met mijn leven. Zoet en
bevredigend.
Ik las vanavond uit Prediker. Ik houd zo van dat vers waar staat dat
God alle dingen mooi heeft gemaakt op zijn tijd. Nu is het mijn tijd.

Er waren nog meer tickets en concertprogramma's ingeplakt.
Ontzettend veel foto's van Alasdair en Anna tijdens uitstapjes.
Nog meer bloemen.

'Saai zeg.' Samantha bladerde snel verder.

'Een beetje langzamer graag,' zei Bridie, en sloeg een bladzijde terug.

Samantha zuchtte. 'Ze gaat de hele tijd maar door over hetzelfde. Het lijkt wel of ze dacht dat alles wat papa deed volmaakt
was.'

'Sstt,' zei Bridie en las verder.

*Hij heeft die vurige, vastberaden toewijding aan God waar ik mijn
hele leven naar verlangd heb. Niets van mijn eigen onzekerheid. Nee,
hij is standvastig en betrouwbaar.*

Samantha snoof. 'Precies wat ik ook al vond.'

'Gedraag je een beetje,' zei Bridie zonder op te kijken. Samantha zuchtte.

*Ik vraag me af of het me goed zal doen om bij hem in de buurt te zijn?
Misschien zal zijn rechtlijnigheid ook enigszins zijn weerslag op mij
hebben. Ik moet lachen terwijl ik dit opschrijf. Zou de wereld geen
beter oord zijn als mensen in een pan gegooid en door elkaar geroerd
konden worden?*

Nog een paar bladzijden met foto's.

*Nu blijk ik helemaal niet na te hoeven denken over zijn vertrek!
Alasdair heeft me ten huwelijk gevraagd! Ik ben de gelukkigste vrouw
op aarde. Ik heb vader gebeld om het hem te vertellen en natuurlijk
moest hij het weer verpesten door me allerlei vragen te stellen, en tegen
te werpen dat het allemaal veel te snel is gegaan. Waarom kan hij toch
niet gewoon blij voor me zijn? Waarom moet hij alles verpesten? Ik
heb hem uit mijn hoofd gezet en geniet van mijn vreugde. Ik ben God
zo dankbaar. Het is waar dat Hij ons geeft wat we nodig hebben.*

'O, mag ik even overgeven?'

*We gaan hier trouwen. Alasdair zegt dat het zo beter is. Heeft iets met
zijn zussen te maken. Ik hoop dat ze me aardig vinden. Hij zegt dat*

ik me geen zorgen moet maken. Dat ik aan die specifieke omstandig-
heid absoluut niets kan veranderen. Ik weet niet precies wat hij
bedoelt, maar het klinkt niet al te best.

'Daar had ze zeker gelijk in,' zei Samantha.

Ik zal dat allemaal uit mijn hoofd zetten. Vandaag zijn we verloofd.
Ik ga met mijn prins trouwen, degene voor wie ik geschapen ben en die
voor mij geschapen is.

Samantha stak haar vinger achter in haar keel. Bridie negeerde
haar en sloeg de bladzijde om.

Het huwelijk van Anna Ruth Williams en Alasdair Robert
MacPherson luidde het opschrift, opnieuw prachtig met goud-
inkt en in kalligrafie geschreven. Anna had de H versierd.
Allerlei prachtige bloemen kwamen eruit tevoorschijn en vloei-
den in verschillende soorten inkt over de bladzijde. Een professionele trouwfoto prijkte onder het opschrift.

Ze was ontzettend mooi. Haar jurk was van ivoorwitte satijn
en liet de schouders bloot. Haar haar was opgestoken en kleine
lokjes piepten eruit. De sleep lag over de traptreden van de kerk
uitgespreid. Alasdair droeg een zwart pak en blauw vest, en
Bridie kon de ketting van een zakhorloge zien. Hij lachte en zag
er gelukkig uit. Anna hield zijn arm vast. Zijn hand lag op de
hare, alsof hij bang was om haar in een mensenmassa kwijt te
raken.

Onze bruiloft was klein maar fijn. Alleen een paar vrienden en fami-
lie en natuurlijk dominee Twisp. Maar mijn kamergenoten hadden
het altaar met rozen versierd en mijn jurk was schitterend. Vader was
er ook en deed niet al te moeilijk, hoewel duidelijk bleek dat hij er
helemaal niet blij mee was. Het allerminst met het feit dat Alasdair
zijn enige kind meenam naar Amerika. Ik zette het uit mijn gedach-
ten. Vannacht blijven we in Londen, en morgen vertrekken we naar
Boston, waar Alasdair zijn opleiding aan de universiteit zal afronden.
Hij zei dat hij daarna misschien les kan gaan geven. Maar wie weet

wat de toekomst in petto heeft? Vreugde. Zoveel weet ik wel als ik hem hier naast me zie.

Bridie zuchtte. Samantha reikte langs haar heen en sloeg de bladzijde om.

Boston is groot en bruisend en angstaanjagend. Onze kamer is smerig en ligt in een slechte wijk. Alasdair beloofde dat we vanavond, als hij klaar is met zijn avondcollege, de advertenties voor appartementen door kunnen nemen. Ik vind het vreselijk dat hij me hier 's avonds alleen achter moet laten. Hij zei dat ik wel veilig ben als ik de deur op slot doe en de grendel ervoor schuif. Dat heb ik gedaan, maar ik ben nog steeds bang. Het is erg warm, maar ik ben te bang om de ramen open te zetten.

Gisteren had ik weer een negatieve bui.

'Anna,' zei hij, 'je moet leren vechten. Je moet niet gaan liggen zodat je stemmingen over je heen kunnen walsen.'

'Je hebt gelijk,' gaf ik toe. 'Bid alsjeblieft voor me. Ik heb het zo moeilijk als het weer zover is.'

Hij legde zijn handen op mijn schouders en bad. 'Deze schouders zijn zo moe. Geef haar kracht, Vader.' Ik huilde, maar later voelde ik me veel beter. Hij zette water op en maakte thee voor me. Toen moest hij weg, maar als ik alleen al aan hem denk voel ik me sterker. Ik weet dat ik het me verbeeld, maar het lijkt alsof zijn kracht in mij vloeit. Ik dacht aan zijn advies en las mijn Bijbel en bad. Ik voelde me iets beter. Dit zal me sterker maken.

Bridie keek naar Samantha om haar reactie te peilen. Haar gezichtje zag er verdrietig uit. Bridie probeerde iets te bedenken om tegen haar te zeggen.

Nee, zei dat stemmetje opnieuw. *Het is de waarheid. Vertel het maar.*

We hebben ons appartement gevonden, en vandaag voel ik me heel blij.

Mooi. Bridie voelde de spanning in haar schouders wegebben, en Samantha's gezicht had zich enigszins ontspannen. Op de volgende paar bladzijden waren verfstalen en kleine stukjes stof geplakt. Anna had nog meer bladzijden gevuld met schetsen van haar ideeën voor de inrichting van hun huis – meubelhoezen die ze maakte, meubels die ze verfde, combinaties van planten en schilderijen en vloerkleden. Er waren foto's van het appartement, kamer voor kamer, en het zag er prachtig uit. Anna had een fijne neus voor de inrichting. Die was uitgevoerd in wit en lichtgroen en roze, en er waren veel manden en groene planten, riet en chintz, en witgeschuurde tafels. De schilderijen leken in olieverf uitgevoerd, met zachte pasteltinten. Overal rozen.

Ezellamp, had Anna geschreven, met een pijl naar de tafel. Samantha glimlachte.

Ik heb het Amerikaanse equivalent van de rommelmarkt ontdekt. Hier noemen ze dat een vlooienmarkt. Ik heb geen idee waarom, omdat er nergens zoiets als een vlo te vinden is. In elk geval ben ik er vorige week heen geweest en ik zal vaker gaan, aangezien mijn schatten haast te talrijk zijn om ze allemaal op te noemen. Ik heb een prachtig kleed gevonden, maar ietsje versleten, een gietijzeren kandelaar die fantastisch zal staan als hij wit geschilderd is en er kleine roze kaarsjes in staan. Chintz kussens, een complete set porselein in heel goede staat, en dan de grootste vondst – nog een roze, chenille beddensprei die prachtig zal staan over de oude bruine slaapbank. Het was vast de bedoeling dat ik die zou kopen. Alasdair zegt dat hij er een baantje bij zal moeten nemen om het allemaal te kunnen betalen, maar ik denk dat hij er toch wel blij mee is. Hij leek nog blijer te zijn toen ik zei dat het niet nodig zou zijn. Dat ik besloten heb om zelf te gaan werken.

'En ga je ook verder met je opleiding?' vroeg hij.

'Daar ga ik me hierna mee bezig houden,' kondigde ik aan en kon de blijdschap haast van hem af voelen stralen. We hadden een fantastische nacht. De beste sinds tijden.

Samantha rolde met haar ogen. 'Nou ja. Lees maar verder,' zei ze. Het volgende kopje was een week later gedateerd.

Alasdair heeft me vandaag gekwetst. Voor het eerst voelde ik een stekende leegte. Ik ging naar hem toe om te bidden, toen hij zat te studeren. Ik denk dat het nog pijnlijker was omdat hij zo kalm bleef. Als hij boos geweest was, had ik het kunnen wijten aan woorden die in de haast waren uitgesproken, maar hij was echt heel kalm en beheerst. 'Ik ben ook maar een mens, Anna. Geen priester,' zei hij. 'Ga zelf maar naar God toe. Je hoeft mij niet voor je te laten bidden. Het heeft niet meer kracht dan wanneer jij voor mij bidt.'
Ik probeerde uit te leggen hoe God hem gebruikt om me op Hem te concentreren en me vrede te geven. Dat is toch de taak van een echtgenoot? 'Dat is toch de betekenis van twee die één zijn?'
'Nee,' antwoordde hij. 'Ik weet niet precies wat het betekent, maar ik denk niet dat het dat betekent. Het is geen rekensom van twee halve personen die samen gelijk zijn aan één hele, maar twee hele die bij elkaar komen en iets volledig nieuws creëren.' Ik zei dat ik vond dat hij onzin uitkraamde en begon te huilen. Hij keek me heel vreemd aan, alsof ik een soort angstaanjagende persoonsverandering had ondergaan. Ik liep de kamer uit.
Na een poosje kwam hij naar me toe. Hij was heel lief en teder en zei dat het hem speet dat hij me van streek had gemaakt. Hij zag er zo droevig uit, en ik voelde dat ik nog meer terneergeslagen raakte, alsof mijn gesteldheid aan de zijne vastgebonden was en die beide met een steen het meer in gegooid werden. Daarna ging hij weg naar de bibliotheek om daar zijn les voor te bereiden. Meestal doet hij dat hier. Ik heb hem weggejaagd.
Alasdair kwam laat terug en bracht een studiegids van de universiteit voor me mee. Hij zei dat ik hier op de universiteit wat colleges in literatuur en schrijven moet gaan volgen. Hoewel het semester al begonnen is zou ik laat kunnen beginnen en hoorcolleges volgen. Ik zei misschien, maar ik weet dat hij alleen maar manieren probeert te vinden om me bezig te houden, zodat hij vrij is om zijn eigen dingen te doen. Volgende week komt zijn familie met me kennismaken, en ik ben bang dat ze me niet aardig zullen vinden.

'O, o,' zei Samantha. Bridie begon zonder commentaar het volgende stukje te lezen.

De zon schijnt vanmorgen uitbundig door de ramen van ons appartement. Het is een prachtige dag met een vleugje herfst in de lucht, en ik voel me enorm opgebeurd. En ik heb kunnen vaststellen wat mijn probleem precies is. Wie zou niet depressief zijn als hij duizenden kilometers van huis was, helemaal alleen in een nieuw land? Ik voel me nu veel beter. Ik heb zelfs een cake gebakken voor Alasdairs familie.

'Ik heb er een naar voorgevoel van,' zei Bridie, instemmend met Samantha. Een blik op de volgende regels bevestigde dat.

Het bezoek van zijn familie was verschrikkelijk. Zijn ene zus, Winifred, is walgelijk, en ik durf niet goed te zeggen dat zijn moeder net is zoals zij.
'Jullie zullen naar Alexandria moeten komen voor een gepaste ceremonie en receptie,' zei ze. Ik zei niets, glimlachte alleen, maar wilde zeggen dat ik keurig getrouwd was en wat was daar verder nog aan toe te voegen? Ik was een beetje geïrriteerd omdat Alasdair niet wat meer zei. Hij keek alleen toe, en soms leek hij wel geamuseerd te zijn.
Zijn vader was nors en verstrooid, sleepte Alasdair steeds mee voor fluistergesprekken, waarvan ik maar een paar woorden kon opvangen – ouderlingen en budgetten en bijeenkomsten. Kerkzaken. Maar één familielid was vriendelijk tegen me – Alasdairs zus Lorna. Ik kan zo zien dat ze weet hoe het is om de underdog te zijn.
Mijn nieuwe schoonmoeder bood aan om met me te gaan winkelen en me te helpen het appartement in te richten. 'Het is al ingericht,' antwoordde ik, en er viel een doodse stilte voordat Fiona begon te kwetteren. De hele dag was het verschrikkelijk. Nadat ze ons mee uit eten hadden genomen, serveerde ik de cake, maar die was van binnen niet goed gaar. Daar zaten ze allemaal en lepelden soepachtige hapjes chocolade naar binnen. O, ik wilde ter plekke wel doodgaan. Lorna probeerde me te helpen en zei dat ze gehoord had dat puddingcake zo populair was, en was ik dus niet knap dat ik er een gemaakt had, maar daar liet niemand zich mee voor de gek houden. Winifred begon zelfs

met haar te ruziën. 'Dit is geen puddingcake,' zei ze. Toen begon Fiona me te vragen wat voor colleges ik ging volgen, maar ze zette haar cake weg zonder er een hap van te nemen. Winifred bleef maar doorgaan. 'Ik weet precies hoe pudding smaakt,' zei ze, 'en dit is geen pudding.' Toen zei moeder MacPherson: 'Winifred, zo is het wel genoeg. Ondanks Anna's problemen met de cake, valt je gedrag niet goed te praten.' En het meest ongelofelijke onderdeel van de hele dag was dat Alasdair begon te lachen, toen ik hem over dit gesprek vertelde!! 'Dat zijn ze allemaal in een notendop,' zei hij. 'Ze hebben je alleen maar een korte karakterschets van zichzelf gegeven.'

Ik probeerde hem uit te leggen hoe ik me gevoeld had – stom en waardeloos. Ik hoopte dat hij me tegen zich aan zou drukken en zou zeggen dat ik helemaal niet zo was – tenminste niet in zijn ogen. Maar hij zei alleen maar dat zij degenen met het probleem waren, en dat ik moest proberen hen allemaal met een korreltje zout te nemen, anders zou ik gek worden. En toen ging hij weg om wat werk op de campus te gaan doen.

'Lees Psalm 146 maar eens,' zei hij toen hij vertrok. Ik ben woedend over zijn aanmatigende manier van doen en nog woester omdat ik gedaan heb wat hij vroeg.

'Vertrouwt niet op edelen, op een mensenkind, bij wie geen heil is; gaat zijn adem uit, dan keert hij weder tot zijn aarde, te dien dage vergaan zijn plannen. Welzalig hij, die de God van Jakob tot zijn hulpe heeft, wiens verwachting is op de Here, zijn God, die hemel en aarde gemaakt heeft, de zee en al wat daarin is, die trouwe houdt tot in eeuwigheid.'

Ik weet niet of ik boos of gekwetst moet zijn. Ik ga naar bed.

Bridie stopte en keek naar Samantha.
'Ga maar door,' zei Samantha en ze klonk geïrriteerd.
Bridie las verder.

Ik heb besloten om het leven bij de horens te vatten. Ik heb me voor de colleges ingeschreven en een baan gevonden. In een bejaardentehuis. Ik ga drie keer per week 's middags activiteitenbegeleiding geven – handenarbeid en zo. En de eerste keer dat ik er was heb ik onder het

kralen knopen al een vriendin gevonden. Ze heet Elizabeth Bacon en
is een heel boeiende persoon. Vroeger was ze juwelier en ik schaamde
me nogal voor mijn provisorische handenarbeidplannen.
'Kralen rijgen moet voor jou wel kinderspel zijn,' verontschuldigde ik
me.
'Helemaal niet,' zei ze. 'Het geeft me iets om handen.'
We hebben heel wat zitten praten. Ze bewonderde mijn trouwring en
zei dat de diamant schitterend was. Ze is openhartig en opgewekt.
Precies het soort vriendin dat ik nodig heb.

Hierna volgden vele stukjes over Boston. Dingen waar Anna
mee bezig was. Het leek of ze er in de weken daarna in geslaagd
was een leven voor zichzelf op te bouwen. Ze ging naar haar colleges, vond zelfs een vriendin in het flatgebouw, of tenminste
een kennis die het leuk vond om samen met haar naar vlooien-
markten en tweedehandswinkels te gaan. Er waren nog meer
aangrijpende stukjes over haar liefde voor Alasdair, die bijna
wanhopig klonken.

'Teveel informatie,' zei Samantha, terwijl ze met haar hand
wuifde. 'Sla die maar over.' Bridie bladerde snel verder en wist
niet of ze dat deed uit respect voor Anna's privacy of om een
andere reden.

Alasdair is erg opgetogen over mijn nieuwe benadering van het leven
en zei dat het hem speet, als hij me bij zich weg had lijken te duwen.
Ik zei tegen hem dat hij zich volgens mij niet realiseert wat een helend
effect hij heeft op mij, op iedereen. Ik geloof dat God mensen gebruikt
om in onze behoeften te voorzien. Op een dag zal ik proberen om het
hem duidelijker uit te leggen. Nu moet ik mijn huiswerk gaan maken.
Ik loop achter bij mijn literatuurcolleges en moet morgen een werkstuk
voor 'creatief schrijven' afhebben, waar ik vreselijk tegenop zie. Ik voel
me niet al te best.

Bridie sloot het boek.
'Daar heb ik zo'n hekel aan.'
'Waaraan? Wat heb je toch?'

'Ik haat gewoon de manier waarop ze ergens middenin stopt.'

'Geduld. Morgen gaan we weer met haar verder. En daarna moeten we eens flink aan de slag met voorbereidingen voor kerst.'

Bridie zei welterusten, kuste Samantha op haar voorhoofd en deed het licht uit. Het huis was stil. Er kwam licht onder de deur van Alasdairs studeerkamer uit, maar de deur zat dicht. Wat zou hij zeggen als hij wist wat ze aan de andere kant van die muur aan het doen waren? Ze liet zichzelf uit, stapte de koude avond in en deed de deur op slot zodat ze veilig waren.

Vierentwintig

Bob Henry gooide het laatste papier van de Presbyteriaanse Knoxgemeente van zich af. Over een paar dagen was het kerst en hij zat nog hier. Al ploeterend zonder dat het iets opleverde. Zijn vriendin was naar de Bahama's vertrokken. Zonder hem. En hier zat hij dan in zijn kantoor zonder ramen nog steeds allerlei financiële stukken door te neuzen. Die helemaal in overeenstemming met de wet waren.

Er ontbrak geen cent aan de kleine kas. Er waren geen omkooppotjes. Niets onverklaarbaars. Hij had nu al wekenlang met zijn neus in deze zooi gezeten. Had er zelfs een bevriende accountant bijgehaald om er eens grondig naar te kijken. Maar nee. Helemaal niets. En zijn tijd was bijna om. Gerry had al weken om zijn inbreng gevraagd, want hij wilde terug naar de ouderlingen van de Knoxgemeente. Hij had het net gisteren nog weer aangekaart.

'Edgar Willis heeft weer gebeld, Bob. Ik moet je rapport snel hebben.'

'Ik moet nog een paar feiten onderbouwen, meneer,' had Bob gezegd om een slag om de arm te houden. Maar hij kon de zaak niet veel langer afhouden, en niet alleen vanwege Gerry's ongeduld. Bobs eigen tijdsschema was ook krap. De leden van de algemene vergadering moesten hun voordracht van presidentskandidaten vier maanden voor de jaarvergadering kenbaar maken. Dat betekende dat de beslissingen op dit moment al genomen werden. Als Bob nog iets tevoorschijn wilde toveren dat de ouderlingen van Knox achterover zou doen vallen, was het moment daar nu voor aangebroken. Hij zuchtte, wreef over zijn stijve nek en ging terug naar de paperassen die over zijn hele bureau verspreid lagen.

Hij begon weer met de huidige maand. De giften waren gedaald, maar dat was te verwachten rond de kerst. Bovendien was de hand op de knip houden meestal de eerste stap van ontevreden gemeenten. Hij schudde zijn hoofd en bladerde de bladzijden snel door. Nog één keertje. Het op twee na laatste papier, een geel formulier met doorgedrukte letters, trok zijn aandacht. Hij fronste zijn wenkbrauwen. Er was iemand toegevoegd aan de polis van de ziektekostenverzekering van de kerk. Bridget Collins. Haar geboortedatum stond erop, evenals haar sofinummer. Wie was dat?

Hij klapte het telefoonboek open en draaide het nummer van Personeelszaken. Nee, stelde de vrouw hem gerust. In de kerk van Alexandria waren geen nieuwe mensen in dienst genomen. De enige functie die vacant was, was die van hulppastor, maar dat was nog niet officieel bekendgemaakt. Bob hing op en krabde matig geïnteresseerd aan zijn kin. Hij zocht nog een nummer op – het kantoor van Knox. De secretaresse kwam aan de lijn. Hij herinnerde zich haar wel – een jong, afstandelijk type met achterdochtige ogen, met wie hij had geprobeerd een praatje te maken toen hij daar was. Ze had hem niet gemogen. Ze had hem er bijna van beschuldigd dat hij problemen veroorzaakte en was helemaal dichtgeslagen toen hij een paar onschuldige vragen had proberen te stellen.

'Met Henry Fallon van Personeelszaken,' loog hij, en koos daarvoor de eerste de beste naam die hem te binnen schoot – die van zijn opa aan moederszijde. 'Ik heb een nieuwe opgave voor de ziektekostenverzekering, en ik begrijp het niet precies,'

'Ja,' antwoordde ze, niet erg toeschietelijk om hem verder te helpen.

'Eh, die Bridget Collins, wat is precies haar functie? Ik moet iets hebben om hier op te schrijven. We kunnen niet zomaar mensen bij de polis opnemen.'

'Ze is het kindermeisje, en laat me voordat u er over tekeer begint te gaan, eerst even zeggen dat ik Lorna verteld heb, dat er volgens mij problemen over zouden ontstaan. Ik kan u haar nummer wel geven als u vragen heeft.'

'Wiens kindermeisje is ze?'

'Van dominee MacPherson. Hij heeft haar aangenomen om voor zijn kinderen te zorgen.'

'Woont ze bij hen? Want als dat niet het geval is, kan ze niet beschouwd worden als fulltime werknemer en kan ze ook niet voor die rechten in aanmerking komen.'

Schitterend. En hij had zich er maar nauwelijks voor ingespannen.

'Ik weet het niet. Bel Lorna maar – de zus van dominee MacPherson. Dit is haar nummer.' Ze dreunde cijfers op, maar Bob nam de moeite niet om ze op te schrijven. Hij hing op en bleef nog een paar minuten na zitten denken.

Hij controleerde de geboortedatum en vergeleek een paar dingen. Bridget Collins was zesentwintig. Hij vroeg zich af hoe ze eruit zag. Zijn klus zou simpeler zijn als ze nog minderjarig was. Hij schreef het sofi-nummer over, maar voelde zich niet erg geïnspireerd. De kans dat Alasdair een relatie met haar had was bijna nihil, maar, zo zei hij tegen zichzelf, hij hoefde ook niets te bewijzen. Hij hoefde alleen genoeg te hebben om MacPherson ervan te overtuigen dat het in zijn eigen belang en dat van zijn gezin was om ontslag te nemen.

Hij zou teruggaan naar Alexandria en kijken wat hij verder kon vinden. Een beetje opgevrolijkt pakte hij de telefoon nogmaals en vroeg het nummer aan van een van de oude rotten van de kerk, wiens zoon advocaat was in dienst van de minister van justitie. Hij zou hem vragen om meer te weten te komen over dat kindermeisje, hoewel hij waarschijnlijk alles wat hij wilde weten zelf ook van het internet kon halen, als hij maar op de juiste plaatsen zocht. Er was haast niets dat je niet over iemand te weten kon komen, als je zijn naam en sofi-nummer maar had.

Vijfentwintig

'Denk je dat tante Lorna dit mooi vindt?' vroeg Samantha, terwijl ze de ketting die ze gemaakt had omhoog hield.

'Ik denk dat ze hem prachtig vindt,' zei Bridie. Het bezoek aan de kralenwinkel was een groot succes geweest. Iedereen zou met kerst een geregen cadeau krijgen. 'Vergeet niet om haar te vertellen wat die vrouw zei.'

'Dat maanstenen een vrouw een mysterieuze uitstraling geven,' citeerde Samantha en boog zich weer over haar werk. 'Ik schrijf het op het kaartje.'

Bridie observeerde haar nog even, klom toen op het bed en opende het boek dat Samantha op het kussen had laten liggen. Anna's gezicht keek haar aan vanaf de eerste bladzijde en Bridie schrok ervan hoe sterk ze zich met deze vrouw verbonden voelde. Hoe levensecht ze geworden was. Haar gezicht was zo vertrouwd als dat van een dierbare vriendin. Kijk, ze had haar haar laten knippen. Het stond haar goed, vormde een zachte omlijsting van haar gezicht en krulde achter haar oren. Haar gezicht was zo mooi, haar gelaatstrekken zo verfijnd. Op deze foto lachte ze en haar ogen straalden. Alasdair stond naast haar, een jongere, levendiger versie van zichzelf. Zijn gezicht was haar nog meer vertrouwd geworden. Bridie weerstond de neiging om haar vinger over zijn gelaatstrekken te laten glijden. Ze keek aandachtig, maar kon niet zien of hij toen al een inktvlek op zijn vinger had. Ze haalde diep adem en begon toen te lezen.

'Laat me Boston maar zien,' zei ik tegen Alasdair. 'Tijd voor wat afwisseling.'
En tot mijn grote verrassing deed hij het nog ook.
'Wakker worden,' zei hij vanmorgen, en bracht me een dampende kop

thee en een vers croissantje op een dienblad. Hij had er zelfs een kleed-
je op gelegd – gepikt van de achterste tafel. 'Vandaag ben je helemaal
van mij,' zei hij. Dat klonk fantastisch.
Na mijn ontbijt kleedde ik me aan. Hij stond te wachten en tikte
zacht met zijn voet op de vloer.
De ochtend hebben we besteed aan boekwinkels. Hij heeft een
prachtige uitgave van Blake voor me gekocht, en ik heb voor hem een
deel van de commentaren van Calvijn gekocht, dat hij nog niet had.
De stad is prachtig. Alle bladeren zijn aan het verkleuren en de lucht
is verfrissend en koel. We hebben geluncht in een klein cafeetje bij het
Franse Culturele Centrum en de bibliotheek. We namen uiensoep
met kaas en croutons en deelden een chocoladepannenkoek als toetje.
's Middags hebben we de oude Noorderkerk bekeken en de plek waar
de Boston Tea Party heeft plaatsgevonden. En als laatste deden we het
observatorium, net toen de sterren zichtbaar begonnen te worden. Het
was heerlijk. Een helemaal perfecte dag.

'Weet je zeker dat ze het over papa heeft?' vroeg Samantha terwijl ze nog een kraal reeg. Bridie keek haar onderzoekend aan.
Het volgende stukje was gedateerd in november.

De winter is nu heel serieus begonnen. Ons kleine appartement is
knus en warm, terwijl de ijskoude regen hard tegen de ramen slaat. Ik
denk dat het niet al te moeilijk moet zijn om twee kamers en een toi-
let te verwarmen. Nou ja, wat we hier aan ruimte missen wordt ruim-
schoots goed gemaakt door gezelligheid.
Ik heb een geheim. Ik heb het nog aan niemand verteld, maar ik denk
dat ik zwanger ben. Ik kan de veranderingen in mijn lichaam voelen,
ook al ben ik nog maar een paar dagen over tijd. Ik voel me heel
zwaar, een beetje overrijp en misselijk. We zien wel. Volgende week is
vroeg genoeg om een test te doen. Ik vraag me af wat hij zal zeggen. Ik
denk dat hij er blij mee zal zijn, maar je weet het nooit. We zijn ten-
slotte pas een paar maanden getrouwd. Misschien had hij liever nog
wat gewacht. Ik ben bang om het hem te vertellen. Waarom heeft de
vrouw altijd het gevoel alsof het haar aangaat en de man meer een toe-
schouwer dan een deelnemer is?

En er schoot me nog iets te binnen. Vader. De moed zinkt me in de schoenen. Als ik zwanger ben, zal het nieuws hem zeker tekeer doen gaan. Misschien vertel ik het hem niet voordat ik een heel eind op weg ben of zelfs pas na de bevalling. Om mezelf die voortdurende aansporingen te besparen om toch vooral met iemand te praten. In elk geval zal ik mijn vreugde niet laten bederven door zorgen over hem. Omdat er iets met moeder gebeurd is betekent dat nog niet dat het ook met mij zal gebeuren. Ik denk dat ik Devon kies als het een jongen is, en Clarice als het een meisje is. Of misschien Ellen en William. We zien wel.

'Clarice.' Samantha trok een gezicht. 'Ze heeft vast *Hannibal* niet gezien.'

'Het is een heel leuke naam,' zei Bridie.

'Ik vind jouw naam leuk,' zei Samantha. 'Mary Bridget.'

Bridie keek haar doordringend aan. Samantha's hoofd was weer over de kralen gebogen. 'Hoe weet jij dat?' vroeg ze en probeerde haar stem in bedwang te houden.

'Je Bijbel. Die lag in de logeerkamer, en ik zag hem toen ik daar aan het stoffen was. Waarom staat er voorin Washburn, terwijl je achternaam Collins is?' vroeg ze en keek nog steeds niet op van haar rijgwerk.

Bridie's hart bonsde en ze antwoordde roekeloos. 'Ik heb een geheim leven.'

'Nee. Je meent het.' Samantha keek op, geïnteresseerd, onschuldig, totaal niet achterdochtig.

'Hij was van mijn moeder.' Bridie voelde een schok van binnen toen de leugen over haar lippen kwam. Ze had plotseling de neiging om hem terug te nemen. Om de hele waarheid te vertellen.

En net op tijd voor kerst in de gevangenis gegooid te worden. Zou dat even een aangename kennismaking zijn?

'Het is een mooie naam,' zei Samantha, haar hoofd weer over de kralen gebogen. Het moment was voorbij. Bridie richtte haar aandacht weer op Anna's boek en probeerde haar schuld te vergeten.

Een laboratoriumuitslag uit de Brigham Vrouwenkliniek sierde de bladzijde. Een opdracht voor een zwangerschapstest met het woord *JA!* en de datum eroverheen geschreven in rode inkt. Anna had een ouderwetse babymuts aan het papier vastgemaakt. Deze was bedekt met kant en satijnen linten die tot onder aan de bladzijde reikten.

Ik heb het Alasdair verteld en hij was geweldig. Hij was eerst verrast, maar daarna begon zijn gezicht van blijdschap te stralen. Ik vroeg of het te vroeg was voor een baby. Hij schudde zijn hoofd en kuste me. Hij zei dat niet onze plannen ertoe deden, maar die van God – dat hij had gedacht dat we zouden wachten, maar we waren daarin duidelijk overstemd. Ik voel me enorm opgelucht en ben nu nog gelukkiger. Ik heb op aandringen van Alasdair mijn vader gebeld, en zelfs hij deed er niet moeilijk over. Daarna heeft hij echter een hele tijd met Alasdair zitten praten. Ik vroeg waar ze het over gehad hadden, en Alasdair deed wat vaag. 'Hij wil gewoon dat ik goed voor je zorg,' zei hij, en kuste me op mijn wang, maar ik denk dat zijn ogen wat verontrust waren. Echt iets voor vader om helemaal van de andere kant van de oceaan een blij moment te verpesten.

Maar ik zal het niet toelaten. Als hij zijn leven in mistroostigheid wil leven, moet hij dat zelf weten, maar ik wil dat niet. Vandaag ben ik lekker gaan winkelen. Ik was in tweedehandswinkels op zoek naar een wiegje, maar heb in plaats daarvan dit mutsje gevonden. Ik voel me helemaal niet fit, en als ik er naar kijk herinnert het me aan de vreugde die me aan het einde van de weg te wachten staat.

Vanmiddag moet ik werken. Soms heb ik er spijt van dat ik die baan genomen heb, maar ik vind het leuk om die oude mensen te bezoeken, vooral Elizabeth. Ze was zo blij toen ik haar het nieuws vertelde. Zij en ik zijn dikke vriendinnen geworden. Ik heb haar verteld over het bezoek van Alasdairs familie en ze moest ontzettend lachen. 'O, lieverd, neem ze maar niet al te serieus,' adviseerde ze. 'Ze hebben blijkbaar geen stijl.'

Daar heb ik de hele dag om moeten glimlachen. Wat zou moeder MacPherson woest zijn als haar werd verteld dat haar kliek geen stijl had. Behalve Lorna natuurlijk. Dat is een schat. Hier is het briefje dat ze me gestuurd heeft na het fiasco met de puddingcake.

Een klein stukje wit papier was naast een Valentijnskaart uit het Victoriaanse tijdperk geplakt, waarop allemaal hartjes stonden en kant in allerlei tinten roze, groen en wit was bevestigd.

Ik zag deze kaart in een antiekwinkel en moest aan jou denken, Anna. Ook al is het geen Valentijnsdag, toch moest ik hem kopen. Ik vond het zo fijn om je te ontmoeten. Je huis is prachtig. Ik hoop dat je het niet erg vindt dat ik een van je ideeën heb nageaapt. Op moeders zolder heb ik een oude gietijzeren kandelaar gevonden. Ik heb die wit geverfd en hij hangt nu in mijn eetkamer met kleine roze kaarsjes erin. Steeds als ik ernaar kijk denk ik aan jou en dank ik God dat hij mijn broer zo'n geweldige vrouw gegeven heeft en mij zo'n fijne schoonzus. Liefs van Lorna.
P.S. Ik zie ernaar uit om je met kerst weer te ontmoeten.

'O, o,' zei Samantha. 'Ik ruik moeilijkheden.'
Zeker weten.

Alasdair zegt dat we in de kerstvakantie naar Alexandria moeten. Ik ging naar de slaapkamer en huilde, maar droogde mijn tranen voordat ik weer tevoorschijn kwam. Ik weet dat ik me aanstel en onvolwassen gedraag. Ik heb het aan Elizabeth verteld en ze zei dat ik hun moet laten zien wat stijl inhoudt. Dat zal wel.
Alasdair zegt dat zijn vader iets met hem wil bespreken. Ik hoop niet dat het over een afgrijselijke familienaam gaat die zo nodig doorgegeven moet worden. Stel je voor dat ze in plaats van Devon of Clarice aandringen op Imogene of Orbit? Dat is vragen om problemen. Ik heb mijn colleges over schrijven laten vallen. Ik heb geen energie meer over als ik moet werken.

Bridie keek op. Samantha glimlachte. Ze was gestopt met rijgen en luisterde aandachtig. Daarna volgden vele bladzijden over babyzaken. Een samenvatting van haar bezoek aan de dokter. Verschillende lijsten met namen. Meer verfstalen voor een deel van de slaapkamer, waarvan ze een babyhoek wilde maken. Nog meer namen. Beschrijvingen van dingen die ze wilde gaan naaien: dekens en kleine kleertjes. Bridie kon er niet omheen dat dit in enorm contrast stond met de doos niet uitgepakte kraamcadeautjes op zolder. Waarschijnlijk was daar ook een heel aannemelijke verklaring voor. Ze sloeg de bladzijde om en toen was het kerst, net als nu.

Het is een beetje teleurstellend om hier de vakantie door te brengen. We zijn vanmiddag aangekomen, aan de vooravond van kerst. Er is geen boom. Bijna geen versieringen. De pastorie is groot en koud, ze lijken de principes van centrale verwarming hier niet te begrijpen. En ze zeggen dat Europeanen slecht zijn.

De belangrijkste gebeurtenis van de dag lijkt de dienst op kerstavond te zijn, die wel aardig was, maar veel te lang naar mijn smaak. Ik had moeite om wakker te blijven. De familie had besloten om dit jaar niets aan cadeautjes te doen, zo informeerde mijn schoonvader me. 'Elk familielid zal op kerstavond ter ere van de anderen een gift geven aan het zendingsfonds,' legde hij uit. Ik knikte maar, en Alasdair haalde onze enveloppe tevoorschijn. Alles al klaargemaakt, maar geen woord erover tegen mij. Ik heb wel cadeautjes meegebracht in mijn koffer, maar ik denk dat ik me maar gedeisd zal houden. Maar Lorna's cadeau zal ik haar wel geven. Ze is zo'n aardig iemand. Ik hoop dat ze de antieke kammetjes leuk vindt. Ik denk dat ze goed zullen staan in haar haar.

Het volgende stukje was gedateerd op 25 december.

Het was niet zo erg als ik gevreesd had.
Het was nog erger.
Het diner was wel leuk, behalve het voortdurende gezeur over wie waar moest zitten en het gepest van de arme Lorna, omdat ze een soufflé van zoete aardappels had gemaakt, in plaats van een of andere wortelschotel die Winifred het laatste moment nog in elkaar moest flansen zonder de juiste soort krenten. Het lijkt wel of het menu al voor de slag bij Hastings in steen gebeiteld is. Gebakken lamsvlees, geschrapte nieuwe aardappelen, de al genoemde wortelschotel die echt niet te eten was, en als dessert pruimen met cake en pudding. Dat is

265

volgens moeder MacPherson een recept dat al zeven generaties lang in
hun familie is overgeleverd. Het smaakte dan ook zo droog, dat het
zeven generaties geleden klaargemaakt kon zijn. Foei Anna.

Samantha giechelde. Sommige dingen veranderen nooit.

'Eten jullie dat echt met kerst?' vroeg Bridie.

Samantha knikte. 'Elk jaar.'

Bridie voelde haar koppigheid opborrelen. 'Dan is het nu wel tijd voor wat anders.'

'Samantha's ogen lichtten op. 'Cool. Wat zullen we eten?'

'We kunnen kalkoen klaarmaken.'

'Biefstuk,' opperde Samantha.

'Biefstuk is veel te duur.'

'En gebraden kip dan?'

Bridie knikte. 'Dat kan ook. Kip is goedkoop en iedereen vindt het lekker. Zelfs Cam en Bonnie. Afgesproken. Het wordt gebraden kip. En wat nog meer?'

'Aardappelpuree en jus.'

'Ik zal zelf broodjes bakken.'

'En geleipudding. Rood met groen.'

Bridie glimlachte. Een paar mensen zouden zich grondig gaan ergeren, dat stond wel vast. Rode en groene geleipudding in plaats van een wortelschotel met krenten.

Samantha leek haar gedachten te raden. 'Tante Winifred zal helemaal over de rooie gaan.'

'Nou ja, pech gehad,' zei Bridie, en toen barstten ze allebei in lachen uit.

'Wat zullen we voor toetje nemen?' vroeg Samantha. 'Dat is het belangrijkste deel.'

'Wat vind jij lekker?'

'Alles, als het maar niet van dat pruimenspul is.'

'Pompoentaart?'

Samantha schudde haar hoofd. 'Iets met chocolade.'

'Mijn oma heeft een recept van cake met laagjes chocolade en toffee. Dat is zo lekker dat je er tranen van in je ogen krijgt.'

'Kun je haar bellen en om het recept vragen?'

Bridie's hart bonsde. 'Ik ken het wel uit mijn hoofd,' zei ze, en snel, voordat Samantha nog iets kon zeggen, ging ze verder met lezen.

Ik ben hevig ontsteld. Alasdair heeft er, zonder ook maar enig overleg met mij, in toegestemd zijn vaders gemeente over te nemen. 'Hoe heb je dat kunnen doen?' vroeg ik, en had afwisselend het gevoel dat ik zou flauwvallen of ontploffen. Hij zei dat ik overdreven reageerde, dat zijn vader om gezondheidsredenen met pensioen moest gaan, en dat het allemaal al zo besloten was. 'Voor hoe lang?' vroeg ik gepikeerd. 'Waarom heb je mij er niets over verteld dat het allemaal al zo besloten was? Waarom heb je nooit iets gezegd, als ik het erover had dat je ergens in een klein stadje les zou kunnen gaan geven?'

Hij voelde zich ongemakkelijk. 'Wel, misschien dacht ik dat ik zoiets echt zou kunnen gaan doen,' zei hij. 'Maar echt, Anna. Besef je wel wat een kans dit is? Het is een prestigieuze kerk. Dit zou een geweldige stap voor mijn carrière kunnen zijn. Bovendien hebben we straks een kind te onderhouden.'

'Hoe heb je dat kunnen doen, zonder het me zelfs maar te vragen? Of het op zijn minst te vertellen?'

'Ik had met je moeten overleggen,' zei hij verontschuldigend. 'Ik zal vader bellen en zeggen dat ik meer tijd nodig heb.'

Ik zei niets. Die avond hebben we niets tegen elkaar gezegd. Ik weet niet of hij zijn vader gebeld heeft, of niet. Ik sliep al toen hij naar bed kwam, en hij was alweer weg voordat ik vanmorgen wakker werd. Ik denk dat ik wel zal gaan, zonder veel problemen te maken. Maar ergens voelt het alsof mijn dromen over het leven dat we samen zouden kunnen hebben, zijn gestorven. Daar gaan wonen, bij zijn familie, zal het einde van mijn dromen zijn.

Ik vertelde het aan Elizabeth toen ik op mijn werk kwam. Ze zei dat ik er maar het beste van moet maken. Dat je niet alleen met een man trouwt, maar ook met zijn familie. Ik weet niet of ik met deze man getrouwd zou zijn, als ik Winifred en moeder MacPherson eerst ontmoet had. Ik schaam me ervoor dat ik dit opschrijf. Ik houd echt van hem, en ik weet dat ik te heftig reageer, zoals hij zegt. Misschien raak ik zo van streek door mijn zwangerschap.

Alasdair bracht vandaag bloemen voor me mee, toen hij thuiskwam
van zijn avondcolleges. Ik heb tegen hem gezegd dat ik wel meega
naar Alexandria, en dat ik er verder niet moeilijk over zou doen. Hij
keek me een hele tijd rustig aan zonder iets te zeggen. Ik weet niet wat
hij denkt. Hij heeft echter niet uit zichzelf aangeboden om de baan te
weigeren, waaruit ik concludeer dat ik dat wel gehoopt had. Ik voel me
diep gekwetst. Alsof hij gezakt is voor een examen, waarvan ik hem
nooit verteld had dat hij het moest afleggen. Ik ga nu naar bed.

Bridie bladerde verder. Dat was het einde.

'Vette pech,' zei Samantha, maar zag er niet al te geschokt uit. Blijkbaar stonden de ins en outs van een huwelijksrelatie niet hoog op haar lijst van aandachtspunten.

'Ik weet zeker dat ze aan het idee gewend is geraakt.' Samantha knikte.

Ze hield Lorna's ketting omhoog. 'Het is klaar.'

'Prachtig, meid.' Bridie stond op en legde het dagboek terug in de doos. Ze zouden pas na de kerst weer verder kunnen lezen.

'Je moet nu ophoepelen,' zei Samantha, en keek geheimzinnig naar de tas uit de kralenwinkel.

'Aha,' zei Bridie. 'Een klusje voor de kerstman.'

Samantha knikte. Bridie ging weg, en deed haar uiterste best om er niet aan te denken dat ze tegen Samantha gelogen had.

Zesentwintig

'Ik denk dat het wel leuk is, als we allebei blijven slapen op kerstavond,' zei Lorna.

Bridie lachte naar haar. Lorna had iets waardoor het moeilijk
was om niet van haar te houden. Vriendelijkheid en onschuld.
Ze voelde een steek van bezorgdheid. Dat zeiden de mensen
vroeger ook altijd van haar.

'Ik heb er ook veel zin in,' zei ze, terwijl ze een kipfilet in
plakjes sneed.

De telefoon ging. Lorna nam op en onmiddellijk hing er
spanning in de lucht.

'Ja.' Lorna knikte, de telefoon onder haar kin geklemd.

'Hm-hm. Ja.' Lange stilte. 'Dat is goed.' Ze hing op.

Bridie vermoedde dat het Winifred was. Fiona liet Lorna tenminste ook altijd zelf nog een paar woorden zeggen. Maar de
afwezigheid van alles behalve instemming en Lorna's toegeno-
men nervositeit deden vermoeden dat ze met haar oudere, onge-
lukkigere zus had gesproken.

Lorna glimlachte verontschuldigend naar haar, alsof ze iets
gedaan had waarvan ze spijt hoorde te hebben. 'Winifred is van
streek omdat Audrey Murchison erop staat om vanavond na de
dienst toch koffie te drinken, ook al is het kerstavond. Winifred
is er echter van overtuigd dat er niemand komt. Ze komt er zo
met Alasdair over praten.'

Bridie fronste haar wenkbrauwen. Met de dominee gaan praten over zoiets onbenulligs, maar ja, wat wist zij er nou van?
Misschien was dat een onoverkomelijke verleiding als de dominee je jongere broer was. 'Waarom maakt Winifred zich daar zo
druk over? Als ze niet wil gaan, kan ze toch gewoon thuisblij-
ven?'

'Je kent Winifred duidelijk nog niet,' zei Lorna, en glimlachte vermoeid. 'Als ze alleen al wist dat het gewoon doorging, zou ze helemaal van streek raken.' Ze ruimde de laatste boodschappen op en wendde haar gezicht naar Bridie. 'Ik wilde tegen haar zeggen dat ze het allemaal maar moet loslaten.'

'Waarom deed je dat dan niet?'

Lorna keek haar verbaasd aan alsof ze zeggen wou: 'Was dat dan niet duidelijk?'

Bridie staarde terug. 'Wat gaat ze doen? Je in de gevangenis gooien?'

Dat had ze helemaal niet willen zeggen. Het floepte er gewoon uit.

Lorna keek alsof ze nieuwe informatie aangereikt had gekregen. Bridie maakte haar werk af, zette de kip weg, waste haar handen en schuurde de gootsteen en het aanrecht.

De bel ging, en Lorna sprong bijna uit haar vel. 'Daar is ze,' zei ze, en ze twijfelden er beiden geen moment aan wie ze bedoelde.

Bridie droogde haar handen af en volgde haar de keuken uit. Als Winifred hier al over haar toeren arriveerde, zou ze zeker nog meer over haar toeren weggaan. En Winifreds op handen zijnde woede was haar schuld. Ze zou Lorna niet aan haar lot overlaten.

Winifred strompelde naar binnen, haar ene voet nog in het verband vanwege haar operatie. Het kostte haar even om door de ingang heen te komen, want ze liep met een stok. Haar gezicht was bleker dan gewoonlijk en een beetje vertrokken. Even voelde Bridie medelijden. Een mens had geen waardering voor de nederige delen van het lichaam totdat er iets mis mee ging. Zij zou in elk geval in grote moeilijkheden komen zonder rappe voeten, besefte ze met een vleugje ironie.

Lorna sloot de deur achter haar zus en veegde haar handpalmen af aan haar schort. Winifred hief haar hoofd op en keek licht fronsend om zich heen. Bridie zag dat het haar geleidelijk aan begon te dagen, maar het was nog niet in alle hevigheid tot haar doorgedrongen. Terwijl ze alles in zich opnam, verslapte

haar meestal stijf dichtgeknepen mond en hingen haar mondhoeken iets omlaag. Vervolgens kregen haar wangen wat kleur,
werd de mond een smalle streep en verdween daarna. Toen ze
begon te praten, was haar stem kalm, bijna gemoedelijk. 'Wat
heb je gedaan?'

Bridie had haar mond al open om te antwoorden, maar
Winifred had de vraag aan Lorna gesteld en keek haar aan, in
afwachting van haar reactie.

'We hebben de boel wat opgeknapt,' zei Lorna met een heldere stem.

Winifred reageerde niet. Ze wrong zich langs hen heen en
hinkte langzaam door de hal. Bridie zag hoe ze de muren bekeek
en daar geen MacPherson-portretten meer ontdekte. Ze keek in
de eetkamer en moest gemerkt hebben dat de muren niet meer
volgestouwd waren met planken vol aardewerk en kristal dat
dreigde om te vallen. Ze kwam bij de woonkamer en bleef in de
deuropening staan. Bridie nam het schouwspel in zich op, en
probeerde zich voor te stellen hoe het er in haar ogen uit moest
zien: de bonte zitzakken, de oude versleten bank, die gekke
boom. O, o, Cam en Bonnie waren druk bezig koekjes van de
onderste takken te eten en de vloer rond hun voeten lag bezaaid
met kruimels. Cameron was blijkbaar naar het toilet geweest en
was helaas vergeten zijn onderbroek weer aan te trekken. Hij
liep in zijn blote billen rond, maar leek zich er niet druk over te
maken.

'Hoi,' zei hij, terwijl hij nog een koekje in zijn mond propte.

'Ja, hoi daar,' antwoordde Bridie.

Winifred vond het helemaal niet vermakelijk. 'Waar zijn
moeders meubels? Waar zijn al haar spullen?' Haar gezicht was
bleek. 'Waar zijn de sofa, de tweezitter en de fauteuils?'

'Op zolder,' antwoordde Lorna, en haar stem was nu iets minder vrolijk.

Winifred keek hen zwijgend aan, draaide zich om en liep
moeizaam in de richting van de trap. Bridie benutte de gelegenheid om Cams onderbroek te zoeken en hem die weer aan te
helpen trekken.

271

'Mag ik die?' vroeg hij, en hield een koekje omhoog waarvan hij al een hap genomen had.

'Natuurlijk, die mag je opeten.' Bridie gaf hem snel een aai over zijn wang en veegde met haar voet de kruimels onder het vloerkleed. Na een paar minuten verscheen Winifred weer. Deze keer richtte ze haar aandacht op Bridie.

'Jij hebt dit allemaal gedaan,' zei ze met vlakke stem.

Bridie deed haar mond open om de verantwoordelijkheid op zich te nemen.

'Waarom denk je dat eigenlijk?' kwam Lorna scherp tussenbeide. Haar wangen waren rood van boosheid.

'Ik vermoedde het omdat jij wel beter zou weten.'

'Beter zou weten dan jou te dwarsbomen?'

'Doe niet zo belachelijk.'

'Doe ik belachelijk? Of zit het werkelijk zo in elkaar? Is dit soms jouw huis, Winifred? Staat jouw naam op de eigendomsakte?'

'Dit huis is van ons allemaal, zoals je heel goed weet.'

'Maar Alasdair en de kinderen wonen hier. En als deze veranderingen het leven voor hen comfortabeler maken, waarom zou jij je er dan tegen moeten verzetten? Misschien alleen omdat je het niet allemaal zelf bedacht hebt?'

'Dit is de pastorie, Lorna.' Winifreds ogen waren ijskoud van woede. 'En het is niet alleen Alasdairs woning, het is de plek waar onze familiegeschiedenis bewaard wordt. Al moeders spullen staan opgeborgen op zolder. Hoe denk je dat dat voelt?' Haar stem trilde en Bridie had een beetje met haar te doen. Het moest wel moeilijk zijn om dingen te laten veranderen als je zo'n gewichtige geschiedenis had. Maar zo'n verleden kon ook een verpletterende last vormen, die je gevangen hield en stukje bij beetje begroef.

'Moeders glazen beeldjes hebben hier al gestaan sinds ik een meisje was,' vervolgde Winifred. 'Ik weet nog dat ik er urenlang naar kon kijken.'

Bridie keek naar Lorna, en ze had een merkwaardige uitdrukking op haar gezicht. Alsof ze haar zus voor het eerst echt zag. Als iets anders dan een kracht. Haar ogen lichtten op met een combinatie van medelijden en begrip. 'Waarom neem je ze niet mee naar huis, Winifred?'

Het medelijden in Lorna's stem leek Winifred uit haar nostalgie los te rukken. Ze rechtte haar rug en die kin stak weer naar voren. 'Daar gaat het niet om, en dat weet je heel goed. Ik draai me even om en de hele pastorie is in opschudding.'

'Ik zou het geen opschudding willen noemen.'

'Nou, hoe noem jij het dan? Ze heeft de ingang in die dreinerige kleur wit geverfd. In de eetkamer heeft ze moeders prachtige behang vervangen door een bonte print.'

Het was Waverly en had haar een kapitaal gekost. 'Het zijn Victoriaanse koolrozen,' bracht Bridie naar voren.

'En ik vind ze prachtig,' verdedigde Lorna zich ferm.

'Ik zie dat ze de keuken behangen heeft met koffiekopjes en theepotten.'

'Het is fantastisch,' zei Lorna.

'Overal in huis slingert speelgoed van de kinderen.'

'Het is ook hun huis. Bovendien zei de kinderarts dat ze meer interactie nodig hebben,' dreunde Lorna op.

'Kinderarts! Wat is er mis met Calvin?'

'Er is niets mis met Calvin,' zei Lorna, en Bridie kon het mis gehad hebben, maar ze meende het begin van een glimlach op Lorna's gezicht te zien.

'Ik heb toevallig even in Samantha's kamer gekeken,' raasde Winifred door. 'Die ziet er in één woord verschrikkelijk uit. Vol met rare afbeeldingen.'

'Ik kan een blauwe beddensprei met sterren echt niet raar noemen. God heeft de hemel gemaakt om zijn heerlijkheid te weerspiegelen. En als dit je al stoort heb je zeker de *Misfits* nog niet gezien?'

'Wacht maar totdat Fiona dit te horen krijgt,' zei Winifred, waarmee ze haar winnende kaart op tafel gooide.

'Om eerlijk te zijn, ze weet er al van.' Lorna nam haar in de maling, en glimlachte er zelfs niet eens bij. 'Ze kwam gisteravond langs om te vragen wat ze morgen mee moet brengen en ze zei dat het een hele verbetering was. Ze zei dat ze zelf een paar van de veranderingen had moeten voorstellen.'

'O, belachelijk om dat te zeggen. Hoe bedoel je, ze vroeg wat ze mee moest brengen? Het is haar beurt om het toetje, de trifle, te maken.

'We eten geen trifle,' zei Lorna haast nonchalant. 'We eten gebraden kip, aardappelpuree, chocoladecake.' Ze genoot van de laatste woorden, en liet ze langzaam als kleine brokjes uit haar mond vallen. 'En – rood – met – groene – geleipudding.'

Winifred zei niets. Ze stond volkomen bewegingloos. De voordeur ging open. Alasdair stapte naar binnen en keek van de een naar de ander, met een vermoeide uitdrukking op zijn gezicht.

Winifred wendde zich tot hem, en wees toen naar Bridie. 'Ze heeft dit huis helemaal geruïneerd,' zei Winifred, en haar stem beefde, net als haar hand. 'Ze heeft al moeders mooie spulletjes weggehaald en ze vervangen door deze troep.'

Even deed Alasdair niets. Hij keek naar Winifred, toen naar Lorna, en ten slotte naar Bridie, die haar eigen crisis doormaakte. Ze was te ver gegaan. Haar wangen waren rood van schaamte. Wie dacht ze wel niet dat ze was, dat ze hier zomaar binnenkwam en alles veranderde? Ze moest denken aan Alasadairs reactie, toen Anna was opgestaan in de familieboot. Hij had haar weer omlaag getrokken. En zij had zeker niet dezelfde status als Anna. Ze was de betaalde hulp.

Hij stond daar zonder zich te verroeren, staarde naar de muur achter haar, zag misschien Anna en de puddingcake, Anna en haar confrontaties met zijn familie. Zijn gezicht was ondoorgrondelijk. Een ogenblik later richtten zijn ogen zich weer op het heden, op haar gezicht, om precies te zijn. Ze sloeg haar blik neer en bleef naar de grond staren. Even later zag ze hoe de zwarte flappen van zijn toga zich omdraaiden en wegliepen. Dus. De geschiedenis zou zich herhalen. Haar hart zonk in haar tennisschoenen.

'Winifred, ik moet toegeven dat ik nooit veel gegeven heb om moeders meubels.' Bridie keek net op tijd op om te zien hoe

Alasdair met zijn voet een zitzak opschudde en erin neerplofte. 'Ik vind deze veel fijner,' zei hij en Bridie voelde iets openbreken in haar binnenste. Alasdair was veel te lang voor de zitzak, en hij zag er belachelijk uit met zijn hoofd dat er aan de ene kant uitstak en zijn benen aan de andere kant. Hij vouwde zijn armen achter zijn hoofd en nam een volkomen ontspannen houding aan. Ze moest de neiging weerstaan om niet in lachen uit te barsten, zo opgelucht was ze.

Ze keek zijdelings naar Winifred. Het feit dat Alasdair partij gekozen had voor de vijand maakte haar helemaal woedend.

'Nee!' schreeuwde ze en stampte met haar stok op de vloer. 'Dit kun je niet maken. Het is verkeerd. Het is belachelijk. Het is vulgair en ongepast. Moeder zou het vreselijk vinden. Vader zou het vreselijk vinden. En ik vind het ook vreselijk! Jullie kunnen dit niet doen. Nee! Nee! Nee!' Samen met haar woorden blies ze kleine druppeltjes speeksel in het rond, en haar hele lichaam trilde.

Bridie staarde. Lorna schudde haar hoofd. Nu keek Alasdair alsof hij zijn zuster voor het eerst zag. Minstens een minuut lang heerste er volkomen stilte, en toen Alasdair begon te praten was zijn toon resoluut en ondubbelzinnig.

'We kunnen het niet alleen heel goed doen, we hebben het zelfs al gedaan. Het is gebeurd en zo zal het blijven. De enige keuze die je hebt is het al dan niet te accepteren. Ik hoop dat onze relatie niet zal lijden onder deze heibel over meubilair, maar ik kan niet toestaan dat je in mijn huis komt, en dan Lorna en Bridie zo behandelt. Dat is onvergeeflijk, en ik zal het dan ook niet tolereren.'

Winifred staarde voor zich uit. Haar gezicht schrompelde ineen. Een paar minuten lang verroerde niemand zich, en het enige geluid kwam van Winifreds ingehouden gesnik. Ten slotte verbrak Bridie de stilte.

'Hé,' zei ze, liep naar Winifred toe en raakte zachtjes haar arm aan. 'Kom op, hoor. Het komt allemaal best in orde.' Ze gaf haar een tissue en Winifred liet zich naar de bank leiden.

Alasdair stond op uit de zitzak. 'Laat me maar zien wat je

graag mee naar huis wilt nemen, dan haal ik dat voor je naar beneden.' Zijn toon was vriendelijk, maar niet verontschuldigend. 'Als Lorna het tenminste niet erg vindt, en ik verwacht natuurlijk dat je met haar en Fiona overlegt wie wat mag hebben.'

Winifred knikte en snifte. 'Is dat zo?' vroeg ze aan Lorna.

'Is wat zo?' Lorna keek alsof ze ingewikkelde wiskundesommen in haar hoofd probeerde op te lossen.

'Vind je het erg als ik wat van moeders spullen meeneem?' herhaalde Winifred met een verrassend gebrek aan ongeduld.

'Nee. Natuurlijk niet.'

Winifred knikte en bette haar ogen en neus. 'Ik zal de glazen beeldjes en het theeservies vandaag meenemen,' zei ze en ze klonk zo onderdanig dat Bridie met haar te doen had. Het moest wel erg moeilijk zijn om te beseffen dat je tenslotte toch maar een mens was, nadat je zoveel jaren lang je wereld bestierd had als een kleine tiran.

'Kom, laten we die voet wat omhoog leggen,' stelde Bridie voor. Ze hielp Winifred om zich te installeren en haalde een kussen voor haar voet. 'Wat dacht u van een kopje thee?' bood ze aan.

Winifred knikte zwijgend maar haar ogen schoten weer vol. Bridie glimlachte naar haar en klopte haar even op de arm.

'Ik ben zo terug,' beloofde ze en ging thee zetten. Lorna liep achter haar aan de kamer uit. Toen ze bij de keuken kwamen en Bridie de ketel opgezet had, wendde Lorna zich tot Bridie. Op haar gezicht stond nog steeds verbazing te lezen.

'Al die jaren,' zei ze, 'en dit is alles wat er voor nodig was geweest.'

Alasdair weigerde het koffiedrinken na de kerstnachtdienst af te gelasten. Er kwamen echter niet veel mensen, en Winifred leek voldoende bijgekomen om blij te zijn met deze kleine triomf. Ze bemande de zilveren koffiepot en benadrukte haar overwinning door veel teveel plastic koffiebekertjes vol te schenken dan dit kleine groepje op kon. Ze stonden in rijen op de tafel voor haar, als stille getuigen van het feit dat zij gelijk en Audrey Murchison ongelijk had gehad. Bridie dronk met kleine teugjes van haar cider. Ze keek op om Lorna te zoeken, en keek recht in het gezicht van Alasdair, die vlakbij haar tegen de muur geleund stond.

'Waar zit je over te peinzen?' vroeg hij glimlachend.

Ze probeerde de stoot adrenaline die door haar heen stroomde te negeren. Ze was verrast om hem te zien. Dat was alles. 'Hoe weet je dat ik ergens over zat te peinzen?' kaatste ze terug. Ze hield haar stem in bedwang, ook al ging haar hart als een razende tekeer. 'Je moet mensen niet zo besluipen.'

'Sorry.' Hij lachte, zette zijn voet op de metalen inklapstoel en leunde met zijn elleboog op zijn knie. 'Ik kan zien dat je ergens door in beslag wordt genomen, want dat verraadt je gezicht maar al te duidelijk. Ik heb je nu een poosje van nabij meegemaakt. Je mag me best een beetje vertrouwen.'

Zulke onschuldig klinkende woorden. *Ik heb je van nabij meegemaakt.* Bridie nam een slokje van haar cider en wenste dat die ijskoud was in plaats van gloeiend heet. 'Ik ben zeker een open boek. Dat zei mijn oma altijd tegen me.'

'Sommige mensen kunnen gewoon niet goed doen alsof.' Hij lachte. Iemand riep hem. Hij draaide zich om en zwaaide met zijn hand naar iemand die hem wenkte. 'Ik kan maar beter even met hem gaan praten.'

'Ik moet ook gaan,' zei Bridie en nam de laatste slok van haar drankje. 'Ik moet nog kousen gaan vullen.' Ze stond op van de tafel en voelde hoe diverse nieuwsgierige ogen naar haar keken.

'Ik ben zo thuis,' zei hij, wat opnieuw een steek in haar hart was. Thuis. Ons thuis. Ze knikte, maar was helemaal van slag toen ze door de knerpende deuren naar buiten liep. Ze hoorde die achter zich dichtklappen, toen ze op het bevroren grasveld stapte. Het kraakte onder haar voeten, en de lucht was bijtend koud. Het voelde weldadig aan op haar verhitte gezicht. Haar verhitte hersenen. Ze had het gevoel dat ze van een bergachtige weg afreed in een auto met slechte remmen, terwijl haar voet het rempedaal helemaal ingedrukt hield en recht afstevende op ellende. Ze moest stoppen. Op zijn minst het tempo verlagen. Het probleem was alleen dat ze dat niet wilde.

Het was al na middernacht. Officieel was het nu kerst, en het was eindelijk stil in huis. Iedereen lag weggekropen onder de dekens en droomde van suikerboontjes of iets dergelijks. Iedereen behalve hij. Hij was alleen met een vertrouwde kameraad.

Alasdair boog zich dicht naar het slaapkamerraam toe, dat door zijn adem besloeg. Hij kon de vage contouren van de grafstenen zien, die spookachtige tafels waar nooit feest gevierd zou worden, en hij begreep bijna voor het eerst in zijn leven hoe mensen in geestesverschijningen konden geloven.

Het was raar, maar het leek alsof sommige mensen hun laatste adem uitbliezen, en dan rustig en kalm van het ene leven naar het volgende overgingen, zoals een kind dat op de bank in slaap valt en in zijn eigen bed wakker wordt. Maar anderen leken dit leven wel te verlaten maar niet verder te gaan.

Zoals Anna.

Het leek wel alsof ze zich nog elke dag aan hem vastklampte. Ze was de zwijgende toehoorder bij elk gesprek. Ze observeerde hem elke nacht als hij op bed lag. Ze keek naar hem als hij thee dronk met Bridie, als hij met zijn kinderen speelde. Ze luisterde als hij preekte.

In die maanden na haar dood had hij lopen bidden en smeken. Laat me alsjeblieft niet alleen, Anna. Laat me niet in de steek. Hij had niet kunnen weten dat die woorden, samen met haar aanwezigheid, zouden terugkeren om hem te achtervolgen.

Hij deed een stap bij het raam vandaan, geïrriteerd vanwege zijn irrationele overdrijving, en klom toen weer in bed. Daar lag hij, zijn ogen dichtgekenepen, vurig wensend dat de slaap zou komen.

Bridie wachtte totdat het stil was in huis, voordat ze uit bed kroop. Zij en Lorna deelden in deze bijzondere nacht de logeerkamer. Lorna lag naast haar te slapen, haalde langzaam en diep adem. Bridie sloop naar beneden, en vermeed vakkundig de twee treden die altijd kraakten. Ze trok de gordijnen open en tuurde uit het raam van de hal. Geen sneeuw.

Nou ja, een mens kon niet alles hebben. De nacht was nog mooi op een sprankelende, lichtgevende manier. Kleine ijsdeeltjes hingen in de lucht en vormden kringen om straatlantaarns en buitenlichten. Ze liet het gordijn weer los en trippelde naar de woonkamer. Ze deed de tafellampen niet aan, maar alleen de kerstboomverlichting.

Ze grinnikte. Het was een puinhoop. Alle koekjes waren verdwenen, dus de onderkant was leeg, op de koelkastmagneetjes in de vorm van tropische vruchten na, die Samantha met paperclips had opgehangen. De cadeautjes voor de kinderen lagen eronder opgestapeld, en hun gevulde kousen leunden tegen de dozen, waar zuurstokken en mandarijntjes en chocoladekransjes boven uitstaken. Bridie zette de cd met kerstmuziek aan, heel zacht, zodat niemand er last van zou hebben. Ze ging op de zitzak zitten, leunde met haar hoofd achterover en liet de muziek over zich heen spoelen. *O kom, o kom Immanuël, verlos Uw volk, Uw Israël. Herstel het van ellende weer...*

Een diep en eeuwig iets bewoog binnen in haar, en het deed de diepe kloven in haar hart schudden en kraken als een ondergrondse aardbeving.

Zoveel geheimen. Die van haar en van Anna en van Alasdair. Zo goed bewaakt. Zoveel energie nodig om ervoor te waken dat lippen het allemaal zouden opbiechten. Het was bijna onmogelijk om door het leven te wandelen, want de voeten waren altijd behoedzaam. Altijd eerst de grond testen voordat het gewicht op het andere been overging, en dan weer hetzelfde doen voor de volgende stap. Nergens op vertrouwen. Nooit kon de bewaker zich ontspannen. De aarde zelf was wankel en instabiel. Misschien dik genoeg om betrouwbaar te zijn, maar het was waarschijnlijker dat er onder de grond grotten verborgen lagen, hele kamers en gangen, doorgangen, gewelven. Grafspelonken en graven. De geheimen lagen daar in, net als Lazarus, koud en stil, stevig omwonden met grafdoeken, ergens tussen dood en levend. Wachtend tot iemand hen in het daglicht zou roepen, hen los zou maken en vrij zou laten.

Wat had Lorna ook weer gezegd toen ze het hadden over het lezen van de dagboeken? Over de waarheid die je vrijmaakte? Ze glimlachte bitter om de ironie. Als ze haar waarheid vertelde zou die het tegenovergestelde doen. Als ze de waarheid vertelde, zou ze de gevangenis in gaan. Maar dat kon haar op dit moment weinig schelen. Ze zat immers al in de gevangenis?

Wat kon erger zijn dan deze gapende leegte binnen in haar, die ooit gevuld was geweest met de aanwezigheid van God? Nu was er een gapend gat waar Hij eerst was geweest. Zou de gevangenis niet beter zijn dan dit, als haar hart maar weer rein kon zijn?

Ja, maar dat was toch juist het probleem? Kon het wel weer rein zijn? Echt rein? Ze wist wat haar oma zou zeggen, en haar moeder en Alasdair. Maar iets binnen in haar kon hen niet geloven. Ze was bang dat deze smet te diep zat en misschien haar diepste zelf aantastte, in plaats van alleen te bederven wat ze had gedaan.

'O, mijn ziel wacht op U,' fluisterde ze en de woorden kwamen vanuit een onbewaakte plek. 'O, mijn ziel wacht op U, meer dan wachters op de morgen.'

O, ja. Ze had het gevoel dat ze een levenslange gevangenisstraf gemakkelijker zou kunnen doorstaan dan nog een dag van Hem verwijderd te zijn. Want ze had Hem gekend, wat die beschuldigende stem ook tegen haar zei in de kleine uurtjes van de ochtend. Het was meer geweest dan het invullen van een kaartje aan het einde van de dienst, of het opsteken van een hand tijdens het bidden, of zelfs het naar voren gaan als daartoe werd uitgenodigd. Ze glimlachte, en herinnerde zich hoe ze had geprobeerd het aan haar oma uit te leggen. 'Het is alsof je een onzichtbare Vriend hebt,' had ze gezegd. 'Een onzichtbare Vriend die ook de God van het universum is, die zelfs Zijn leven voor je gegeven heeft.'

Ze ademde zacht in en uit, een voortdurend geschenk van Degene die alles bijeen hield, die geduldig wachtte, die kon wachten totdat de rotsen oud geworden waren, wachten en wachten totdat ze moe zou worden van het vluchten. Ze bette haar ogen met de mouw van haar pyjama. Ze was moe en zou er nu meteen mee stoppen, als ze maar wist hoe.

Zevenentwintig

'Ik heb altijd graag een mysterieuze vrouw willen zijn.' Tante Lorna deed de maanstenen ketting om, trok haar pyjamajasje naar beneden zodat een schouder zichtbaar werd, en kneep haar ogen zo'n beetje halfdicht.

'Je ziet er belachelijk uit,' zei Samantha.

'Dankjewel.' Tante Lorna lachte, trok haar pyjama recht, strekte haar armen uit en kuste Samantha op haar wang. 'Ik vind het prachtig, ook al voldoe ik niet helemaal aan wat op het kaartje staat dat erbij zit.'

'Dat komt nog wel,' beloofde Bridie. 'Ik weet gewoon dat romantiek en mysterie binnenkort je visitekaartje zullen worden.'

Tante Lorna moest daar heel hard om lachen.

'Maak dat van jou eens open,' drong Samantha aan en richtte zich tot Bridie. Samantha duwde Cams cassetterecorder weg van onder haar been. Hij deed weer eens maf zoals altijd, hing tegen vader aan, speelde met de brandweerauto die Samantha hem gegeven had en maakte de rest van zijn cadeautjes niet eens open. Ze glimlachte. Bonnie vond haar praatpop ook prachtig. Ze had de kleertjes al uitgetrokken.

Bridie keek naar het kleine stapeltje cadeaus voor haar. Samantha had ervoor gezorgd dat ze net zoveel had als alle anderen. Ze was gisteravond zelfs nog naar de drogist gegaan om nog wat meer spullen te kopen, voor het geval er niet genoeg was. Maar eigenlijk was het allemaal in orde. Papa had ook iets voor Bridie gekocht, en tante Lorna had een paar dingetjes van Cam en Bonnie voor haar ingepakt.

'Hier.' Samantha wees op het papier dat ze gekozen had – met de vogels erop, omdat die haar deden denken aan dat maffe liedje dat Bridie had lopen zingen. 'Die zijn van mij.'

Bridie pakte er een. Samantha probeerde zich te herinneren wat er in zat. O ja, dat was de haarlak.

'Goeie mensen, hoe wist je dat ik er zo eentje nodig had voor in mijn tas?'

'Ze let heel goed op, zo komt dat,' zei tante Lorna, en plotseling, zonder aanwijsbare reden, was Samantha blij dat ze bij deze familie hoorde. Ze streek haar haar naar achteren, leunde tegen de benen van haar vader, en keek toe hoe Bridie een klein kammetje met een borsteltje, en een inklapbaar spiegeltje uitpakte.

'Nou, mijn uitrusting is compleet,' zei Bridie, haar gezicht een en al lach en vrolijkheid.

'Je hebt het mooiste nog niet opengemaakt. Daar, pak die eens.'

Bridie pakte het doosje met de oorbellen. Samantha was de naam van de stenen vergeten, maar ze hadden dezelfde helderblauwe kleur als Bridie's ogen, en waren in echt zilver ingezet. Ze hield haar adem bijna in toen Bridie het doosje openmaakte.

'Oo!' Bridie hield ze omhoog. 'Ze zijn prachtig!' Het leek wel alsof Bridie nog in tranen zou uitbarsten. 'O, Samantha, die zal ik altijd bewaren.'

Samantha glimlachte. 'Ze staan beter bij gewone kleren, dan bij die truien van jou.'

'Je moet het moment natuurlijk weer verpesten, hè?'

Samantha lachte opnieuw. Haar vader stootte haar aan met zijn knieën. 'Ga eens koffie voor ons halen, Samantha. Die zal nu wel klaar zijn.'

'Kijk ook even naar de kaneelbroodjes, alsjeblieft,' zei Bridie. 'Niets openmaken totdat ik terug ben.'

Ze beloofden dat ze dat niet zouden doen. Ze zette de kopjes en de koffie en de suiker en melk zo snel als ze kon op het dienblad en ging terug naar de woonkamer. Papa had het MacPhersonvest met Schotse ruiten aangetrokken dat Bridie voor hem had gemaakt, en het stond voor geen meter over zijn sweater.

'De kaneelbroodjes zijn over vijf minuten klaar,' kondigde

Samantha aan en plofte weer neer. 'Nou, wie is er aan de beurt?'
'Jij toch, denk ik,' zei papa, en hij gaf haar een pakje, een klein
doosje. Ze maakte het open, en daar lag op een zwart fluwelen
bedje een ketting, een hartje met in het midden een klein dia-
mantje. Papa haalde het uit het doosje en maakte het vast om
haar nek. 'Kijk eens aan,' zei hij en klopte haar op de schouder.
'Nu zullen alle jongens weten aan wie je toebehoort. Je bent van
mij totdat ik je weggeef.' Samantha zei nog steeds niets. Ze leunde tegen zijn knieën en keek toe hoe tante Lorna en Bridie de
rest van hun cadeautjes openmaakten, en zo nu en dan pakte ze
het kleine hartje en trok het kettinkje recht.

Achtentwintig

Januari kwam binnenwaaien met een dikke laag sneeuw die wekenlang bleef liggen. Steeds als er een laag weg dooide kwam er weer een paar centimeter bij. Samantha's school bleef drie dagen dicht en Bridie speelde buiten met de kinderen totdat hun gezichten helemaal verkleumd waren. Dan nam ze hen mee naar binnen voor hete chocolademelk en een warm bad. Ze legde knetterend vuur aan in de open haard, en maakte stevige soepen en broden. Ze wist wat ieders lievelingseten en favoriete kleren waren, en hoe ze hun eieren graag hadden en of ze hun boterhammen met of zonder korstjes wilden. Het werd steeds gemakkelijker om te doen alsof ze van haar waren. Allemaal.

Haar gesprekken met Alasdair gingen door, onder het genot van potten thee, en cake, pudding en koekjes. Soms zaten ze daar gewoon in stilte, terwijl de kleverige borden tussen hen in stonden en de zoete smaak nog in hun mond lag. Ze kende hem. En hij kende haar. Misschien geen feiten, maar je kon iemands hart toch wel kennen zonder alles van zijn geschiedenis te weten?

Toch was er iets dat haar enorm dwars zat. Bridie ruimde de laatste borden van het avondeten nu af en besefte wat het was. Het was alsof ze uit twee verschillende mensen bestond. De een speelde met de kinderen, had hen geholpen kerstmannetjes te maken van wattenbollen en temperaverf, rendieren van kurken en pijpenragers. Ze was degene die hun grote-jongens- en grote-meisjesbed gekocht had, en hen geleerd had om erin te blijven liggen nadat ze alle lampen, behalve de nachtlampjes, had uitgedaan. Die vrouw lag 's nachts wakker, en zocht haar eigen weg terug van de andere persoon die ze geworden was in dat leven waaraan ze niet wilde denken. Ze had die tot nu toe niet gevonden.

En het voortdurend misleiden van Alasdair deed haar geweten zo'n pijn. Haar enige troost was dat ze bijna door Anna's dagboeken heen waren. Ze hadden nu al klaar moeten zijn, maar ze lazen er niet meer elke avond in. Het was alsof ze geen van beiden veel zin hadden om verder te graven in dit deel van Anna's leven, alsof ze alleen doorgingen omdat ze nu eenmaal begonnen waren.

Ze waren heel anders, deze plakboeken. Vanaf de geboorte van Samantha leek Anna haar meeste energie te besteden aan het documenteren van het leven van haar dochter, in plaats van haar eigen leven. Er waren natuurlijk wel een paar persoonlijke stukjes. Verslagen van een paar hevige ruzies over wat zij beschouwde als Alasdairs verwaarlozing van het gezin door een te grote betrokkenheid op zijn bediening. Gevolgd door een gevoel van berusting. Berusting in alles – in het weinig romantische partnerschap dat hun huwelijk geworden was, in de ongelukkige relatie die ze met haar schoonfamilie had, in de manier waarop ze in haar eigen leven helemaal niets tot stand leek te kunnen brengen. Zonder Alasdairs aanmoediging, zonder de hoop die was voortgekomen uit haar fantasieën over zijn volmaakte liefde, leek ze gewend geraakt te zijn aan een oninteressant leven in de schaduw, waaraan alleen haar dochter nog enige glans verschafte.

Bridie lette nauwkeurig op hoe Samantha reageerde toen ze met deze periode bezig waren, maar het was moeilijk te zeggen wat ze precies dacht. Het luisteren naar het verhaal van haar moeder inspireerde haar niet meer tot het wijsneuzige 'teveel informatie', maar ze leek ook niet op de vallende, wanhopige mus. Ze leek tot een eigen inzicht te komen. Haar ouders waren menselijk. Echte mensen met gevoelens, conflicten, aantrekkelijke kanten en tekortkomingen die niets met haar te maken hadden.

Samantha was aanzienlijk opgefleurd toen Bridie voorstelde om de zeven rugzakken eens door te neuzen. Ze hadden elk stukje papier, dat Samantha in haar lagere schooltijd had geproduceerd, aandachtig bestudeerd.

En ze waren bijna betrapt.

'Wat zijn jullie meiden daar binnen toch aan het doen?' had Alasdair op een avond gevraagd, gebarend naar Samantha's slaapkamer toen ze daar net uit kwam.

Bridie was verstijfd. Ze kon op geen enkele manier tegen hem liegen. Nu niet. Niet meer. 'We vertellen elkaar geheimen,' had ze gezegd. Hij had niet begrijpend geglimlacht.

Nou, troostte ze zichzelf. Binnenkort zou het niet meer nodig zijn om te liegen. Anna's dagboeken zouden hun nut bewezen hebben. Ze zou ze weer netjes terugleggen op zolder. Er was er nog maar één over.

Negenentwintig

Sondra zat in de vergaderzaal van de openbaar aanklager in Nelson County en wachtte totdat hij zou arriveren. Vandaag zouden ze beslissen over het lot van Jonah Porter, en ze twijfelde nauwelijks aan de uitkomst. Het hof van beroep had positief over haar cliënt besloten en zijn veroordeling ongedaan gemaakt. Ze was er ook vrij zeker van dat Thomas Dinwiddie het aanspannen van een tweede proces zou afwijzen. Waarom had ze dan zo'n angstig gevoel? Ze dacht aan haar cliënt – zijn ijzingwekkende stiltes, zijn uitdrukkingsloze, lege ogen – en haar vraag beantwoordde zichzelf.

Ze herinnerde zichzelf eraan dat Jonah Porter was veroordeeld op grond van onrechtmatig verkregen bewijsmateriaal.

Hij is schuldig, antwoordde ze zichzelf, *en dat weet je heel goed.*

Ze opende de omslag van zijn dossier en haalde de brief eruit die ze aan het hof van beroep had voorgelegd. Ze las hem nogmaals, in de hoop dat ze ditmaal een beter gevoel over de afloop zou hebben. Ze zette de feiten op een rijtje. Agent Hinkley van de politie in Charlottesville was om 17.09 uur opgeroepen om de achtergelaten vrachtwagen te onderzoeken. Hij kwam om 17.22 uur aan op de parkeerplaats bij Piggly Wiggly. Het team voor gevaarlijke stoffen werd om 17.35 uur op pad gestuurd, waarna agent Hinkley belde en aangaf dat er waarschijnlijk reden was om een huiszoekingsbevel af te geven voor de verblijfplaats van de heer Porter. Hij kreeg toen echter te horen dat er al mensen van het politiebureau in Nelson County onderweg waren naar die verblijfplaats, op grond van informatie die in een anonieme tip verstrekt was. Ze bladerde naar het verslag van het telefoontje naar het alarmnummer dat de politie in Charlottesville had opgesteld, in de hoop dat ze iets over het hoofd had gezien. Er was geen fout gemaakt. Daar, gemarkeerd met een gele stift, stond het: *Om 16.09 verstrekte een niet geïdentificeerde vrouw informatie betreffende de locatie van een mogelijk speed-laboratorium. Doorgegeven aan het hoofd van de politie in Nelson County.*

Ze sloeg de laatste bladzijde op. Nog een verslag van het op pad sturen van een aantal mensen, deze keer van het hoofd van de politie in Nelson County. Agenten werden om 16.45 uur naar de locatie van het mogelijke speed-laboratorium gestuurd.

Sondra legde het dossier neer. Ze kon er niet meer omheen. De huiszoeking was onwettig. Anonieme tips hadden bevestiging nodig, en die van hen – de benodigdheden om drugs te maken die in de truck waren aangetroffen – was pas na het feit zelf gekomen. Vierentwintig minuten te laat.

Ze sloeg de laatste bladzijde op, de uitspraak die het hof van beroep in Virginia bekend had gemaakt. Ze hadden Jonah Porter een nieuw proces toegewezen, en de zaak teruggegeven aan de rechtbank van Nelson County. Ze had een triomfantelijk gevoel moeten hebben. *Waarom toch zoveel angst voor een overwinning?* vroeg ze zich opnieuw af.

Ze hoorde voetstappen, en Thomas Dinwiddie zweefde de zaal binnen, wat haar gedachten deed ontsporen. En maar goed ook. Ze begroette hem. Ze schudden elkaar de hand, waarna hij zijn diplomatentas op tafel zette en die open klikte. Hij wierp een blik op de uitspraak die ze had zitten lezen en ze voelde zich enigszins in verlegenheid gebracht, alsof ze betrapt was terwijl ze zich zat te verkneukelen. Hij leek echter helemaal niet beledigd. Hij glimlachte haar zelfs ironisch toe.

'Democratie in actie. Geeft je een warm en gelukkig gevoel, of niet soms?'

Ze keek hem scherp aan. Hij had een goedig gezicht, en was blijkbaar gewend aan de gapende kloof tussen rechtvaardigheid en vonnis. Ze haalde haar schouders op. Haar gevoelens over wat ze gedaan had waren te tegenstrijdig om het te verdedigen.

'Dat is het systeem nu eenmaal,' zei ze. 'Iedereen heeft recht op een advocaat.'

'Ja. Dat is nu Amerika!'

Sondra dacht na over wat ze nu zou zeggen. Hij bespaarde haar de moeite, keek vlug de map in zijn hand door, en keek haar toen aan met zijn helder blauwe ogen. 'Ik vind het zinloos om tot een nieuw proces over te gaan op grond van de oorspronkelijke tenlastelegging. Ik zal het beoordelen op basis van bezit in plaats van verspreiding. Gezien de tijd dat hij al heeft vastgezeten kan hij weer terug zijn in Butcher Holler zodra hij schuld bekent.'

'Het verbaast me dat u zo volledig door de knieën gaat,' protesteerde ze, wetend dat ze nu tegen het belang van haar eigen cliënt inging.

De openbaar aanklager zweeg. 'U hebt deze ronde gewonnen.'

Sondra knikte, gaf hem opnieuw een hand en liep weg. Ze twijfelde er niet aan dat Jonah Porter schuld zou bekennen. En binnen een paar dagen op vrije voeten zou zijn. Ze liep naar haar auto en voelde een intense vermoeidheid, in haar geest evenals in haar lichaam. Ze had maar één wens – van deze zaak af zijn, en Jonah Porter nooit meer te hoeven zien. Of iemand zoals hij, realiseerde ze zich.

Dertig

Jonah zag de winter van Virginia met zijn kale takken voorbij-
flitsen langs het raampje van de gevangenisbus, terwijl die met
horten en stoten zijn weg zocht naar de gevangenis van Nelson
County. De bossen waren kaal, het kreupelhout warrig en
bedekt met dode bladeren. Hij kon iemands herten zien staan.
Ze reden langs een appelboomgaard die binnenkort bedekt zou
zijn met bloesem.

Hij dacht aan zijn oudoom Joshua. Hij had over elke kostbare
centimeter van Nelson Conuty rondgezworven, en kon je vertellen waar elke beverdam, elk schildpaddenei en konijnenhol
zich bevond. Hij had alles geweten wat er te weten viel over
planten en kweken en oogsten. Hij had bijen gehouden en
honing gemaakt – zoet en zuiver en helder. Hij had zelfs een
tijdje pauwen gefokt. Jonah sloot zijn ogen, en daar waren de
handen van zijn oom, dik en eeltig. Hij vroeg zich af wat zijn
oom zou zeggen als hij hem nu kon zien. Hij deed zijn ogen
open en staarde weer uit het raam, onwillig om een antwoord op
die vraag te vinden.

De rit was te snel voorbij. Hij stond op, bukte zich zodat zijn
lange gestalte het dak van de wagen niet zou raken, en hobbelde voort zo snel als zijn voetboeien hem toestonden. Hij volgde
de bewaker de gevangenis in en zette zijn verstand op nul terwijl
ze hem fouilleerden en naar zijn cel brachten. Hij had een gevoel
alsof er iets in hem begon te trommelen en zich naar boven probeerde te worstelen. Hij trachtte het te negeren en keek om zich
heen.

Gevangenissen en cellen waren allemaal hetzelfde. Het maakte geen verschil of je nu in North Carolina of in Virginia zat. Dat
waren de enige twee staten waarvan hij de gastvrijheid aan den

lijve had ondervonden, maar hij stelde zich voor dat een cel in Seattle, Washington er ongeveer hetzelfde zou uitzien als deze: betonnen vloer, roestvrijstalen toilet, bed, geen kussen.

Buiten was het gaan regenen. Er was een storm opgestoken terwijl het papierwerk in orde was gemaakt. Hij kon het niet horen door de dubbele, gewapende ramen, maar als hij zijn hoofd precies in de goede stand hield en op zijn tenen ging staan, kon hij het door de dunne spleten van plexiglas zien. Vroeger hield hij van de regen, maar nu maakte het hem alleen maar zenuwachtig. Rusteloos en niet lekker in zijn vel.

Hij stopte met kijken en begon in zijn cel te ijsberen. De eerste dag dat hij en Mary Bridget er vandoor gegaan waren, had het geregend. Hij was door de witte vlagen heen gereden die op de voorruit van zijn oude vrachtwagen beukten, en zij had geslapen, met haar hoofd in de kromming tussen zijn schouder en nek. Zijn arm was gevoelloos geworden, maar het was geen moment in hem opgekomen om haar wakker te maken.

Hij stopte abrupt met ijsberen en ging op zijn bed liggen, staarde naar hetzelfde soort witte, afgescheiden plafond vol bobbels en gaten dat hij al duizend keer eerder had gezien. Hij voelde woede opkomen. Nu de vrijheid in zicht was, kon die niet snel genoeg komen. Hij kon niet langer wachten. Elke dag was er een te veel. Elk uur was een uur te veel. Hij had nu spullen nodig.

Hier in de districtsgevangenis kon hij niets krijgen. Niet één van de lekkere hapjes die zijn oude maten uit de ziekenboeg smokkelden. Helemaal niets om de ergste behoefte weg te nemen.

Hij klemde zijn kaken op elkaar en zei tegen zichzelf dat hij moest ophouden. Er was geen andere manier. Om eruit te komen moest hij morgen voor de rechtbank schuld bekennen, en om dat te doen moest hij hier naartoe worden overgebracht. Hij moest het alleen zien uit te houden, totdat hij weg kon om te krijgen wat hij nodig had. Hij dwong zichzelf om aan iets anders te denken. Hij liep de dingen nog eens na die hij zou gaan doen als hij vrij was, bij wie hij langs zou gaan, en in welke volgorde. Hoe hij haar op het spoor kon komen. Hij lag daar en staarde naar het plafond van zijn cel totdat het licht uitging, en telde de tegels in het plafond en de uren totaan zijn vrijlating.

Sondra keek naar de deur van de ruimte waar de verdachten werden vastgehouden. Daar kwam haar cliënt, die eruit zag als een armoedige boer in het Leger des Heilskostuum en het overhemd dat ze van haar eigen geld had gekocht. Hij had haar niet eens bedankt. Niet dat ze dat van hem verwacht had. Ze vroeg zich opnieuw af waarom ze zich druk maakte over hem en al die anderen zoals hij. Het was een retorische vraag. Het antwoord had alles te doen met wie zij was en niets met hen. De bewaker leidde hem naar de tafel van de verdediging, en Jonah Porter ging naast haar zitten, zwijgend en stoïcijns. Zijn donkere haar was te lang, maar netjes naar achteren gekamd. Zijn hoge voorhoofd getuigde van intelligentie, en ze moest toegeven dat hij slim was. Eén gesprek met hem had dat al aan het licht gebracht. Misschien waren er een paar aangetaste plekken vanwege zijn jarenlange speed-gebruik, maar tot nu toe had ze die niet kunnen ontdekken. Zijn ogen waren donkere, lege holten. Je kon naar binnen turen, maar in plaats van zijn ziel te zien, ontdekte je alleen maar een kilometers lang niets.

Hij was totaal verstoken van natuurlijke gevoelens, voor zover zij het kon bekijken. Zonder enige vorm van emotie. Zijn gevoel was volledig afgevlakt, alsof alles hem al heel lang niets meer kon schelen. Alsof hij je – letterlijk – net zo makkelijk zou vermoorden als aankijken. Ze moest een huivering onderdrukken. En dit was de man wiens vrijlating zij had bewerkstelligd.

De rechter kwam binnen. Ze stonden op. Ze vroeg zich af of het te laat was om hun afspraken over het pleidooi te herroepen. Dat alleen maar te berde brengen was al buitensporig onethisch, berispte ze zichzelf. De rechter riep het hof tot de orde voordat ze haar gedachten verder kon uitspinnen. De heer Jonah Porter stond op toen zijn naam werd genoemd en bekende de feiten die ze hadden afgesproken. Ze deed haar zegje, Dinwiddie het zijne en toen was het voorbij.

Porter keek haar nog eens aan met die ogen van hem en liep weg zonder ook maar een woord tegen haar te zeggen. Ze keek naar zijn langzaam verdwijnende rug en weerstond de neiging om een kruisje te slaan.

Dinwiddie roffelde op haar tafel, een kleine, vrolijke begroeting.

'De volgende keer zal ik hem wel krijgen,' zei hij, alsof hij haar gedachten kon lezen, of misschien alleen haar door schuldgevoel vertrokken gezicht. 'En geloof me maar, er komt zeker een volgende keer.' Hij glimlachte. Geen wrok.

'Dat weet ik.' Ze voelde opnieuw die vermoeidheid en daarbij een gevoel van schaamte.

Thomas Dinwiddie knikte haar energiek toe en slenterde toen zacht fluitend weg.

'Wacht even,' riep ze hem achterna, en voelde zich alsof hij de laatste reddingsboot was die van de zinkende Titanic wegvoer.

Hij draaide zich om, met een wenkbrauw opgetrokken. Ze schoof de bundel papieren in haar aktetas, klikte die dicht en draafde weg om hem in te halen. 'Ik vroeg me eigenlijk af...'

Hij stond stil, beleefd afwachtend.

'Zijn er op uw kantoor misschien nog vacatures?'

Jonah liep vanuit de gevangenis het centrum van Lovingston in. Hij kon al liftend een ritje naar Woodbine voor elkaar proberen te krijgen, maar niemand zou hem oppikken. Waarschijnlijk was de gevangenis overal van hem af te lezen. Bovendien had het totaal geen zin. Hij had daar niemand, en niets waar hij om gaf, en naar huis gaan stond niet op zijn lijstje van dingen die hij te doen had. Hij liep langs de grote weg, en keerde voor de zoveelste keer terug naar de bergen. Daar lagen ze, de wazige blauwe heuvels, hun toppen vandaag bedekt met laaghangende bewolking. Hij liep, draaide zich om en keek, en liep weer wat verder.

Hij passeerde de school, de Baptistenkerk, de supermarkt, de meubelzaak, de toeleverancier voor landbouwbedrijven, en stak toen de parkeerplaats over van dat oude benzinestation waar Ted Willis stookolie verkocht en liep achter het gebouw langs naar de ingang van de bowlingbaan. Precies wat hij gedacht had. Dezelfde club zat daar weer. Zo ongeveer. Er waren een paar nieuwe gezichten, en een paar van de oude waren weg. Die genoten waarschijnlijk een tijdje van de gastvrijheid van de staat, net als hij had gedaan. Maar hij herkende er een paar, één kende hij zelfs bij naam, en hij knikte bij wijze van groet.

'Ik dacht dat je weg was,' zei Bobby Lee Wilcox, beantwoordde zijn knik en tikte met zijn duim de as van zijn sigaret. 'Ik heb gehoord dat jij en Heslop een poosje gezeten hebben.'

'Mijn tijd zit erop,' antwoordde Jonah, zonder verder in details te treden.

Bobby Lee knikte en nam nog een trek van zijn sigaret.

Jonah liep langs hem heen naar binnen. Hij knipperde een paar keer met zijn ogen totdat ze aan het donker gewend waren. Hier binnen was niemand die hij kende. Hij liep naar de bar, kocht een pakje sigaretten en bestelde een biertje. En nog een. Dronk snel, luisterde naar het gedreun van de muziek en het gerammel van de ballen en klepjes in de gokautomaten. Toen hij het op had, ging hij naar het kleine toilet, deed de deur op slot en telde hoeveel hij nog over had van het geld dat hij bij zijn vrijlating had meegekregen. Achttien dollar en wat klein geld. Niet genoeg om iets te kopen. Hij moest wat kleren hebben. Hij moest Mary Bridget vinden en zijn geld terugkrijgen. Maar eerst moest hij wat spul hebben om de ergste behoefte te stillen. Hij liep terug naar de bar en bestelde een derde biertje. Toen dat eenmaal op weg naar beneden was voelde hij zich iets beter. Hij nam het mee naar buiten. Bobby Lee stond nog steeds tegen de muur geleund.

'Ik heb wat ijs nodig,' zei hij. Bobby Wilcox was niet zijn eerste keuze, maar er leken weinig anderen te zijn.

Bobby wreef met zijn hand over zijn pokdalige gezicht en schudde zijn hoofd. "k Heb niks.'

Jonah wachtte. Er kwam nog meer.

'Er is tegenwoordig moeilijk aan te komen. Ze hebben de boel hard aangepakt.'

'Ja. Dat heb ik gehoord.'

Bobby Lee snapte de grap niet. 'Vroeger stuurde ik de mensen naar jou toe,' zei hij. 'Waarom maak je zelf niet wat spul?'

Jonah nam de moeite niet om te antwoorden. Hij had geen uitrusting, geen ingrediënten, en geen geld om te kopen wat hij nodig had. Dankzij haar.

'Probeer Tim McPhee eens,' adviseerde Bobby. 'Een poosje geleden had hij wel wat.'

Jonah smeet zijn fles op het trottoir. Hij sloeg met een bevredigende klap kapot. Hij had besloten wat hij zou doen. Nog een paar uur voordat de ploegendienst erop zat in de meubelfabriek. Tijd genoeg om een paar stereo's te jatten. Dat zou hem genoeg opleveren om zijn uitrusting te kopen, en dan was hij weer terug in de handel. Hij liep dwars door de bossen in de richting van de parkeerplaats bij de fabriek.

Eenendertig

Sondra wreef over haar slapen en weerstond de neiging om haar hoofd op tafel te leggen en te huilen.

'Hoe komt het toch dat Jonah er wel uit komt en ik niet?' herhaalde haar cliënt, met gefronste wenkbrauwen en een enorme pruillip.

Sondra vond de hele situatie nogal ironisch. Zodra ze klaar was met de zaak van Jonah Porter, had een van de andere advocaten op de lijst voor pro-Deozaken een hartaanval gekregen, en zijn zaken waren verdeeld over de rest van hen. Zij had de zaak van Porters compagnon in de misdaad gekregen, ene Dwayne Junius Heslop. Vergeleken met deze Heslop was Porter Stephen Hawking geweest. Ze haalde diep adem en begon.

'De heer Porter kreeg een nieuw proces omdat hij werd gearresteerd als gevolg van een onwettige huiszoeking. De openbaar aanklager vond dat hij niet voldoende bewijsmateriaal had om hem in een tweede proces te veroordelen, en liet hem vrij na aftrek van de tijd die hij al heeft uitgezeten. U bent echter niet gearresteerd tijdens de zoektocht die volgde op de anonieme tip. U bent opgepikt in het centrum van Charlottesville met speed op zak, die u probeerde te verkopen aan een agent in burger. Het feit dat de twee gebeurtenissen op dezelfde dag plaatsvonden, wil nog niet zeggen dat uw situatie hetzelfde is als die van hem.'

Sondra zag hoe Dwayne Heslop zich inspande om van twee plus twee vier te maken en vroeg zich af of het te laat was om een opleiding verpleegkunde te gaan volgen.

'Het is niet eerlijk dat hij er wel uit komt en ik niet.'

Dwayne Heslops indrukwekkende gezicht veranderde in een zielig hoopje. 'We hebben het allemaal samen gedaan. Nu komt hij er uit, en ik zit er nog in, en die anderen hebben helemaal geen problemen. Het is gewoon niet eerlijk.'

'Tja, soms is het leven nu eenmaal niet eerlijk, meneer Heslop.' Sondra pakte haar spullen bij elkaar. Ze voelde zich plotseling schuldig. Ze werd geacht haar cliënten strijdlustig te vertegenwoordigen, en niet alleen degenen die een IQ hadden dat hoger was dan hun schoenmaat. Ze had een idee, een vage mogelijkheid, maar ze voelde zich verplicht die te noemen. 'Wie waren die anderen?'

Heslop tilde zijn enorme, ruige hoofd op. 'Een stel kerels die het spul voor ons verkochten en Jonahs vriendin, die de ingrediënten voor het spul kocht. Het is gewoon niet eerlijk dat zij en Jonah er allemaal mooi vanaf komen en dat ik hier nog een half jaar moet zitten.'

Sondra zuchtte en wendde zich weer tot haar cliënt. 'Als u me namen en details kon geven, zou ik naar de openbaar aanklager kunnen gaan om te zien of hij iets voor u wil regelen.'

Heslops ogen begonnen sluw te glinsteren toen hij dat op zich in liet werken. 'Ik ben geen verklikker,' zei hij, alsof ze hem beschuldigd had. 'Maar het is gewoon niet eerlijk dat zij vrijuit gaan en dat ik hier nog zit.'

Ze wachtte, in de hoop dat hij zou praten, en voelde zich enigszins schuldig vanwege haar motief. Ze had een excuus gezocht om Tom Dinwiddie te bellen en te vragen of hij besloten had om al dan niet een assistent aan te nemen.

'Vooruit dan maar,' zei hij. 'Ik zal het je vertellen.'

Ze ging weer zitten, haalde haar schrijfblok tevoorschijn en schroefde de dop van haar pen.

'De twee kerels waren Eldon Hightower en Smartie Henderson. Smartie zit nu al vast in North Carolina vanwege een zaakje in Wautaga County. Maar Eldon loopt nog ergens rond. Ik zou hem wel kunnen vinden.'

Heer, geef me geduld, bad Sondra in stilte. 'En de vrouw?'

'Ze heet Mary.'

Sondra hief haar ogen en haar pen op, wachtend tot hij klaar was.

'Haar achternaam?' hielp ze hem op weg.

'Even wachten. Ik zit na te denken.' Op zijn gezicht verschenen rimpels van concentratie en zijn enorme hoofd schudde. 'Begon met een W. Winston? Worthington?' Hij zakte in elkaar. Sondra draaide de dop weer op haar pen.

'Washburn!' Hij schreeuwde bijna, triomfantelijk. 'Die meid heet Mary Bridget Washburn.'

Sondra knikte en maakte een paar aantekeningen terwijl hij verdere details opgaf. Deze Mary Bridget Washburn was er blijkbaar vandoor gegaan op de dag waarop Porter gearresteerd was. Volgens Heslop had ze zich met het geld uit de voeten gemaakt. Dat kon wel kloppen. En ze was ongetwijfeld die anonieme tipgever geweest.

Sondra fronste haar wenkbrauwen, en herinnerde zich dat ze Porter een kopie had laten zien van het verslag van het telefoontje naar het alarmnummer. Plotseling kregen de verbeten trek om zijn kaken en de fonkeling in zijn ogen een onheilspellende lading.

'Ik kom nog bij je terug,' zei ze. Ze stond op, nam afscheid van Heslop en liep direct terug naar haar kantoor om Tom Dinwiddie te bellen. Ze vroeg niet eens naar de baan, vertelde hem alleen over Mary Bridget Washburn en dat ze zich zorgen om haar maakte. Ze kalmeerde pas toen hij beloofde dat hij er werk van zou maken.

Hoe eerder ze een arrestatiebevel voor die mevrouw Washburn uit lieten gaan, hoe beter ze zich zou voelen. Niet omdat Sondra zo'n brandend verlangen had om haar voor het gerecht te slepen. Het was alleen dat ze meer rust zou hebben als deze jonge vrouw veilig en wel in de gevangenis zat. Ze herinnerde zich Jonah Porters uitdrukkingsloze ogen, en plotseling leek het niet meer zo moeilijk voorstelbaar dat Mary Bridget Washburn met doorgesneden strot ergens in een sloot aangetroffen zou worden.

Jonah liep terug naar de flat en klopte aan. Hij lette goed op dat hij zijn vingers niet brandde aan de cijfers op de deur, want die waren gloeiend heet, net als de mat op de betonnen treden voor hem.

Deze keer was er wel iemand thuis. Hij kon de televisie horen. De vorige keer was er niemand thuis geweest, dus was hij weggegaan en had nog wat spul gehaald. Maar hij was nu terug en zou snel datgene te weten komen waar hij voor gekomen was. Hij wreef met zijn hand over zijn kaak en dacht opnieuw aan wat ze gedaan had. Ze was er vandoor gegaan en had hem laten zitten. Dingen van hem gestolen. Ze gaf helemaal niets om hem, en toen het allemaal weer tot hem doordrong, was het alsof er iets scherps in zijn weke delen gestoken werd.

Hij haatte haar.

Hij liet de haat grip op hem krijgen, zodat deze de pijnlijke plek kon opvullen. Het was een harde, kille haat, zo grauw als het grijs van een pistool, en deze gaf hem een goed gevoel. Het voelde als een harnas, als een van die betonnen en stalen bunkers binnen in zijn borstkas. Ja, daar leek het precies op. Het leek precies op een van die dingen binnen in hem.

Hij klopte nogmaals op de deur. Een vrouw deed open. Ze was broodmager, vel over been, had oorbellen en tatoeages. Ze had een baby op haar arm. Ze staarde hem aan, en Jonah probeerde zich de naam te herinneren van de kerel voor wie hij gekomen was.

'Kom je voor Eric?'

Hij knikte. Zo heette hij.

'Momentje.' Ze deed de deur voor zijn neus dicht.

Jonah stak een sigaret op terwijl hij stond te wachten. Er kwam een kind uit de flat ernaast. Hij stuiterde met zo'n grote rubberen bal. Waarschijnlijk van school gestolen. Hij wierp een blik op Jonah, stopte met stuiteren en ging weer naar binnen. Wie was hij? Wie ging hij roepen? Jonah overwoog hem achterna te gaan, maar voordat hij kon beslissen ging de deur weer open. Het was de kerel met het rode haar. Jonah was zijn naam alweer vergeten, maar wist nog heel goed waar hij voor gekomen was.

'Je hebt een identiteitsbewijs voor iemand gemaakt, en ik moet haar vinden.'

De kerel met het rode haar schudde zijn hoofd. De deur ging weer langzaam dicht.

Jonahs nicht had ook rood haar. Ze hadden haar altijd getreiterd. *Beter dood dan je haren rood. Beter dood dan je haren rood.* Jonah stak zijn laars tussen de deur en pakte het pistool dat hij in de tailleband van zijn spijkerbroek had gestoken.

'Hoho,' zei de kerel. 'Die heb je echt niet nodig.'

Dat was waar. Die had hij niet nodig. Hij was het plan heel even vergeten. Hij stopte het pistool weer terug en haalde iets uit zijn zak. Het geld dat hij had verdiend met een week lang verkopen. 'Ik kan je er wel wat voor betalen,' zei hij.

De kerel wreef over zijn voorhoofd, maar Jonah had het koud en was moe van het wachten. Bovendien was er die buurjongen die elk moment terug kon komen. Hij deed een stap naar voren, duwde met zijn knie de deur open en de kerel struikelde achteruit. Ze stonden daar in de flat. Er zat een kind, een meisje, televisie te kijken. Kijk nou, het was Mary B., ze zat daar, opnieuw kind geworden. 'Hier ben je dus,' zei Jonah en voelde woede opkomen. 'Waarom heb je het meegenomen? Wat heb je ermee gedaan?'

Mary B. was bang, dat zag hij zo. En zo hoorde het ook. Ze stond op en liep naar de dame met de tatoeages, liet de tekenfilm voor wat hij was.

'Kijk,' zei de roodharige kerel. 'Laten we eens kijken wat je wilt en je op weg helpen.'

'Kom maar, Brittany,' zei de getatoeëerde dame tegen het meisje. 'Kom maar met me mee.'

Het meisje keek naar Jonah terwijl ze de kamer uit liep. Grote bruine ogen. Niet blauw. Dus. Ze had maar gedaan alsof ze Mary B. was. Hij kneep zijn ogen halfdicht en keek naar de kerel.

'Hou maar op met zaniken en vertel me waar ze heen is gegaan.'

'Vertel eerst eens wie je precies zoekt,' zei de kerel, en hij zat al achter zijn computer, drukte op toetsen en klikte met zijn muis.

'Mary Bridget Washburn.'

De kerel klikte nog een paar minuten, en schudde toen zijn hoofd.

Jonah schudde zijn eigen hoofd. 'Kijk nog eens. Ik weet dat ze hierheen zou gaan. Ze zou niet weten waar ze anders heen moest.'

'Hoe ziet ze eruit?'

'Blond haar. Blauwe ogen. Mooi smoeltje.'

De man schudde nogmaals zijn hoofd. Jonah voelde woede opkomen, maar toen herinnerde hij zich iets. Hij lachte. De roodharige man zette grote ogen op.

'Ze liep waarschijnlijk met een grote groene plunjezak te sjouwen. Vol met mijn geld.'

De kerel staarde Jonah even aan alsof hij probeerde te beslissen wat hij moest doen. De baby krijste van achter uit de flat en dat leek hem te helpen tot een besluit te komen. Hij begon weer met zijn computer te rommelen, klikte nog wat, en even later kwam er wat geluid uit de printer en overhandigde hij Jonah twee vellen papier. 'Hier is een kopie van haar nieuwe rijbewijs en haar sofi-nummer.'

Jonah pakte de papieren aan, keek er aandachtig naar en probeerde te begrijpen wat dit betekende. Even later was het hem duidelijk. Ze was haar moeder geworden. Ook goed. Het maakte hem niets uit. 'Ik moet weten waar ik haar kan vinden,' zei hij.

De kerel schudde zijn hoofd, en Jonah voelde dat iets heets zich vanuit zijn buik omhoog werkte. Zijn borstkas raakte er vol mee en hij had het gevoel dat hij moest gaan schreeuwen. Alsof hij uit elkaar zou barsten of iemand anders uiteen zou scheuren. 'Houd me niet langer aan het lijntje!' schreeuwde hij naar de roodharige man.

'Goed, goed dan!' Roodhoofd leek weer bang te worden. 'Als ze een baan heeft kan ik er misschien achter komen waar, maar dat kan even duren. Kom over een uurtje maar terug.'

De hitte begon weer omlaag te zakken.

'Ik wacht wel,' zei Jonah.

Maar hij ging niet zitten. Er zat ongedierte in de meubels, dat zag hij zo.

Hij keek naar de tekenfilm die het meisje aan had laten staan, en hij wist niet hoe lang het duurde, maar na een poosje tikte de kerel hem op zijn schouder.

'Hier.' Hij gaf Jonah nog een papier. Jonah probeerde het te lezen, maar dat lukte niet. De woorden wisselden te snel van plaats om ze te kunnen volgen.

'Wat staat erop?'

'Bag-en-Save-supermarkt,' zei de man. 'In Alexandria.'

'Alexandria,' herhaalde Jonah.

De man knikte.

'Maar dat ligt niet in Californië.'

De man staarde hem aan. 'Nee, dat ligt in Virginia. Neem snelweg nummer 64 naar snelweg 81, en dan snelweg 66. Je bent er in drie of vier uur.'

Jonah knikte. Dat was mooi. Hij wist niet hoe hij in Californië had moeten komen. Hij haalde het geld uit zijn zak en trok er twee briefjes van vijftig uit. De kerel vroeg niet eens om meer, werkte hem alleen de deur uit. Hij stond nog niet buiten of de deur viel dicht en de grendel ging erop.

Tweeëndertig

Bridie was bezig met de ontbijtborden en wilde dat ze tot hem kon doordringen. Vandaag was hij de andere Alasdair. Degene die in zijn eigen wereld opging, en ze had ontdekt waardoor hij zo veranderde. Het kwam door al dat gedoe in de kerk. Wanneer hij daardoor in beslag werd genomen, werd hij iemand anders. Iemand die voortgejaagd werd, die niet praatte over de dingen van de Geest en over vergeving en over niets dat je kon scheiden van de liefde van God. Nee, deze Alasdair leek het woord *genade* nog nooit gehoord te hebben.

Niet dat hij zelf nu zoveel genade van zijn gemeenteleden ontving. Hij had zich bijna kapot gewerkt om zich voor deze mensen in te zetten, urenlang aan zijn preken gewerkt, zijn gemeenteleden bezocht en naar hun klachten geluisterd, spreekbeurten afgezegd waarvoor hij de stad uit zou moeten. Maar ondanks al zijn verwoede pogingen wilden ze hem toch weg hebben. Gisteravond nog waren ze weer naar zijn huis gekomen, onder leiding van die magere, oude Edgar Willis. Alasdair had na afloop niet veel gezegd, maar Lorna had haar op de hoogte gesteld. Ze gingen een gemeentevergadering beleggen om Alasdair weg te stemmen, tenzij hij aanstaande zaterdag met hen meeging naar Richmond voor een gevecht met het grote opperhoofd.

'Ze hopen dat hij de baan zal accepteren die de voorzitter hem aanbiedt,' had Lorna gezegd.

'Denk je dat hij dat doet?' vroeg Bridie.

Lorna had half met haar hoofd geschud. 'Ik weet het niet. Als hij doorvecht zal de gemeente uiteenvallen. Er zijn geen goede keuzes.'

Bridie keek naar hem en haar hart was zwaar van bezorgdheid. Hij was hier, maar toch ook niet, en ze wilde wel dat ze wist hoe ze hem terug kon roepen. Hij zat al een kwartier aan de tafel achter haar, las de krant niet, praatte niet, staarde alleen maar voor zich uit. Het zou waarschijnlijk beter zijn als hij stoom afblies, maar dat kon ze natuurlijk niet tegen hem zeggen. Ze probeerde te bedenken wat ze kon zeggen, maar wist niets te verzinnen.

Op dat moment kwam Samantha naar beneden gestommeld. Ze scharrelde rond om haar cornflakes en melk te pakken.

'Weet je zeker dat je niet iets wilt eten?' vroeg Bridie aan Alasdair. Hij stond op, schoof zijn stoel weer aan en liep op haar af. Hij zag er zo bedroefd uit. Ze had plotseling de neiging om zijn hand te pakken. Ondanks al hun gesprekken, hadden ze elkaar nooit aangeraakt, behalve in die nachten dat hij zo ziek was.

'Nee, dankjewel.' Hij schudde zijn hoofd en reikte langs haar heen om zijn kopje in de gootsteen te zetten. 'Wat dit weekend betreft,' zei hij, vind je het echt niet erg om bij de kinderen te blijven, terwijl ik naar Richmond ga?'

'Nee, natuurlijk niet. Moet ik zaterdag- en vrijdagavond blijven slapen?'

'Waarschijnlijk niet. Ik ga morgenmiddag weg en overnacht in een hotel. Het gesprek is zaterdagmorgen vroeg, en ik kom weer terug zodra het afgelopen is.'

Bridie knikte. Hij keek haar vandaag voor het eerst aan, en o, waarom had ze toch zoveel verbeelding? En waarom kwelde dat haar zo? Maar het leek wel alsof hij haar smeekte hem tegen te houden. Doe iets, leek hij te smeken. Laat me niet nog verder van mezelf verwijderd raken. Laat me niet deze man blijven die ik geworden ben.

Maar wat kan ik dan doen? was haar reactie. *Hoe kan ik jou helpen als ik mezelf niet eens kan helpen?*

Samantha wurmde zich tussen hen door en zette haar schaaltje en lepel in de gootsteen. Er dreven nog wat cornflakes in een laagje melk.

'Wie brengt me vandaag?' vroeg ze en onderbrak de loop van haar gedachten.

'Ik,' zei Bridie, en ze bloosde zomaar. 'Ik ga Cam en Bonnie halen en dan vertrekken we.'

Ze liep weg van Alasdair en dwong zichzelf niet op te kijken toen de achterdeur open en dicht ging.

'Kun je een beetje opschieten?' vroeg Bob. Het computernetwerk van de overheid was niet vooruit te branden. Gerry had als een idioot berichten achtergelaten, maar Bob was niet van plan ze te beantwoorden voordat hij goed nieuws te melden had. Hij was zich er maar al te goed van bewust dat het zand van de tijd behoorlijk snel door de zandloper van het leven liep. Vandaag was het donderdag. Gerry had gemeld dat het geduld van de ouderlingen van de Knoxgemeente begon op te raken. Ze zouden op zaterdag naar Richmond komen om de zaak hoe dan ook op te lossen. Bob wist dat het tijd was om iets te laten gebeuren. Zijn toekomst stond op het spel. Als hij moest vertrekken met wat hij nu had, zou hij er wel iets van maken, maar in dit stadium hielpen alle kleine beetjes.

'Kijk, ik hoor dit eigenlijk helemaal niet te doen,' klaagde John Wigby. 'De enige reden waarom ik je help is dat mijn vader het gevraagd heeft, en bovendien is deze informatie toch grotendeels voor iedereen toegankelijk.'

Bob negeerde hem.

Jim liep de lijst langs en daar waren de naam en het sofi-nummer van Bridget Collins. Maar er klopte iets niet. Letterlijk. Bob fronste zijn wenkbrauwen en probeerde te begrijpen wat hij voor zich zag. Volgens de staat Virginia was Bridget Collins dood en veel te oud om deze vrouw te kunnen zijn.

Plotseling herinnerde hij zich zijn eigen, hoe moest hij het noemen, geëxperimenteer met de feiten toen hij informatie had losgepeuterd van de secretaresse van de kerk. Hij had de naam van zijn opa gebruikt. Die was hem snel en gemakkelijk uit de mond gerold toen hij onder druk stond. Misschien had de oppas van MacPherson hetzelfde gedaan. En dat betekende dat ze iets te verbergen had. Zijn hart begon sneller te kloppen.

'Zoek haar eens na op huwelijks- en geboortecertificaten,' zei hij.

Jim kreunde, maar gehoorzaamde.

Na een paar minuten en enkele omwegen had Bob ten slotte een lijst – vier certificaten voor een levend geboren kind waren uitgegeven aan Bridget Collins Washburn, en hij had de data en sofi-nummers van elk kind.

'Zoek deze eens op,' zei hij, en wees op de naam van het oudste kind. 'Hij zoekt op geslacht en globale leeftijd. Hier is haar sofi-nummer. Het moet geen probleem zijn om haar naam te vinden.'

'Dat zal even duren.'

'Ik wacht wel.'

Met een ongeduldige zucht legde Bob zijn voet op zijn knie en tikte een ritme met zijn schoen. Als hij een echte bidder was geweest, zou hij nu zijn gaan bidden.

'Ik heb haar. Ze heet Mary Bridget Washburn.' Jim krabbelde de informatie op een papiertje en gaf het aan Bob.

'Kijk eens na of ze misschien ergens voor gezocht wordt. En ik heb een foto nodig.'

'Ik hoor dit helemaal niet te doen.'

Bob ging rechtop zitten, niet langer in de stemming om spelletjes te spelen.

'Ik ben zo vrij om daar anders over te denken,' zei hij. 'Als deze vrouw een andere naam gebruikt en kinderen verzorgt, is het duidelijk dat we hier met iets minder fraais van doen hebben. Ik zou het erg vervelend vinden als duidelijk werd dat jij er wel van wist, maar er niets aan gedaan hebt.'

'Je houdt me wel lekker bezig, zeg,' zei Jim, maar hij tikte toch het internetadres in van de website van het nationale informatiecentrum voor criminaliteit.

'Het zal even duren,' zei hij door zijn opeengeklemde tanden.

'Ik wacht wel,' herhaalde Bob.

Jim keek hem vernietigend aan. 'Ik heb nog twintig minuten voor je. Als je meer nodig hebt moet je een detective inschakelen.' Bob negeerde hem. Hij liep de hal in, kocht een broodje en schonk nog een kop in van het slootwater dat hier voor koffie moest doorgaan. Hij was iets op het spoor. Hij voelde het gewoon.

Hij at het broodje op, sloeg zijn koffie achterover en liep terug naar Jims armzalige kleine kantoortje. Toen kwam er een einde aan de lange nacht. Jim straalde toen Bob de kamer binnenkwam.

'Moet je dit eens zien,' zei hij en wees op het computerscherm.

Bob haastte zich naar binnen en tuurde over zijn schouder. Hallo zeg! Wat een vondst! Mary Bridget Washburn werd gezocht vanwege het produceren en verspreiden van een verboden stof.

'Als dit het kindermeisje is, heeft ze wel een paar geheimen,' zei Jim.

'Dat kun je wel zeggen,' beaamde Bob met bonzend hart.

'Zullen we de politie bellen en haar laten inrekenen?'

'Nee,' antwoordde Bob vlug. 'Dit handel ik zelf wel af.' De timing was nu van kritiek belang. Hij printte het belastende materiaal over Mary Washburn uit en ging terug naar zijn kantoor. Hij moest nadenken.

Bridie reed de Bag-en-Save bijna voorbij op weg naar een andere supermarkt, maar besloot toen dat ze zich belachelijk gedroeg. Ze moest hen vroeg of laat toch onder ogen komen. Ze haalde Cam en Bonnie uit de auto en ging naar binnen. Ze groette een paar mensen die ze kende, terwijl ze haar karretje langs de kassa's duwde. Jeremy, de winkelassistent, Florence van de drogisterij. Ze zag Winslow niet, en was daar dankbaar voor. Carmen zat bij de voorste kassa, grijnzend en kletsend en bellen blazend met haar kauwgom. Bridie laadde snel haar boodschappen in haar karretje en ging in de rij staan bij Carmen.

'Hoe is het?' vroeg Carmen glunderend. Ze graaide onder de kassa en gaf Cam en Bonnie een handvol stickers. Bridie bedacht dat ze hun kleren er op na moest kijken als ze de was ging doen. Als er eenmaal een sticker door de droger ging kreeg niemand die er ooit nog af.

'Aardig goed,' zei Bridie. 'En met jou?'

'We hebben een datum gekozen en ik heb mijn ring,' kondigde Carmen aan en zwaaide met haar hand voor haar neus. Het was een behoorlijk grote diamant en Bridie putte zich uit in allerlei kreten van bewondering.

'Ik wil wel dat je op mijn bruiloft komt, hoor,' zei Carmen ernstig.

Bridie staarde in die vriendelijke, warme bruine ogen van Carmen en plotseling leek haar situatie ondraaglijk. Ze zat in een soort kerker opgesloten. Het was erger dan de gevangenis. In de gevangenis kon je tenminste je tijd uitzitten en daarna kwam je vrij. Maar zij zou hier nooit vrij van zijn. Ze zou nooit kunnen zeggen waar ze over een jaar, een maand, een week, of zelfs een dag zou zijn. Haar hele leven kon veranderen door een stel cijfers op een computerscherm. Ze voelde een doordringende schok. Ze had al weken de gevangeniswebsite niet meer nagekeken. Carmen keek haar aan, en er stond pijn te lezen in haar levendige ogen.

'Niets zou me gelukkiger maken dan op jouw bruiloft te zijn,' zei Bridie eerlijk. Ze boog zich over de kassa heen en gaf Carmen een kneepje. Toen ze haar losliet kon ze zien dat Carmens gelaatsuitdrukking weer normaal en blij was.

'Maak je geen zorgen over geld. Wij kunnen je wel helpen.'

'Bedankt,' zei Bridie, het excuus aangrijpend dat Carmen haar aandroeg.

Carmen kletste door over de bruiloft, de datum, de locatie, de receptie, haar jurk. Bridie luisterde en glimlachte, hield Cam en Bonnie weg bij de chocoladerepen en snoepjes, haalde ten slotte twee briefjes van twintig tevoorschijn en betaalde voor haar boodschappen.

Carmen gaf haar het wisselgeld en stak toen een vinger op. 'Wacht eens even,' zei ze. 'In het kantoor hangt een telefoonbericht voor je. Ik denk dat ze twee keer gebeld heeft, en de enige reden waarom ik dat weet is dat Jeremy de tweede keer de telefoon aanpakte. Winslow is zo kinderachtig.' Ze trok een gezicht en Bridie probeerde zich in te denken wie haar hier zou bellen, en dan nog twee keer ook. Wie zou haar überhaupt ergens bellen?

Carmen gaf haar het papiertje. *Heeft geen naam achtergelaten.* *Terugbellen*, had Jeremy opgeschreven Ze schudde haar hoofd. Het was waarschijnlijk een vergissing. Toch was het vreemd en haar maag begon raar te doen. 'Heeft ze gezegd waar het over ging?' vroeg Bridie.

Carmen schudde haar hoofd. 'Niet tegen Jeremy, en als ze het tegen Winslow gezegd heeft, zal hij het met zich mee het graf in nemen – tenzij jij er negatief in naar voren komt. Dan zet hij het in de krant.'

Bridie voelde zich nog ongeruster worden. Schuldige gewetens hadden meestal weinig gevoel voor humor. Ze frommelde het briefje in haar zak. Ze zou bellen zodra ze thuis was.

'Ik zeg de flat op, Bridie,' zei Carmen verontschuldigend. 'We gaan een huis kopen in Herndon.'

Bridie knikte. Dat had ze al verwacht. Het was alleen de vraag wanneer. 'Laat me de data maar weten, dan kom ik mijn spullen ophalen.'

'Geen haast,' zei Carmen. Bridie duwde haar karretje naar buiten en zwaaide gedag. Er stond iemand achter haar in de rij.

'Vanavond ben ik thuis, maar daarna blijf ik een paar dagen in de pastorie slapen. Alasdair moet op reis.'

'Alasdair,' herhaalde Carmen, terwijl ze glimlachend een zak meel scande.

Bridie lachte niet terug. Ze zei gedag. Het leek alsof de dingen nu hun vanzelfsprekende eindpunt begonnen te naderen. Carmen ging trouwen. Alasdair was weer op de been en zou waarschijnlijk met zijn gezin naar Richmond verhuizen. Zij en Samantha waren bijna klaar met de dagboeken. Het was tijd om verder te gaan. Bij die gedachte voelde ze niets anders dan een loodzware kilte. Ze zette haar boodschappen en de kinderen in de auto en reed terug naar de pastorie, die ze zorgvuldig geen 'thuis' noemde, zelfs niet in de stilte van haar eigen gedachten.

Jonah zette de afzuigventilator in de badkamer van het motel aan en draaide het vuur van het fornuis wat hoger, schoof de koffiefilters naar achteren en gooide bijna een pot vol met loog om, zo heftig beefden zijn handen. Hij klemde zijn tanden op elkaar. Drie dagen schrapen en scharrelen om maar high te blijven, door stereo's te stelen uit auto's, en mobiele telefoons. Hij wilde zijn geld. Dan kon hij iemand betalen om voor de ingrediënten te zorgen en kon hij weer een nieuw handeltje opzetten. Hij was er bijna, stelde hij zichzelf gerust. Het zou niet lang meer duren.

Hij had vandaag de supermarkt gevonden. Was naar binnen gegaan om zijn medicijnen tegen verkoudheid te kopen en had een praatje gemaakt met een van de inpakhulpen, die achter een sigaretje stond te roken.

'Ken je Bridie Collins?' had hij gevraagd.

Het joch had geknikt. 'Ze werkt hier niet meer, maar ik geloof dat ze nog wel bij Carmen woont.'

'Carmen?'

'De hoofdcaissière. Ze komt straks.'

Nou, nu was het straks, besefte Jonah, en probeerde zijn handen stil te houden terwijl hij het hele proces routinematig doorliep, en twee keer zijn vingers brandde terwijl hij een lepel vol klaarmaakte en inspoot. Toen hij het motelbed bereikte en de zak vol met pillen tegen verkoudheid opzij had geschoven, stroomde de speed in volle vaart zijn hoofd binnen. Het was alsof zijn hele lijf brulde. Zoals oceaangolven die naar binnen breken, stuk voor stuk slechte dingen afvoeren en een spoor van glinsterend, mooi, zandachtig gouden stof achterlaten. Hij zag hoe hij zich boog, het glanzende zand oppakte en opat. O, het smaakte net als kandij, als suiker die zo uit het pak liep. Het smolt op zijn tong. Hij likte zijn lippen af. Ze waren droog, maar ze smaakten zeker zoet. Steeds opnieuw sloegen er golven kapot. Met iedere golf spoelden echter stukjes van hemzelf weg. Hij stond op en begon te lopen. Als hij maar bleef bewegen zou hij hen voor blijven.

Hij deed de deur van de motelkamer achter zich op slot en stak de vierbaansweg over. Hij was eraan gewend om de Fury te

parkeren op het parkeerterrein van het restaurant aan de overkant van de weg. Hij liep liever een stukje dan dat hij weer werd
opgepakt.

Jonah had de inpakhulp twintig dollar gegeven om zijn mond
te houden. De jongen had gezegd dat hij vanavond maar terug
moest komen. Dan zou Carmen er zijn, en hij zou haar aanwijzen voor nog twintig dollar. Dan zou Jonah Carmen volgen tot
aan haar huis, en zo zou ze hem regelrecht naar Mary brengen.
Hij stapte in de auto, startte de motor en reed zorgvuldig en
langzaam terug naar de Bag-en-Savesupermarkt.

Bridie draaide het nummer zodra ze terug was in de pastorie en
haar handen trilden toen de telefoon overging; toen zei een holle
stem dat de mobiele telefoon die ze gebeld had op dit moment
niet in gebruik was. Ze hing op, probeerde rustig te worden en
te bedenken wie het toch kon zijn. Ten slotte herinnerde ze zich
de dame die Tupperware-parties gaf. Ze had gezegd dat ze
Bridie een keer zou bellen, of zoiets. Dat moest het zijn, dacht ze
en probeerde het te geloven. Ze was paranoïde, dat was alles.

Maar toch. Dit telefoonbericht – alweer een onschuldig uitziend stukje papier – leek een slecht voorteken. Wat voor krans
van licht er ook om haar leven had gehangen, die leek nu langzaam te verdwijnen.

Alasdair raakte zijn avondeten nauwelijks aan en excuseerde
zich voor het toetje, omdat hij zich niet lekker voelde. Hij zei dat
hij in zijn studeerkamer zou zijn. Ze leegde zijn bijna volle bord
met stoofschotel in de vuilnisbak. Ze besefte dat ze in een fanta-
siewereld had geleefd. Eentje waar het verhaal een 'happy end'
had zonder de pijn van het vertellen van de waarheid, zonder het
zien van de ontzetting en afkeer op de gezichten van de mensen
van wie ze was gaan houden, wanneer ze hen over haar verleden
vertelde. Over haar zelf.

Ze was snel klaar met de afwas en ging naar boven om het
laatste dagboek te lezen met Samantha.

Terwijl Samantha lekker ging zitten klapte Bridie met een
ongerust gevoel het boek open. Anna's eerste boeken hadden een

zekere volledigheid, samenhang en integratie, waaruit haar persoonlijkheid naar voren kwam. In de laatste dagboeken ontbrak dat steeds vaker. De stukjes die Anna had geschreven waren vol van dezelfde persoon, maar er waren er niet zoveel van. In die boeken liet Anna de brieven en foto's veel van haar levensverhaal vertellen. Alsof ze geen energie meer had om de ontbrekende stukjes in te vullen.

Dit boek was nog minder samenhangend, dat kon Bridie zo wel zien toen ze er vlug doorheen bladerde. Geen dingen die zorgvuldig waren ingeplakt, geen verfstalen, geen opstellen en weinig stukjes in haar handschrift. Dit dagboek leek te getuigen van het voortbestaan van gewoonten. Als je eenmaal een dagboek bijhield, moest je dat voor altijd doen, ook al werd het leven om je heen onbeheersbaar.

Er waren een paar geschreven stukjes, maar niet op lompenpapier dat netjes op de bladzijde was geplakt. Dit waren houterige strepen die de bladzijde zelf bedekten, ontboezemingen van de ziel in dikke zwarte viltstift. De vergankelijke documenten van Anna's leven waren er ook, maar niet netjes op de bladzijden geplakt en voorzien van commentaar en opschrift. Nee, deze stukjes papier, deze stukjes leven waren er zomaar hier en daar tussen geplakt. Een rekening hier, een kaart van een gemeentelid daar, afsprakenkaartjes van artsen en tandartsen naast boodschappenlijstjes, en opdrachten of tekeningen van Samantha met het cijfer eronder. Alles was zonder enige organisatie bij elkaar gegooid. Haar leven lag aan diggelen en haar verwarring zat ingeklemd tussen de zware bladzijden. In haar dagboek – en Bridie vroeg zich af of dat in Anna's leven ook zo was geweest – vonden de gebeurtenissen willekeurig en in versneld tempo plaats. Ze volgden elkaar te snel op om geïnterpreteerd en opgeslagen te worden. Werden er gewoon gedumpt om later weer uitgezocht te worden. Samantha, die misschien dezelfde angstige sfeer voelde, kwam wat dichterbij zitten en liet haar hoofd tegen Bridie's schouder leunen, terwijl ze aan de laatste fase van hun reis begonnen. Dit was het laatste deel van de snelweg, het kronkelige stuk weg waarop Anna langzaam veranderd was van de vrouw die nauwgezet ieder jaar van Samantha's leven had gefotografeerd en gedocumenteerd, in de moeder die niet eens de cadeautjes voor haar pasgeboren kinderen had opengemaakt. Ze zouden de reis volgen, maar als Bridie ooit had gedacht dat het een reis met een helende werking zou zijn, dan betwijfelde ze dat nu.

Ze sloeg het boek open. Een professioneel afgewerkt portret staarde hen aan, een paar zelfs, zag Bridie toen ze de eerste een beetje oplichtte. Daar waren ze: Alasdair, Anna, Samantha poserend in een studio. Alasdair stond achteraan. Zijn ene hand rustte op Anna's rug, de andere op Samantha's schouder. Hij zag er streng en gespannen uit, alsof hij moeite deed om zijn gezin bij elkaar te houden. Samantha moest zo'n tien jaar oud zijn geweest. Ze zag er slungelig uit, als een meisje dat op het punt stond over de drempel naar het vrouwzijn heen te stappen. Haar ogen stonden niet donker en gekweld, zoals toen Bridie haar voor het eerst ontmoet had. Maar ze waren iets te groot – angstig en waakzaam. Maar op Anna bleef Bridie's blik uiteindelijk rusten.

O, nee. Wat erg, wilde ze zeggen. Ze mompelde, maar wilde in plaats daarvan wel kreunen.

'Wat?' vroeg Samantha en haar stem klonk net zo gespannen als haar gezicht op de foto eruitzag.

Bridie schudde haar hoofd in plaats van te antwoorden. Anna's gezicht was nog steeds prachtig, maar ze zag er zo vermoeid uit. Zo afgemat en uitgeput. Ze was dunner dan tevoren. De beenderen in haar gezicht waren duidelijk zichtbaar onder haar tere huid. Die was zo wit als papier, en het leek alsof de penseel van de kunstenaar kringen onder haar ogen had getekend.

De volgende foto was er een van de hele familie. Moeder MacPherson en de hele clan. Moeder zat deze keer als een vorstin op de oorfauteuil. Alasdair stond midden achter haar, met Winifred en Fiona naast hem. Lorna en de aangetrouwde kinderen vulden de randen op. Daar was Anna, die zich achteraan verschool, haar witte gezicht ingeklemd tussen die van de echtgenoten van Fiona en Winifred, en de volwassen kinderen. Waar was Alasdairs vader?

Samantha bekeek de portretten zonder commentaar, en legde ze toen opzij. Eronder lag een opgevouwen papier dat op een kerkblad leek. Op de voorkant stond een kruis, omgeven door lelies.

Ik ben de opstanding en het leven. Wie in Mij gelooft zal leven, ook al is hij gestorven.'

Samantha vouwde het open. *In memoriam Douglas Rutherford MacPherson.* Dus vader MacPherson was overleden.

'Waar is hij aan overleden?' vroeg Bridie.

Samantha haalde haar schouders op. 'Ik weet het niet meer. Hij heeft heel lang in het ziekenhuis gelegen, en oma is heel kort na hem overleden.'

En ja hoor, meteen daarachter zat nog een opgevouwen stuk papier, met een datum van enkele maanden later. Nieuwe foto, nieuw Bijbelvers, verder hetzelfde. *Eileen Marie Rushford MacPherson. 'Wel gedaan, gij goede en getrouwe dienstknecht.'*

Daarna kwam een bladzijde die was volgeschreven met dikke viltstift.

We hebben hen allebei binnen een paar maanden begraven. Vreemd, ik dacht altijd dat zij de problemen tussen ons veroorzaakten. Natuurlijk heb ik hen nooit dood gewenst, maar ergens dacht ik toch dat ik vrij zou zijn, als zij op een of andere manier zouden verdwijnen. Heerlijk vrij, met niemand die over mijn schouder meekeek om me te vertellen dat ik het verkeerd deed. Eerst ging vader MacPherson, en nu moeder, en in plaats van een enorm gevoel van opluchting, voel ik me verdrietig. Er komen nu zoveel dingen op me af die ik nog had willen doen of zeggen. Zoveel dingen in hun leven waren prijzenswaardig, maar ik schilderde ze met dezelfde donkere kwast. In plaats van heerlijk vrij te zijn, voel ik me eenzaam. Het huis lijkt zo leeg zonder moeder die op de tweezitter zit te lezen en thee te drinken. Ik ga daar niet graag meer naar binnen.

Daarna volgde een aantal krantenknipsels. Over Alasdair. Op

een foto stond hij in zijn toga op de preekstoel. Hij zag er vastberaden en streng uit. In het bijschrift stond dat hij een of andere prijs had gekregen voor het maken van uitstekende programma's. Het volgende knipsel was een column van de redacteur godsdienst, waarover Lorna haar verteld had. Er stond in dat hij de grootste apologeet sinds C.S. Lewis was. Bridie keek het snel door. Behoorlijk heftige kost. Moeilijk om je hoofd niet op hol te laten brengen als je werd vergeleken met Samuel Rutherford en John Knox.

'Ik vraag me af hoe Anna haar dagen doorbracht,' mijmerde Bridie. 'Weet je dat nog?'

Samantha schudde haar hoofd. Ze keek een beetje bedenkelijk. 'Ik weet wel dat ze altijd op me zat te wachten als ik thuiskwam. Ze wilde graag dat ik met haar praatte.'

De zwaarte van de last kwam zelfs uit de woorden al naar voren. 'Jullie maakten vast ook weleens ruzie,' zei Bridie. Samantha leek geschokt.

'Nee.' Dof, geen verdere discussie toegestaan.

Bridie haalde haar schouders op. 'Ik hield van mijn moeder, maar ik zou niet gewild hebben dat ik alles voor haar was. Dat is een behoorlijk zware last om te dragen.'

'Sla de bladzijde eens om.'

Dat deed Bridie. Er rolden enkele kiekjes uit. Een verjaardagsfeestje. Leuk. Bridie voelde zich opgelucht. Wat kon er nou droevig zijn aan een verjaardagsfeestje? Ze keek nog eens goed. Er bevond zich een onbekend gezicht tussen de anderen die om de tafel heen stonden.

Het gebruikelijke clubje was er, Alasdair, Samantha, de zussen, maar er zat een man – mager, met zandkleurig haar – naast Anna, die op de middelste stoel aan het hoofd van de tafel zat, met een taart vol kaarsjes voor zich.

'Dat is de vader van mijn moeder,' zei Samantha, terwijl ze het nieuwe gezicht aanwees. 'Hij is ook al dood.'

'Mmm,' mompelde Bridie weer. Zoveel mensen al overleden.

Papa is helemaal uit Schotland hierheen gekomen voor mijn ver-

jaardag. En ik weet waarom. Ik ben nu eenendertig, even oud als moeder. Ik word er zo moe van om tegen hem in te gaan, en zelfs al heeft hij gelijk, wat moeten we dan doen? Kome wat komt, hoe dan ook.

'Hoe is jouw moeder gestorven?' vroeg Samantha aan Bridie, en haar stem klonk hol.

'Ze is aan kanker gestorven. Ze was nog niet eens veertig. Ze was een jaar ziek, en ik heb op school veel gemist omdat ik haar verzorgde. Maar ik deed het graag.' Bridie staarde in het verleden, voelde diezelfde intense angst weer die haar altijd overviel als ze het pad opliep vanaf de schoolbus, dan dezelfde opluchting als ze het huis binnenstapte en zag dat mama nog leefde, en rechtop in het ziekenhuisbed zat dat ze in de woonkamer gezet hadden. Oma liep om haar heen te redderen, als ze zich fit genoeg voelde. Als ze er alleen maar aan dacht leek het wel alsof ze daar weer was. Haar hart ging zo tekeer dat ze bang was dat haar lichaam ervan schudde. Dat moest ze zich verbeeld hebben.

Samantha gaf geen commentaar, maar zei alleen weer op die grimmige toon: 'Sla de bladzijde nou om.'

Vader moet met Calvin gepraat hebben. Hij heeft me vorig weekend bezocht, toen Alasdair in zijn kantoor zat om zijn preek voor te bereiden. 'Laat ik je maar een antidepressivum voorschrijven. Verjaardagen kunnen nogal ingrijpend zijn,' zei hij en vroeg of ik met een hulpverlener wilde praten. Ik knikte maar. Waardoor boezemen hulpverleners toch zoveel vertrouwen in? Ze zijn vast onze hedendaagse alchemisten, degenen van wie we hopen dat ze het lood uit ons leven veranderen in goud. Wat een onzin. Het zijn gewoon blinde en struikelende mensen die proberen anderen te begeleiden op een reis die ze alleen moeten maken. Ik heb tenminste één ding geleerd. Voor de vallende ziel bestaat er geen helper, geen wederhelft die de leegten zal opvullen. Ik ben echter niet tegen hem ingegaan, heb hem bedankt, en het recept en de naam van de hulpverlener aangenomen.

En blijkbaar een afspraak gemaakt en de pillen geslikt. De volgende paar stukjes, die een paar maanden later gedateerd waren, hadden weer iets van de levendigheid van de eerdere boeken. Ze hadden samen een reis gemaakt, Alasdair, Anna en Samantha. Naar New York. Bridie haalde de enveloppe met foto's eruit, en Samantha legde ze naast elkaar op het bed. Daar stonden ze alledrie, op Times Square, bij het Vrijheidsbeeld, op Ellis Island. Gewoon een gelukkig gezinnetje dat van de bezienswaardigheden genoot.

'Was dat een plezierreisje?' vroeg Bridie aan Samantha.

Ze knikte en wees op een foto waar ze alledrie op stonden, gezeten aan een roodgeblokte tafel, met een brandende kaars in het midden. 'Dat was in Klein-Italië. We hebben in dit Italiaanse restaurant gegeten, maar er was niet één Italiaan. De ober was Chinees of zo, en de kok was deze Indische vent, en de gastvrouw was Afrikaans. We moesten er om lachen. Maar het eten was erg lekker.' Bridie keek aandachtig naar de foto. Anna zag er beter uit. De donkere kringen waren verdwenen.

Ze bekeek snel de rest van de foto's en sloeg de bladzijde om.

Alasdair en ik kunnen de laatste tijd goed met elkaar opschieten. We hebben zelfs weer gepraat. We zijn een weekend naar Rehoboth Beach geweest en Lorna heeft op Samantha gepast. We hadden een geweldige tijd. Het was weer net zoals onze eerste tijd samen. We hebben urenlang gewandeld en gepraat en bij het vuur in ons appartement gezeten. Het voelt als een enorme opluchting. Alsof een last waar ik mee rondliep van me af is genomen.

'Wat moet ik doen,' vroeg hij, 'als de donkere tijden weer komen? Hoe kan ik je helpen als je je zo voelt?'

Ik wist niet wat ik moest zeggen. 'Ze komen niet meer terug,' zei ik, maar dat was meer een wens dan een belofte.

Daarna volgden een paar bladzijden van de oude Anna. Keurig geschreven dagboekstukjes die op de bladzijde geplakt waren. Foto's van een toneelstuk op Samantha's school, van Samantha's verjaardagsfeestje, aantekeningen van Alasdairs preek, een afsprakenkaartje van dr. Albert Chenowith, verloskundige en gynaecoloog.

Zoals ik al vermoedde, ben ik zwanger.

Bridie keek naar de datum en maakte een rekensommetje. Cam en Bonnie.

Ik wist het al voordat ik de test gedaan had. Zodra ik het vermoedde ben ik gestopt met de antidepressiva. De psycholoog zegt dat er misschien nog een ander medicijn is dat ik wel mag slikken, maar ik wil niets doen dat schadelijk kan zijn voor de baby.
Ik ben nogal verbluft dat de geschiedenis zich herhaalt. Ik was helemaal niet van plan om ooit nog zwanger te worden, en dit jaar al helemaal niet. Net zo oud als toen moeder zwanger werd van mij. Als ik daar alleen al aan denk komen er allerlei gevoelens boven, die geen van alle erg positief zijn. Ik begin me af te vragen of ik me in een soort kosmische tijdslus vastzit. Hoe meer ik probeer om vooral niet te worden zoals mijn moeder, hoe heftiger de zuigkracht naar haar lot lijkt te worden.
Ik wil niet zo denken. Het is zinloos. Vandaag ben ik weer naar therapie geweest, voor het eerst na vele maanden. Vader zou heel blij zijn geweest. Ik wou dat hij nog hier was, zodat ik het hem kon vertellen. Als ik een zoon krijg, wil ik hem graag naar mijn vader en mijn man vernoemen, Cameron Alasdair MacPherson. De twee mannen in mijn leven.

'Ze kreeg nog een extraatje,' zei Bridie spitsvondig.

Samantha knikte alleen maar. Hoe dichter ze bij het heden kwamen, hoe meer gespannen ze leek te raken.

Het volgende gedeelte ging voornamelijk over Samantha. Van alles over school. Toneelstukken, muziekuitvoeringen. Nog een paar kerkbladen.

Na deze berg informatie volgden een heleboel lege bladzijden. Bijna achter in het boek zat weer een groot aantal paperassen tussen de bladzijden gestoken.

Een uitnodiging voor een feestje dat de dames van de kerk ter ere van Anna organiseerden. Een foto. Anna, hoogzwanger, omringd door cadeautjes, maar met een gezicht waarop elke uitdrukking ontbrak. Niet droevig. Niet gelukkig. Alleen een gezicht.

Een lijst, zo eentje als er bij elk feest voor een aanstaande moeder gemaakt wordt en waarop alle cadeaus en de gevers vermeld stonden, zodat er bedankkaartjes verstuurd konden worden. En daar waren ook die bedankbriefjes. Aan sommige was ze wel begonnen, maar de rest was nog helemaal blanco en de envelopjes zaten erbij met een bandje eromheen.

Nog meer foto's. Van een glimlachende Alasdair, die twee kleine bundeltjes vasthield. Van Samantha en de peuters, Lorna en de peuters. Fiona en Winifred en de peuters. Van Anna, zwak en bleek, leunend in de kussens, met op elke arm een baby. Bridie keek nog eens goed naar haar gezicht en werd opnieuw getroffen door de wezenloze blik in haar ogen. Vertrokken. Niemand thuis.

Daarna niets meer tot aan de laatste bladzijde. Ze voelde zich nerveus worden. Samantha lag opgerold naast haar en voelde aan als een strakgespannen veer. Zou er nog een soort slot volgen, of zouden ze vertrekken met meer vragen dan waarmee ze gekomen waren? Plotseling kreeg Bridie een intens gevoel van spijt. Misschien hadden ze helemaal niet aan deze reis moeten beginnen. Maar ze stonden hier nu eenmaal aan het einde. Nog voordat Samantha weer tegen haar kon snauwen dat ze de bladzijde moest omslaan deed ze dat maar gauw.

Calvin kwam vandaag bij ons thuis en heeft het met me gehad over postnatale depressie. Hij stelde voor dat ik een poosje naar het ziekenhuis zou gaan, totdat ik met nieuwe medicijnen kan beginnen en die hun werk kunnen gaan doen. 'Lorna zal voor de tweeling en voor Samantha zorgen,' zei hij. 'Je hoeft je geen zorgen te maken.' En plotseling besefte ik dat hij gelijk had. Lorna zou voor hen zorgen.
Ze is zo lief en heeft zo'n goed hart. Is consequent. Is er altijd als je haar nodig hebt. Ze zou een perfecte moeder zijn, en plotseling wordt

het me duidelijk waarom ze zelf geen kinderen heeft.
Ik heb tegen Calvin gezegd dat ik erover na zou denken en hem
maandag mijn antwoord zal laten weten. Ik ben het hele weekend
bezig geweest om mijn besluit te nemen, en vandaag weet ik het zeker.
Alasdair zei dat hij vandaag naar de radiozender moet om zijn pro-
gramma's op te nemen, en dat hij Lorna heeft gevraagd om voor de
kinderen te komen zorgen.

Samantha beefde. Bridie legde het boek neer en hield haar stevig vast. 'Wil je ermee stoppen?'
Samantha schudde haar hoofd, en deze keer pakte ze zelf het
album op. Het laatste stukje. Slechts één paragraaf.

Ik heb de peuters allebei in mijn armen genomen voordat Lorna hen
kwam halen. Het leek wel alsof ik hen voor het eerst zag. Tot nu toe
voelde ik me veel te moe en overweldigd, als ik naar hen keek, maar
vandaag had ik dat gevoel niet. Ze zijn me zo lief. Zo klein en vol-
maakt. Ik kuste hen. Toen kwam Lorna. We dronken thee en aten een
muffin. 'Je ziet er beter uit,' zei ze. 'Ik voel me ook beter,' zei ik tegen
haar en dat is de waarheid. Ik heb het gevoel alsof er een enorme last
van me is afgenomen. Ik heb voortdurend geworsteld, maar nu kan ik
daarmee stoppen. Ik kuste de peuters nogmaals. Ze nam hen mee en
beloofde op tijd terug te zijn om Samantha van de bus te halen. Ik heb
een klein briefje voor Samantha geschreven. Ik ben zo trots op haar.
En dat moet ze weten.

En dat was het laatste. Daar hield het op. Verder niets. De laatste
woorden. Samantha huilde zachtjes en de tranen liepen over
haar wangen. Ze stond op en liep naar haar kast, kwam terug
met een vergeelde enveloppe. Ze gaf hem aan Bridie en Bridie
herkende het handschrift. Het prachtige, zorgvuldige schrift was
terug, niet de houterige strepen van de depressieve maanden.

Lieve Samantha,
Je moet weten dat je mijn hart met vreugde vervult. Ik wil alleen maar
het allerbeste voor jou. Ik wil dat je geluk en vreugde zult kennen en

helemaal geen duisternis. Ik weet dat dit onmogelijk is, en toch denk
ik dat een duidelijk verdriet beter is dan een duistere angst die je leven
lang duurt. In een volmaakte wereld zou je geen van beide hebben.
Alleen geluk en warme zonneschijn op je gezicht. Geen stormen en
diepe wateren.
Ik lees in de Bijbel, en daar zie ik dat God de storm doet bedaren, de
zee doet splijten en het machtige water tegenhoudt. Hij heeft ook de
sterkste en meest onverbiddelijke krachten in Zijn macht. Ik wou dat
ik geleefd had in die dagen toen Hij Zijn hand kon uitstrekken, en de
golven aan Zijn voeten gingen liggen.
Ik houd van je, voor altijd. Moge je leven vol van vreugde en zegen
zijn.
Mama

Bridie veegde haar ogen met haar mouw af. Samantha huilde
zachtjes in haar armen. Na een paar minuten hielden de schouders op met schokken. Ze haalde een tissue uit de lade naast haar
bed en snoot haar neus. De stilte was kalm en leek ontdaan van
alle energie, zowel positieve als negatieve.

'Ze heeft zelfmoord gepleegd,' zei Samantha en Bridie zag de
dam doorbreken en het eerste stroompje water er doorheen sij-
pelen. Samantha had het al die tijd geweten. Nu bracht ze eindelijk onder woorden wat ze helemaal alleen getorst had.

'Ja,' beaamde ze rustig, 'dat denk ik ook.'

'Waarom?' Het woord was met angst beladen en opnieuw kwamen de tranen. Bridie pakte haar hand en streelde die, liet haar
weer huilen. Mogelijke antwoorden flitsten door haar hoofd,
zoals een cassettebandje dat te snel wordt afgespeeld. Anna had
haar hele leven met depressiviteit geworsteld. Aanwijzingen
omtrent de dood van Anna's eigen moeder kregen plotseling een
nieuwe betekenis. Maar dat waren geen antwoorden. Niet echt.

'Ik weet het niet,' zei Bridie en haalde diep adem, 'maar dit
weet ik wel.'

Samantha hief haar gezicht op.

'Je had helemaal niets kunnen doen om het te voorkomen.'

Samantha schudde haar hoofd. 'En als ik nu thuis was geweest? Dan had ik met haar kunnen praten, en misschien had ze dan naar me geluisterd.'

Bridie schudde haar hoofd, en vroeg zich af hoe afgesleten die vragen waren, hoe vaak ze al gesteld waren in de stilte van Samantha's gedachten. 'Je hebt dat laatste stukje gelezen. Ze was zover gekomen dat ze dingen uit hun verband begon te halen. Wat er ook gebeurde, ze vatte het op als een teken dat wat ze besloten had het juiste was. Ze had zichzelf ervan overtuigd dat Lorna een betere moeder voor jou en de peuters zou zijn dan zijzelf. Niets wat je had kunnen zeggen zou ook maar iets uitgehaald hebben. Kijk maar eens hoeveel mensen geprobeerd hebben haar te helpen. Haar vader, je oom Calvin, Lorna, jij. En je vader heeft zijn best gedaan.'

Dat was een rake opmerking. Het hoofd zakte weer omlaag. De tranen stroomden. 'Ik dacht dat het zijn schuld was.'

'Dat weet ik, maar zo was het niet.'

'Denk je dat hij het me kan vergeven?'

'Ik weet zeker dat hij dat zal doen.' Of hij het zichzelf ook zou vergeven was weer heel iets anders.

Samantha was stil, maar Bridie dacht dat ze er bij lange na nog niet mee klaar waren. Even later kwam Samantha voorzichtig naar voren met haar diepste angst. Bridie had het al lang zien aankomen, sinds die dag in het kantoortje van de directrice. *God, geef me de juiste woorden,* bad ze. *Ik ben een onrein vat, maar gebruik me toch maar.*

'Denk je dat ze naar de hel is gegaan?' De woorden sloegen in als een bom, maar Bridie was er klaar voor. Haar hoofd schudde al voordat ze goed en wel waren uitgesproken.

'Je moeder geloofde in God. Ik geloof dat God voor haar zorgde. Ze is in Zijn hand. Daar moeten we op vertrouwen.' En God moest haar gebed om de juiste woorden verhoord hebben, want daar viel een van de honderd verzen als een klein juweeltje in haar open hand: 'Mijn schapen horen naar Mijn stem, en Ik ken ze, en zij volgen Mij. En Ik geef hun eeuwig leven en zij zullen voorzeker niet verloren gaan in eeuwigheid en niemand zal ze uit Mijn hand roven.'

Samantha dronk dat in en haar gezicht raakte die gespannen, gekwelde blik kwijt. Ze huilde nog even.

'En als ik ook zo droevig word als zij?'

God – opnieuw? smeekte Bridie en hield haar geopende hand op, alsof het antwoord er letterlijk in zou kunnen vallen. En dat gebeurde ook.

'Je moeders droefheid werd haar ondergang,' zei ze, 'omdat ze er voor wegvluchtte. Eerst probeerde ze eraan te ontkomen door naar de universiteit te gaan. Daarna vluchtte ze door al haar aandacht op je vader te richten; vervolgens vluchtte ze door hier naar Amerika te komen en te denken dat ze van de droefheid kon loskomen, als ze maar wegging van de droevige plek. Daarna vluchtte ze door zich met jou bezig te houden. Maar je kunt de dingen niet ontlopen,' zei Bridie, en ze zag zichzelf in de oude roestige vrachtwagen, rijdend over de modderige weg met de zak vol geld op de stoel naast haar. 'Ze blijven je achtervolgen als je dat probeert. Uiteindelijk moet je stoppen, je omdraaien en onder ogen zien wat er achter je aan zit. Anders blijft het je je hele leven achtervolgen.'

Samantha slaakte een diepe zucht. Bridie keek eens goed naar haar gezicht. Het zag er bedroefd, maar kalm uit.

'Als je je verdrietig voelt moet je het tegen je vader zeggen. En tegen tante Lorna. Draai je om en kijk het verdriet in de ogen, dan zal het je er niet onder krijgen. Iedereen voelt zich verdrietig,' besloot Bridie. 'Daar hoef je helemaal niet bang voor te zijn. Maar als je voor dingen wegloopt worden ze steeds sterker.'

Samantha knikte. Ze sloeg haar armen om Bridie's nek, en Bridie wiegde haar een hele tijd heen en weer. Ze streelde Samantha's haar en droogde steeds opnieuw haar eigen ogen met haar mouw.

Alasdair keek naar de half afgemaakte stapel preekaantekeningen op het bureau voor zich. Hij zou ze opruimen en zich gaan klaarmaken voor zijn reis naar Richmond.

Waarom? vroeg een ander deel van hem. Waarom ging hij naar Richmond in een laatste poging om zijn carrière te redden?

Waarom deed hij dit allemaal? Hij zag zichzelf op de preekstoel staan, de zee van gezichten voor zich. Hongerige mensen, die wachtten – alsof hij de vijf broden en twee vissen zou veranderen in voedsel voor een hele menigte. Ze hielden allemaal een pen vast boven een lege bladzijde. Bladzijden die hij met wijze woorden moest vullen. Hij voelde zich ondraaglijk moe.

Wat had hij hun eigenlijk te zeggen? Waarheen zou hij hen verwijzen? Wanneer had hij voor het laatst de stem van God gehoord? Zijn hart voelen opzwellen door de werking van de Geest? Wanneer was de Bijbel voor het laatst voor zijn ogen tot leven gekomen? Hoe lang was dat geleden? Was het een wonder dat de mensen aan wie hij leiding gaf afgestompt en hardhorend waren geworden?

Zijn eigen verlangen naar God was samen met de rest van hem afgestorven. Hij had zijn eigen steen stevig voor zijn graf gerold, waardoor elke vorm van opstanding werd belemmerd. En hij bleef daar liggen, ondanks zijn geduw en getrek, zijn wanhopige gebeden. Er leken geen engelen in de buurt te zijn.

Hij wist wanneer die steen hem had opgesloten. Hij herinnerde zich de dag nog precies. Hij was thuisgekomen na een lange dag van opnamen. De politieauto had voor het huis gestaan. Geen loeiende sirenes, geen zwaailichten. Hij stond daar met draaiende motor bij de stoeprand te wachten. En hij had het geweten. Hij had het onmiddellijk geweten. De vraag was alleen hoe, en die was al snel beantwoord.

Hij had geprobeerd om daarna voor alles te zorgen. Om de brokstukken zo snel mogelijk op te ruimen, zodat het niemand anders pijn kon doen. Om het vuur te doven en de dode te begraven. Hij had zijn best gedaan, maar dat was natuurlijk niet genoeg. Het was immers nooit genoeg?

Hij liet zijn pen zakken en wreef over zijn nek. Waarom was hij eigenlijk dominee geworden? Waarom doorstond hij zoveel ellende en probeerde hij iets vast te houden waarvoor hij nooit echt gekozen had? Hij peinsde en piekerde, en om zichzelf te ontzien kon hij het zich niet herinneren. Zijn vader had gezegd dat hij het moest doen, en omdat hij altijd zo'n goede zoon was had hij gehoorzaamd.

Hij zuchtte, en probeerde de stukjes van zichzelf bij elkaar te rapen. Hij hoorde Bridie en Samantha door elkaar praten in de kamer naast hem. Niets van dit alles was Bridie's schuld. Hij had de pijn op haar gezicht gelezen toen hij na het avondeten was weggegaan en nauwelijks een woord tegen haar gezegd had. Het was niet te laat om haar te benaderen. Hij stond op. Hij zou haar vragen om naar beneden te komen en met hem te praten. Niet uit plichtsgevoel. Hij wilde het graag, besefte hij toen hij naar de deur liep. En hij had het nodig.

Drieëndertig

Samantha keek toe hoe Bridie het laatste dagboek weer in de doos deed en keek nog eens naar de foto die ze eruit gehouden had – die van mama in de feestjurk. Ze vroeg zich af wat haar vader zou zeggen als ze die aan haar muur hing. De deur ging open.

O, lieve help, dit was niet best.

Papa kwam binnen met een brede lach op zijn gezicht en toen zag hij de foto in haar hand. Hij keek naar Bridie en toen naar de doos met dagboeken, die bij haar voeten stond, en zijn gezicht werd helemaal wit. Net zo wit als de koelkast of iets dergelijks. Hij keek Bridie recht in haar gezicht. Het leek wel of hij niet eens door had dat zij er ook was.

'Wat heb je gedaan?'

'Het was mijn idee,' zei Samantha, in een poging om het uit te leggen.

'Wat is dit allemaal?' vroeg hij, en richtte zich nog steeds tot Bridie. 'Waar heb je die vandaan?'

'Word alsjeblieft niet boos op haar.'

'Bemoei je er niet mee, Samantha.'

'Ze lagen op zolder,' zei Bridie. 'Het was niet mijn bedoeling om je te bedriegen, Alasdair.'

Toen versteende papa's gezicht helemaal. 'Daar staan dingen in die zij niet hoort te weten.' Zijn stem klonk een beetje raar.

'Ik wist het toch al,' zei Samantha. 'Ik wist al dat ze het met opzet gedaan heeft.'

Papa keek haar aan, draaide zich om en keek Bridie weer aan, en voor het eerst werd Samantha een beetje bang. Hij zei een hele tijd niets, en Bridie's gezicht werd bleek. Samantha dacht dat ze misschien zou gaan huilen.

Toen zei papa, heel zachtjes: 'Dus dat hebben jullie hier zitten doen.'

Bridie knikte en toen zei papa: 'Ik moet met je praten.'

Bridie ging met hem mee en Samantha liep achter hen aan. Papa liep voor hen uit de trap af. Het was zo oneerlijk dat Bridie hier de schuld van zou krijgen.

'Ga naar je kamer, Samantha!' schreeuwde hij haar toe.

'Mij best,' zei ze en liep regelrecht naar de verwarmingsbuis. Ze ging languit op het tapijt liggen en legde haar oor tegen het rooster. Even later hoorde ze hen. Heel duidelijk. Ze praatten allebei heel hard.

'Ik heb het voor Samantha gedaan,' zei Bridie.

'Voor Samantha.'

Ze kende dat toontje. Hij gebruikte het om heel precies aan te geven wat voor puinhoop je ervan gemaakt had.

'Ja,' antwoordde Bridie. 'Zij is ook de reden waarom ik hier in de eerste plaats gekomen ben. Ik zag haar in de kerk. Ze hing een briefje op dat prikbord – dat met die vallende mus erop – en daarom ben ik hier gekomen, en dit is wat ze nodig had.'

Samantha knipperde met haar ogen. Ze had niet gedacht dat dat gebed verhoord was.

'Het was nodig dat iemand haar de waarheid zou vertellen,' zei Bridie. 'Ze wist het al, maar omdat niemand er iets over zei, vrat het aan haar.'

'Jij hebt geen idee wat de waarheid is.' Papa klonk nijdig.

'Ik weet dat Anna zelfmoord heeft gepleegd. Dat is overduidelijk als je het maar wilt zien. Ze werd steeds depressiever, en niemand kon haar helpen, hoe goed ze hun best ook deden. Ten slotte werd ze het vechten zat en reed de rivier in.'

Toen volgde er een intense, lange stilte. Samantha voelde haar hart bonzen. Ze vroeg zich af of ze naar beneden moest gaan.

'Schreef Anna iets over haar eigen moeder?' vroeg papa, iets rustiger nu, maar nog steeds op die vlakke toon. Samantha drukte haar oor zo hard tegen het rooster dat het pijn deed. 'Hoe ze een overdosis slaappillen nam, toen Anna pas zes weken oud was? Schreef ze erover hoe haar vader er steeds weer over praatte, in de hoop dat Anna ook haar hart zou gaan luchten? Somde ze die hele rij psychologen op die door haar leven zijn gemarcheerd en maakte ze duidelijk hoe machteloos ze waren om te voorkomen dat de geschiedenis zich zou herhalen? Help me eens verder. Als zwijgen niet werkt en praten ook niet, wat zou dan wel helpen?'

'Ik weet het niet,' zei Bridie, en nu klonk zij boos. 'Maar misschien zit er nog iets tussen die twee uitersten van doen alsof er niets gebeurd is, of zo zeker weten dat ze een tijdbom is die uiteindelijk ontploft om de spanning op te heffen.'

O-o.

'Hoe durf je me ervan te beschuldigen dat ik doe alsof Anna's dood nooit heeft plaatsgevonden? Haar dood heeft elk moment in mijn leven getekend, ieder moment in dit gezin vanaf de dag waarop ze overleed.'

'Dan is het nu misschien tijd om haar met rust te laten.'

'En hoe moet ik dat dan doen?'

'Ik weet het niet,' zei Bridie. 'Maar dit is een begin. Verhef je stem. Schreeuw het maar uit tegen God. Wie treuren zullen getroost worden.'

Toen waren ze allebei stil. Samantha wachtte een hele tijd, en nog steeds zei niemand iets.

'Wil je dat ik morgen nog terugkom?' vroeg Bridie ten slotte.

'Dat denk ik wel,' zei hij en hij klonk echt boos. 'Het is nu te laat om nog andere plannen te maken.'

Toen hoorde Samantha de deur open en dicht gaan, en ze stond op en rende de logeerkamer in, zodat ze uit het raam op straat kon kijken. Daar ging Bridie. Ze had niet eens haar jas bij zich. Alleen haar tas. Daardoor voelde Samantha zich iets beter. Bridie zou wel weer terugkomen.

Samantha liet het gordijn weer los en ging terug naar haar kamer. Een paar maanden geleden zou ze woedend zijn geworden op haar vader, hem misschien zelfs gehaat hebben. Maar nu had ze een beetje met hem te doen. Maar hij moest er maar aan wennen dat ze ook bepaalde dingen wist.

Jonah had al een hele tijd buiten voor de Bag-en-Save-super-markt staan wachten. Hij liet de motor aanstaan en had het gevoel dat hij zou ontploffen, als hij niet uit de auto zou stappen. Hij moest wat rondlopen. Ze probeerden zich weer naar buiten te werken, die kleine glassplinters. Hij krabde ergens aan zijn arm, toen weer op een andere plek. Hij krabde totdat er kleverig bloed aan zijn hand zat. Hij beet op zijn lip en stak nog een sigaret op. Zijn handen beefden. Hij stopte een andere cd in de speler en zette hem harder, zodat hij dat gehak niet meer zou horen. Hij wou dat ze ophielden, maar wist dat het zinloos was.

De automatische deuren gingen weer open en hij gooide zijn sigaret uit het raam. Het was een oude vrouw, en de knul die Carmen voor hem had aangewezen droeg haar boodschappen. Hij leunde weer achterover in zijn stoel en tikte het ritme van de muziek op het stuur. Hij had benzine nodig. Die kleine donker-harige kerel die in de kamer naast hem zat in het motel, had 's nachts toen hij lag te slapen zijn tank leeggezogen. Hij had hem daar zien staan met zijn lippen tegen de benzinetank gedrukt.

De knul ging weer naar binnen met het lege karretje. De deuren gingen weer open. Er kwam een vrouw naar buiten. Ze was dik en een klein dik meisje drentelde achter haar aan, en haar dikke man liep met het karretje achter hen.

Dik. Dik. Dik. Sik. Dik. Fik. Mik. Tik. Dik. De deuren gingen weer open. En daar was ze dan, de vrouw die wist waar Mary was. Carmen. Ze keek naar hem, en hij vroeg zich af wat ze in die zak had zitten. Zou het Mary kunnen zijn? Misschien was dat het gehak dat hij hoorde. Nee. Mary was ergens anders. En Carmen keek naar hem, en dat deugde niet.

Hij boog zich naar voren alsof hij iets van de vloer wou opra-pen. Hij bleef ongeveer een minuut zo zitten en toen hij weer opkeek, stond er een politieauto op de hoek geparkeerd. Jonah verstijfde. Daar reden de demonen in rond. Dat betekende dat ze weer terug waren. O, nee. En Carmen spande met hen samen, omdat de demonenauto tot aan de stoeprand reed, en ze boog zich zo naar binnen en kuste hem. Judas kuste ook. Judas was een vrouw. Wie wist daar iets van? En nu wist Jonah wat er in die zak zat. De dertig zilverstukken. Hij vroeg zich af of hij haar hangend, heen en weer zwaaiend zou vinden, als hij Mary ging zoeken en de stukken van zijn hersenen ging ophalen. En zijn geld. Zijn geld. Hij klampte zich aan die gedachte vast, toen het Judasmeisje in de auto van de demon stapte.

Zijn handen trilden toen hij de motor startte. Zijn enige kans was om hen te volgen waar ze ook heen gingen. Dan moest hij wachten totdat de demon wegging, naar binnen gaan en Mary zoeken.

Hij reed het hele eind tot aan de kleine flat achter hen aan, maar in plaats van weg te gaan, parkeerde de demon zijn auto en stapte met het meisje uit. Toen besloot Jonah dat hij het niet langer kon uithouden. Hij zou later terug moeten komen. Hij schreef het adres op een stukje papier en stopte het in zijn zak. Zo zou hij deze plek morgen weer terug kunnen vinden, ook al sneden ze vannacht dat deel van zijn hersenen weg.

Vierendertig

Op vrijdagochtend kamde Bob zijn haar, gorgelde met mond-
water, deed zijn stropdas om en zijn colbertje aan. Hij inspecteerde zichzelf in de kleine spiegel van de badkamer in het hotel.

Zijn ogen waren rood, maar hij zag er behoorlijk goed uit, de
omstandigheden in aanmerking genomen. Nadat hij Jim Wigby
verlaten had, met in zijn handen de nog warme print met het
belastende materiaal over Mary Bridget Washburn, had hij diep
nagedacht. Het had niet lang geduurd voordat hij de zaken op
een rijtje had. Het zou hem weinig baten als Gerry en
MacPherson en de ouderlingen van Knox deze situatie morgen
oplosten onder het genot van een kopje thee met beschuitbollen.
De enige manier waarop hij zou kunnen profiteren van de
maanden hard werken die hij eraan besteed had, was door
MacPherson persoonlijk te spreken, voordat die vergadering
begon.

Hij was over de snelweg gescheurd, en was gistermiddag rond
vier uur in Alexandria aangekomen. Hij was er in geslaagd een
ontmoeting voor elkaar te krijgen met de redacteur godsdienst
van de *Washington Post*, die nog beter verlopen was dan hij had
gehoopt, en was toen langs de Bag-en-Save gegaan.

Hij had de foto van Mary Washburns meest recente rijbewijs
laten zien aan de manager, en hij had de echtheid van de identi-
teitskaart nagetrokken. Toen was Bob hier neergestreken en
verder de hele nacht bezig geweest met schrijven, zonder te slapen. Het artikel dat hij had geproduceerd – een meesterwerkje,
als je het hem vroeg – was keurig uitgeprint en zat in de enveloppe in zijn aktetas, samen met de bewijsstukken die hij verza-
meld had. Hoe het vandaag ook allemaal zou lopen, hij zag niet
hoe hij nog zou kunnen verliezen. Riskant? Ja. Maar hij was

immers nog nooit bang geweest om een gokje te wagen.

Hij ruimde zijn scheerspullen op, ritste zijn koffer dicht, zette zijn laptop uit en keek toen op zijn horloge. Het was kwart over zeven. Nog een beetje vroeg om op bezoek te komen, maar hij wilde MacPherson in geen geval mislopen. Hij knikte tevreden, pakte zijn spullen bij elkaar, deed het licht uit en ging zijn sleutel inleveren.

Jonah haalde het papiertje tevoorschijn, waar hij het adres op had geschreven. De cijfers dansten voor zijn ogen en hij kon ze niet lezen, en hij kon zich ook niet herinneren hoe hij gisteren gereden was om het adres te vinden. Gisteren? Ja, dat wist hij aardig zeker. Hij minderde vaart en reed de laan uit, sloeg een straat in die er enigszins vertrouwd uit zag, een U-vormig roodstenen gebouw met een binnenplaats in het midden. Dat was het. En daarvoor stond de auto van de demon nog steeds geparkeerd. Hij wreef langs zijn kaak en nam nog een slok van de moutjenever. Hij was van plan geweest om naar de deur te gaan, maar hij dacht dat hij misschien beter kon wachten tot er iemand naar buiten kwam. Hij controleerde het adres nog eens, maar de cijfers waren nu weg, gewoon van het papier afgesprongen.

Alasdair zat aan de keukentafel en dronk nog een kop koffie. Hij had niet geslapen. Nou ja, misschien af en toe even. Hij had vooral in de dagboeken zitten kijken, vastbesloten om dezelfde reis te maken als zijn dochter en Bridie gedaan hadden. Hoe konden ze erover praten als hij dat niet deed? Hij had zijn vrouw weer teruggevonden op de bladzijden van haar boeken. Hij had geglimlacht, en gehuild en was bang geweest. *Dit is het,* besefte hij, terwijl hij de zware bladzijden omsloeg. *Dit is wat, of wie, je zo krampachtig hebt geprobeerd te verbergen.*

De bel ging en hij keek op de klok. Te vroeg voor Bridie en daar was hij blij om, want hij wist nog niet wat hij tegen haar moest zeggen. Hij was niet meer boos, maar gekwetst. Gekwetst door haar onbetrouwbaarheid. Maar wat zou hij gezegd hebben als ze naar hem toe was gekomen? Hij kon zichzelf haast horen zeggen dat er niets te bespreken viel, terwijl hij ondertussen zocht naar een veiliger schuilplaats voor Anna. Een veilige kluis. Een kerker die alleen hij kon openen. Een plek waar ze deze keer niet meer uit kon komen. Hij liep naar de deur en deed die open zonder te kijken. 'Bob.' De naam kwam er gedachteloos uit, automatisch, hoewel de man die voor hem stond er bij nader inzien toch behoorlijk anders uitzag dan de seminarie-student van vijftien jaar geleden. Zwaarder, wat minder haar, wat donkerder misschien, of misschien lag het aan het licht.

'Ik vroeg me af of je misschien een paar minuutjes tijd voor me hebt.'

'Ik moet me nog klaarmaken voor een vergadering.'

'Dit hoeft niet lang te duren.'

Alasdair deed automatisch een stap achteruit, een gevolg van jarenlange oefening. 'Kom maar binnen.'

'Dank je.'

Hij deed de deur dicht. Hij wees bijna de weg naar de woonkamer, maar herinnerde zich toen dat het niet langer de zitkamer was. Bovendien zaten Cam en Bonnie daar al te spelen. Waarom gaan we niet boven in mijn studeerkamer zitten?' stelde hij voor, en Bob Henry liep achter hem aan de trap op. Hij tikte op Samantha's deur en vroeg haar om naar beneden te gaan en op de kinderen te letten, ging Bob toen voor naar zijn studeerkamer en nodigde hem uit om te gaan zitten.

Ze installeerden zich en Alasdair trok de bureaustoel naar achteren zodat hij tegenover Bob kon zitten. Ze praatten wat over koetjes en kalfjes. Bobs ogen schoten nog steeds heen en weer wanneer er tegen hem gesproken werd, bemerkte Alasdair. Alsof hij alle mogelijke richtingen die het gesprek uit kon gaan wilde bijhouden en op elke mogelijke wending voorbereid wilde zijn. Een verwarrende gewoonte.

'Je vraagt je natuurlijk af waarom ik hier ben,' zei Bob ten slotte en keek hem onverwachts recht aan.

Alasdair haalde zijn schouders op. 'Ik neem aan dat het iets met de kwestie te maken heeft.' *De kwestie. Wat tactvol, wat eufe-*

mistisch. Daar ging hij weer, en stopte iets vervelends weg in het donker. Wat een energie verspilde hij om de dingen niet te hoeven benoemen. Manieren om over dingen te praten zonder er werkelijk over te praten. 'Het feit dat mijn gemeente wil dat ik vervangen word,' verbeterde hij zich. 'De kwestie van Gerald Whitemans aanbod van een baan.'

Bob knikte. 'Precies.' Hij klikte zijn aktetas open, en Alasdair kreeg een nare flashback van het gesprek met de Grote Drie. Naar zijn ervaring was er nooit iets goeds uit een aktetas tevoorschijn gekomen. Hij betwijfelde of dit een uitzondering zou zijn.

Bob legde een vel papier op het koffietafeltje, alsof hij een handvol speelkaarten neerlegde. *Faillietverklaring,* zei de eerste.

'Wat is dit?' Hij voelde een schok van boosheid toen hij Lorna's naam onder het opschrift zag staan.

'Dit, beste vriend, is jouw leven.'

Niet mijn leven, maar dat van mijn zus, wilde hij zeggen, maar voordat hij een woord kon zeggen kwam er nog een tweede papier bij. Het was een politierapport. Alasdair pakte het. *30 november. Winkeldiefstal door minderjarige. Bag-en-Save-supermarkt.*

'Hoe kom je hier aan?'

'De manager heeft me met veel plezier een kopie van zijn rapport gegeven.'

'Waar ben je mee bezig? Wie denk je wel niet dat je bent?'

'Ik ben een man die een klus te klaren heeft,' zei Bob, zijn gezicht onbewogen. 'Moet ik stoppen? Of zal ik doorgaan?'

Alasdair balde zijn vuist en wilde die in aanraking laten komen met Bobs scherpe neus.

'Want als je wilt dat ik stop, hoef je dit alleen maar te ondertekenen.' Weer een zwierig gebaar. Een vel zwaar crèmekleurig postpapier. Alasdair las de eerste zin. Zijn ontslag, compleet met datum en onderaan een stippellijntje voor de handtekening.

'Denk maar niet dat ik dat doe.'

Bob stak een hand op. 'Je moet nooit nooit zeggen.' Hij legde nog een papier neer. Het rapport over het ongeluk van Anna. Alasdair pakte het. Opnieuw had hij die vreemde gewaarwording, alsof hij een toeschouwer was en niet iemand die deel uitmaakte van dit tafereel. Hij las het – voor het eerst. Alle details stonden erin. De details die hij wel kende, maar waar hij nooit over sprak. Ongeluk waarbij één motorvoertuig betrokken was. Locatie: George Washington Memorial Parkway. Tijdstip: 13.32. Toestand van de weg: nat. De agent die het verslag had gemaakt schreef dat het medisch personeel reanimatie had toegepast, nadat duikers het slachtoffer uit het wrak hadden gehaald. Ze werd echter bij aankomst in het Mt. Vernon Ziekenhuis dood verklaard. Vermoedelijke snelheid op het moment van de crash: 100 kilometer per uur. Geen slipsporen gevonden. Getuigen zeiden dat het voertuig sneller ging rijden voordat het de weg verliet en in het water belandde.

Hij legde het papier op zijn knie. 'Je bent walgelijk.'

'Ik denk dat de *Post* er best een aardig artikel aan zal willen wijden. Vooral als je dit ook te berde brengt.' En hij gooide het laatste stapeltje papier neer. Alasdair pakte het. Het was een arrestatiebevel voor iemand met de naam Mary Bridget Washburn. Wegens het vervaardigen en verkopen van een verboden stof. *Drugshandel*, vertaalde hij.

'Ik heb geen idee wie dat is.' Maar precies toen hij dat zei, bedacht hij met een schok dat hij het misschien wel wist.

'Jij arme, naïeve kerel,' zei Bob. Hij gooide een kleurenkopie neer van een verlopen rijbewijs uit de staat Virginia.

Alasdair ademde haperend in en uit. Dus dat was haar geheim.

Er waren wel aanwijzingen geweest. Jawel. Hij keek terug en zag de dingen die hij niet had willen zien. De vaagheid omtrent haar familie en thuis, hoe ze altijd de bus nam, contant betaalde, maar vooral haar droefheid en schuldgevoel. Hij had geweten dat er iets begraven lag. Hij had alleen niet geweten wat, en hij had niet geweten waar. En hij had het prima gevonden om het zo te laten, besefte hij.

'Ik zie de krantenkoppen al voor me,' ging Bob verder. '"Prominente predikant herbergt crimineel." Misschien een paar aanwijzingen voor een relatie. De rest van het artikel zal over de details van je leven gaan. Je geschiedenis. Je smerige familiegeheimpjes. Misschien zijn ze niet zo smeuïg als die van Jim

Bakker en Jimmy Swaggart, maar toch interessant genoeg voor een dag waarop er weinig nieuws te melden valt. Weet je, ik heb zelfs bedacht dat je hier waarschijnlijk van geweten hebt. Dat ze jou ook voorzag van dat spul. Je bent zo verschrikkelijk rustig gebleven onder al deze moeilijke omstandigheden. Heb je wat hulp gekregen? En ik wil er wat om verwedden dat ze het ook aan Samantha gegeven heeft, al toen ze nog bij die supermarkt werkte. Dat denkt de bedrijfsleider ook. Hij vermoedt dat ze een tijdlang – hoe noem je dat? – onder één hoedje gespeeld hebben. Dat staat in het officiële rapport. En wat denk je van deze kop: "Dominee neemt dochters dealer in dienst." Gemak dient de mens. Zo kan ze haar shot krijgen zonder zelfs de deur maar uit te hoeven.'

Alasdair legde het arrestatiebevel weer op de tafel. 'Wat wil je?' vroeg hij.

'Ik wil je ontslag zwart op wit,' antwoordde Bob Henry zonder aarzeling. 'Ik zal het naar Whiteman faxen, en hij zal terugfaxen dat hij je een baan aanbiedt binnen de kerk. We hebben een heel goed betaalde baan voor je.'

'En als ik weiger?'

Bob Henry haalde zijn schouders op. 'Net wat je wilt. Dan ga ik regelrecht naar de *Post*. De redacteur godsdienst is een geweldige vent. We hebben gisteren een gesprek gehad en hij houdt in de krant van morgen ruimte vrij voor een artikel over jou. Geschreven door mij.' Bob leunde achterover in zijn stoel en er speelde een lachje om zijn mond. 'Weet je dat ik er altijd van gedroomd heb om journalist te worden, Alasdair? Toen ik van het seminarie af was, ben ik journalistiek gaan doen, wist je dat? Het probleem is alleen,' ging hij verder, 'om een behoorlijke baan te vinden. Je moet aantonen dat je echt het instinct van een reporter hebt – de intuïtie die het verhaal ruikt en de vastberadenheid om erachter aan te gaan, waar het ook heen leidt. Je neemt iemand met schrijfervaring – zoals ik – en combineert dat met een verhaal dat inslaat als een bom, en wie weet gaan dan de deuren voor je open. Hoe dan ook,' zei Bob, 'ik heb twee stukken geschreven, en het maakt me weinig uit welke ik inlever. Ze hebben allebei zo hun voordelen. Als je het ontslag ondertekent, geef ik de *Post* het artikel over je nieuwe baan op het hoofdkantoor van de kerk en een cursiefje over de spanningen waaronder predikanten gebukt gaan, en daarna ga ik terug naar Richmond waar Gerry een en al lof over me zal zijn. Als je niet tekent, zal ik het andere verhaal inleveren. Dat zul je beslist minder prettig vinden. Maar de keuze is aan jou,' zei Bob Henry, met een gezicht alsof het hem helemaal niets kon schelen wat Alasdair besloot.

Hij kon de baan nemen, besefte Alasdair. Hij kon dit allemaal laten verdwijnen. Een zware vermoeidheid ging met dat besef gepaard. Dan zouden er nog meer geheimen zijn. Meer geheimen en meer mensen die daarvan af wisten. Nog meer touwtjes aan hem vastgemaakt, waaraan op elk gewenst moment getrokken kon worden. Nog meer reden om 's nachts wakker te liggen en zich af te vragen wie er achter de waarheid zou komen.

'Teken maar, Alasdair,' zei Bob en schudde even met zijn hoofd. 'Anders moet ik je helemaal uitkleden en je zo door de straten laten paraderen.'

Helemaal uitgekleed. Dat was precies wat er gebeurd was. Bob Henry had het gordijn weggerukt en hij zou zijn dreigementen zeker uitvoeren. Daaraan twijfelde Alasdair niet. Iedereen zou zien dat de grote en machtige tovenaar niet meer was dan een gewoon mens. Als hij zijn reputatie eenmaal verloren had, zou hij niets anders meer te verliezen hebben.

Dat zou bijna vredig zijn, besefte hij. Ja. Je zou bijna volmaakte vrede hebben als je niets meer over had om te beschermen. Wat konden ze je dan nog meer aandoen?

Maar ook anderen zouden de gevolgen ondervinden, herinnerde hij zichzelf. Lorna, en Samantha. Maar toen hij zich dat realiseerde wist hij ook meteen wat ze hem zouden aanraden.

'Ik onderteken helemaal niets,' zei hij.

'Dan ga ik het vertellen,' dreigde Bob en Alasdair glimlachte zelfs. Het deed hem denken aan de manier van dreigen van een kind.

'Doe maar wat je wilt,' zei hij en toen hij die woorden uitsprak voelde hij het eerste begin van de vrijheid al.

Het zware gevoel trof Bridie al voordat ze haar ogen geopend had. Ze trok de dekens omhoog, en wilde niets anders dan weer gaan slapen en niet meer wakker worden. In het grijze ochtendlicht leken haar fantasieën over een gelukkige afloop hopeloos kinderlijk. Ze lachte bitter toen ze dacht aan al die keren dat ze de waarheid bijna tijdens de koffie en het toetje aan Alasdair had opgebiecht. Dat zou een mooie puinhoop geworden zijn. Als hij al bereid was om haar te ontslaan vanwege Anna's dagboeken, wat zou hij dan niet doen als hij de waarheid wist? Wat had ze eigenlijk wel gedacht?

Ze rolde zich om en keek op de klok. Het was tijd om op te staan als ze haar laatste werkzaamheden voor hem en de kinderen nog wilde uitvoeren. Ze zou naar de pastorie gaan, Samantha naar school sturen en deze twee laatste dagen met de kinderen doorbrengen. En daarna zou ze weer werkloos zijn. Ze herinnerde zich die dag, nog niet zo lang geleden, waarop ze een weddenschap met zichzelf was aangegaan. Een baan aan het einde van de dag, of ze zou weer gaan dealen.

Deze keer nam ze niet eens de moeite om een weddenschap te sluiten. Ergens voelde ze dat haar lot al lang geleden bezegeld was, misschien al voordat ze bestond. *Zo gaat dat dus,* besefte ze, terwijl ze douchte en zich aankleedde, de weinige spullen bij elkaar pakte die ze mee wilde nemen en die in haar rugzak stopte. *Zo word je dus een verliezer. Hier een beroerde periode, daar een verkeerde keuze. Een paar maanden daarvan bij elkaar, een paar jaar misschien en ziezo. Geen geluk meer, geen ideeën meer, bereid om alles te doen om je er maar doorheen te slaan.*

Ze telde het geld dat ze nog over had en deed het grootste deel daarvan in een enveloppe met een briefje voor Carmen, en legde dat op haar kast.

Ze liep rustig naar de woonkamer en tuurde uit het raam. Newlee's patrouillewagen stond voor geparkeerd, maar ze waren nog niet op. Ze keek het kleine appartement nog een keer rond en de woorden die ze aan Carmen had geschreven leken nu helemaal niet voldoende. Ze voelde met haar hand in de zak van haar jack om de sleutel van het appartement te pakken, en haalde er ook een stukje papier uit. Het mysterieuze telefoonnummer. Na het drama van gisteravond was ze het helemaal vergeten. Ze liep naar de telefoon. Ze draaide het nummer nog eenmaal.

'Hallo.'

'Met Bridie Collins.' Het bloed klopte in haar oren. Ze slikte en haar tong plakte aan haar gehemelte. 'U hebt geprobeerd mij te bereiken.'

'Een momentje alstublieft,' zei de vrouw. Er klonk een ritselend geluid, en Bridie dacht dat ze een baby hoorde jengelen. Er sloeg een deur dicht. 'Ja,' zei de vrouw. 'Ik woon samen met Eric. In Charlottesville.'

Haar maag trok samen. 'Waarom belt u me?'

'Er is iemand naar je komen zoeken, en Eric heeft je verraden.'

'Wie was het?' vroeg Bridie. Haar stem klonk rustig, maar innerlijk lag ze helemaal overhoop.

'Een lange, magere kerel. Raar type, helemaal versleten door de speed. Hij kauwde voortdurend op zijn lip en bleef zichzelf maar krabben.'

'Wat heeft Eric hem gegeven?'

'Alles wat hij had. Als ik je heb kunnen vinden, zal het hem ook lukken.'

'Bedankt,' zei Bridie.

'Nu staan we weer quitte,' antwoordde de vrouw en hing toen op.

Bridie's handen trilden toen ze de hoorn weer op de haak legde en de computer aanzette. Ze schreeuwde het haast uit van ongeduld, terwijl ze wachtte totdat het ding opstartte, klikte toen op het hartje voor haar favoriete site en kwam meteen terecht bij het tuchtwezen van Virginia, afdeling gedetineerden. Ze typte de vertrouwde naam nog eenmaal in: *Porter, Jonah*.

Toen het scherm verscheen staarde ze ernaar, te bang om zich te bewegen. Ze ademde snel en oppervlakkig. Porter, Jonah.

Status: vrijgelaten. Ze boog zich voorover, las het nog eens en nog eens, en probeerde te bedenken wat ze moest doen. Ze klikte op de foto's. Daar was hij. Hetzelfde hoekige gezicht, dezelfde ruwe trekken. Zijn opvallende ogen waren leeg, uitdrukkingsloos, zoals zijn geest ook geleidelijk weggevreten was. Hij was vrij. En hij wist waar ze was.

Ze moest vertrekken. Zoveel was nu wel duidelijk. Ze moest niet eens meer naar Alasdairs huis gaan. Ze kon Jonah op hun spoor zetten, en dat kon alleen maar problemen geven. Ze wachtte even en kauwde op haar lippen.

'Hé.'

Ze sprong op.

Carmen stond in de deuropening naar haar te staren, en keek haar met een vreemde blik aan. 'Wat is er aan de hand?'

Bridie antwoordde niet. Ze ging weer naar de computer en zette hem uit. Toen ze zich tot Carmen wendde, staarde haar huisgenote haar nog steeds aan. 'Wat is er?' vroeg Carmen opnieuw, haar stem nu wat scherper.

'Niets.' Ze antwoordde veel te snel.

'Wat ga je daarmee doen?'

'Waarmee?'

'Daarmee.' Carmen gebaarde naar Bridie's rugzak en keek haar nog eens indringend aan. 'En wat is er met jou aan de hand? Je gedraagt je precies hetzelfde als die avond toen we die cafeïnebonen aten.'

'Er is helemaal niets met me aan de hand,' loog Bridie, en probeerde haar stem zo normaal mogelijk te laten klinken. 'De rugzak ligt daar omdat ik in de pastorie blijf slapen. Alasdair gaat op reis.'

Carmen staarde haar aan, maar glimlachte of knikte niet. 'Weet je zeker dat je het me niet wilt vertellen?'

Dit was niet de goede, oude Carmen met haar motto 'leven en laten leven'.

'Er is niets te vertellen. Ik moet nu gaan.'

Carmen knikte, maar ze slofte niet naar de keuken om koffie te zetten, zoals ze meestal deed.

Bridie deed de deur van de flat open, vastbesloten om weg te gaan voordat Newlee verscheen en vragen begon te stellen. Ze tuurde de grauwe ochtend in, maar ze kon niet teveel verkennen of Carmen zou achterdochtig worden en Newlee wakker maken, en dan kon ze net zo goed haar handen omhoog doen en zichzelf zonder veel gedoe overgeven. Voor zover ze kon zien was er niemand in de buurt. Ze stapte naar buiten en sloot de deur achter zich, maar in plaats van de voordeur uit te gaan liep ze om naar de achterkant van het gebouw. Het regende, een lichte motregen. Ze liep door het steegje en nam de lange weg om het gebouw heen, rennend om een halte noordelijker dan normaal op de bus te stappen.

Ze stapte in en liet zich op een stoel glijden. Ze bewoog niets behalve haar ogen, terwijl ze de trottoirs van Alexandria afzocht, glibberig, maar toch al vol mensen. Hij was er niet. Ze zag hem niet, tenminste.

Ten slotte begon ze langzamer te ademen, hoewel haar hart nog steeds als een razende tekeer ging. De bus reed langs de pastorie en de kerk. Ze bleef zitten, maar halverwege de volgende halte won haar hart het van haar gezonde verstand. Ze moest afscheid nemen. Anders zou Samantha denken dat ze gewoon vertrokken was. Ze trok aan het koord om de bus te laten stoppen, keek om zich heen om zeker te weten dat ze niet werd gevolgd, en liep toen terug.

Jonah keek net op tijd op om Mary uit de struiken bij de flat te zien komen. Het duurde even voordat hij de auto gestart had, maar dat gaf niet, want hij wilde haar niet laten schrikken. Hij volgde haar op een veilige afstand en toen ze in de bus stapte schoot er een grote wagen voor hem en belemmerde zijn uitzicht een poosje. Hij probeerde verwoed om genoeg afstand te houden zodat ze hem niet in de gaten zou krijgen als ze keek, maar toch ook dicht genoeg in de buurt te komen om haar wel te kunnen zien. Hij deed dat zo goed en zo kwaad als hij kon, en ten slotte stapte ze uit. Hij stopte aan de kant van de weg, keerde de auto en reed zo langzaam mogelijk terug, en hij had puur geluk, want net toen hij dacht dat hij haar kwijt was, stapte ze daar een zwart smeedijzeren hek binnen.

Hij reed om het huizenblok heen en schoot het zijstraatje in achter de parkeerplaats van de kerk, waar niemand hem zou opmerken, stapte uit de auto, en liep over de begraafplaats. Hij kon al de geesten zien. Ze liepen hand in hand, en sprongen in het rond. Hij kon ze horen zingen, hand in hand in een cirkel zien lopen. *Kikker in de wei, kom maar op, pak een stokje en sla hem op zijn kop.* 'We helpen je wel om haar te vinden,' zongen ze. 'We zullen je helpen om terug te krijgen wat ze van je heeft afgepakt.'

Hij knikte, ging op de marmeren bank zitten en wachtte totdat ze hem zouden zeggen wat hij moest doen.

Vijfendertig

Bridie liet zichzelf binnen via de achterdeur van het huis en ging er toen met haar rug tegenaan staan om wat op adem te komen. Geleidelijk aan deden de normale dagelijkse geluiden haar gevoel van paniek afnemen, tenminste een klein beetje. Ergens liep een kraan. Een paar gymschoenen, waarschijnlijk van Samantha, bonkten met een onregelmatig ritme langs de wanden van de droogtrommel. Ze rook koffie die op de warmhoudplaat schroeide en de citroenachtige geur van de zeeptabletten van de afwasmachine.

Ze stapte de keuken uit en de hal in. Vandaar kon ze Cam en Bonnie horen jengelen in de woonkamer met het geluid van de televisie op de achtergrond. Ze zaten weer naar de kerstvideo te kijken, en zouden dat in de zomervakantie waarschijnlijk nog steeds doen. Haar hart klopte nu wat rustiger. Ze zette haar rugzak en tasje neer en trok haar jas uit.

Ze liep naar het voorraam en tuurde langs het gordijn. Buiten niemand te zien. Helemaal niemand.

'Je bent er.' Ze schrok van Samantha's stem.

Ze knikte maar besloot om meteen met de waarheid voor de dag te komen. 'Ik kan niet blijven.'

Samantha's gezicht betrok.

'Waar is je vader?'

'Die zit boven met een of andere man.'

Bridie knikte, en haar emoties schommelden heen en weer tussen verdriet en opluchting.

'Waarom moet je weg? Papa komt er wel weer overheen. Dat weet ik zeker.'

Bridie schudde haar hoofd. 'Daar gaat het niet om.'

'Waar gaat het dan om?'

Ze haalde adem. Ademde weer uit. 'Ik heb bepaalde slechte dingen gedaan.'

'Wat voor dingen?'

Bridie keek gekweld. 'Dat zeg ik liever niet. Ik heb geen tijd om het uit te leggen, want dat zou heel wat tijd in beslag nemen.'

Samantha overwoog dat en knikte toen. 'Dus je gaat weg.'

Bridie haalde haar schouders op. 'Zoiets ja. Ik bedoel, het ligt nogal ingewikkeld.'

'Het lijkt mij helemaal niet zo ingewikkeld,' zei Samantha en sloeg haar armen over elkaar. 'Het lijkt mij dat je precies datgene gaat doen waarvan je gisteren tegen mij zei dat ik het juist niet moest doen.'

Bridie staarde voor zich uit.

'Weglopen.' *Jij idioot*, zei haar toon. Bridie moest wel glimlachen.

'Soms is het allemaal niet zo simpel, Samantha.'

Samantha haalde haar schouders op en was het er duidelijk niet mee eens. 'Nou en.'

Bridie schudde haar hoofd. Ze wist niets meer te zeggen. Alle details die ze vertelde zouden Samantha's teleurstelling alleen maar groter maken. 'Zijn Cam en Bonnie in de woonkamer?'

Samantha knikte zonder te antwoorden. Bridie liep om haar heen naar de woonkamer.

'Hoi,' begroetten ze haar.

Ze kon niet eens antwoord geven. Ze omhelsde en kuste hen allebei, en trof toen Samantha in de keuken aan.

'Ik moet gaan,' herhaalde Bridie. Haar keel werd dichtgeknepen en deed pijn.

Eerst dacht ze dat Samantha zo zou blijven staan, met haar armen over elkaar en een boos gezicht, maar op het laatste moment vloog ze op Bridie af en omhelsde haar. 'Kom terug als je kunt,' smeekte ze, en Bridie kon het niet aan om naar haar te kijken toen ze de deur opende en vertrok.

Carmen kon het gezicht maar niet uit haar hoofd zetten. Ze liep het kleine flatje rond en rookte en probeerde te bedenken wat ze moest doen, maar er bleef niets in haar hersens hangen behalve dat doods uitziende gezicht, en die koude, griezelige ogen. Voor de honderdste keer overwoog ze Newlee wakker te maken, maar zoals altijd weerhield iets haar daarvan. Als Newlee er eenmaal bij betrokken raakte, kon er niets meer verborgen blijven, en ze wist behoorlijk zeker dat dit te maken had met dingen die Bridie het liefst voor zichzelf wilde houden. Je kon met je geheimen het graf ingaan, zei ze tegen zichzelf, en die gedachte maakte haar zo van streek, dat ze niet eens merkte dat Newlee in de deuropening verscheen.

'Wat is er aan de hand, schatje?' vroeg hij en ze kon bijna zien hoe de waakzaamheid van een politieagent de slaperige blik uit zijn ogen verdreef.

Ze kon dit onmogelijk voor zichzelf houden. Ze haalde diep adem en bij het uitademen kwam de waarheid naar buiten. 'Ik weet niet wat er aan de hand is, Newlee, maar er is iets niet in de haak. Ik heb een slecht voorgevoel.'

'Waarover?' Hij raakte gespannen, alsof iets dat haar zo van streek had gemaakt hem ook een vervelend gevoel kon geven.

Ze aarzelde nog eenmaal en besloot toen dat er geen andere manier was. 'Je weet dat ik de privacy van mensen respecteer, en ik zou de laatste zijn om de eerste steen te werpen.'

'Wat is er dan gebeurd?' drong hij aan.

Ze kon het er net zo goed uitgooien. 'Ik kwam net binnen toen Bridie de computer wilde uitzetten. Ze zag er zo hysterisch uit, dat ik wat ben gaan rondsnuffelen. Ze gebruikt mijn internetaansluiting, dus heb ik in het geheugen geklikt op de sites die ze bezocht had. En dit zag ik toen.'

Ze liep naar de computer en schoof de muis heen en weer. Het beeld verscheen weer en Newlee boog zich over haar heen om te kijken. Hij fronste zijn wenkbrauwen en kreeg een harde blik in zijn ogen. Hij kon waarschijnlijk zo wel zien dat dit het gezicht van een gedetineerde was, zonder het onderschrift te lezen. Carmen liepen opnieuw de koude rillingen over de rug, net als de eerste keer. *Jonah Porter. Blanke man, 33 jaar oud. Status:*

vrijgelaten. Omschrijving van overtreding: produceren en verkopen van verboden middelen.

Newlee's kaakspieren trokken samen. Hij ging weer rechtop staan en was ineens een en al politieagent.

'Ik heb hem gezien, Newlee,' ratelde ze verder. 'Gisteren na mijn werk stond hij voor de winkel. Hij zag er high uit. Daarom viel hij me op.'

'Waar is Bridie nu?' Hij stelde de vraag terwijl hij naar de slaapkamer liep, zijn joggingpak uittrok en zijn kleren aandeed.

'Ze zei dat ze naar de pastorie ging.' Carmen drukt haar sigaret uit en begon ook haastig kleren aan te trekken. Ze was klaar toen Newlee zijn laarzen aantrok. 'Ik ga daarheen,' zei ze en greep haar sleutels en tas.

'Wacht.' Zijn stem was scherp. Het was een bevel en geen advies.

Ze wachtte. Ze piekerde er niet eens over om ertegenin te gaan, keek alleen met grote ogen toe hoe hij zijn pistool omdeed.

Daar is ze. Ga achter haar aan, hadden de stemmen gezegd, en Jonah was op weg gegaan. Was woedend geworden en Mary gevolgd. Hij vroeg zich af of dat zijn geld was, daar in die rugzak die ze over haar schouder had hangen. Ze stapte in de stadsbus, en Jonah reed er achteraan. Hij reed door een rood licht en twee keer door oranje om haar niet kwijt te raken. Ze bleef in de bus zitten totdat ze bij de snelweg kwamen. Ze reden langs zijn motel, en toen reed de bus het Greyhound-station in. Mary stapte uit en liep naar binnen.

Bob staarde Alasdair aan. MacPherson knipperde niet eens met zijn ogen.

Nou, dit was geweldig. Wat had die kerel toch door zijn aderen stromen dat hij hier helemaal niet door van streek raakte? Bob kon niets anders verzinnen, geen andere dreigementen meer bedenken.

MacPherson leunde naar voren, en Bob verzamelde nieuwe moed. *Goed. Nu komt het.* Maar Alasdair keek Bob schuin aan, alsof hij naar een kever onder een microscoop keek. 'Waarom doe je dit, Bob?' vroeg hij.

Bob staarde terug, zo verrast dat hij geen woord uitbracht.

'Iets moet toch de motivatie achter deze gedrevenheid van je zijn,' vervolgde MacPherson. 'Het verlangen om koste wat het kost te winnen. Je hebt een goede baan. Waarom is het niet genoeg voor je om je werk te doen?'

Waarom was het niet genoeg? Bob vroeg het zich af en plotseling leek dat een vraag te zijn die een antwoord verdiende, zelfs al was het niet zijn bedoeling daarover met Alasdair MacPherson te praten. Het was ook wel vreemd, nu hij er eens goed over nadacht. Al die tijd dat hij met MacPherson had zitten praten leek het wel of hij een acteur was die zijn regels opzei. En zo was het altijd geweest. Hij beleefde gebeurtenissen nooit gewoon. Hij schreef het script en acteerde, en beoordeelde dan achteraf zijn optreden door de ogen van een onzichtbaar publiek. Zou het indruk maken? Was het dramatisch? Hoe had hij eruit gezien? Was hij een hit? Of een flop? Wat zouden de recensenten zeggen? Elk gesprek, elke interactie, elke vriendschap, elk afspraakje, elke baan was eigenlijk een scène die hij speelde. Nu tuurde hij dat donkere theater in, en zocht het geheimzinnige publiek. Daar zat zijn vader vooraan in het midden, met een zak popcorn. En Bob zat nog steeds op het applaus te wachten.

Hij was geen onvriendelijk iemand. Alleen maar wat afwezig. Altijd druk terwijl zijn ogen de horizon afspeurden voor de volgende opdracht. Op zoek naar de volgende persoon in moeilijkheden, maar zonder het kind zelfs maar op te merken dat aan zijn benen hing. *'Moet je dit eens zien, pap,'* zei Bob dan. *'Kijk eens naar me.'* Dan kwam er die snelle blik, de verplichte glimlach, het turen in de verte, het snelle losmaken. Terug naar belangrijker zaken.

Hij had niet eens het genoegen om andere broers of zussen die het verder geschopt hadden de schuld te kunnen geven. Zijn broer en zus waren naar diezelfde bestemming in de vergetelheid verbannen. Ze hadden ieder hun eigen manier om te protesteren. Dennis was de weg van de negatieve aandacht ingeslagen, en Sherry, die gekwelde ziel, zat voor eeuwig in therapie. Bob had geprobeerd zijn eigen prestaties te leveren. Hij glimlachte bitter toen het beeld van zichzelf – de volwassen Bob – verscheen, die nog steeds aan zijn vaders benen hing en nog steeds schreeuwde *'Kijk mij eens!'*

Met een ruk van zijn hoofd schudde hij dit van zich af en concentreerde zich weer op Alasdair MacPherson. Hij beantwoordde zijn vraag niet, pakte alleen zijn paperassen bij elkaar en stond op. 'Ik geef je een uur de tijd,' zei hij. 'Bel me binnen die tijd of lees het anders maar in de *Post*.'

MacPherson keek hem aan en zei niets.

Bob schreef zijn mobiele nummer op een visitekaartje en hield het Alasdair voor. Hij wilde het niet aanpakken, bleef alleen maar naar Bob kijken met een uitdrukking op zijn gezicht die Bob kwaad maakte. Bob smeet het kaartje op het bureau, zei kortaf gedag en vertrok. Wat hij misschien aan aarzeling had gehad werd nu weggespoeld door zijn opkomende bitterheid. MacPherson moest zijn medelijden maar voor zichzelf bewaren, want hij was degene die het nodig zou hebben. Bob startte zijn auto en reed naar de kantoren van de *Washington Post*. Hij zou in de hal wachten op een telefoontje van MacPherson en de laatste hand aan zijn verhaal leggen.

Zesendertig

De deurbel ging al voordat Alasdair nog helemaal beneden was. Hij liep de hal in en keek door het kijkgaatje. Het waren een man en een vrouw, die hem beide vaag bekend voorkwamen. Hij gooide de deur open.

'Waar is Bridie?' vroeg de vrouw nog voordat hij maar een woord kon zeggen.

Hij hoorde de achterdeur open en dicht gaan. Hij liet hen in de hal staan en rende bijna naar de keuken. Hij liep naar binnen, met hongerige ogen.

'Samantha heeft me gebeld,' begroette Lorna hem. 'Ze moest naar school gebracht worden of zo.' Een bezorgde uitdrukking verving haar gebruikelijke glimlach. Deze werd nog intenser toen ze zijn gelaatsuitdrukking zag. 'Waar is Bridie?' vroeg ze, en greep de leuning van een stoel vast. 'Wat is er aan de hand?'

Hij antwoordde niet en liep terug naar de hal. Lorna volgde hem op de voet.

'Carmen, wat doe jij hier?' vroeg Lorna.

'Carmen?' herhaalde Alasdair onbenullig.

'Ik ben Bridie's huisgenote,' legde Carmen uit. 'Dit is mijn verloofde, Newlee Blackstone. We maken ons zorgen om Bridie. Is ze hier?'

'Ze was hier wel,' was de bijdrage van Samantha vanaf de overloop boven. 'Ze is vertrokken.'

'Hoe lang is dat geleden?' vroeg de verloofde.

'Een kwartiertje of zo.'

'Wat is er aan de hand?' vroeg Alasdair. Newlee en Carmen keken elkaar aan.

'Waar ging ze naartoe?' vroeg Newlee.

'Ik weet het niet,' zei Samantha. 'Dat heeft ze niet gezegd. Ze zei alleen dat ze weg moest.'

'Samantha, ga naar je kamer. Ik zal Lorna je zo naar school laten brengen.'

'Geen sprake van.'

'Wegwezen,' beval Alasdair. 'En ik meen het.'

Samantha, ga naar je kamer. Samantha, ga naar je kamer. Altijd als er iets interessants gebeurde, werd ze naar haar kamer gestuurd. Ze staarde even naar de grond, en liep toen met een zucht naar de verwarmingsbuis. Dit begon behoorlijk vervelend te worden, maar hoe moest ze er anders achter zien te komen wat er aan de hand was?

Ze bukte zich en bleef zo een poosje zitten. Ze kon alles horen. Carmen van de Bag-en-Savesupermarkt zei dat er een of andere kerel achter Bridie aan zat, en pap zei dat ze drugs en zo verkocht had.

Niet te geloven.

Samantha luisterde nog een paar minuten. Ze probeerden allemaal te beslissen wat er gedaan moest worden. Het politie-vriendje van die mevrouw zei dat hij het ging aangeven.

Samantha ging rechtop staan, stapte de hal in en liep naar de logeerkamer. Ze lette goed op dat niemand haar zag. Alsof ze haar ooit zagen. Ze liep naar binnen en ging op het bed zitten. Er hingen nog wat kleren van Bridie in de kast. Haar Bijbel, waarin ze had zitten lezen, lag op het nachtkastje naast het bed. Samantha ritste de witte lederen omslag open en sloeg de eerste bladzijde op.

Voor Mary,
Slechts één leven, wat zal het snel voorbijgaan. Alleen wat voor Christus gedaan werd zal blijven bestaan.
Liefs, oma

Dus Mary Bridget Washburn was waarschijnlijk Bridie's naam en niet die van haar moeder, zoals ze gezegd had. Bridie had tegen haar gelogen. Ze bladerde verder. Op de volgende bladzijde stonden Bridie's naam en adres, met blauwe inkt geschreven:

Mary Bridget Washburn
Route 4, Box 252
Woodbine, Virginia 22908

Ze bladerde het boek door om te zien of er nog andere aanknopingspunten waren die betrekking hadden op Bridie's verleden. Er vielen twee stukjes papier uit. Een krantenknipsel en iets wat van het internet gehaald en uitgeprint was. Ze pakte het knipsel en vouwde het open. Een zwartwitfoto van een politieauto die voor een schuurtje geparkeerd stond. Een artikel over drugsdealers die gearresteerd waren. Ze vouwde de print open. Die kwam van de website van het tuchtwezen in Virginia. Het was het strafregister van iemand, of zo. Jonah Porter. Samantha fronste haar wenkbrauwen. Dit zag er niet zo best uit. Dit betekende dat het waar was wat ze zeiden. Bridie was een drugsdealer, en ze had de hele tijd tegen hen gelogen.

Samantha legde de papieren neer. Ze hoorde waarschijnlijk woedend te zijn of zo, maar dat was ze niet. Ze ging op het bed zitten, en het was vreemd, maar het was alsof iemand haar in haar hoofd een video begon te laten zien. Eerst zag ze Bridie die bij hen kwam eten en die aardig tegen haar probeerde te zijn en zo, en zijzelf, die Bridie op een afstand hield. Toen zag ze hoe ze zelf in de Bag en Save-supermarkt de wijn probeerde te stelen en hoe Bridie voor haar loog en daardoor haar baan kwijtraakte. De beelden volgden elkaar steeds sneller op, de een na de ander: winkelen voor de kerst, het huis versieren, koekjes bakken, mama's dagboek lezen, praten, huilen. Tegen de tijd dat de voorstelling was afgelopen veegde Samantha haar ogen af en sloeg haar armen over elkaar.

En nu? Geweldig hoor. Het kon haar niets schelen wat Bridie had gedaan, of wie ze vroeger geweest was. Bridie. Mary. Wat dan ook. Wat maakte het uit? Iemand hoort toch een tweede kans te krijgen, of niet soms?

Samantha keek naar de Bijbel. Ze wist niet waar ze heen moest gaan of wat ze moest doen.

'God, ik kan best wat hulp gebruiken. Alstublieft,' voegde ze eraan toe. Ze opende haar ogen, en sloot ze toen weer. Geen video's meer. Ze legde het knipsel en de print weer in de Bijbel, wilde die weer op het kastje leggen, maar stopte hem toen onder de band van haar spijkerbroek. Ze had het gevoel dat hij misschien nog van pas zou kunnen komen. Ze liep de hal in. Daar beneden gingen ze nog steeds tekeer. Samantha schoot terug haar eigen kamer in en haalde de enveloppe met geld tevoorschijn, die ze met kerst gekregen had. Tante Winifred en tante Fiona gaven haar altijd elk twintig dollar. Ze deed de biljetten in haar zak en sloop naar de trap.

Ze waren nog steeds aan het praten. Ze liep naar beneden en langs hen heen, heel kalm en bedaard, en natuurlijk had niemand haar in de gaten. Ze glipte de achterdeur uit, liep het grasveld over en bleef toen staan. Waar ging ze precies naartoe? Ze beet op haar lip en besloot om alles stap voor stap te gaan uitvoeren.

Wat zou ze doen als ze Bridie was?

De stad uit gaan.

Hoe? Ze had natuurlijk geen auto.

De bus.

Precies. *Yes*. Bridie zei dat ze de bus naar Alexandria had genomen. Dus ze zou waarschijnlijk ook weer met de bus uit Alexandria vertrekken. Nou, Samantha wist alles van reizen met de bus. Al die dagen dat ze gespijbeld had bleken nu nog nuttig te zijn ook.

'Bus 223 naar Fairfax, Gainesville, Haymarket, Strasburg, Harrisonburg, Staunton en Charlottesville vertrekt over enkele ogenblikken van perron nummer twee.'

Bridie hoorde de aankondiging en tuurde uit het raampje van het toilet. Ze zag Jonah niet. Ze liep met een omweg naar de vertrekhaltes, maar bleef halverwege staan. Dat meisje bij de deur leek sprekend op Samantha. Ze fronste haar wenkbrauwen. Het meisje daar bij de deur was Samantha. Ze zwaaide verwoed, en Bridie wachtte terwijl ze op haar af rende.

'Samantha, wat doe jij hier?'

'Ik kwam tegen je zeggen dat het goed is.'

'Hoe bedoel je, dat het goed is?'

'Ik bedoel dat het goed is dat je drugs hebt gemaakt en verkocht. Ik bedoel, nou gewoon, iedereen maakt toch fouten.'

Bridie's mond viel open. Ze schudde haar hoofd.

'Ik bedoel, je bent nu toch niet meer zo. Dat weet ik gewoon.'

Bridie sloeg haar armen om haar heen. En Samantha omhelsde haar ook.

'Kom toch mee terug. Papa heeft er al spijt van. Hij loopt je zelfs te verdedigen en zo.'

'Echt waar?' Bridie's hart werd week, toen schudde ze haar hoofd en herinnerde zich haar situatie. 'Dat moet hij niet doen.' Ze begon weer naar de vertrekhaltes te lopen.

'Wacht nou even,' smeekte Samantha. Haar ogen vulden zich met tranen, en haar stem klonk wanhopig.

'Ik kan niet wachten, Samantha,' zei Bridie en ging wat langzamer lopen. 'Het spijt me. Ik moet gaan.'

'Wacht nou, alsjeblieft.' Samantha draaide zich om en rende naar een telefooncel. Ze had net genoeg tijd om het kleingeld erin te gooien en het nummer te draaien. Bridie keek van haar naar de bus, die al met draaiende motor klaarstond om mensen in te laten stappen. De lucht rook naar diesel en ze kon de deur van de bus dicht horen gaan. Waarom wachtte ze nog? Als ze met Samantha mee terugging zou ze gewoon hier gearresteerd worden en dit laatste karwei nooit kunnen klaren. Ze rukte haar ogen los van Samantha en liep naar het draaihek.

Een hand greep haar arm en de gedachten vlogen te snel door haar hoofd om er veel wijs uit te kunnen worden. Bij de eerste aanraking had ze gehoopt dat het Alasdair was. Maar voordat ze haar hoofd zelfs maar kon omdraaien vertelden de aanwijzingen dat ze het mis had. Deze hand was niet van Alasdair. Hij was niet vriendelijk, maar hield haar hard vast. Het was een knellende hand, vol haat en boosheid en krankzinnigheid. Toen ze zag wie het was, was ze niet eens verrast. Haar hart had Jonah al herkend voordat haar ogen dat deden.

'Zorg ervoor dat ik niemand van deze mensen hoef te vermoorden,' zei hij, en trok zijn jas open om haar de loop van een pistool te laten zien.

Ze maakte geen geluid, liet zich alleen door hem naar de deur trekken. Ze keek niet naar Samantha. Wilde onder geen beding dat Jonah Samantha in de gaten zou krijgen. Hij duwde haar naar een oude Plymouth, opende het portier bij het stuur en liet haar er overheen schuiven.

Hij greep haar rugzak, doorzocht die en gooide haar kleren en toiletartikelen over de autostoel. 'Waar is het?' vroeg hij toen hij klaar was.

Zijn geld natuurlijk. En zodra ze hem vertelde dat het weg was, zou zij er ook geweest zijn. Bovendien kon ze in een oogwenk zien dat hij helemaal opgefokt was. Op het meest krankzinnige en paranoïde punt van het high zijn. Ze had hem vele malen tevoren ook zo gezien. Hij zou omhoogschieten en meer en meer en meer gebruiken, zijn hoogtepunt steeds weer op peil proberen te houden zodra hij naar beneden begon te vallen. Dit was het slechtste, het meest gewelddadige en gevaarlijkste moment. Hierna zouden een paar verstandige minuten volgen, en daarna zou hij instorten. Slapend, comateus, voor niemand een gevaar. Ze had wat tijd nodig. Ze moest hem uit de buurt van Samantha zien te krijgen, die nu naar haar toe kwam lopen.

Hij pakte het ticket uit haar hand, en het was te laat om nog te wensen dat ze het had laten vallen.

Hij las haar bestemming, keek haar wijs aan, alsof hij dat wel had verwacht, startte de motor en scheurde weg van de parkeerplaats. Bridie riskeerde nog een laatste blik op Samantha, maar in plaats van hysterisch te zijn zoals ze had verwacht, staarde Samantha ingespannen naar de auto, alsof ze elk detail in zich opnam, draaide zich toen om en rende het busstation in.

'Rustig eens even, Samantha, en vertel me nu eerst eens waar je bent.' Alasdair stopte een vinger in zijn vrije oor en was blij dat hij de telefoon in de keuken had opgepakt.

Lorna keek naar hem met een bleek gezicht.

'Ik ben op het busstation, en net heeft een kerel Bridie in zijn auto laten stappen en ze zijn weggereden.'

'Blijf waar je bent.' Hij hing op en griste zijn jack van de kapstok. Hij stapte de hal in, gebaarde Newlee om bij hem in de keuken te komen en legde hem in twee zinnen uit wat er gebeurd was.

'We gaan de achterdeur uit,' zei Newlee. 'Als we door de voordeur gaan krijgen we problemen met Carmen.'

'Ik blijf wel bij de kinderen,' beloofde Lorna.

'Kun je Carmen even naar huis brengen?'

'Natuurlijk.'

'Laten we mijn auto maar nemen,' zei Newlee tegen Alasdair. 'Dan kunnen we de radio gebruiken.'

Alasdair knikte en plotseling deed niets er meer toe – zijn carrière, zijn huis, zijn toekomst, de geheimen die hij morgen misschien in de krant zou lezen. Hij had maar één brandend verlangen – Bridie vinden en haar mee naar huis nemen. Het kon hem niet schelen wat ze gedaan had. Hij wist alleen dat hij het niet kon verdragen om haar te verliezen.

Samantha stond voor het busstation te wachten, niet binnen zoals hij tegen haar gezegd had. Ze sprong gelijk achter in de auto zodra deze vaart minderde. 'Hier is het kenteken,' zei ze en stak haar hand uit. Ze had de cijfers en letters met een blauwe balpen opgeschreven. Zijn hart zwol op van trots. Ze was een kanjer.

'Alles goed met je?'

'Best hoor. Ze wou een bus nemen naar – hier, ik heb het op deze hand geschreven nadat ik gebeld had – Fairfax, Gainesville, Haymarket, Strasburg, Harrisonburg, Staunton, en Charlottesville.'

Newlee zette de radio aan en vroeg het nummerbord op. De auto was gestolen. Dat was geen verrassing.

'Ik denk dat ze hier naartoe gaat,' zei Samantha. Ze duwde nu een Bijbel naar hem toe, opengeslagen bij een naam en adres –

Bridie's echte naam – Mary Bridget Washburn.

'Woodbine ligt ten zuiden van Charlottesville in Nelson County,' zei Newlee. 'Dat kan wel kloppen. Daar komt het aanhoudingsbevel vandaan.' Hij wisselde nog wat informatie uit via de radio. 'Ik denk dat we maar richting Charlottesville moeten gaan en hopen dat de politie de auto ontdekt voordat we daar aankomen.'

'Laten we eerst mijn dochter maar naar huis brengen,' zei Alasdair.

'Nee! Ik beloof dat ik niet in de weg zal lopen. Stuur me alsjeblieft niet naar huis.'

'Tijd is iets waarvan we waarschijnlijk niet echt teveel hebben,' zei Newlee. 'Bovendien ga ik hem niet inrekenen. Dat doet de staatspatrouille of de politiecommissaris van Nelson County.'

Alasdair knikte. Ze reden verder, wel met het zwaailicht aan, maar geen sirenes. Het was volkomen stil op het gekraak van de radio na.

Zevenendertig

Ze stopten in Washington, zodat Jonah op een parkeerplaats iemands stereo kon stelen. Toen moesten ze een kerel zien te vinden die hij kende en die hem er vijftig dollar voor zou geven, en wachten totdat die thuiskwam. Het was al na elven toen ze het centrum van Charlottesville binnenreden. Jonah was weer omhooggeschoten en had het afgelopen uur aan een stuk door zitten praten: volslagen nonsens over geesten en demonen en naar de hel gaan, en hoe hij had gedacht dat ze zijn hersenen had gestolen, maar dat het in feite zijn hart was geweest. Hij zou al snel zonder benzine komen te zitten. Dat kon niet anders.

'Ik heb wat nodig,' zei Jonah. Hij reed de parkeerplaats van een kleine kruidenierswinkel op. Die was gesloten, en hij begon te schreeuwen en te zeggen dat hij de auto dwars door de glazen deur heen zou rijden.

'De Piggly Wiggly bij het busstation is wel open,' zei Bridie vlug. 'Zal ik rijden?'

Hij keek haar boos aan maar draaide de auto in de juiste richting, en gelukkig had ze er gelijk in dat de winkel open was. Maar met Jonah was niets gemakkelijk. Eerst wilde hij dat zij naar binnen zou gaan. Toen zij allebei. Toen weer zij alleen. Toen hij. Het deed Bridie denken aan die raadsels over een vos en een kip en een zak maïs en je kunt maar twee dingen meenemen in de boot en drie keer overvaren. Hij wilde haar niet in de auto achterlaten, omdat hij wist dat ze weg zou rijden, en hij wilde haar niet naar binnen laten gaan, omdat hij bang was dat ze er via de achterdeur vandoor zou gaan. Ten slotte zei hij dat ze naar binnen moest gaan en geen gekke streken moest uithalen.

'Als je niet binnen vijf minuten weer buiten bent, schiet ik iemand dood,' zei hij en haalde zijn pistool tevoorschijn zodat ze wist dat het menens was. 'Haar,' zei hij en wees naar de vrouw in de auto naast hen, die volgens hem Annie Oakley heette, 'of hem,' zei hij en voegde eraan toe dat de man die boodschappen-karretjes van de parkeerplaats ophaalde de dokter was die er met zijn tractor vandoor was gegaan.

'Ik ben zo terug,' beloofde ze. 'Maar doe niets geks.'

Ze kocht zijn moutjenever en twee doosjes vermageringspil-len. Ze durfde de verkoudheidsmedicijnen er niet bij te nemen, uit angst men argwaan zou krijgen. Ze droeg haar spullen naar de kassa en besefte dat haar bittere dreigement werkelijkheid was geworden. Ze had gezegd dat ze net zo goed weer kon gaan dealen. Nou, hier was ze dan. *Hoe voelt het?* vroeg ze zichzelf. *Voelt het goed?* Alsof ze was terechtgekomen waar ze thuishoor-de? Ze wist het niet. Ze wist niet beter of ze voelde zich moe en hongerig en uitgeput en ijzingwekkend bitter. Ze had geen idee tegenover wie ze bitterheid voelde. Zichzelf? God?

De man bij wie ze afrekende was een klein kereltje met krom-me benen en dun haar dat hij over de kale plek op zijn hoofd had heen gekamd. Hij keek haar achterdochtig aan. Ze betaalde voor de spullen en ging zo snel mogelijk weer naar buiten. Ze keek nog een keer om en zag dat hij voor het raam naar haar stond te kijken, toen ze weer in de auto stapte.

Jonah reed een stukje verder, stopte bij een obscuur motel, liet haar naar binnengaan om een kamer te huren. Hij had zijn uit-rusting in de achterbak, en liet haar die dragen – Masonpotjes, Pyrexborden, buisjes, een fles loog. Goed. Hoe sneller hij weer wat spul had gemaakt en gebruikt, des te sneller zou hij weer high worden, en des te sneller zou hij weer crashen. Je kon je motor niet alsmaar laten ronken.

'Zet jij het maar klaar,' zei hij toen ze eenmaal in de kamer waren, nam een slok van zijn bier en zwaaide nog steeds het pistool heen en weer.

'Ik weet niet hoe het moet.' Dat was de waarheid.

Hij vertelde haar hoe het moest. Ze deed het zo goed moge-lijk en waste haar handen toen ze klaar was. Hij stond op en begon met zijn klus. Ze rustte wat op het bed en zorgde ervoor dat ze de dekens niet omsloeg, uit angst voor luizen of vlooien. Ze deed zelfs haar jas niet uit. Hij leek het geld vergeten te zijn, wat mooi was, want ze had geen idee wat ze moest doen als hij ernaar zou vragen.

Ze moest in slaap zijn gevallen. Het volgende dat ze zich herinnerde was dat hij over haar heen gebogen stond en haar wakker schudde. 'Kom, we gaan,' zei hij. Hij liet haar zijn spullen naar de auto dragen en ze stapten in. Jonah reed. Bridie schermde haar gezicht voor hem af toen ze de snelweg opreden.

Ze moest wat gedommeld hebben. Toen ze wakker werd zag ze de vertrouwde omgeving, maar in plaats van vreugde, trof de schaamte haar met een harde dreun.

'Nee. Niet hier. Niet op deze manier. Alsjeblieft.'

'Ik wil mijn geld,' zei Jonah, 'en ik weet dat je het hier verstopt hebt.'

Alasdair schonk zichzelf nog een kop in van de oude koffie op het politiebureau van Charlottesville en vond een pakje chocolademelk voor Samantha. Hij nam dat mee naar de leren bank in de wachtkamer en keek op zijn horloge. De hele nacht was er nog geen bericht gekomen, sinds dat hoopgevende telefoontje van de winkelbaas. Vreemd, dat je hart bemoedigd kon worden door nieuws over de op handen zijnde arrestatie van een geliefde.

Newlee stopte met praten tegen de agent aan de balie. Hij kwam weer bij hen, trok er een metalen stoel bij en schudde zijn hoofd. 'Het heeft geen zin om hier te blijven,' zei hij voorzichtig. 'We horen het wel als ze hem gevonden hebben. Wanneer ze hem gevonden hebben, moet ik zeggen. Deze types lopen altijd vroeg of laat tegen de lamp.'

Het probleem was de schade die hij kon aanrichten voor dat gebeurde. Alasdair schudde zijn hoofd. 'We blijven hier,' kondigde hij mat aan. 'Ga jij maar terug als dat nodig is,' zei hij tegen Newlee. 'We vinden de weg naar huis wel weer.'

Alasdair ging weer op de bank zitten en probeerde zijn

gespannen spieren te ontspannen. Er was niets wat hij kon doen, besefte hij. Helemaal niets, behalve wachten en bidden dat dit verhaal goed zou aflopen.

Achtendertig

Hattie had bijna de hele ochtend gebeden. Ze had afgelopen nacht weer een van haar dromen gehad en daarover zitten tobben. Martha was even tevoren binnengekomen en was met haar mee gaan bidden. Ten slotte was hun geest opgeklaard.

'Nu is het in orde,' had Hattie gezegd. 'De strijd is gestreden en gewonnen. Nu hoeven we alleen de buit nog binnen te halen.'

'Hm-hm. Ja, Vader,' had Martha instemmend gezegd.

Sinds die tijd had Hattie geduldig afgewacht. Misschien dommelde ze zo nu en dan een beetje in, ze las wat en luisterde naar het gesis van Martha's stoomstrijkijzer waarmee ze zich een weg baande door het landschap van kreukels. Ze perste een, twee, drie, vier keer, keerde dan de kussensloop om en deed hetzelfde aan de andere kant. Het katoen zag er erg wit uit onder haar donkere vingers. Ze vouwde het dubbel, perste, vouwde het nog een keer dubbel en perste nogmaals. De lekkere geur van stoom en stijfsel vermengde zich met die van het vlees dat ze aan het braden was.

Hattie moest in slaap zijn gevallen door het ritme van Martha. Ze schrok wakker door het geknerp van grind.

Martha zette het strijkijzer neer, liep naar het raam en trok het gordijn weg. Haar ogen werden groot, en ze legde haar hand op haar hart. 'Lieve help,' zei ze. 'U had gelijk, Miss Hattie.' Ze liet het gordijn los en liep op de deur af.

Daar was het. Thuis, of datgene op aarde dat er het meest op leek – dit oude, witte, houten huis met een schuin tinnen dak en een ruime veranda aan de voorkant. Het glimmende bukshout en de enorme azalea's lagen nog steeds tegen de fundering aan gevleid. Verder weg op het grote groene grasveld, stonden, voor zover ze

zich herinnerde, de twee grote eiken – met kornoelje en judas-
boom eronder. Aan de zijkant stonden witte dennen. Daarachter
waren, net zoals ze in haar dromen verschenen waren, de blauwe bergen vaag zichtbaar. Maar ze had niet op deze manier thuis
willen komen. Helemaal niet. Nooit.

Jonah liet de auto halverwege de lange oprijlaan tot stilstand
komen. 'Waar heb je het verstopt?' vroeg hij. 'In de bijenkasten?'

Ze schudde haar hoofd.

'Waar dan? Daarginds bij de bron? Ergens in het bos? Daar bij
die open plek waar je altijd vadertje en moedertje speelde?'

Ze schudde haar hoofd. 'Jonah, het geld is weg.'

Hij keek haar met half toegeknepen ogen aan, zijn gezicht
uitdrukkingsloos.

'Iemand heeft het al op de eerste dag gestolen. In de bus.'

'Je liegt.'

'Nee, ik lieg niet. Daarom heb ik je aangegeven. Zodat je me
niet achterna zou komen om het te zoeken.'

Hij keek haar een moment doordringend aan. 'Ik denk dat
mijn benen eraf gerold zijn,' zei hij.

Ze sloot haar ogen en wreef over de brug van haar neus.

Hij zette de auto op de parkeerplaats en zette de motor uit.
'We gaan naar binnen.'

'Nee.' Dat mocht niet gebeuren.

Ze voelde het pistool tegen haar slaap en deed haar ogen open.
'Uitstappen.'

Ze deed de deur open en stapte uit. Het geknars van het grind
onder haar voeten herinnerde haar eraan dat dit geen boze
droom was. Jonah volgde haar. Hij hield het pistool niet meer
tegen haar hoofd gedrukt, maar het was evenmin ver uit de
buurt.

De hordeur ging piepend open en dicht, en Bridie keek naar
de veranda. Ze vergat Jonah, het pistool, het geld. Ze bleef stilstaan, geschokt en aan de grond genageld door wat ze zag.

De vrouw die naar buiten was gekomen, was oma niet. Het
was een zwarte vrouw. Ze stond met een hand in haar zij de
naderende bezoekers gade te slaan. Bridie's verdriet was zo hevig

dat ze zich bijna op de grond liet vallen.

Ze had te lang gewacht, was te lang weggebleven. Oma was er niet meer. Ze bleef staan, en alleen haar ogen bewogen. Daar was de schommel waar ze als kind mee speelde. Daar was de holte waar ze een huisje in gemaakt had. Daarachter stonden opa's bijenkasten en de appelbomen. Oma's waslijn was zichtbaar achter het huis. Alle vertrouwde dingen hier leken nu de spot met haar te drijven. Niets ervan was nog van haar. Het behoorde nu aan iemand anders toe, en degene van wie ze op aarde het allermeest had gehouden, haar allerliefste, was er niet meer. Bij elke ademhaling en iedere hartslag schoot de pijn met wilde rukken door haar heen. Ze had te lang gewacht met thuiskomen.

De zwarte vrouw stond te wachten. Bridie's voeten begonnen haast uit zichzelf te bewegen. Langzaam liep ze de trap op. De vrouw wierp een weifelende blik op Jonah, maar ze leek niet bang te zijn. Ze draaide zich om en zei iets tegen iemand in het huis.

'Ze is hier, Miss Hattie,' zei ze.

Bij die naam sprong Bridie's hart op. De vrouw deed de hordeur open, Bridie stapte over de drempel en daar zat oma in een rolstoel, net alsof ze op hen had zitten wachten. Ze was iets magerder dan Bridie zich herinnerde, slechter ter been door de jicht, maar haar ogen stonden nog helder en ze had dezelfde lieve glimlach op haar gezicht. Ze had een marineblauwe gestippelde jurk aan, droeg haar Hush Puppies en had de Bijbel opengeslagen op haar schoot liggen. Bridie liep naar haar toe, viel op haar knieën naast de stoel en haar oma nam haar in haar armen. Ze voelde hoe haar tranen begonnen te stromen. Maar niet lang. Jonah trok haar hardhandig weg en duwde haar verder het huis in.

'Doe de deur dicht,' beval Jonah de zwarte vrouw, die hem hooghartig aankeek en zich niet verroerde.

'Doe het maar, Martha,' zei oma. 'Hoewel ik vind dat je je wat beschaafder zou moeten uitdrukken, Jonah Porter.'

Jonah keek verrast, en mompelde toen dat het hem speet.

Bridie veegde haar ogen af en keek hem ongelovig aan. Ze

hoefde echter niet verbaasd te zijn. Niets slechts of destructiefs was er ooit in geslaagd om zo te blijven in oma's aanwezigheid. Of misschien begon Jonah te crashen en raakte hij zijn grip op de dingen langzaam kwijt. Hij leek een beetje te wankelen toen hij de kamer rond liep. Maar hij liep nog steeds heen en weer, en telde de linoleumtegels hardop. Oma schudde haar hoofd en klikte even met haar tong. 'Het zijn verschrikkelijke dingen, die drugs.'

Dat kon je wel zeggen, ja. Bridie pakte een stoel, ging naast oma zitten, en pakte haar hand.

Jonah stopte met ijsberen en leek zich te herinneren waarom hij hier was. 'Waar heeft ze het verstopt?' vroeg hij aan oma.

'Wat verstopt?'

'Mijn geld.'

Dat maakte oma aan het lachen. 'Ik maak me helemaal niet druk om geld, Jonah Porter. En jij zou dat ook niet moeten doen. Je moet je meer om je ziel bekommeren.'

Hij wreef met zijn hand over zijn gezicht en zwaaide met het pistool naar Bridie.

'Opstaan,' zei hij.

Jonah liep naar de muur en trok de telefoon eraf. Hij greep een van oma's keukenmessen van het aanrecht en sneed het snoer door, duwde toen het pistool tegen Martha's hoofd en keek Bridie indringend aan. 'Als er hier politie verschijnt, schiet ik hen allebei dood.'

'Lieve help,' zei Martha. 'Doe dat ding weg.'

'Niet doen, Jonah, alsjeblieft,' smeekte Bridie. Hoe was het toch zover met hen gekomen? Ze moest hem weg zien te krijgen voordat hij iemand zou verwonden. Maar waar moesten ze dan heen? Er was overal wel iemand die gewond zou kunnen raken, hetzij doordat Jonah een schot loste op iemand die leek op Annie Oakley, hetzij door hun gewoon speed te verkopen. En op dat moment besloot ze wat ze moest doen.

Ze ging door en deed de volgende vier uur precies wat hij tegen haar zei. Haalde elke lade en kast in het huis leeg en duwde de bezem onder ieder meubelstuk. Ging zelfs naar buiten en doorzocht daar een paar plekken waar het verstopt kon zijn. 'Het is hier niet,' zei ze ten slotte nogmaals en was nog nooit in haar leven zo geïrriteerd geweest. 'Ik spreek de waarheid. Het is gestolen.'

Hij keek haar opnieuw kwaad aan en leek niet te begrijpen wat ze gezegd had. Ze schudde haar hoofd en liep terug de keuken in, terwijl hij haar sullig na stond te kijken. Inmiddels kon het haar weinig meer schelen of hij haar doodschoot of niet. Martha diende de stoofpot op en haalde een bakblik met crackers uit de oven, toen ze de kamer binnenkwam. Hij volgde haar, met de ogen knipperend, en probeerde alles in zich op te nemen.

'Laten we maar wat eten,' zei oma. Bridie glimlachte. Dit was zo onwerkelijk, maar toch was het echt. Daar stond de tafel, gedekt met een rood-wit geblokt kleed en die oude gebloemde borden. Martha zette een pot vol met pruimengelei op tafel.

'Wil je die extra stoel daar even pakken,' zei ze tegen Jonah. Hij deed wat hem gevraagd werd en Bridie verwachtte half dat hij 'ja mevrouw' zou zeggen.

Ze gingen allemaal zitten. Oma dankte en Bridie begon gretig te eten ondanks de ernst van de situatie. Ze was uitgehongerd. Ze probeerde zich te herinneren wanneer ze voor het laatst had gegeten, maar wist het niet meer.

'Jonah Porter, weet je naar wie je vernoemd bent?'

Hij kwam lang genoeg uit zijn verdoofde toestand om oma aan te kijken alsof ze gestoord was. 'Het was de naam van mijn opa,' zei hij en hij sprak slepend. Zijn ogen halfstok. Hij raakte het kwijt en Bridie kon wel schreeuwen van blijdschap. Ze pakte nog een cracker, en smeerde er boter en pruimengelei op.

'Ik heb het over Jona in de Bijbel,' zei oma, en Bridie herkende de stem van de zondagsschooljuf. Ze schudde haar hoofd en grinnikte. Alleen haar oma kon een gijzeling aangrijpen als gelegenheid om te evangeliseren.

Oma keek Jonah streng aan en ging door met haar preek. 'God zei ga rechtsaf, en hij ging linksaf, en jij bent precies zoals hij. Vanaf de tijd dat je een klein kereltje was ben je al zo tegendraads,' verklaarde ze. 'Als we je in de rivier zouden gooien, zou je stroomopwaarts drijven.'

Jonah knipperde met zijn ogen.

'God riep Jona, maar in plaats van te gehoorzamen, vluchtte hij weg uit de aanwezigheid van God. Net zoals jij nu doet.'

'Ja mevrouw.'

'Ik weet zeker dat God je geroepen heeft, Jonah Porter. Herinner je je die vakantiebijbelschool niet meer, toen je naar voren bent gekomen? En nu gedraag je je zo.'

Jonah's hoofd zakte omlaag.

'Niet in slaap vallen als ik tegen je zit te praten.'

Hij richtte zijn hoofd weer op. 'Nee mevrouw.' Hij knipperde weer met zijn ogen.

'Nou, God liet de profeet Jona er niet zomaar vandoor gaan, en Hij zal jou er ook niet vandoor laten gaan. Hij zond een grote vis om hem op te slokken. En ik zou zeggen dat jij eigenlijk ook aardig in de buik van een walvis zit, meer dan ik ooit bij iemand gezien heb.'

Jonah staarde en knipperde, en zijn ogen vielen weer dicht.

Bridie nam een slok van haar ijsthee en keek toe hoe oma aan de afsluiting begon.

'Je moet een keuze maken. Je kunt doorgaan met de dingen die je gedaan hebt, of je kunt doen zoals Jona in de Bijbel deed. Hij bad tot zijn God om hem uit de buik van de walvis te redden. Dat kun jij ook doen. Omdat je iets slechts hebt gedaan wil dat nog niet zeggen dat je zo moet blijven. Bovendien, wat ben je van plan hier te gaan doen? Ons allemaal vermoorden? Dat maakt mij helemaal niets uit, en Martha ook niet. Wij geloven dat we bij God zullen zijn. Maar is dat echt wat je wilt?'

Jonah wreef met zijn hand over zijn gezicht. 'Mary B., je moet me vertellen wat je met dat geld gedaan hebt,' zei hij, bijna smekend.

'Jonah, ik heb het echt niet. Ik vertel je de waarheid. Iemand heeft het van me gestolen.'

Jonah schudde zijn hoofd. Toen keek hij haar aan met een blik die bijna helemaal helder was, en heel even zag ze de oude Jonah in deze kleine opening tussen het high-zijn en de crash. Hij glimlachte een beetje scheef naar haar. 'Je maakt me dood, Mary. Echt waar.'

'Roep God aan, Jonah,' drong oma aan. 'Het is niet te laat.'

Jonah stond op en gooide bijna zijn stoel omver. 'Dat is het wel, Miss Hattie.'

'Nooit.' Oma schudde haar hoofd, haar lippen op elkaar geklemd.'

'Hm-hm,' beaamde Martha. 'Nee, meneer, het is nooit te laat.'

'Ik word gek van jullie allemaal,' zei hij en hij liep naar de deur alsof hij naar buiten wilde gaan om wat te roken.

Ze staarden hem na. Bridie kwam tevoorschijn en liep naar het raam. Hij stapte in de Plymouth, startte hem en reed in een stofwolk achteruit de oprijlaan af.

'Nou,' zei oma.

'Hm-hm.' Martha schudde haar hoofd en nam een slokje van haar ijsthee.

Bridie ging weer zitten. Dit was een onvoorziene wending in de gebeurtenissen.

Oma wendde zich vervolgens tot Bridie. 'Zo juffie,' zei ze. 'Ik denk dat het verder van jou afhangt. Wat ga jij eigenlijk doen?'

Ze had niet veel tijd nodig om een beslissing te nemen. Ze stond op, liep de voordeur uit en ging het bos in. Ze liep een paar honderd meter en ging naar de deur van de Cassidy's, die daar nog steeds woonden, zoals ze blij constateerde.

'Ja?' vroeg mevrouw Cassidy met grote ogen. Ze deed de hordeur niet open. Bridie's reputatie was blijkbaar voor haar uit gegaan.

'Ik vroeg me af of ik misschien uw telefoon zou mogen gebruiken.'

'Wie moet je bellen?' vroeg mevrouw Cassidy. 'Dan zal ik het nummer voor je draaien.' Ze vertelde het haar en ging toen terug naar oma's huis om te wachten.

'Ik wist wel dat je terug zou komen,' zei Martha. Ze was bijna klaar met de afwas.

Oma glimlachte vriendelijk naar haar. Ze had bij het raam

zitten kijken. 'Ik ook,' zei ze. 'Ik heb je gewoon terug gebeden om er zeker van te zijn.'

Bridie liep naar haar toe en knielde weer naast haar neer. 'Het spijt me zo,' zei ze en voelde hoe het berouw dat ze zo lang had weggeduwd zich een weg naar buiten begon te vechten. 'Ik weet dat ik naar u toe had moeten komen toen ze de kinderen meenamen, maar ik was boos op God. Ik wilde helemaal niets over Hem horen en ik wilde niemand in mijn buurt hebben die er anders over dacht. Maar ik weet dat ik het mis had. Als ik weer terug kon gaan en het over kon doen, zou ik dat zeker doen. Ik wou dat ik het allemaal ongedaan kon maken.'

'Dat weet ik.' Oma legde haar kromme hand op de hare. 'Al zijn je zonden als scharlaken, ze zullen witter worden dan sneeuw. Jesaja een, vers achttien.'

'Ik heb verschrikkelijke dingen gedaan.'

Ze keek naar haar oma en plotseling kon ze geen enkele reden meer bedenken om haar niet te geloven. *Je kunt het kruis niet weg zondigen.* Dat had Alasdair ook gezegd. *Waar de zonde overvloedig is, daar is de genade nog overvloediger.* Haar hart werd getroffen door tederheid en ontzag.

'Het is precies zoals God zegt,' ging oma verder. 'Wie veel vergeven is zal veel liefhebben.'

Nou, ze dacht dat ze wel meer lief zou hebben dan ze ooit voor mogelijk had gehouden, als dat de waarheid was, en op dat moment legde ze haar hoofd op haar oma's schouder en huilde al haar zorgen eruit voor God. Ze huilde en huilde, en iedere keer als ze dacht dat ze wel klaar was, huilde ze nog even door. En het voelde alsof die tranen de tijd wegwasten. Dag na akelige dag viel weg, jaar na saai en smakeloos jaar. Toen ze eindelijk helemaal leeg gehuild was voelde ze zich moe, maar opgelucht en getroost. Ze voelde hoe zijn liefde haar omgaf, als warme en sterke armen. Ze liet haar hoofd tegen oma's borst rusten, zoals ze zich herinnerde dat ze dat als kind ook deed, bette haar neus en ogen met de zakdoek die oma's vriendin haar in de hand stopte.

'Dank U, Jezus,' fluisterde oma. 'Dank U, Vader, dat U haar weer thuis gebracht hebt.'

'Eens Zijn kind, altijd Zijn kind,' mompelde Martha. 'Niemand kan je uit Zijn handen rukken.'

Ze stuurden niet slechts één politiewagen, maar twee. Een uit Nelson County en een uit Alexandria. Bridie stapte de veranda op. De nachtlucht was scherp, maar zoet van geur. Ze haalde diep adem en wilde dat ze hier kon zijn om de appelbloesem te zien.

De politiecommissaris van Nelson County deed het portier open en stapte uit. Ze liep de veranda af om hem te begroeten.

'Mevrouw, bent u degene die gebeld heeft om zichzelf aan te geven?'

Bridie knikte. 'Moet ik mijn handen omhoog doen of zo?'

'Nee, mevrouw,' zei hij. 'Het is allemaal in orde.' Toen las hij haar haar rechten voor, net als op televisie.

Martha kwam achter haar staan en sloeg een arm om haar heen. Het begon Bridie nu te dagen wat haar te wachten stond. Ze had opeens een visioen van haar oma die in elkaar zakte en haar hart vasthield, terwijl ze haar geboeid afvoerden.

'Dit wordt haar dood,' mompelde Bridie tegen Martha.

'Ze heeft al heel veel over zich heen gekregen, en het is haar dood nog niet geworden,' stelde Martha vast.

De chauffeur van de politieauto uit Alexandria stapte uit. Het was Newlee. Bridie zakte bijna door de grond van schaamte. Hij praatte even met de politiecommissaris van Nelson County, knikte toen naar iemand die in zijn auto zat op de stoel naast die van de bestuurder. Er stapte nog een man uit, en ze herkende hem meteen, zelfs in het schemerlicht van de maan.

'O nee,' zei ze tegen Martha. Maar Martha was weer naar binnengegaan.

Alasdair liep op haar af, met rechte rug en opgeheven hoofd. Hij leek de politiecommissaris niet eens op te merken. Hij bleef onderaan de trap staan en keek omhoog naar haar.

'Ik dacht dat je in Richmond hoorde te zitten,' zei ze.

'Ik was er niet voor in de stemming.'

'Gaat het goed met Samantha?'

'Ze zit op het politiebureau. Ze hebben haar een teddybeer gegeven. Ze is woedend.'

'Ik begrijp wat je bedoelt.'

'Het gaat prima met haar. Je hebt er goed aan gedaan haar de waarheid te vertellen.'

Ze liet haar hoofd van schaamte zakken. Ze kon het niet verdragen hem nog een minuut langer aan te kijken. Ze zag zijn schoenen de trap op komen. Hij stond voor haar, hief een hand met inktvlekken op en duwde met zijn vinger haar kin omhoog. 'Dit ben jij toch niet,' zei hij, en zijn stem klonk zacht maar zeker. 'Geloof dat alsjeblieft geen moment.'

De politieman kwam de veranda op. Alasdairs hand viel weer terug langs zijn zij.

'We moeten nu maar gaan, mevrouw,' zei de commissaris.

'Kan ik mijn oma nog even gedag zeggen?' vroeg ze, vechtend om haar zelfbeheersing niet te verliezen.

Hij knikte. Bridie ging naar binnen. Oma zat bij het open raam naar alles te luisteren.

'Oma,' zei ze, 'ik kan niet blijven.'

'Nee,' beaamde oma, haar scherpe blik op Alasdair gericht. 'Je moet een paar dingen gaan regelen.'

'Nee, oma.' Bridie voelde haar hart breken. 'Ik ga de gevangenis in.'

'O, maar dat zal niet lang duren.'

'Ik moet een straf uitzitten, oma.'

'Geen sprake van.'

Raakte ze haar verstand kwijt? Begreep ze het niet?

Oma ging zo recht mogelijk zitten als haar jicht toestond en keek Bridie aan op de manier die haar al zo vaak op het rechte spoor had gezet. 'De engel kwam Petrus toch bevrijden?'

'Ja, oma.'

'En stuurde Hij geen aardbeving om Paulus uit de gevangenis in Filippi te bevrijden?'

'Ja, oma, dat deed Hij.'

'Nou,' verklaarde oma alsof het nu allemaal klaar en helder

was, 'je gaat een poosje de gevangenis in, maar daar blijf je niet. Dat heeft God me laten zien.'

Martha die achter oma's rolstoel stond, haalde haar schouders op. 'Als ze zegt dat God het haar heeft laten zien, heeft ze meestal gelijk. Gisternacht droomde ze nog dat jij die trap op kwam lopen.'

Bridie glimlachte ondanks zichzelf. Ze boog zich naar oma en drukte haar gezicht tegen de zachte wang.

'Tot ziens.'

'Je komt weer terug,' beloofde oma.

Negenendertig

Gerald Whitemans vrouw liet Bob binnen en bracht hem naar Gerry's studeerkamer. 'Hij zit aan de telefoon,' zei ze. 'Hij komt zo naar beneden.'

Bob ging op de aangeboden stoel zitten, sloeg thee en koffie af en hoopte dat ze snel weg zou gaan. Zodra ze dat deed haalde hij de *Washington Post* uit zijn aktetas. Hij kreeg er maar niet genoeg van om naar het artikel te kijken, om de regel eronder te lezen: *door Robert Henry.*

Het was een prachtige dubbelpagina. MacPhersons disfunctionele gezin stond met foto en al op de pagina's met regionaal nieuws, en was niet weggestopt op de godsdienstpagina. Toen ze het eigenlijke verhaal gezien hadden, had de redacteur besloten dat er wel wat drukinkt aan besteed mocht worden. Een kwart pagina met een foto, en hij was erin geslaagd om precies de juiste toon te treffen. In plaats van een slecht onderbouwde onthulling las het stuk als een heldere en inzichtelijke analyse. Een blik achter de façade van volmaaktheid, in de gekwelde ziel van MacPherson, een diepzinnige kijk op de moeiten van het predikantschap. De redacteur was onder de indruk geweest, en precies zoals Bob had gehoopt had hij hem meer opdrachten beloofd. Een paar maanden later zouden ze hem een bureau, een computer, een fulltime baan geven, als hij tenminste materiaal bleef aanleveren. Het zou een stap opzij zijn, maar dat kon Bob weinig schelen. Plotseling zag hij zichzelf zitten in de kamer in de drukke stad, met een telefoon tegen zijn schouder geklemd, aantekeningen makend op een schrijfblok. De bel ging en bracht hem weer terug naar het heden. Hij hoorde voetstappen in de hal en hij voelde de zenuwen in zijn maag.

De op handen zijnde scène kon op twee manieren uitpakken.

De Knox-ouderlingen en Gerry zouden hem dankbaar kunnen zijn omdat hij zich op een doeltreffende manier van MacPherson had ontdaan. Er zouden weinig of geen gevolgen worden ondervonden door de gemeente of de kerk, omdat het artikel duidelijk stelde dat deze zich niet bewust waren geweest van de omvang van zijn problemen. En na dit soort publiciteit kon MacPherson zich onmogelijk nog tegen zijn ontslag verzetten. Alles wat overbleef was de afhandeling op papier. Bob was echter een realist. Er was ook een mogelijkheid dat de Knox-ouderlingen al te scrupuleus zouden worden en hun schuldgevoel op hem zouden afreageren, ook al had hij hun wensen alleen maar in vervulling doen gaan. Hij stopte de *Post* weer terug in zijn aktetas. Hij kon maar beter niet te zelfvoldaan overkomen.

De voetstappen kwamen dichterbij. Hij stond op toen ze achter elkaar binnen kwamen: Gerry, gevolgd door Sutton, Sedgewick, en Smith. Die kleine, ouderwetse Edgar Willis was er niet bij. Ook MacPherson was er niet, hoewel Bob ook niet echt had verwacht dat hij zich zou vertonen.

Ze gingen zitten. Niemand glimlachte. Gerry's gezicht was grauw, en het leek wel alsof hij in tranen zou kunnen uitbarsten. De bezoekers zagen er dreigend, zelfs boos uit. Bob voelde zijn keel dichtknijpen. *Oké, het zij zo.*

Voordat er iemand sprak knipte Sutton zijn aktetas open en smeet een exemplaar van de *Post* op de koffietafel met de marmeren toplaag. Hij draaide zich om en keek boos naar Bob. Die stopte zijn eigen exemplaar van de krant wat dieper in zijn aktetas en duwde die met zijn voet dicht. 'Jij bent hier verantwoordelijk voor,' verklaarde Sutton. Zijn neusgaten verwijdden zich en een fijn netwerk van gebroken bloedvaatjes stak schril af tegen zijn bleke wangen. 'Edgar Willis was zo van streek door dit artikel dat hij met pijn op de borst naar het ziekenhuis is gebracht.'

Gerry richtte zijn droevige ogen op Bob.

Bob probeerde de discussie met hen aan te gaan. 'Dit zal allemaal snel vergeten zijn als MacPherson eenmaal weg is,' suste hij.

'Zodra het volgende sensationele verhaal verschijnt. En ik weet zeker dat hij ontslag zal nemen nu dit allemaal aan het licht is gekomen.' Hij glimlachte bemoedigend. 'Het kerkgenootschap en de kerk staan volledig buiten schot,' verzekerde hij hen. 'Het is duidelijk dat jullie helemaal niets wisten van die criminele zaken. Jullie komen er zonder kleerscheuren vanaf.'

Sutton wendde zich tot Whiteman. 'We hebben je nooit gevraagd om iets anders te doen dan met dominee MacPherson te praten. We maakten ons zorgen om hem, en jij bent zijn geestelijk leidsman.'

'Dat heb ik ook heel goed begrepen,' zei Whiteman ge-agiteerd. 'Geloof me, ik wist hier helemaal niets van,' en toen richtten ze allemaal hun kwade blikken weer op Bob.

Zijn hart bonsde opnieuw, en deze keer van boosheid in plaats van angst. Zo ging het nu altijd. Mensen wilden dat er iets geregeld werd; ze wilden alleen niet weten hoe het geregeld werd om zich daar niet schuldig over te hoeven voelen.

'Jullie wilden MacPherson weg hebben, en jullie wisten dat alles wat jullie met die bedoeling zouden ondernemen pijnlijk voor hem zou zijn. Nu zijn jullie van streek, omdat jullie eigenlijk in verlegenheid zijn gebracht. Jullie zijn niet van streek vanwege MacPherson, maar jullie maken je druk over de indruk die jullie zelf maken.'

'Dat is absoluut niet waar,' beet Sutton terug.

'Jullie wilden hem weg hebben, en jullie wilden de touwtjes in handen hebben; anders hadden jullie het wel via de gangbare kanalen geregeld.'

'We wilden niet dat een officiële aanklacht zijn staat van dienst in een negatief daglicht zou stellen,' bracht Smith in, en zijn gezicht was het toonbeeld van oprechtheid. 'We dachten dat hij wel toe zou happen, als dominee Whiteman hem een baan op het hoofdkantoor kon bezorgen. Een officiële stemming zou schadelijk zijn voor zijn carrière. Zijn vader was een van mijn beste vrienden, weet je. Ik zou zijn zoon zoiets niet aan kunnen doen.' Zijn gezicht werd weer harder. 'Misschien hadden we van je gewild dat je recht voor zijn raap was, maar er is nooit gezegd dat hij ergens toe gedwongen moest worden, zeker niet door achterbakse chantage. Dit is de kerk, niet de onderwereld.'

'We hadden dit nooit goedgekeurd,' zei Sutton mat en keek vol afkeer naar het krantenartikel.

'Zeker niet,' beaamde Whiteman.

'Zo werkt het nu eenmaal,' beet Bob terug. 'En dat lijken jullie maar niet te begrijpen.'

Ze keken hem allemaal met ernstige gezichten aan. Alleen Gerry sprak 'O, ik denk van wel, hoor,' zei hij. 'Ik denk dat we het maar al te goed begrijpen.'

Bob had de hint om te vertrekken meteen door. Hij klikte zijn aktetas dicht en stond op. Bij de deur naar de hal stond hij stil om nog eenmaal om te kijken.

Gerry leunde voorover met zijn hoofd in zijn handen. 'Zo,' vroeg hij aan de anderen, 'wat doen we nu?'

Veertig

De eerste nacht dat ze weer terug was, nadat Alasdair haar borg-
tocht had betaald en haar mee naar huis had genomen, nadat
Lorna haar had omhelsd en op de wang gekust en in haar hand
had geknepen, nadat ze een half uur met Samantha had zitten
praten, die eerder opgeleefd dan getraumatiseerd leek, nadat ze
naar binnen was geslopen en even naar Cam en Bonnie had
gekeken, liep Bridie naar de keuken en merkte dat Alasdair een
toetje voor haar had klaargemaakt. Appeltaart. Gekocht in de
winkel, maar hij had hem warm gemaakt en er een grote bol
vanille-ijs bovenop gelegd. De thee was klaar en er stond een
dikke kaars midden op tafel – een nieuwe – met vanillegeur. De
geur vermengde zich met het aroma van kaneel en appels.

'Ik heb bij jou thuis geen appelbomen gezien,' zei Alasdair. Hij
schonk haar een kop thee in en deed er een schep suiker in, precies zoals ze het graag had. 'We moeten er gauw weer eens heen
gaan. Dan nemen we de kinderen mee, en kun je ons een dege-
lijke rondleiding geven.'

Bridie knipperde met haar ogen.

'Eet je taart maar op,' stelde hij voor, 'voordat het ijs gesmolten is.'

Ze pakte haar vork en nam een hapje. Ze dwong zichzelf om
het door te slikken. Ze had niet veel trek. 'Ik kan niet net doen
alsof er niets gebeurd is,' zei ze plompverloren.

Alasdair stopte nog een hap taart in zijn mond, en sloeg haar
aandachtig gade terwijl hij zijn hap met een slok thee omlaag
spoelde. 'Dat zou ik je ook nooit aanraden. Integendeel. Als
iemand dicht bij een ander komt, maar de hele tijd geheimen
heeft en zich anders voordoet dan hij is, dan denk ik dat die persoon niet alleen een verklaring verschuldigd is, maar ook excu-

ses moet maken.' Hij zette zijn kopje neer. 'Het spijt me,' zei hij eenvoudigweg. 'Jij was niet de enige die een geheim had.'

'Dat is iets heel anders.' Ze ontweek zijn blik. Ze schaamde zich zo, dat ze op deze manier moest terugkomen en tegenover iedereen te schande gemaakt was. Ze voelde zich zo vernederd. Plotseling dacht ze aan het krantenartikel en keek met andere ogen naar Alasdairs kalme gelaatsuitdrukking. Ze was niet de enige die in haar hemd was gezet, en ze kon haar oma haast tegen hen beiden horen zeggen dat dit een goede gelegenheid was om nederig te worden en zich door God te laten verhogen. Haar ogen prikten. Ze pakte het papieren servet en bette ze droog.

'Niet zo heel anders, hoor. Door jouw nalatigheid is er niemand om het leven gekomen,' zei hij rustig.

'Dat weet ik.'

Hij haalde zijn schouders even op. 'Dus hoe lang gaan we onszelf straffen? Ik denk dat het daar om gaat. Geen enkele kwelling kan de prijs ooit betalen, kan terughalen wat we verloren hebben of ongedaan maken wat we gedaan hebben.' Hij keek naar haar gezicht. 'Wat is er?'

Ze liep met de punt van de vork langs een patroon op het tafelkleed. 'Ik moest even denken aan een van die honderd verzen.'

'Welke?'

'"Indien wij zeggen dat wij geen zonde hebben, misleiden wij onszelf en de waarheid is in ons niet. Indien wij onze zonden belijden, Hij is getrouw en rechtvaardig om ons de zonden te vergeven en ons te reinigen van alle ongerechtigheid."'

Alasdair keek even langs haar heen, en toen weer terug. Hij begon heel voorzichtig te glimlachen. 'Nou,' zei hij, 'dan denk ik dat ons antwoord volkomen duidelijk is.'

'Daar ga je weer: je denkt altijd dat je alles weet.' Ze nam nog een hapje van haar taart. Die was best lekker.

Hij lachte nu breeduit.

'Het is nooit mijn bedoeling geweest dat het allemaal zo zou lopen,' zei ze.

'Hoe is het gebeurd?' Zijn gezicht was open, vriendelijk. Zijn ogen waren vol medeleven.

Ze aarzelde even, legde toen haar vork neer en begon nu met vertellen op het punt waar ze anders altijd afhaakte.

Samantha luisterde niet te lang, alleen totdat ze er zeker van was dat ze de goede kant op gingen. Het zou wel in orde komen met Bridie, dacht ze, en klapte het ventilatierooster dicht. Nu ze was begonnen om er over te praten en zo. Ze stapte haar bed in en trok de dekens over zich heen. Het dekbed was zwaar en voelde zacht aan tegen haar gezicht, alsof iemand een arm om haar schouders geslagen had. Ze draaide zich op haar zij en sloot haar ogen. Misschien zou het allemaal wel weer goed komen.

Eenenveertig

Sondra was bijna door de stapel dossiers heen waar ze van af moest. Ze sloeg het dossier van Mary Bridget Washburn open en tikte er met een keurig gemanicuurde vinger op. 'En dit dan? Ze stemt er mee in om te getuigen tegen Porter, bekent eenmalig bezit, vonnis opgeschort.'

Tom Dinwiddie wierp haar een sceptische blik toe. 'Denk je dat ik te mild aan het worden ben?'

Sondra glimlachte. 'Ik denk dat jij dit meisje net zo min als ik achter de tralies wilt hebben. Ze is erg veranderd. Bovendien weten we wie de hoofdrolspelers waren.'

Dinwiddie glimlachte op zijn beurt wrang. 'Noem me maar een sentimentele dwaas,' zei hij en zette een niet te ontcijferen handtekening onder de afspraken rond de zaak van Mary Bridget Washburn. 'Zeg maar tegen haar dat ik gezegd heb: "Ga heen en zondig niet meer."'

'Ik zal de boodschap overbrengen. Ze is weer in Alexandria. De dominee heeft haar borg betaald op de dag dat ze gearresteerd is.'

Dinwiddie knikte en ging snel over naar hun volgende zaak. 'Nu even over de heer Porter.'

Sondra pakte zijn dossier en keek het door. Hij zou niet zoveel geluk hebben. Op de een of andere manier had hij met zijn pistool staan zwaaien naar een agent uit Nelson County, die hem probeerde te arresteren. Wanneer Jonah Porter uit het ziekenhuis kwam zou hij jaren, geen maanden, gevangenis voor de boeg hebben.

'Hier zal hij voor moeten hangen,' zei Dinwiddie mat.

Ach ja, wilde Sondra zeggen. Maar ze deed het niet, haalde alleen licht haar schouders op en hoopte dat dat netjes, maar ook voldoende duidelijk was. 'Nou,' zei ze, 'ik denk dat het zo wel afgerond is.'

Dinwiddie knikte en volgde haar naar de deur van zijn kantoor. 'Kom woensdag maar langs, dan hebben we de papieren voor die baan klaar en kun je ze ondertekenen.'

'Ik kan haast niet wachten,' zei ze en hield Mary Bridget Washburns dossier omhoog. 'Dit in het archief zetten zal mijn laatste officiële daad zijn als advocaat. Fantastisch.'

Dinwiddie beloonde haar met een glimlach. 'Het zal fijn zijn om jou in ons team te hebben.'

Bridie legde haar arm om Samantha, die dicht tegen haar aan ging lopen. 'Kijk,' zei Bridie, 'Het lijkt wel alsof het kerkhof speciaal voor de herdenking van je moeder is versierd.' Ze liepen langs de appelbomen vol knoppen en de kersenbloesems naar de kleine groep gemeenteleden die bij het graf stond te wachten.

'Ik ben blij dat je besloten hebt om dit te doen, Alasdair,' zei Lorna en kneep haar broer even in zijn arm.

'Dit ben ik Anna verschuldigd,' zei hij. 'Ik had het lang geleden al moeten doen.'

Winifred hield eindelijk haar mond eens een keer. Fiona bette haar ogen met een zakdoek.

De nieuwe grafsteen was prachtig. Het gezicht van een engel was erin uitgehouwen, met daar omheen drie cherubijnen.

Anna Ruth Williams MacPherson
Vrij van alle banden
Moge ze rusten in vrede

De herdenking was kort, maar mooi. Er waren tranen. Samantha snikte stilletjes op Bridie's schouder. Lorna huilde, en veegde haar tranen af aan Camerons shirt. Bridie huilde ook, om alles wat verloren gegaan was. Om moeders en kinderjaren, om tijd die nooit meer terug zou komen. Alasdair las een gedeelte uit de Bijbel, en bad toen. Zijn gezicht stond vermoeid, maar zag er eindelijk vredig uit. Geen gekwelde ogen meer die uit een geketende ziel staarden.

'Vader, we vertrouwen Anna aan U toe. Ze is teruggekeerd naar U, Degene die haar uit stof geschapen heeft. Heer der heerlijkheid, die voor haar gekruisigd werd, wees haar genadig en schenk haar vrijheid en vrede. Amen.'

Hij deed de Bijbel dicht en knielde toen bij het graf neer. De mensen liepen er een voor een langs, en lieten allemaal iets voor Anna achter. Toen ze klaar waren lag er een hele rij bloemen aan de voet van de marmeren steen. Daarna gingen ze terug naar de pastorie en Bridie was blij dat ze druk bezig kon zijn met haar taak van opdienen en inschenken. Ten slotte vertrokken ze allemaal, behalve de familie. Bridie liep door het huis, verzamelde lege kopjes en borden, en misschien verbeeldde ze het zich, maar ze meende dat ze een verschil kon voelen. Er hing een sfeer van vrede. Niet van geluk. Nog niet. Maar de mogelijkheid dat het geluk op een dag weer zou bestaan, zelfs binnen deze muren. De kilte die het zo lang had beheerst was weg.

Tweeënveertig

Ze stonden allemaal in de hal te wachten toen Alasdair thuiskwam van de vergadering – Winifred, Fiona, Bridie en de kinderen. Waarschijnlijk waren ze terecht zo bezorgd. Het was een
beetje verontrustend geweest dat de president van de kerk helemaal uit Richmond was komen reizen voor een gesprek met de
dominee en de ouderlingen van de gemeente. Alasdair hield de
deur open voor Lorna, en liep toen achter haar naar binnen.

Ze keken hem allemaal vol verwachting aan. Hij overwoog
om een grapje te maken, maar ze waren te gespannen. Ze hadden allemaal een andere uitdrukking op hun gezicht. Winifred
stond klaar om aan te vallen, Fiona was bezorgd uit beleefdheid.
En Bridie... Het was moeilijk om iets van haar gezicht af te lezen,
en toch was hij juist in het hare het meest geïnteresseerd. Hij
besloot om hun foltering niet langer te laten voortduren.

'Gerald Whiteman zei dat onze familie veel te veel heeft moeten doorstaan, en hij wil graag doen wat in zijn vermogen ligt
om het enigszins goed te maken. De Grote Drie stemden daar
mee in. Ik kan nu kiezen: welke openstaande functie binnen de
kerk dan ook, of doorgaan met dominee zijn hier in de gemeente, en wel met volledige steun van de ouderlingen. Het was een
unanieme beslissing. Zelfs Edgar Willis stemde voor.'

Winifred knikte tevreden. 'Ik denk dat ze eindelijk bij hun
positieven zijn gekomen,' verklaarde ze. Alasdair begreep het.
Dit zou iets verzachten van de vernietigende kritiek die ze had
gevoeld door het krantenartikel. Het had haar het zwaarste
getroffen. Fiona was een klein beetje van streek geweest, maar
grotendeels om hem. Lorna zei dat het goed was – eindelijk alles
eens openlijk naar buiten brengen. Samantha zei dat hij er op de
foto niet uitzag. Hij glimlachte.

'Ze proberen waarschijnlijk een rechtszaak in gang te zetten,' vervolgde Winifred. 'Ik heb gehoord dat Bob Henry ontslagen is.'

'Wat heb je tegen hen gezegd?' viel Samantha haar in de rede, wat haar op een boze blik van Winifred kwam te staan.

Alasdair lachte breeduit. 'Ik heb ontslag genomen,' zei hij, en kon de verwondering in zijn eigen stem nog steeds horen.

'Ja!' riep Samantha jubelend uit.

'Dat is onmogelijk!' barstte Winifred los.

Hij negeerde haar.

'Hoe voel je je nu?' vroeg Bridie met een bezorgde stem en een bezorgd gezicht.

'Goed,' zei hij. 'Het voelt goed. Ik moest mezelf vragen of ik het deed uit wrok of uit boosheid, maar ik denk dat het niet zo is. Ik heb gewoon het gevoel dat er iets anders is dat ik nu behoor te doen. Whiteman zei dat de kerk het huis zal kopen en dat we de opbrengst kunnen verdelen. Gezien de huidige prijzen van onroerend goed, zullen we er allemaal een aardig appeltje voor de dorst aan over houden.'

'Wat ga je doen?' vroeg Fiona. 'Je aan je radioprogramma's en je schrijfwerk wijden?'

Hij schudde zijn hoofd. 'Ik heb de telefoontjes vanmorgen gepleegd. Ik heb mijn radioprogramma en tijdschrift opgegeven en tegen mijn uitgever gezegd dat ik een poosje wil stoppen met schrijven.'

Winifred was bleek geworden en het leek alsof ze flauw zou vallen. 'Maar wat ga je dan doen?'

Hij haalde zijn schouders op. 'Ik weet het niet.' Wat voelde hij zich vrij toen hij die woorden uitsprak. Wat licht en vredig.

Winifreds gezicht drukte absoluut ongeloof uit. Hij wierp een vlugge blik op Bridie. Haar gezicht was bleek maar stoïcijns. Hij kon er geen enkele emotie van aflezen. Hij schraapte zijn keel. 'Een ander familielid heeft ook nog een nieuwtje te vertellen. Zij zal wel een baan krijgen op het hoofdkantoor van de kerk.'

Nu was Winifred helemaal over haar toeren. 'Fiona, daar heb je me nooit iets van verteld,' zei ze beschuldigend.

Fiona schudde haar hoofd. 'Ik ben het ook niet.'

'Ik had het niet over Fiona,' zei Alasdair. 'De felicitaties gaan naar Lorna. Mag ik de nieuwe persoonlijk assistente van president Whiteman aan jullie voorstellen.'

'Nee!' Winifreds ongeloof stond op haar gezicht geschreven, maar Lorna kreeg een kleur van genoegen.

'Het betaalt beter dan mijn twee banen bij elkaar, en hij zei dat ik me naar een bestuursfunctie kan opwerken.'

Bridie klapte in haar handen van blijdschap, en haar gezicht was een en al vreugde. Toen het moment voorbij was kreeg het weer een ernstige uitdrukking.

'En jij, Bridie?' vroeg Lorna, die zijn gedachten geraden had. 'Wat ga jij doen? Heb je al een beslissing genomen?'

Alasdair werd zenuwachtig en de vraag bracht hem van zijn stuk. Hij had een scenario in zijn hoofd gehad, maar dit was niet de manier die hij voor ogen had gehad. Maar er was nu niets meer aan te doen. Hij haalde diep adem en wachtte totdat ze zou antwoorden.

Bridie wachtte even voordat ze begon te praten, en die helderblauwe ogen vulden zich met tranen. Maar toen ze sprak was haar stem kalm en zeker. 'Ik wil terug naar huis,' zei ze.

Alasdair voelde zijn hart losraken en zachtjes naar de grond zinken, waar het bleef liggen. *Nou, dat was dan dat.* Hij staarde naar de grond, en wilde niet dat zijn gezicht hem zou verraden.

Even later keek hij op en zijn ogen ontmoetten de hare, maar in plaats van de nuchtere kordaatheid die hij verwachtte, of misschien de afstandelijke vastberadenheid, zag hij een verlangen – puur, rauw en onverholen. En die blik had hetzelfde effect op hem als een oproep tot strijd, het geluid van de ramshoorn waarop werd geblazen, het klagende geluid van de doedelzak dat in de vroege ochtend de slapende soldaat wakker maakte. En wat er ook allemaal nog onduidelijk was, één ding was nu volkomen helder. Hij mocht haar niet kwijtraken. Hij begaf zich in de chaos zonder ook maar na te denken, en toen hij zijn mond opendeed leken de woorden die eruit rolden totaal niet op de welluidende toespraak die hij ingestudeerd had.

'Wij zullen je erheen brengen.' Heel nonchalant een autoritje aanbieden, maar de betekenis daarvan ontging niemand in de kamer. De stilte was oorverdovend en niet minder schokkend dan wanneer hij, in plaats van woorden, een pistool tevoorschijn had gehaald en een paar keer op moeders kristallen kroonluchter had geschoten. Winifreds kaak zakte omlaag. Fiona trok een van haar mooie wenkbrauwen op en haar mond krulde zich tot een voorzichtige glimlach.

Lorna leek van blijdschap uit elkaar te zullen barsten. Samantha begon op en neer te springen en te schreeuwen: 'Ja! Ja! Ja!'

Maar het enige gezicht dat werkelijk telde was ondoorgrondelijk. Alleen het feit dat haar ogen wijd open gesperd waren gaf aan dat ze hem wel gehoord had. En plotseling ervoer hij een nieuwe emotie, eentje die hij jarenlang niet gevoeld had. Wat als hij te ver was gegaan? Wat als ze hem helemaal niet naast zich wilde hebben als een complicerende factor in haar leven? Een oudere man, ten slotte, met tonnen bagage, die achter haar aan sjouwde? Wat als ze hem helemaal niet wilde?

Het leek alsof er niemand, behalve zij tweeën, in de kamer was. Zijn mond was droog. Hij slikte moeizaam. 'Als je dat tenminste zou willen,' zei hij, en wachtte toen met bonzend hart wat ze zou antwoorden.

De tranen rolden uit de wijd opengesperde ogen.

Ze beet op haar lip en schudde even met haar hoofd. Alasdair voelde zijn hart langs de bodem schuren. Maar net toen hij zijn mond opendeed om iets te zeggen dat haar zou helpen hen van zich af te schudden, liep ze naar hem toe. Hij opende zijn armen en zij liet zich erin sluiten. Hij begroef zijn gezicht in het zijdeachtige witte haar, dat glad en koel onder zijn handen aanvoelde, en rook haar geur, als zomerlucht met een vleugje kamperfoelie. Hij kon zich nog steeds zijn toespraak niet herinneren, maar dat gaf ook niet. Hij kuste haar, en liet toen uit zijn mond komen wat er in zijn hart zat.

'Vanaf het moment dat ik in die auto stapte om je te gaan zoeken, wist ik dat je een geschenk voor me was geweest, en dat ik te stom was geweest om dat te beseffen. Ik houd met heel mijn hart van je, Bridie. Wil je mij als je man hebben?'

'Niets zou me gelukkiger maken,' zei ze, en plotseling leek alles heel eenvoudig.

Bridie keek nog één keer om zich heen. De pastorie was schoongepoetst en glom aan alle kanten. Zelfs de nare, weinig aanlokkelijke buitenkant zag er aangenaam en uitnodigend uit. De twee grote esdoorns stonden volop in het blad, het grasveld was weelderig groen, het nieuwe bukshout was geurig en glanzend, de witte sierranden glinsterden haast. Ze had net buiten het smeedijzeren hek, dat nu smetteloos wit was geverfd, een grote aardewerkpot met viooltjes gezet, om de nieuwe dominee en zijn vrouw te verwelkomen. Zij en Alasdair hadden al hun aardse bezittingen in een scheefhangende aanhanger geladen. De koelbox achter in de oude stationcar was voor de reis volgepropt met slordig gesneden boterhammen met pindakaas en pakjes sap en chocolademelk. Alasdair had alleen hun persoonlijke spullen gehouden, en Winifred en Fiona wilden hem maar al te graag verlossen van de rest van de antieke spullen van moeder MacPherson. Dat was prima, had hij tegen hen gezegd. Een nieuw begin was precies wat hij nodig had.

Winifred had niet zo moeilijk gedaan als Bridie wellicht verwacht had. Alasdair had haar op de dag van zijn huwelijksaanzoek meegenomen naar zijn studeerkamer. Bridie had geen flauw idee wat hij gezegd had, maar Winifred was met rode ogen en heel gedwee weer naar buiten gekomen.

'Je kunt moeders ivoorkleurige satijnen bruidsjurk dragen,' had ze meegedeeld. Ze had echter bijna een beroerte gekregen toen ze tegen haar gezegd hadden, dat ze ervoor gekozen hadden zich door de dominee van een naburige gemeente in diens studeerkamer te laten trouwen, en ze had kritiek op hun plannen om met het hele gezin naar Woodbine te verhuizen. 'Het is het meest belachelijke plan dat ik ooit gehoord heb,' mopperde ze gisteravond nog steeds toen ze afscheid hadden genomen. De dameskrans had vanmorgen een vergadering over de bazaar, en Winifred kon het zich niet permitteren die over te slaan, anders zou Audrey Murchison weer voor de hapjes gaan zorgen, net zoals vorig jaar. 'Volslagen absurd,' waren haar laatste woorden voor hen geweest, 'om te vertrekken naar Joost mag weten waarheen, zonder enig idee van waar je moet gaan wonen of wat je moet gaan doen als je daar eenmaal bent.'

'Abraham deed niet veel anders toen hij wegtrok uit Ur der Chaldeeën naar het beloofde land,' had Alasdair geantwoord.

Maar Abraham had geen wegenwacht en geen wegenkaart ter beschikking gehad, dacht Bridie en keek naar hem terwijl hij over de motorkap gebogen stond om de kaart te bestuderen en de route uit te zoeken. En ze hadden wel een plek om te wonen, tenminste tijdelijk. Oma was buiten zichzelf van blijdschap geweest, omdat Bridie thuiskwam en haar man en kinderen meebracht.

'Ik wil nog één ding doen,' zei ze tegen Alasdair.

Hij knikte en keek lang genoeg op om even naar haar te glimlachen. Zijn gezicht zag er nu al veel meer ontspannen uit, en had niet langer die opgejaagde uitstraling. 'Neem er de tijd maar voor.'

Ze stak het koele grasveld over in de richting van de kerk. Toen ze langs het huis liep kon ze Samantha en de kinderen Alasdair horen roepen. Ze ging sneller lopen, klom de stenen trap nog eenmaal op, en stapte het koele portaal in. Ze herinnerde zich hoe de schemerige stilte haar daar zo'n veilige toevlucht had geboden. Ze zag het prikbord met de vallende mus en de gebedspunten van deze week die eronder waren opgeprikt. Ze glimlachte toen ze terugdacht en liep de kerkzaal binnen.

De luiken waren open en het heldere ochtendlicht viel uitbundig door de oude glazen ramen. Het kabbelde en stroomde over de roodfluwelen kussens en kwam in glinsterende golven op het karmozijnen tapijt terecht. Ze kwam echter niet in de verleiding om daar te blijven dralen, maar liep het middenschip door en de achterdeur weer uit.

Ze liep door het prieel van wilde appelbomen naar het kerkhof, maar deze keer bleef ze niet stilstaan bij het oude graf dat ze anders altijd bezocht. Ze liep door totdat ze voor haar bestemming stond. Deze marmeren grafsteen zag er helder en schoon uit, vergeleken met de verweerde stenen eromheen. Het gras, bezaaid met kleine madeliefjes, was netjes gemaaid. Ze liet haar hand op de koele witte steen rusten en deed datgene waar ze voor gekomen was.

'Ik zal heel veel van hen houden, Anna,' fluisterde ze. 'Dank U, Vader, dat U hen aan mij hebt gegeven.'

Voetstappen kwamen het stenen looppad opgedraafd, de wilde appelbomen bewogen en een regen van verse bloesemblaadjes daalde op het gras neer. Samantha kwam tevoorschijn, met Cam en Bonnie in haar kielzog.

'Kom Bridie, we gaan.' Samantha's warme hand greep haar arm en trok haar mee zoals een kind zou doen, haar ogen stralend.

'Ik kom eraan,' zei ze, trok Samantha tegen zich aan en kuste haar boven op haar hoofd. Het was bezweet en vochtig, en haar haar was een warboel van krullen. Ze was weer een klein meisje, tenminste voor even. Bridie nam Cameron en Bonnie bij de hand, en met zijn allen liepen ze naar Alasdair die bij de auto stond te wachten. Ze namen afscheid van het kleine groepje mensen dat hen uitgeleide kwam doen en het laatste wat Bridie zag was Lorna, die stond te zwaaien en haar tranen wegveegde.

Lorna zwaaide totdat de auto verdwenen was, bette haar gezicht droog en snoot haar neus. Alweer. Het deed pijn om hen te laten gaan, maar het was een zoete pijn, vermengd met blijdschap. Een paar van de verstokte MacPherson fans gingen terug naar de kerk om zich te beklagen bij koffie en oude koekjes.

'Kom je ook?' vroeg Fiona.

'Nee.' Ze schudde haar hoofd en gaf geen reden op.

'Tot ziens dan maar,' zei Fiona en dat was dat. Lorna glimlachte vol verbazing. *Nee* was zo'n gemakkelijk woord om te zeggen als je er eenmaal aan gewend was. Ze draaide zich om en keek naar de pastorie, het huis dat altijd zo'n grote rol in haar leven en haar verbeelding had gespeeld. Nu zou ze het eindelijk gaan verlaten. Ze maakte zich ervan los zoals een schip een anker losliet. Klaar om het ruime sop te kiezen. Morgen zou ze naar Richmond vertrekken en wie wist wat haar daar te wachten stond? Haar hart bonsde een beetje van hoopvolle verwachting toen ze terugliep naar het huis.

Ze deed de voordeur open en ging naar binnen. Alles was smetteloos schoon, mooi en nieuw. Ze liep de trap op naar haar oude slaapkamer. Die leek nu erg klein. Ze liep de hal door, keek in verschillende kamers en herinnerde zich de tijd dat elk daarvan had toebehoord aan vader en moeder, Alasdair, Fiona, Winifred. Ze ging naar beneden en liep door de kale hal, door de woonkamer die zo'n verandering had ondergaan, naar de keuken. Ze bleef ten slotte voor het aanrecht staan.

Ze liet haar handen op de rand van het werkblad rusten en keek naar de muur, nu schoon en wit in plaats van bedekt met smoezelige oranje paddestoelen. Hier had ze staan bidden. Ze sloot haar ogen, en daar waren ze weer, net zoals toen in dat visioen. Alasdair, met een open en gelukkig gezicht. Samantha die er weer als een kind uitzag, lachend. De tweeling, die liefde en aandacht kreeg. Precies zoals ze er vanmorgen hadden uitgezien toen ze afscheid had genomen. DIT IS WAT IK GA DOEN, had Hij gezegd. EN JIJ MAG ME ERBIJ HELPEN.

Ze deed haar ogen open, overweldigd door blijdschap, en opeens was dit oude huis, dit kleine plekje, veel te klein om die vreugde te bevatten.

'Dank U, Vader,' zei ze hardop met een krachtige, heldere stem. 'Dank U wel dat U altijd Uw beloften waarmaakt. U doet altijd wat U zegt te gaan doen.'

Ze glimlachte, keek nog eenmaal om zich heen, en deed toen, zonder terug te keren, de deur op slot, schoof de sleutel er onderdoor en ging weg van huis.

Ze reden de hele ochtend, terwijl de kleintjes achter hen zaten te kwetteren. Samantha was nu weer een tiener en luisterde naar muziek op haar walkman. Bridie liet haar hoofd tegen de hoofdsteun rusten en staarde uit het raam terwijl de stationcar de kilometers verslond.

'Welke naam had je eigenlijk gekozen?' had oma gevraagd, terwijl ze heel goed wist dat het die van haar moeder was.

'Bridie,' had ze geantwoord.

'Mary betekent bitter, vol zorgen. Je moeders naam betekent sterk en wijs. Ik vraag me af of je wist wat je deed toen je die koos,' had ze lachend gezegd.

Ze keek nu naar Alasdair. Die haarlok viel weer over zijn voorhoofd. Hij moest haar blik op zich gevoeld hebben, want hij keek haar vol tederheid aan, alsof ze iets kostbaars was dat hij bijna had verloren, maar toch weer had gevonden. Hij stak zijn hand uit en op de vingers die zich met de hare verstrengelden zaten blauwe inktvlekken.

'Je bent bijna thuis,' zei hij, en knikte naar het bord waarop stond: *Woodbine, elf kilometer.*

Ze knikte terug, te zeer geëmotioneerd om iets te zeggen, en besefte wat ze diep van binnen altijd had geweten. *Je kunt niet weglopen voor God, hoever weg je ook gaat. Hoezeer je het ook probeert. Hij zal achter je aan komen, en niet rusten voordat Hij je heeft teruggebracht.* De waarheid was net zo mooi en onwrikbaar als de bergen waarvan ze de wazige aanblik indronk. Ze was nooit alleen geweest. Hij had de mus voortdurend in het oog gehouden. Hij had altijd over haar gewaakt.

Dankbetuiging

Vele mensen hebben me informatie en hulp voor dit boek verschaft. Allemaal bedankt voor jullie geduld en tijd.

J.W. Gregg Meister heeft vragen van algemene aard over de Presbyteriaanse kerk beantwoord, evenals Keith Wulff, coördinator van de onderzoeksdienst voor de Presbyteriaanse kerk in de Verenigde Staten.

Luitenant Daniël Pierce van het hoofdbureau van politie in Fairfax County en Richard Folsom van het hoofdbureau van politie in Nelson County hebben me geholpen met informatie over de toepassing van de wet.

Phillip Payne, openbaar aankager van Nelson County, Virginia, heeft geduldig vragen beantwoord over juridische kwesties, evenals Debbie Giles van hetzelfde kantoor. Mijn man Ken is ook erg behulpzaam geweest door uit te leggen hoe het strafrecht in elkaar zit.

Ook dank aan het tuchtwezen in Virginia voor hun informatie over gevangenissen.

Ook wil ik mijn moeder en al mijn familieleden in Virginia bedanken. Naast jullie liefde voor mij in al die jaren, hebben jullie ook nog eens mijn vragen beantwoord en me geholpen bij mijn onderzoek voor dit boek. Zoals altijd heb ik veel te danken aan Jo Ann Jensen, Sherrie Holmes, Sherry Maiura en Mae Lou Larson voor hun bemoediging en kritische opmerkingen, evenals aan Bethany Maines, Kathryn Galbraith, Bill DeWitt en Debbie Macomber. Jullie zijn veel meer dan schrijfpartners; jullie zijn vrienden. Ik wil ook graag Bridget Honan en de woensdagavondgroep bedanken voor hun steun en aanmoediging om door te gaan met schrijven.

Toen ik dit boek aan het schrijven was raakten mijn geloofsleven en mijn schrijversleven op een prachtige manier met elkaar verweven. De preken van Jim Cymbala en de muziek van het Brooklyn Tabernacle Choir, principes uit het boek *Experiencing God* van Henry Balckby, evenals inzichten van de leiding en de mensen van de Clover Creekgemeente raakten met elkaar verweven om samen dit verhaal te vormen.

Verder wil ik graag mijn vader bedanken omdat hij me steeds aanmoedigde en in me bleef geloven.

Het was een voorrecht om samen te werken met de beroepskrachten van uitgeverij Bethany House. Dank aan Barb Lilland en Sharon Asmus voor hun verstandige en prettige manier van redigeren, en ook aan alle anderen die een bijdrage aan dit boek geleverd hebben. Ik ben jullie een voor een oprecht dankbaar. Jullie doen je werk uitstekend.

Iemand die uitermate edelmoedig is, geeft aan anderen die er niets voor terug kunnen doen. Nicholas Sparks heeft dat voor mij gedaan.

Ten slotte wil ik graag mijn vertegenwoordiger en vriendin Theresa Park bedanken. Je hebt me niet alleen met veel deskundigheid, intelligentie en toewijding vertegenwoordigd, maar ook steeds mijn belangen vooropgesteld. Je bemoedigde me en geloofde in me, toen ik het niet meer zag zitten. Dat zal ik nooit vergeten.

Over de auteur

Linda Nichols bracht het grootste deel van haar jeugd door bij de heuvels van Virginia, waar dit boek zich afspeelt en waarop het geïnspireerd is. Zij is de auteur van *Een droom van een man*, een romantische komedie die veel lof heeft ontvangen, en heeft tevens talloze artikelen voor diverse tijdschriften over opvoeding geschreven. Ze woont met haar gezin in Washington.